Des éloges pour les r

L'AMANT DE

« 4½ étoiles ! Le dernier roman de .. trilogie des Chevaliers écossais est une récompense pour les admirateurs d'Amanda Scott. La description à la fois exquise et subtile de ses personnages, entraînés dans leurs amours naissantes, plonge immédiatement le lecteur au cœur du roman. Un judicieux mélange de faits et de personnages historiques dans une histoire d'amour sensuelle, voilà la recette d'une lecture palpitante. »

— *RT Book Reviews*

« Avec ses situations périlleuses, ses intrigues complexes, ses sauvetages audacieux et l'attirance croissante entre Jake et Alyson, *L'amant des Highlands* offre des heures de plaisir. »

— RomRevtoday.com

« Une histoire époustouflante… qui captera votre attention dès les premières lignes. Le talent de conteuse unique d'Amanda Scott donne vie à l'histoire sous vos yeux. Aventure en haute mer, passion, trahison, pirates, danger, prémonitions, suspense, histoire, humour et amours foisonnent dans ce récit captivant et truculent. Pour de la grande littérature sentimentale écossaise, nul n'égale Amanda Scott ! »

— RomanceJunkiesReviews.com

« Le dernier roman de la série des Chevaliers écossais est une merveilleuse histoire de cape et d'épée du début du XVe siècle. Comme toujours dans les romans historiques d'Amanda Scott, les faits réels forment le canevas d'une palpitante intrigue. Également parsemée de moments plus légers, cette saga épique plaira à tous les lecteurs. »

— GenreGoRoundReviews.blogspot.com

« Madame Scott est un maître du roman sentimental écossais. Ses héros sont des hommes forts dotés d'un code d'honneur admirable. Ses héroïnes sont volontaires... Ce fut une lecture divertissante avec des personnages dont j'ai aimé la compagnie. Je vous le recommande. »

— FreshFiction.com

« Délicieusement sexy... un rare plaisir à lire... *Le maître des Highlands* est une aventure fascinante pour les amateurs de romans sentimentaux historiques. »

— RomanceJunkies.com

« Torride... L'action et l'aventure sont au rendez-vous... Amanda Scott connaît très bien l'histoire de l'Écosse médiévale — ses rivalités de clan et ses guerres frontalières —, et son souci du détail accroît le réalisme du récit. »

— All About Romance

LES LAIRDS DU LOCH

AMANDA SCOTT

Le choix du laird

Traduit de l'anglais par
Patrice Nadeau

Éditeur : François Doucet
Traduction : Patrice Nadeau
Révision linguistique : Féminin pluriel
Correction d'épreuves : Nancy Coulombe, Fannie Legault Poisson
Conception de la couverture : Matthieu Fortin
Photo de la couverture : © Larry Rostant
Mise en pages : Sébastien Michaud
ISBN papier 978-2-89752-121-9
ISBN PDF numérique 978-2-89752-122-6
ISBN ePub 978-2-89752-123-3
Première impression : 2014
Dépôt légal : 2014
Bibliothèque et Archives nationales du Québec
Bibliothèque Nationale du Canada

Éditions AdA Inc.
1385, boul. Lionel-Boulet
Varennes, Québec, Canada, J3X 1P7
Téléphone : 450-929-0296
Télécopieur : 450-929-0220
www.ada-inc.com
info@ada-inc.com

Diffusion
Canada :   Éditions AdA Inc.
France :   D.G. Diffusion
                Z.I. des Bogues
                31750 Escalquens — France
                Téléphone : 05.61.00.09.99
Suisse :   Transat — 23.42.77.40
Belgique :   D.G. Diffusion — 05.61.00.09.99

Imprimé au Canada

Participation de la SODEC. $\mathcal{SODEC}$
Nous reconnaissons l'aide financière du gouvernement du Canada par l'entremise du Fonds du livre du Canada (FLC)
pour nos activités d'édition.
Gouvernement du Québec — Programme de crédit d'impôt pour l'édition de livres — Gestion SODEC.

**Catalogage avant publication de Bibliothèque et Archives nationales du Québec et Bibliothèque
et Archives Canada**

Scott, Amanda, 1944-

   [Laird's Choice. Français]
   Le choix du laird
   (Les lairds du loch ; t. 1)
   Traduction de : The Laird's Choice.
   ISBN 978-2-89752-121-9
   I. Nadeau, Patrice, 1959 février 2-   . II. Titre. III. Titre : Laird's Choice. Français.

PS3569.C6215L3414 2014   813'.54   C2014-941645-8

À Frances Jalet-Miller
(ma chère et merveilleuse Francie),
des milliers de mercis !

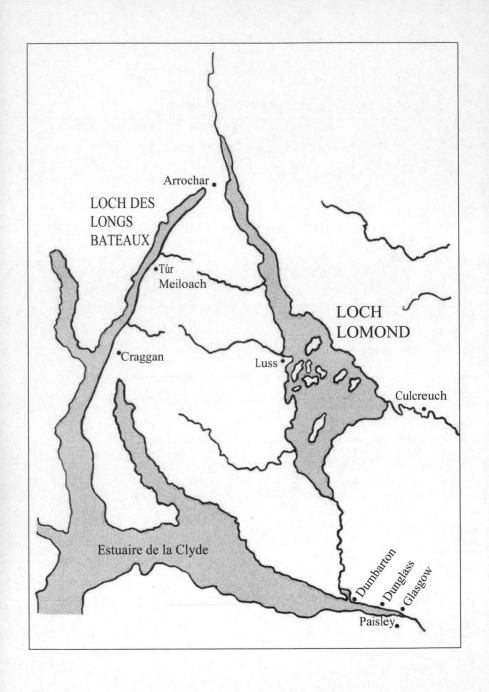

Notes de l'auteure

Au bénéfice des lecteurs, l'auteure offre le guide suivant :

Bealach : prononcer *bi-al-uk*, col de montagne ou passage dans un sommet montagneux (na Duin : sur la butte ou la colline)

Lachina : prononcer *lok-i-na*.

Lina : prononcer *li-na*.

Lippin (comme dans Lippin Geordie) : confiant, loyal.

Plaid (grand kilt) : vêtement tout usage fait d'une grande étoffe de laine et serré avec une ceinture, dont la longueur excédentaire est rejetée sur l'épaule.

Tùr Meiloach : prononcer *tour-mil-ok*.

Prologue

Arrochar, Écosse, début août 1406

— Ils arrivent, mon amour ! Je dois partir.

La femme couchée sur le sol — presque dissimulée par la pénombre, les arbustes, l'épais tapis de branches de pin où il l'avait étendue et la cape bordée de fourrure qu'il avait déposée sur elle — ouvrit les yeux et sourit avec lassitude.

— Prends garde… à toi.

S'il n'avait pas eu l'ouïe si fine, il n'aurait pas entendu le faible murmure de son épouse adorée. À ce moment-là, il craignait de ne plus jamais la revoir.

— Je reviendrai pour toi, *mo chridhe*[1], dit-il.

Le ton assuré de sa voix était autant pour lui que pour elle.

— Oui, sûrement, dit-elle. Mais j'aurais voulu garder le bébé auprès de moi.

— Tu sais bien que ce ne serait pas sûr. Si la petite pleure, ils vous trouveront toutes les deux. Je la confierai à Annie. Elle a un nouveau-né, elle aussi, et du lait en abondance pour deux.

---

1. N.d.T.: Mon amour.

— Je sais, murmura-t-elle. Mais prends bien soin de notre petite fille.

— Compte sur moi.

Sur ces paroles, il déposa d'autres branchages sur elle, mais il ne pouvait s'attarder davantage. Des bruits de poursuite venant du nord s'amplifiaient, trop forts à son goût. Dans le lointain, au sud, il pouvait entendre les eaux tumultueuses de la rivière qui seraient peut-être leur salut. Si réticent qu'il fût à partir, il ne pouvait se laisser capturer, car alors tout serait perdu.

Se tournant vers le dernier sentier à flanc de colline qu'il devrait gravir avant de descendre vers la rivière, il rectifia la position de son baudrier et sentit le poids rassurant de son épée et de sa lance dans son dos. Dans l'écharpe de linge nouée autour de sa poitrine était blottie sa petite fille, profondément endormie, l'une de ses minuscules oreilles collée contre son cœur qui battait à tout rompre.

Tout en la protégeant dans la large paume de sa main, il avança dans la forêt, dans un silence dont seul était capable un guerrier et un chasseur ayant passé sa vie dans cet environnement. Les pâles rayons d'un petit croissant de lune estivale glissaient à travers les feuillages, éclairant son passage.

Il laissa ses poursuivants le voir une seule fois, alors qu'il traversait rapidement une trouée des arbres sous la clarté lunaire. Il savait qu'ils verraient facilement ses mouvements d'en bas.

Dans les arbres près de la crête de la colline, il entendit plus distinctement le bruit de la rivière encore distante. Malheureusement, les bruits de la poursuite s'amplifiaient également. Ses ennemis devaient être une douzaine ou plus, tous des guerriers comme lui. Vraisemblablement, il y en avait d'autres à sa recherche sur toutes ses terres.

Son esprit fonctionnait à vive allure. En raison du dégel tardif, la neige recouvrait encore les pics montagneux environnants. Mais les journées s'étaient réchauffées depuis une quinzaine.

Bien qu'il n'eût pas vu la rivière depuis des semaines, l'expérience lui disait qu'elle serait haute, encore en crue à la suite de la fonte des neiges. Le vallon qu'elle coupait avait des pentes abruptes et étroites, mais, en contrebas de sa position actuelle, le cours de la rivière s'aplanissait sur une courte distance.

Avec de la chance, il pourrait la franchir à cet endroit, et ses poursuivants auraient de la difficulté à l'imiter. Son souci immédiat était de protéger le bébé qu'il portait.

L'enfant était silencieuse, toujours endormie. Mais si elle mettait à pleurer, ils l'entendraient. De plus, la rivière serait trop rapide et trop agitée — dévalant la colline — pour être franchie à gué. Il devrait nager, et là se trouvait leur meilleure chance de salut. Il essaya d'imaginer comment il pourrait, tout en la portant, atteindre l'autre rive.

La réponse était évidente : il ne le pouvait pas. Mais la sécurité résidait uniquement de l'autre côté, sur la terre sacrée de Tùr Meiloach.

Il portait son poignard, son épée et sa lance. Il avait aussi emporté son arc en quittant le château, mais il l'avait laissé à sa femme. Elle avait également un poignard.

Bien qu'elle l'eût assuré qu'elle saurait se défendre jusqu'à son retour, il ne se faisait guère d'illusions. Il ne remettait pas en question son jugement et elle ne s'était jamais trompée dans ce genre de situations, mais faible et épuisée comme elle l'était maintenant, elle ne pourrait se défendre contre autant d'assaillants, eût-elle disposé de toutes les armes d'Écosse.

Le seul espoir de sa femme, et donc le sien, était qu'il arrive à mettre leur enfant en sécurité. Alors, il pourrait revenir la chercher.

Atteignant enfin le cours impétueux de la rivière, incapable d'entendre ses poursuivants en raison du grondement, il prit rapidement son parti. Il défit d'abord son écharpe et retira la lance de l'anneau de son baudrier. Puis il déroula la corde qu'il portait à la taille en cas de besoin, avec laquelle il improvisa un large embout pour l'extrémité émoussée de sa lance. Travaillant rapidement, il trouva deux morceaux d'écorce arrondis entre lesquels il ficela le bébé emmailloté, pour l'attacher solidement dans sa coquille au milieu de la hampe. Puis soupesant l'ensemble, il évalua la distance, hésitant juste assez longtemps pour entendre de rudes voix au-dessus du vacarme de la rivière. Son bras puissant se détendit immédiatement et il décocha la lance.

Il savait qu'il l'avait projetée assez loin, que l'arc décrit par la lance était assez élevé et que le but serait atteint, malgré le poids additionnel du bébé. Mais si la pointe de la lance accrochait une branche d'arbre, ou s'il avait mal arrimé l'enfant, elle pourrait atterrir trop brutalement. La lance pouvait aussi heurter un rocher. Il avait visé un fourré où il estimait que ces dangers étaient minimes. Mais les Parques devraient être d'humeur particulièrement bienveillante pour qu'un acte aussi audacieux réussisse.

Si c'était le cas, la pointe de la lance s'enfoncerait dans un lit d'aiguilles de pin et un sol meuble, l'embout de corde empêcherait le bébé niché dans son cocon de toucher le sol, et la coquille d'écorce protégerait l'enfant du reste.

Maintenant, s'il arrivait à franchir la rivière pour la rejoindre, tout serait pour le mieux. Faisant une rapide prière à Dieu et aux Parques, il se hâta vers le début de la partie plus plane du torrent. Au moment précis où il arriva, le hurlement facilement reconnaissable d'un loup remplit son âme de terreur.

Les cris de ses poursuivants l'informèrent qu'ils atteignaient la crête de la colline ; ils ne pouvaient donc pas l'avoir vu projeter la lance. Il pouvait aussi espérer que le vacarme des rapides couvrirait les cris du bébé. Car elle pleurerait tôt ou tard, à moins que…

Cette pensée resta en suspens. Il devait maintenant se concentrer sur ses propres actions et attirer ses poursuivants aussi loin de sa femme qu'il le pouvait. S'ils le croyaient mort, tant mieux. Mais il fallait d'abord qu'ils le voient se jeter à l'eau.

Il attendit donc de voir du mouvement au sommet de la pente escarpée au-dessus de lui. Puis, il sauta sur un rocher éclairé par la lune qui faisait saillie au-dessus des flots bouillonnants.

Lorsqu'il entendit un cri venant de là-haut, lui confirmant qu'ils l'avaient vu, il plongea dans le torrent. Le choc de l'eau glacée faillit le paralyser, mais il l'ignora et nagea vigoureusement. Laissant le courant l'emporter, il s'efforça en même temps de nager à un angle qui, pria-t-il, lui ferait toucher la rive opposée avant d'être emporté dans la chute d'une trentaine de mètres qui se jetait dans le loch des Longs Bateaux, et de là, dans la mer.

Après avoir été entraîné dans un tournant de la rivière, il nagea avec un regain d'énergie pour atteindre la berge opposée. Ses poursuivants ne pourraient aller aussi vite que le courant. Et si quelqu'un était assez audacieux pour sauter après lui, il le verrait facilement approcher. Il savait aussi que, s'il avait mal estimé l'effort qu'exigeait sa propre traversée, les dieux de la mer viendraient bientôt réclamer sa dépouille.

Quelques minutes plus tard, il atteignit la berge, meurtri par les rochers pointus dissimulés sous la surface, et se hissa hors de l'eau. Il demeura un moment dans un massif épineux pour reprendre haleine. Puis, rampant entre les arbustes, il pria pour que le manche de son épée, toujours sanglée dans son dos, pût être confondu avec une branche d'arbre si on l'apercevait de loin. Aussi vite qu'il le put, il alla se placer sous le couvert des arbres et revint vers le vallon de la rivière.

D'abord, il n'entendit que le grondement de l'eau. Puis, le cri du loup, une femelle d'après le son, vint de nouveau frapper son oreille. Trouvant un sentier à peine battu dans le boisé, il accéléra le rythme.

Le chemin habituel des pêcheurs était inondé. Ce devait être la piste d'un cerf ou un nouveau passage vers la rivière depuis la maisonnette de Malcom, le berger du village. Quoi qu'il en soit, son infaillible sens de l'orientation de chasseur lui disait que celle-ci n'était pas très loin.

Il atteignit bientôt la clairière où une meute de loups groupés autour de la lance l'avait précédé. L'arme et son précieux fardeau avaient atterri à la perfection.

Les loups tournèrent la tête d'un seul mouvement dans sa direction, leurs crocs rageusement dénudés.

Il s'arrêta, de nouveau saisi de terreur pour son enfant. Quand le chef de la meute s'accroupit et s'avança lentement vers lui, il put presque entendre son grognement sourd. Les autres loups regardaient, les yeux plissés brillant d'un éclat rougeâtre sous le pâle clair de lune.

Le guerrier restait immobile. Percevant un bruit ténu au-dessus du vacarme de la rivière, il reconnut la plainte de sa fille, qui avait faim… ou qui souffrait.

Le gémissement s'arrêta aussi vite qu'il avait commencé.

Le chef de la meute s'arrêta également, toujours accroupi dans sa position d'attaque, prêt à bondir.

Le guerrier tira son épée et fit un pas en avant, défiant mentalement la bête de le charger. Il avait compté une demi-douzaine de loups dans la meute. Mais maintenant, il voyait d'autres ombres se déplacer entre les arbres derrière eux, trop nombreuses pour arriver à les compter, trop nombreuses pour qu'il puisse espérer les tuer avant que la bande n'ait raison de lui.

Le chef de la meute, restant sur place, montra les crocs de nouveau.

L'homme continua de le regarder, l'épée brandie, frissonnant dans ses vêtements mouillés.

Puis, soudain, le loup se leva, se tourna et disparut dans la forêt.

Les autres le suivirent.

Le bébé resta silencieux.

Chapitre 1

Tùr Meiloach, Écosse, mi-février 1425

— Dree, qu'est-ce qui ne va pas ? demanda la jeune Muriella MacFarlan, âgée de quinze ans.

Elle immobilisa son rouet en repoussant une mèche folle de cheveux blond pâle de son visage.

Andrena, à la chevelure fauve, qui avait célébré son dix-huitième anniversaire six mois auparavant, s'était subitement raidie sur son tabouret près du foyer dans le solier des dames. Ses yeux d'un bleu profond légèrement plissés, la tête bien droite, surtout à l'écoute, mais gardant aussi tous ses autres sens en éveil, Andrena resta silencieuse en déposant son raccommodage, une corvée qu'elle détestait.

— Dree ?

Maintenant debout, levant un doigt pour commander le silence, Andrena se déplaça avec sa grâce féline habituelle vers la fenêtre orientée vers le sud. Les volets avaient été laissés ouverts pour accueillir l'air frais gorgé du soleil de l'après-midi, particulièrement apprécié après les terribles orages de la nuit précédente. Elle pouvait voir au-dessus du *barmkin*, le mur défensif ceinturant la tour, le flanc abrupt de la colline boisée en contrebas. Plus loin, la vue portait au-delà de vallons successifs jusqu'à la déclivité où la rivière, marquant leur frontière sud, plongeait dans le loch des Longs Bateaux qui se jetait dans la mer.

Quand Muriella aspira pour parler, la troisième personne dans la pièce, leur sœur Lachina, âgée de dix-sept ans, l'interrompit doucement :

— Murie, ma chérie, dit-elle, domine ta curiosité pour une fois. Quand Dree saura ce qui ne va pas, elle nous le dira.

Après une très courte pause, et sans que cela surprît Andrena le moins du monde, Lachina ajouta :

— Est-ce que quelqu'un approche de la tour en ce moment, Dree ?

— Je l'ignore, Lina. Mais les oiseaux semblent affolés. Je pense que quelqu'un est entré dans notre forêt au sud — un étranger — non, plus qu'un.

— Peux-tu les voir ? demanda Muriella, qui déposa son fuseau sur son support pour se rendre près d'Andrena à la fenêtre.

— Je ne peux voir à une telle distance ni à travers les arbres, dit Andrena. Mais il doit y avoir plus d'une personne et sans doute pas plus de quatre. Tu vois comment les oiseaux de proie volent très haut en décrivant des cercles étroits. Un tel comportement est étrange, même pour des autours. De plus, si tu regardes plus haut, tu verras un balbuzard au-dessus d'eux. Je sors pour voir ce qu'il en est.

De la même voix calme qu'elle avait employée avec Muriella, Lachina dit :

— Les bois seront détrempés après un tel orage, Dree. Peut-être pourrais-tu informer notre père de tes doutes, ou bien Malcolm Wylie.

— Que voudrais-tu que je leur dise, au juste ? demanda Andrena avec un sourire légèrement ironique. Enverront-ils des hommes à la recherche d'intrus simplement parce que j'ai dit que les oiseaux sont agités ?

Lina fit la grimace. Elles avaient déjà eu de telles discussions auparavant, et les deux jeunes filles connaissaient la réponse à cette question. Andrew Dubh MacFarlan lancerait ses hommes immédiatement pour arrêter les envahisseurs. Et son majordome, Malcolm Wylie, prendrait un air affligé et déclarerait que personne ne pouvait se trouver là-bas. Quand, pour préserver la bonne entente, ils s'accorderaient enfin sur l'envoi d'éclaireurs, il n'y aurait plus personne. Un jour, Andrena avait insinué que les hommes du clan avaient été plus bruyants que les intrus. Son père s'était contenté de répliquer que si c'était le cas, les visiteurs indésirables avaient fui et qu'on ne pouvait espérer mieux.

— Je sors, répéta Andrena.

— Nos sentinelles placées sur les remparts verraient quiconque approcher, dit Muriella en regardant au loin. Nos deux rivières frontalières sont en pleine crue maintenant, Dree. Personne ne peut les traverser. Et s'ils s'avisaient d'entrer par tout autre chemin, les guetteurs donneraient l'alarme. En vérité, je pense que les oiseaux volent comme ils le font toujours.

— Ils sont perturbés, insista Andrena. Je ne serai pas partie longtemps.

Ses sœurs échangèrent un regard. Mais même si elle l'avait remarqué, Dree ne dit rien. Elle savait que ni l'une ni l'autre n'insisterait pour l'accompagner.

Son intuition, qu'elle ignorait rarement, la pressait d'aller aussi vite que possible sans trop attirer l'attention.

Elle se précipita donc par l'escalier de service, ayant décidé de ne pas troquer sa tunique verte et sa jupe pour sa culotte et sa veste en daim qu'elle préférait pour ses randonnées solitaires. Elle se dit aussi qu'il lui serait difficile de prétendre, après avoir annoncé que des visiteurs étaient entrés dans les bois, avoir été surprise habillée à la garçonne par des étrangers.

Andrew ne se souciait pas de ce que portaient ses filles. Mais il s'irritait quand l'une d'elles contrariait leur mère, qui avait déclaré que le port de la culotte pour les femmes était scandaleux. De plus, le vert mousse de la robe se fondrait dans la végétation des bois.

Sur le portemanteau près de la poterne, Andrena prit sa cape de couleur crème favorite et y enfouit ses nattes fauves. Elle endossa ensuite son châle de laine grise, qui était suspendu à côté, et saisit le poignard accroché par sa ceinture juste en-dessous.

Nouant sa ceinture de manière à dissimuler l'arme sous le châle, et laissant ses bottes de cuir non tanné où elles étaient sur le plancher, elle sortit dehors pieds nus et traversa la cour jusqu'à l'étroite porte du mur extérieur.

Quatre des chiens, anticipant une promenade en forêt, bondirent sur leurs pattes et coururent à sa rencontre.

Elle en attrapa deux par leur collier et s'adressa à un gamin à la tignasse rousse, qui la regardait en râtelant des copeaux de bois près de la porte.

— Garde-les pour l'instant, Pluff, dit-elle. Si quelqu'un me cherche, dis-lui que je suis sortie faire une promenade. Mais je ne veux pas emmener les chiens.

— Oui, m'lady, dit le garçon avec un sourire édenté.

Mettant de côté son râteau, il commanda aux chiens de retourner à leur sieste et déverrouilla la porte pour elle.

— V'n'avez qu'à crier quand vous r'viendrez, ajouta-t-il, et j'vous laisserai entrer.

Elle lui sourit pour le remercier et s'engagea dans l'ouverture percée dans la muraille. Elle entendit la lourde porte se refermer derrière elle et Pluff pousser les verrous. Levant les yeux vers le ciel en traversant la clairière entre le *barmkin* et les bois, elle vit que les oiseaux qui décrivaient des cercles s'étaient rapprochés. Quel que fût ce visiteur, il était encore à une distance de deux collines, mais il se dirigeait hors de tout doute vers la tour.

Regardant par-dessus son épaule, elle vit l'un des hommes de guet sur le mur et lui envoya la main.

Il lui répondit.

Satisfaite de savoir que ses sœurs et qu'au moins deux de leurs gens étaient au courant de sa sortie hors des murs, elle se hâta vers la lisière du bois. Elle avait son poignard et le petit pipeau qu'elle traînait toujours dans la pochette que Lina avait astucieusement cousue dans son châle.

Grâce aux leçons d'Andrew, Andrena savait manier le poignard et, si nécessaire, elle pouvait utiliser le pipeau pour appeler à l'aide. Comme elle ne s'attendait pas à ce qu'on l'aperçût dans les bois, elle doutait d'avoir besoin d'assistance.

◆

Il était à bout de souffle d'avoir couru. Mais il savait qu'en s'enfuyant à toutes jambes loin de ses poursuivants plus tôt, il avait laissé des traces évidentes derrière lui, avant d'être rendu assez loin pour commencer à prendre des précautions.

Dans les circonstances, il devait se trouver un abri et reprendre haleine. Que ses poursuivants fussent privés de chiens pour le pister était une rare faveur des capricieuses Parques.

Il avait été à la fois imprudent et téméraire, et cela l'irritait. Il avait heureusement pris soin de ne pas se séparer de son plaid de laine, même en nageant, car il savait qu'il aurait besoin de sa chaleur. Il avait dû escalader la falaise du loch agité par la tempête, car il ne pouvait s'attarder sur le rivage et, dans l'obscurité et la pluie, il ne voyait pas d'endroit plus sûr où se réfugier.

Après avoir atteint le sommet de la chute tumultueuse, il avait dormi quelque temps. Puis il avait marché dans la pâleur brumeuse de l'aube, seulement pour découvrir avec stupéfaction qu'il ne pouvait se rendre plus loin au sud sans traverser à gué cette damnée rivière.

Naturellement, il avait vu cette région du loch, notamment les distants contours escarpés des sommets au-delà de ses falaises et de ses collines boisées. Les deux grandes chutes étaient alors en crue, mais il avait présumé qu'il pourrait traverser la rivière quelque part.

Toutefois, elle s'écoulait furieusement dans son lit, cascadant au-dessus et autour des rochers et des pierres sur son cours — trop profonde pour être traversée à pied, trop large et dangereuse pour y nager.

Il l'avait suivie dans les terres jusqu'à ce qu'il ait vu et reconnu les trois hommes.

Maintenant, le brouillard s'était dissipé et le soleil brillait dans un ciel nuageux. Il était à bonne distance de la rivière, s'étant réfugié profondément dans la forêt mature — un mélange magnifique de hauts hêtres, de chênes, de denses buissons de conifères en croissance, et, là où régnait l'humidité, de bouleaux grêles et de saules. Les senteurs boisées l'emplirent d'un capiteux sentiment de liberté. Mais ses poursuivants n'étaient pas assez loin derrière pour qu'il puisse se sentir en sécurité.

Bien qu'il n'eût pas pénétré un bois aussi dense depuis dix-neuf mois, il avait commencé à chasser dès qu'il avait pu suivre son père. Il savait qu'il n'avait rien perdu de ses habiletés et qu'il était sans doute plus fort et plus adroit aujourd'hui. Respirant profondément et régulièrement, il s'efforça de se détendre, de ne faire qu'un avec la forêt, pendant qu'il écoutait et attendait que ses créatures lui parlent.

En pensant à ces créatures, et au fait qu'il avait touché terre au nord de la chute, il était presque sûr qu'il devait être dans les bois de Tùr Meiloach. Il avait entendu les hommes raconter que l'endroit était rempli de dangers, et même hanté ou ensorcelé. Certains juraient qu'il s'agissait d'un sanctuaire pour les vrais MacFarlan, d'autres que c'était un avant-goût de l'enfer pour les étrangers non avertis. Toutefois, se demander lesquels disaient vrai ne l'avançait à rien maintenant.

Il n'avait pu s'empêcher d'observer que, bien qu'il se fût déplacé avec précaution, presque en silence au cours du dernier quart d'heure, les habitants de la forêt étaient demeurés remarquablement discrets. Il n'avait pas prêté l'oreille avant cela, car il savait que le vacarme de la rivière couvrirait leurs sons de toute façon, et il était alors très occupé à échapper à ses poursuivants.

Comme s'il avait surpris ses pensées, un autour poussa un cri perçant au-dessus de lui. Puis, un balbuzard répliqua avec un sifflement aigu pour affirmer son droit sur sa forêt. Il aurait été mieux avisé, pensa-t-il, d'aller capturer du poisson dans le loch des Longs Bateaux à proximité et de laisser la forêt aux oiseaux de proie, mieux adaptés pour chasser à travers les denses feuillages.

Toutes ses pensées cessèrent alors, car il avait senti une présence dans les bois au nord, qui se déplaçait aussi silencieusement que lui. Un des bandits l'aurait-il contourné? L'attendait-il maintenant au nord tandis que ses deux comparses le talonnaient au sud? Il n'avait vu que trois hommes, plus tôt, du côté opposé de la rivière infernale. Ils l'avaient franchie en se balançant au bout d'une corde attachée à la haute branche d'un vieux hêtre enraciné dans ce qui semblait, vu de loin, un grand rocher.

Les trois hommes portaient des épées et des poignards. Quand il eut reconnu en eux des hommes de Pharlain, il comprit qu'ils étaient à sa recherche.

Un bruissement des feuilles attira son attention vers une femelle autour perchée sur une haute branche. Le feuillage était dense au-dessus d'elle. Mais il savait que les oiseaux de proie, même les plus grands, comme les autours, dont les ailes pouvaient avoir soixante centimètres d'envergure, étaient parfaitement à l'aise dans les bois des Highlands. Il avait déjà vu, béat admiration, l'un d'entre eux capturer sa proie en volant à grande vitesse entre des arbres qui semblaient trop rapprochés pour lui livrer passage.

L'oiseau avait semblé se replier sur lui-même, ses ailes et son corps épousant la forme d'une flèche, se faufilant entre les branches sans manquer un seul battement d'ailes.

L'oiseau au-dessus de lui le fixait d'un œil jaune et féroce. Puis, comme si ce regard lui avait suffi, il déploya ses ailes, prit son envol et disparut.

Il regarda attentivement l'endroit où l'autour était perché. C'était haut, mais dans le dense feuillage, un homme pouvait rester caché pendant des heures. Un bruissement dans un massif d'arbustes au sud, accompagné des jurons d'un homme, facilita sa décision. Il prit d'abord le temps de dissimuler son plaid dans le buisson.

—◦◦—

Andrena avait entendu les jurons elle aussi, et elle s'immobilisa pour prêter l'oreille. Elle avait senti l'approche des intrus plus facilement à chacun de ses pas, puisque la forêt était son domaine et que tous ses bruits lui étaient familiers. Elle avait remarqué le silence inquiétant et avait vu l'autour filer sans un son entre les arbres.

La présence du rapace pouvait avoir effrayé les petites créatures alentour. Mais elle ne pouvait expliquer le silence inhabituel qui régnait dans toute la forêt. Celle-ci semblait retenir son souffle collectif, attendant, comme elle le faisait elle-même, que les intrus aient révélé leur identité.

Le silence était si complet dans le lointain à sa droite et bien plus bas qu'elle pouvait entendre les vagues du loch, agitées par la tempête, qui venaient mourir sur la berge rocailleuse.

Les étrangers étaient encore plus près.

Le son se propage plus loin à travers la forêt que la plupart des gens le croient, et son ouïe était fine comme celle d'une biche. Les intrus étaient à une vingtaine de yards[2], peut-être plus, mais à un simple jet de flèche en terrain découvert. Elle ne tarderait pas à les voir.

Remarquant un mouvement dans les buissons près du sol, elle vit qu'au moins une créature l'avait suivie depuis la tour. Le chat orange de Lina l'observait avec curiosité à travers les minces branches sur lesquelles poussaient de nouvelles feuilles.

Sans un bruit, le chat se glissa devant elle, sans doute pour aller chasser sa proie pour son repas.

Andrena se remit en marche elle aussi. Les bruits étaient encore trop confus pour lui permettre d'identifier leur source, mais elle savait qu'il y avait au moins deux ou peut-être trois hommes. Prenant soin de rester hors de vue pour les observer, elle savait que son regard perçant détecterait tout mouvement.

Une grande ombre passa entre deux hêtres au tronc massif devant elle, sur sa gauche.

Elle s'immobilisa et vit alors un étranger se faufiler entre les deux arbres. Deux autres suivirent. Tous les trois portaient des tuniques de couleur safran, des plaids rouge et vert mat noués en kilt, une épée suspendue dans le dos et des poignards à la ceinture.

Et voilà, se dit Andrena en pensant à la conviction partagée par Murie et leur père que personne ne pouvait traverser à gué la rivière tumultueuse au sud de leur tour sans plonger dans le loch et être emporté par la marée. Ou bien

---

2. N.d.T.: Un yard équivaut à environ un mètre.

les trois hommes l'avaient traversée à gué, ou bien ils avaient trouvé d'autres moyens de pénétrer dans le pays d'Andrew à l'insu de celui-ci et de ses hommes.

⚬⚬⚬

L'homme perché dans l'arbre étouffa un juron quand il vit la jeune fille. Qui diable, se demanda-t-il, serait assez fou pour laisser une jeune fille se promener seule dans la forêt en des temps aussi dangereux ? Son regard se durcit quand elle replaça son châle et découvrit le long poignard dans son fourreau, suspendu à une étroite ceinture de cuir.

Si elle avait un peu de jugement, elle le dissimulerait bien, parce que si les hommes brutaux qui le cherchaient le voyaient, ce qui était certain, ils la tueraient volontiers pour le plaisir de lui donner une leçon.

Sachant qu'ils pourraient détecter sa présence aussi facilement que celle de la jeune fille, il décida de faire ce qu'il devait pour éviter que cela se produise. Fixant son regard sur une feuille à mi-chemin entre les hommes, qui n'étaient plus qu'à une distance de cinq ou six yards, et sur la jeune fille qui se dirigeait vers eux, — à dix pas de son arbre — il fit le vide dans son esprit.

La dernière chose qu'il voulait était qu'on puisse le sentir alors qu'il les observait.

⚬⚬⚬

Les hommes s'étaient déplacés bien plus vite qu'Andrena l'avait anticipé, ce qui l'irrita autant contre elle-même que contre les intrus. Elle avait prévu de les apercevoir à la prochaine élévation, mais elle comprit maintenant qu'elle avait pris plus de temps que prévu. En fait, elle avait davantage prêté attention au silence des créatures de la forêt qu'à sa cause la plus probable, à savoir que les visiteurs étaient plus près qu'elle ne l'avait cru.

Lina aurait dit, avec raison, qu'ayant d'abord imaginé comment les choses allaient se passer, Dree n'avait pas regardé plus loin. Elle n'avait pas assez réfléchi à tous les scénarios possibles avant de sortir pour voir ce qu'il en était.

Espérant que Lina n'apprendrait pas ce qui lui était arrivé, Andrena pensa à ce qu'elle devait faire ensuite. Comme elle était assez près de la tour pour qu'on l'entendît des remparts si elle soufflait dans son pipeau, elle le fit glisser de sa poche dans sa main.

Et il y avait aussi les rapaces qui s'attardaient tout près.

Puis, elle se dit qu'elle offrirait son aide sans hésiter si les hommes s'étaient simplement échoués sur le rivage et avaient perdu leur route. Peut-être que si elle…

⸺◦⸻

«Que diable faisait-elle donc, maintenant?» pensa-t-il.

Il devint nerveux en la voyant prendre le sentier de ses trois poursuivants. Au moins, il savait qu'il n'avait plus à s'inquiéter qu'ils remarquassent sa présence. Les gredins l'avaient vue, et les Parques savaient qu'elle était assez jolie, même affublée de ce ridicule bonnet de garçon cachant sa chevelure, pour capter l'attention de tout homme ayant des yeux pour voir.

Elle marchait avec une grâce étonnante sur le sol inégal de la forêt, sans même regarder où elle posait les pieds. Sa posture était princière et le châle gris d'apparence délicate dissimulait mal les courbes féminines de son corps.

Comme il entendit un grattement sur l'écorce en dessous, il baissa les yeux et vit son chat absurde qui grimpait sur le tronc pour venir vers lui. Il entendait même son ronronnement alors qu'il aurait dû, en loyal félin, s'élancer toutes griffes dehors vers les bandits qui s'approchaient de sa maîtresse.

— Pardonnez-moi, mes bons sires, dit la jeune fille d'un ton clair et confiant, d'une voix chaude et douce comme le miel. Sans doute avez-vous perdu votre chemin et êtes-vous entrés dans nos bois sans savoir à qui ils appartenaient. Sachez que mon père, le laird, exige que tout visiteur se présente à Tùr Meiloach avant de passer sur ses terres.

— Vous m'en direz tant, jeune fille, dit le plus grand des gredins, en l'examinant de la tête aux pieds. Et comment peut-on se rendre à la tour de messire votre père, le laird, sans marcher sur son territoire ?

— Nous cherchons un prisonnier évadé, madame, dit d'un ton sévère le deuxième homme, aux cheveux noirs et de taille moyenne. Vous n'devriez pas être seule ici comme cela.

— J'm'occupe de sa sécurité, dit le plus grand. Viens par ici, jeune fille. J'crois pas qu'tu appartiennes au laird. La fille d'un laird s'promènerait pas ainsi toute seule. Et j'suis sûr que si nous allons l'voir et qu'on lui dit que tu t'es fait passer pour sa fille, tu s'ras dans de beaux draps. Mais j'lui dirai rien si t'es gentille avec moi.

— Je me ferai un plaisir de vous indiquer le chemin de la tour, dit-elle. Elle est…

S'interrompant quand il lui prit le bras droit, elle se raidit et lui dit froidement :

— Lâchez-moi.

— N'y compte pas trop, jeun…

Plaçant deux doigts de sa main libre entre ses lèvres, elle siffla bruyamment.

— Mais qu'est-ce que c'est…

Un épervier s'envola d'un arbre voisin et fonça sur le visage de l'homme, battant furieusement des ailes et poussant des cris aigus.

Avec une exclamation de surprise, il leva un bras pour se défendre. S'esquivant à la dernière seconde, l'oiseau virevolta et vint frapper de nouveau. Agitant maintenant les deux bras, le rustre libéra la jeune femme, qui s'écarta de lui rapidement.

Le chat atteignit la branche sur laquelle le fugitif était étendu. Il grimpa sur l'homme et vint s'installer sur son épaule afin d'épier la scène, sans cesser de ronronner.

Puisqu'il ne pouvait évidemment pas le saisir pour le laisser tomber sur l'un des hommes en bas, il se contenta de l'ignorer.

S'il avait eu son épée ou même le poignard de la jeune fille en main, il serait sans doute intervenu. Mais dans la situation présente, il espéra que les hommes de Pharlain comprendraient, d'après son comportement, qu'elle était noble comme elle prétendait l'être. Ils auraient aussi dû se demander, comme lui, pourquoi des hommes n'accouraient pas déjà bruyamment à sa rescousse, alertés par son coup de sifflet.

Il était encore absorbé dans ses réflexions quand trois autours, tous bien plus gros que l'épervier, arrivèrent silencieusement. Le gredin, déjà intimidé par l'agressivité du plus petit oiseau, tourna les talons et se mit à courir dans la direction d'où il venait. Les deux autres hommes tentèrent d'effrayer les autours à grand renfort de cris et de gestes. Mais ceux-ci piaillaient comme des parents dont on aurait attaqué la progéniture.

— Nos oiseaux de proie ont un sens très développé du territoire, dit-elle d'un ton naturel.

⎯⎯⎯◦○◦⎯⎯⎯

— Rappelle-les, maudite sorcière ! cria l'homme de haute taille à Andrena, tout en agitant les bras aussi furieusement que les oiseaux battaient des ailes.

Comme il tentait aussi de se protéger les yeux avec ses mains, ses coudes lancés en l'air n'avaient que peu d'effets.

— Ce ne sont pas mes oiseaux, sire, répliqua-t-elle, l'élevant par ce simple mot à un rang social bien supérieur à son mérite. Ils savent simplement que je suis à ma place ici, mais pas vous, ajouta-t-elle. Si j'avais amené mes chiens, ils auraient agi de la même manière, comme je suis sûre que les vôtres le font quand on vous menace. Je ne peux les rappeler. Mais si vous suivez votre ami et repartez d'où vous venez, peut-être cesseront-ils de vous attaquer.

Les autours, se montrant plus serviables que ne le sont généralement les rapaces, continuèrent de survoler les deux malotrus, qui faisaient de grands moulinets avec leurs bras en criant. L'un des hommes porta la main à son épée.

— Ne touchez pas à vos armes si vous tenez à la vie, dit-elle en portant son pipeau, toujours dans sa main droite, à ses lèvres. Si je souffle dans cet instrument, nos hommes d'armes accourront. Et je dois vous avertir que c'est mon père qui rend la justice sur ce territoire. Il vous fera pendre sans hésiter à l'arbre réservé à cet usage sous nos murs...

Les hommes regardaient derrière elle, la bouche grande ouverte.

Jetant un coup d'œil par-dessus une épaule, elle vit qu'avec le brouhaha déclenché par l'épervier et les autours, elle n'avait pas remarqué l'arrivée du balbuzard. L'immense oiseau était perché sur une branche tout près, paraissant d'autant plus imposant qu'il s'apprêtait à attaquer, ébouriffant ses plumes et lançant des regards noirs aux intrus.

— Elle a des manières encore plus mauvaises que les autres, dit Andrena. Je vous déconseille de la provoquer.

— Nous partons à l'instant, dit le gaillard aux cheveux noirs. Mais dites à votre père que s'il trouve notre prisonnier, il doit le rendre à notre laird les fers aux pieds.

— Je lui transmettrai votre message, répondit-elle. Mais vous devez me dire qui est votre laird. Je ne peux lire son nom dans vos pensées.

— Ah oui, j'croyais qu'vous sauriez qui nous sommes, répondit l'homme. Le fugitif est l'un des esclaves galériens de Pharlain, capturé loyalement au combat.

— Alors, mon père exaucera sans doute vos désirs, dit Andrena sans vraiment croire à ses paroles ; Andrew serait plus enclin à aider l'homme dans sa fuite.

Le balbuzard, qui regardait sinistrement les intrus, étendit les ailes et fit jouer ses serres d'une manière peu rassurante. Sans se faire prier, les hommes tournèrent les talons et rejoignirent leur compagnon dans sa fuite.

Les autours, l'une des rares espèces d'oiseaux de proie qui chassent en meute, et qui formaient maintenant une véritable volée, s'envolèrent à leurs trousses.

Andrena resta sur place un moment, à l'écoute, pour s'assurer que les trois hommes étaient bien en route. Puis, comme elle entendait un fort ronronnement à ses pieds, elle baissa les yeux et vit le chat orange, qui vint se frotter contre ses tibias.

— D'où sors-tu cette fois ? demanda-t-elle.

Le chat cligna des yeux, puis la contourna et se dirigea vers la tour.

En se tournant pour le suivre, Andrena se trouva face à face avec un étranger de très grande taille, large d'épaules, à la barbe hirsute et à demi nu. Il portait une tunique en haillons de couleur safran qui lui arrivait à la cuisse, dont l'épaule gauche déchirée laissait voir une mauvaise écorchure et des ecchymoses qui s'étendaient sur son bras.

Complètement prise au dépourvu, elle s'écria :

— Mais d'où… ? C'est-à-dire, je n'avais aucune idée que vous étiez…

— Chut, jeune fille, dit l'étranger. Ils pourraient être encore assez près pour vous entendre.

Sa voix était plus profonde que celle de son père, d'un timbre agréable, qui ne pouvait appartenir à un rustre.

— Ils sont déjà à mi-chemin dans les collines en direction de la rivière, dit-elle.

— C'est possible, répondit l'étranger. Mais je veux en être sûr.

— Alors, suivez-les, répliqua Andrena. Mais comment avez-vous fait pour vous approcher si près de moi, surtout un homme de votre taille ? Ma foi, vous êtes un géant, et j'arrive toujours...

Elle s'interrompit, consciente de trop parler.

— Vous devez être leur prisonnier évadé, n'est-ce pas ? lui demanda-t-elle.

Les yeux pétillants de l'homme se heurtèrent au regard sévère d'Andrena.

— C'est ainsi qu'ils me désigneraient, assurément. Mais je n'approuve pas l'esclavage, alors je ne vois pas les choses comme eux.

— Je suppose que non. Mais...

Devant l'insistance de son regard, elle s'interrompit et le regarda avec méfiance.

— Vous n'allez donc pas les suivre ? demanda-t-elle.

— Non, car je ne peux laisser une fragile demoiselle comme vous toute seule dans la forêt. J'irai d'abord vous reconduire à votre porte.

— Merci, mais je ne désire point ni n'ai besoin d'escorte, dit-elle fermement.

— Ne le prenez pas sur ce ton, jeune fille, dit-il, et un sourire mélancolique passa furtivement à travers sa barbe broussailleuse, qui ressemblait à une haie mal entretenue. À moins que vous ne craigniez que votre père ne me pende à cause de mon évasion.

— Il ne le fera pas, dit-elle. Il n'est pas en bons termes avec Parlan Pharlain.

— Alors, pourquoi hésitez-vous à rentrer chez vous ? Avez-vous peur d'être réprimandée par votre père pour vous être aventurée seule en forêt, avec tous les dangers qu'on y trouve ?

— Il ne le fera pas non plus, répondit Andrena. Croyez-moi, il ne vous pendra pas, mais vous devrez vous méfier de lui.

— Et pourquoi cela ?

— Puisque vous avez réussi à échapper à notre cousin Parlan et que vous devez donc être son ennemi, je crains que père n'insiste pour que vous m'épousiez.

Chapitre 2

Mag Galbraith sourit. Il ne put s'en empêcher.

Elle avait levé le regard vers lui, le fixant dans les yeux, et les siens étaient d'un bleu si foncé qu'ils semblaient noirs. Ses longs cils fournis étaient noirs aussi, sous de délicats sourcils arqués qui, eux, étaient d'un brun doré. Ils se froncèrent quand elle lui dit :

— Vous ne me croyez pas, mais vous le devriez. Mon père peut être très persuasif.

— Nous parlerons en marchant, dit-il en retrouvant son plaid à l'endroit où il l'avait dissimulé. Êtes-vous certaine que vos oiseaux diaboliques continueront de pourchasser ces rustres ? ajouta-t-il en lançant l'étoffe encore mouillée sur son épaule meurtrie.

— J'imagine, dit-elle. Quoi qu'il en soit, nous les signalerons aux gardes sur les remparts, au cas où ils essaieraient de revenir fureter par ici. J'ai été surprise qu'ils se soient aventurés si près… et vous aussi.

— J'ai vu que je vous avais surprise.

— Et cela a semblé vous amuser, répliqua-t-elle. Mais où vous cachiez-vous ? J'étais persuadée que seuls ces hommes étaient entrés dans nos bois.

— Les forêts denses dissimulent bien des choses et sont toujours dangereuses, dit-il tout en l'invitant d'un petit signe de tête à prendre les devants. Votre père ne devrait pas vous laisser errer seule ici. On ne sait jamais quand une menace peut surgir.

— Je sens généralement quand les gens sont près de moi, dit-elle en reprenant docilement le chemin par lequel elle était venue. Je peux pressentir le danger également.

— Il est vrai que les chasseurs, les forestiers et les guerriers ont une sorte de sixième sens pour ces choses, dit-il alors qu'il la suivait le long d'un sentier presque indiscernable. Leurs pères et leurs chefs les entraînent à faire usage de tous leurs sens afin qu'ils soient toujours bien aiguisés. Mais vous n'êtes ni forestière ni guerrière, si je ne m'abuse.

— Je ne vois pas le lien avec l'usage de ses sens. Mon père m'a élevée comme le vôtre sans doute. Il m'a encouragée à m'aventurer en forêt, à remarquer chaque rocher et chaque ruisselet et à être à l'affût de tout danger.

— Ensuite, vous me direz que c'est lui qui vous a incité à toujours porter ce poignard.

— Bien sûr qu'il l'a fait, répliqua-t-elle.

En le regardant, elle ajouta :

— Puisque c'est lui-même qui me l'a remis.

— Cet homme doit être fou.

— Peut-être voudrez-vous le lui dire vous-même, dit-elle d'un ton un peu sec. Mais je ne vous le suggère pas, car son humeur est imprévisible même dans ses bons jours. Il ne sera pas particulièrement ravi quand vous lui direz que trois des hommes de Parlan… non, car on doit vous compter comme le quatrième, n'est-ce pas ? Alors, quand il apprendra que quatre hommes ont envahi notre forêt sans coup férir. Mais j'ai dit qu'il ne tournera pas sa fureur contre vous…

— Parce qu'il veut que je vous épouse, je sais, compléta-t-il, et il sourit de nouveau.

Ce faisant, il se rendit compte qu'il était inhabituel pour lui de sourire deux fois en moins de quelques minutes. Il ne put se rappeler une seule fois au cours des dix-neuf derniers mois où il l'avait fait.

⬦

Malgré son sourire et la lueur aimable dans ses yeux bruns, Andrena se dit qu'il n'était qu'un homme comme les autres. Plissant le nez à cause de l'odeur de laine mouillée, elle tourna de nouveau son regard vers lui.

— Vous semblez sortir d'une bataille, dit-elle, et, par l'odeur de cette chose que vous portez, vous avez pris un bain d'eau de mer.

— Cette « chose », comme vous l'appelez, est mon plaid, dit-il en le soulevant légèrement de son épaule nue et très musclée, mais profondément éraflée. J'entends le murmure d'un cours d'eau, fit-il remarquer, alors il doit y avoir un ruisseau tout près où je pourrais le débarrasser de l'eau salée.

— Il faudra le faire sécher si vous voulez vous en couvrir ensuite, dit-elle. Comment s'est-il mouillé autant ?

— Je le portais sur ma tunique quand j'ai plongé dans le loch la nuit dernière en sautant de la galère de votre ami Pharlain, dit-il.

— Il n'est pas mon ami, et vous ne pouvez avoir nagé enveloppé dans un plaid, répondit-elle. Toutefois, si vous avez vraiment nagé vers le rivage sous nos falaises, je comprends que vous ayez l'air aussi meurtri et pourquoi votre tunique est en lambeaux. Certaines de ces éraflures saignent et nécessitent des soins, en particulier celle de votre épaule gauche qui descend le long de votre bras.

— La tunique était en haillons avant que je me jette à l'eau, mais je dois admettre qu'elle l'est encore plus maintenant.

— J'aimerais que vous me disiez qui vous êtes, comment vous êtes venu ici, et pourquoi.

— Puisqu'il semble que nous allons nous marier…

Quand il marqua une pause et que la lueur réapparut dans ses yeux, elle lui jeta un regard qui réduisait habituellement au silence même sa sœur Muriella. Mais il l'accueillit sans sourciller. À l'exception de sa tendance persistante, et assez agaçante, à laisser paraître son amusement, ni sa voix ni l'expression de son visage ne laissaient rien deviner de ses pensées.

— Cela me réjouit de voir que l'idée de m'épouser vous amuse, dit-elle. Nous verrons si cela vous réjouira encore quand vous découvrirez que mon père est tout à fait sérieux. Allez-vous enfin me dire qui vous êtes ?

— Ma famille et mes amis proches m'appellent Mag, dit-il. Pour Pharlain et la plupart des autres, je suis Magnus Mòr.

— Ce qui signifie « le Grand Magnus » ou « Magnus la Montagne ». Je suppose que vous n'avez pas de fils, de neveu ou de jeune cousin qui partage votre nom.

— Je suis le premier, dit-il. Je n'ai pas d'enfant et je doute qu'aucun de mes parents ne porte aussi mon nom. Mais comment l'avez-vous deviné ?

— Par le ton de votre voix, répondit-elle. Et aussi parce que vous êtes très grand. Le sommet de ma tête atteint à peine le creux de votre bras. De plus, si vous aviez été le père ou l'oncle d'un Magnus portant votre nom, vous auriez dit Magnus Mòr MacFarlan. Mais vous n'êtes pas un MacFarlan, dites-moi ?

— Connaissez-vous chaque MacFarlan ?

— Non, mais je sais que vous n'êtes pas l'un des nôtres. Et puisque vous étiez esclave sur une galère de Parlan… Au fait, comment êtes-vous devenu son prisonnier ?

— En me trouvant au mauvais endroit au mauvais moment, dit-il.

— Forcément, cela explique tout, dit-elle sèchement.

❦

Mag perçut la pointe d'ironie, mais il ne voulait pas s'expliquer davantage… pas encore.

— Sommes-nous loin de votre tour ? demanda-t-il.

— Comment savez-vous que c'est une tour ?

— Vous avez employé ce terme à deux reprises en parlant à ces brutes.

— Deux fois ? Ma foi, vous tenez le compte de pareilles choses ? Non, ne répondez pas à cela. Dites-moi plutôt où vous vous trouviez pour entendre si facilement ce que je disais.

— J'étais juché dans le hêtre au-dessus de votre tête, dit-il, avec votre chat.

— Ce chat est celui de ma sœur Lachina, pas le mien, dit-elle. Puisque je suis sûre que vous ne l'avez pas amené là-haut avec vous, il doit vous avoir suivi.

— Oui, et il s'est étendu sur mon épaule, sans cesser de ronronner, pour vous observer vous débrouiller avec mes poursuivants, dit-il en profitant du fait que le sentier s'élargissait pour marcher à côté d'elle.

Le visage d'Andrena se détendit un peu en écoutant cette description. Il avait espéré la voir sourire, mais en vain.

— C'est un comportement inhabituel pour lui, dit-elle plutôt, en particulier avec un étranger. Et vous ne m'avez pas révélé grand-chose à votre sujet.

— En effet, acquiesça-t-il, pas plus que vous ne m'avez dit votre nom.

Elle releva la tête, le dévisageant au lieu de regarder où elle mettait les pieds, ce qui était imprudent, pensa-t-il. Elle semblait prendre sa mesure. Il se prépara à la saisir si elle trébuchait et attendit l'inévitable. Mais elle marchait avec confiance comme si ses pieds connaissaient l'emplacement de chaque caillou et de toutes les ornières du chemin.

— Je suis Andrena MacFarlan, dit-elle. Andrew Dubh MacFarlan est mon père. Vous savez qui il est, je présume ?

— Je pensais que vous deviez être parente avec Andrew Dubh. Je sais bien que Pharlain le considère comme son ennemi juré. Pour être franc, cependant, je ne suis au courant d'aucun méfait qu'aurait pu commettre Andrew contre Pharlain.

— Non, c'est plutôt Parlan qui s'est rendu coupable de nombreux crimes contre nous. Il a tué mes frères et volé la terre de mon père, il y a des années de cela. Puis il s'est autoproclamé chef de tous les MacFarlan. Avant, il n'était que le cousin de mon père, Parlan MacFarlan. Ensuite, il a déclaré être le descendant direct du premier Pharlain et s'est donné le droit de porter ce nom.

— Et non *Mac*Pharlain, toutefois, comme il aurait convenu pour un tel descendant ?

— Non, et la branche de Parlan n'est pas la vraie lignée masculine. C'est le cousin de mon père, rien de plus. Notre ancêtre commun, le premier Pharlain, était le petit-fils du troisième comte de Lennox et de sa comtesse, qui est aussi l'une de nos ancêtres. Leur fils et héritier a signé une charte en tant que MacFarlan, ainsi le nom nous est resté. Tout le reste n'est que rodomontade de la part du cousin Parlan. À ses yeux, cela justifie aussi l'usurpation des terres de mon père et de son rang de chef, acquis par la tromperie et le meurtre.

— Je vous crois, dit-il.

— Me croyez-vous vraiment, demanda-t-elle, où dites vous cela simplement parce que vous n'aimez pas Parlan ?

———◦◦◦———

Andrena avait levé les yeux vers lui en posant la question, et son regard devint insistant quand il omit de répondre. Il regardait devant lui, comme s'il soupesait sa réponse.

— Je vous crois, dit-il au bout d'un moment. Mais je dois admettre que mon antipathie pour Pharlain a pu m'aider à prêter foi à tout ce que vous m'avez dit.

— Voilà une réponse honnête, en tous les cas, dit-elle simplement.

— Je dois aussi ajouter que j'en sais plus sur cet endroit et les gens qui l'habitent que ce que j'ai pu vous laisser croire.

— Alors, répondit-elle, vous avez été très téméraire d'entrer dans ces bois et de vous aventurer aussi loin. Mais pourquoi m'avez-vous induite à croire autre chose ?

— Voyez-vous, je voulais entendre ce que vous diriez au sujet de votre père et de Pharlain. J'ai entendu plusieurs versions de ce qui s'est passé à Arrochar, il y a deux décennies. Mais chaque nouvelle version semblait plus mythique que la précédente.

— Pourquoi « mythique » ?

— Vous connaissez le sens de ce mot, n'est-ce pas ?

— Oui, bien sûr, dit-elle. Il signifie « un compte rendu fantaisiste des faits » ou « une histoire purement imaginaire ».

Il lui vint à l'esprit qu'elle aurait normalement dû être froissée par la question. Qu'elle ne l'eût pas été tenait sans doute au caractère réfléchi de son interlocuteur. Il voulait seulement s'assurer qu'elle le comprenait bien. Certains hommes de son entourage auraient employé un ton condescendant, insinuant qu'elle ignorait probablement la réponse.

Il continua de marcher silencieusement à ses côtés. Mais elle était curieuse d'en connaître davantage à son sujet, et surtout de savoir ce qu'il pensait. Essayant d'adopter un ton de voix aussi neutre que le sien, elle demanda enfin.

— Pensez-vous que nous sommes des personnages mythiques ?

— Vous admettrez, je pense, répondit l'étranger, que Tùr Meiloach possède une telle réputation. Son nom même signifie « une petite tour gardée par des géants ». De plus, on dit qu'il est dangereux, voire mortel, de s'y aventurer. Les hommes jurent que les oiseaux et les autres bêtes de la forêt sont plus sauvages et féroces ici qu'ailleurs, que vos marécages s'ouvrent sous les pas des étrangers imprudents qui s'y enlisent. Ils disent que votre terre est sillonnée de rivières trop tumultueuses pour être traversées à gué — une caractéristique dont je peux témoigner tout comme le comportement de vos oiseaux que je viens de voir à l'œuvre. Mais on parle aussi de gouffres profonds qui s'ouvrent au passage des hommes pour les engloutir. J'ai entendu parler d'armées entières qui avaient péri ici.

— Alors, pourquoi êtes-vous venu ici?

— Ce n'était pas mon intention, admit-il. Je croyais que la galère était encore assez au sud pour espérer atteindre le territoire des Colquhoun. Mais la tempête nous a portés plus au nord que je le croyais. Dans l'obscurité et ballotté par les vagues en nageant, il m'était difficile d'estimer ma position.

— Vous êtes un Colquhoun, alors?

Elle connaissait bon nombre de Colquhoun, qui étaient leurs voisins immédiats au sud.

— Non, je ne suis pas un Colquhoun, dit-il, et son regard croisa celui de la jeune femme.

— Vos terres sont-elles contiguës aux leurs? demanda-t-elle.

— Oui, par endroits, et près de celles des MacFarlan aussi. Je suis un Galbraith. Mais arrêtons ici avant de traverser votre ruisseau. J'aimerais rincer mon plaid et soigner mes éraflures.

Elle le regarda marcher en direction du ruisseau gargouillant et s'y agenouiller. Elle savait qui étaient les Galbraith. Toutefois, même s'ils étaient plus ou moins voisins, elle n'en avait jamais rencontré auparavant. Leurs terres s'étendaient sur les montagnes, le long du loch

Lomond, et au sud des terres de MacFarlan là-bas. Les Galbraith possédaient également une île dans le loch où se dressait un château, près de l'ancien sanctuaire de Luss, où plusieurs MacFarlan étaient enterrés.

— J'ai entendu mon père parler d'Arthur, le laird de Galbraith.

— C'est mon père, dit Mag, en regardant par-dessus son épaule, tout en plongeant son plaid dans le ruisseau d'une main.

— Ainsi, votre famille vit sur l'îlot Galbraith et à Glen Fruin, dit-elle.

— Nous avons une tour dans l'îlot, la terre à l'ouest du loch Lomond, et d'autres terres à l'est du loch Lomond, dans la vallée de la rivière Endrick, répondit-il alors qu'il faisait passer son plaid dans sa main gauche, afin de pouvoir asperger d'eau son épaule blessée avec l'autre.

Tout en maintenant son vêtement dans l'eau, il se pencha pour plonger la tête dans le courant glacé. Puis, après avoir secoué l'eau de ses cheveux et de sa barbe, il se coiffa sommairement avec ses doigts

— Cela devrait être venu à bout du sel, dit-il.

Elle n'arrivait pas à deviner ses pensées d'après le ton de sa voix ni l'expression de son visage, en partie dissimulé sous sa barbe hirsute. Elle dit prudemment :

— Je croyais que le laird de Galbraith était l'un des alliés de Parlan.

— Mon père dirait qu'il ne l'est pas, répondit-il. Il affirmerait qu'il ne fait qu'obéir aux ordres de notre suzerain, le comte de Lennox, dont il est un vassal lige[3].

---

3. N.d.T.: Qui a rendu à son seigneur un hommage l'engageant à une fidélité absolue.

— Oui, bien sûr, c'est ce que Parlan dit aussi, ainsi que d'autres lairds du loch Lomond, selon mon père. Et bien que le roi ait ordonné l'arrestation de Lennox il y a deux mois, ce dernier est toujours l'allié de son beau-fils, Murdoch Stewart, et des deux fils plus âgés de Murdoch, de véritables débauchés. Mais si Parlan vous a fait prisonnier, vous devez vous être frotté à lui d'une façon ou d'une autre. Vous êtes-vous battu contre votre père aussi?

— Nous ne parlerons pas de politique maintenant, ni de ce que j'ai pu faire il y a presque deux ans, dit-il, et il retira son plaid de l'eau pour le secouer en se relevant.

— Avez-vous besoin d'aide pour l'essorer? demanda-t-elle.

Il sourit de nouveau. Décidément, il avait un sourire enjôleur. On avait envie de lui sourire en retour même sans savoir ce qu'il pensait vraiment.

— C'est gentil à vous de l'offrir, dit-il. Mais j'ai l'habitude de le faire moi-même.

Tout en parlant, il leva le plaid bien haut, et laissa le vêtement rectangulaire se déployer et flotter doucement au ras du sol. Il l'empoigna ensuite de sa main droite, sous la main gauche qui le maintenait en position, puis fit glisser son poing droit d'un mouvement lent et continu vers le bas, extrayant l'eau de la laine en une véritable cascade.

Avec un soupir envieux, Andrena dit :

— J'aimerais pouvoir essorer un drap ou un vêtement aussi facilement.

— Eh bien, j'ai eu l'occasion de le faire souvent.

— Si votre galère a remonté le loch dans l'orage d'hier soir, vous avez dû ramer contre le vent, dit-elle. Et si vous avez nagé ensuite jusqu'au rivage et escaladé l'une de nos falaises, vous deviez être exténué ensuite.

— Je l'étais, et meurtri aussi, comme vous avez vu. Votre côte est aussi inhospitalière qu'on le prétend. J'ai dormi, toutefois, après avoir atteint le sommet.

— Pour l'amour de Dieu, comment avez-vous pu dormir en pleine tempête ?

— Je me suis enveloppé dans mon plaid et j'ai dormi sous un affleurement rocheux, où un épais buisson m'a protégé du gros de l'orage.

— Dans un plaid mouillé ?

Il leva les sourcils.

— Jeune fille, les hommes font cela tout le temps. Surtout par les nuits froides. La laine mouillée retient mieux la chaleur du corps que ne le fait la laine sèche.

Elle était sceptique, mais quelque chose la préoccupait davantage.

— Vos poursuivants sont arrivés ici par le même chemin que vous, n'est-ce pas ? demanda-t-elle. Comment vous ont-ils retrouvé ?

— Ils ont nagé jusqu'au rivage, mais seulement après le lever du soleil. Et ils sont arrivés du côté du domaine des Colquhoun, au-delà de la grande chute. Ils pensaient sûrement que je tenterais de rentrer chez moi.

— Comment ont-ils traversé de ce côté-ci ?

— Je les ai vus traverser en se balançant à un filin attaché à la branche d'un arbre, expliqua-t-il. En fait, j'avais dû attendre jusqu'à l'aube afin de voir assez bien pour reprendre la route. J'ai une crainte respectueuse des histoires que j'ai entendues, mythiques ou non... et plus encore maintenant, après avoir vu vos oiseaux à l'œuvre.

— Ils se sont balancés au-dessus de la rivière au bout d'un filin ?

— Oui, et ils ont forcément dû l'abandonner à son arbre. Par conséquent, ils ne peuvent rentrer sans suivre la rivière jusqu'à sa source, à moins qu'il n'y ait une autre façon de traverser.

Il y en avait une, bien sûr, mais il n'était pas question de la lui révéler. Pas plus que les Colquhoun n'en parleraient aux hommes de Parlan. En fait, si ceux-ci étaient surpris sur leur territoire, ils regretteraient amèrement de s'y être aventurés.

— À quelle distance sommes-nous maintenant ? demanda Magnus Mòr.

— Ce n'est plus très loin, répondit Andrena. En ce qui concerne ces hommes, ils devront redescendre l'une des falaises.

— Je ne les envie pas, répondit Mag. Descendre une falaise est bien plus ardu que l'escalader, même en plein jour.

— Et puis, je doute que la galère de Parlan les attende très longtemps, fit-elle observer. Les gens du clan Colquhoun voient d'un très mauvais œil des navires non invités s'attardant dans leurs eaux.

— Ils sont plutôt amicaux à l'endroit de Pharlain, jeune fille — ou de Parlan, comme vous l'appelez. J'ai pu le voir de mes propres yeux.

— Oui, bien sûr, quand Parlan ne les menace pas. Mais envoyer des hommes sur les terres des Colquhoun sans permission, pour ensuite attendre au large afin de les reprendre ? Même pour capturer un prisonnier évadé, je doute que le laird de Colquhoun voie cela d'un très bon œil.

Et contrairement à la plupart des autres lairds des alentours, il ne s'est jamais soumis au comte de Lennox.

— Peut-être pas, mais il ne fait pas non plus d'efforts particuliers pour créer des ennuis à Lennox.

Elle ne répondit pas, car elle traversait le ruisseau. De plus, elle savait que ce qu'il disait au sujet de Colquhoun était vrai.

———◦◦◦———

Mag observa la jeune femme soulever ses jupes pour franchir le ruisseau, sautillant de pierre en pierre avec la même grâce confiante qu'elle avait montrée depuis le début. Elle avait des pieds charmants, des chevilles délicates et des mollets bien formés.

Elle portait encore son absurde bonnet de couleur crème et il aurait souhaité qu'elle le retirât. Il voulait savoir si ses cheveux s'accordaient avec ses sourcils, ou s'ils étaient plus pâles. Il s'interrogeait aussi sur son inclination à discuter de sujets concernant des hommes qu'elle n'avait sans doute jamais vus. La plupart des femmes ne portaient aucun intérêt à ces affaires qui — selon lui — ne les concernaient pas. Mais elle ne ressemblait en rien aux autres femmes qu'il avait connues.

Ses propres sœurs n'étaient pas comme elle. Bien sûr, toutes les trois étaient mariées à présent, à moins que Lizzie, la plus jeune, n'ait décidé de lever le nez sur l'homme que son père avait choisi pour elle. C'était une jeune fille entêtée, mais charmante au demeurant, ce qui fait qu'on lui pardonnait son esprit de contradiction.

— Vous pouvez voir notre tour maintenant, dit la jeune fille.

Il aimait la manière dont ses hanches ondulaient alors qu'elle avançait à grands pas devant lui. Levant maintenant le regard, il vit la tour de pierre gris-brun devant eux, encadrée par les arbres formant une éclaircie. Un grand espace bien dégagé séparait le *barmkin* de la forêt. Il remarqua aussi que les hommes postés sur les murs les avaient vus. Ils avaient levé leurs arcs, et leurs flèches étaient déjà encochées aux cordes tendues.

— Dites-leur d'abaisser leurs arcs, dit-il juste assez fort pour qu'elle puisse l'entendre. Je suis venu en paix et sans arme, comme vous avez vu.

— Je ne dirige pas plus ces hommes que je ne commande aux oiseaux, dit-elle. Mon père est trop averti pour laisser ses sentinelles baisser les armes, simplement parce que quelqu'un, à l'extérieur des murs, leur demande de le faire. Même sa propre fille, ajouta-t-elle. Quelqu'un de l'intérieur leur dira qu'aucun danger ne menace.

Il s'apprêtait à demander comment une personne à l'intérieur pourrait savoir une telle chose quand une porte étroite s'ouvrit. Une jeune fille avec de longues tresses blond pâle et des yeux qui paraissaient bleu clair, même à cette distance, accourut vers eux en s'écriant :

— Dree, tu as été partie une éternité. Nous observions les oiseaux et avons décidé d'aller à ta recherche. Mais qui est-ce ? s'interrompit-elle en regardant le nouveau venu. Ma foi, il ressemble à l'un des géants qui gardent Tùr Meiloach.

— Il s'appelle Magnus Mòr, dit Andrena. Et voici ma sœur Muriella, sire.

— Mais vous êtes blessé! s'exclama Muriella. Comment est-ce arrivé, sire? Les oiseaux vous auraient-ils attaqué? Je vous en prie, expliquez-moi.

— Murie, ma chérie, laisse Andrena et son compagnon entrer.

Toute son attention était fixée sur la jeune fille aux cheveux de lin, et il avait à peine remarqué la deuxième jeune femme, qui l'avait suivie à travers le passage. La voix de la nouvelle venue était basse et posée, tandis que sa tunique et sa jupe grises convenaient à son maintien plus réservé. Ses yeux étaient bleu-gris avec des reflets noisette fascinants. En les regardant l'une après l'autre, puis Lady Andrena, il reconnut l'évidente parenté. Andrena était la plus grande et Lady Muriella la plus petite des trois.

— Lina, dit Andrena, je te présente Magnus Mòr Galbraith. Et voici ma sœur Lachina, sire. Parlan retenait Magnus prisonnier sur l'une de ses galères, ajouta-t-elle pour les autres. Il s'est échappé la nuit dernière pendant la tempête.

— Mais un homme qui cherche un refuge ne peut pas avoir causé un tel émoi chez ces oiseaux, dit Muriella. Nous les avons vus, Dree, et nous avons toutes les deux senti…

Jetant un coup d'œil à Mag, elle s'arrêta et regarda piteusement Andrena.

— Comme je le disais, nous allions à ta rencontre, Andrena.

— Ce n'est plus la peine, Murie, dit Andrena. Et comme tu vois, notre hôte a été fort éprouvé et il appréciera sûrement nourriture et boisson. Veux-tu trouver Malcolm et lui demander de préparer quelque chose? Et dis-lui aussi que trois hommes de Parlan étaient à ses trousses. Je dois aussi lui trouver quelque chose à mettre afin qu'il soit présentable pour rencontrer père.

— Très bien, dit Muriella. Mais ne parle de rien d'important avant mon retour. Je veux entendre tout ce qui s'est passé.

— Jeune fille, intervint Mag, il n'y a aucune raison de vous donner tant de mal pour…

— Si vous pensez rentrer chez vous maintenant, sans provisions ni armes, intervint Andrena, renoncez-y tout de suite. Mon père ne laisse pas les étrangers fouler notre territoire à leur gré. Si vous voulez le traverser en toute sécurité, vous aurez besoin de sa permission.

— Alors, conduisez-moi à lui, je vous prie, dit-il en la suivant dans l'entrée. Les hommes postés sur les murs avaient repris leur ronde, s'en remettant au jugement des jeunes femmes, qui avaient manifestement accepté cet étranger.

— Si vous tenez vraiment à voir mon père dans vos hardes de braconnier, je peux vous emmener jusqu'à lui, dit-elle. Mais je vous conseille de manger et de faire un brin de toilette avant.

— J'ai un baume pour vos éraflures, sire, ajouta Lady Lachina. Aussi, ce plaid est trempé et votre tunique est toute déchirée. Je peux améliorer cela aussi.

— Je vous en serais reconnaissant, jeune fille, dit-il.

Il comprenait qu'il serait mal avisé d'éviter Andrew Dubh, et plus encore de se présenter à lui comme un vagabond déguenillé trouvé dans un buisson par le chat de la maison.

⊷◦⊶

Andrena espérait que Magnus se montrerait raisonnable. Mais, tout comme cela avait été le cas lorsqu'elle l'avait trouvé sur son chemin, elle ne pouvait ni lire dans ses pensées ni deviner ses émotions. Elle était plus habituée aux hommes — et aux femmes — qui révélaient leurs sentiments par l'expression de leur visage ou le timbre de leur voix.

Pénétrant la première dans la tour, suivie de Magnus et de Lina, elle se demanda comment il avait interprété le commentaire de Murie.

Elle n'eut guère le temps de s'attarder à de telles réflexions. Dès qu'ils eurent atteint l'escalier principal, Lina dit :

— Allons au solier, Dree. Cette tunique que j'ai raccommodée pour Peter, le fils de Malcolm, est toujours dans le panier à reprisage. Peter est costaud lui aussi, bien que pas aussi grand que Magnus Mòr. Comme Peter en possède deux autres, Magnus pourra très bien porter l'une des siennes le temps que j'en confectionne une pour lui.

Hochant la tête, Andrena grimpa l'escalier en colimaçon pour se rendre à l'étage au-dessus de la grande salle. Deux pièces s'ouvraient en arrivant sur le palier. L'une était la chambre à coucher de ses parents, l'autre le solier des dames.

À l'intérieur du solier, Lina se rendit à sa place habituelle et ouvrit un coffre fait d'osier tressé placé à côté de son tabouret.

— La voilà, dit-elle en prenant l'ample tunique grise. Avant de la mettre, sire, prenez ce baume et badigeonnez-en sur vos écorchures les plus vilaines. Cela hâtera leur guérison.

Andrena observa avec amusement Magnus prendre prudemment le petit pot et soulever le couvercle pour en flairer le contenu.

Murie, qui entrait au même moment, éclata de rire.

— Cela ne vous empoisonnera pas, sire, dit-elle. Les potions de Lina font exactement ce qu'elle dit qu'elles feront.

— J'en suis persuadé, dit-il. Mais je ne voudrais pas ruiner cette tunique que l'on vient de me prêter.

— Toutes les taches partiront au lavage, dit Lina. J'espère seulement que la tunique de Peter est assez longue pour vous couvrir décemment, sire.

— Je ne l'ai pas été souvent ces derniers temps, répondit Magnus mi-figue mi-raisin. Je vous serais reconnaissant de m'indiquer où je pourrais l'essayer.

— Restez ici, dit Andrena. C'est nous qui sortirons et nous ne reviendrons que quand vous nous aurez assuré que vous êtes habillé convenablement.

— Attendez, dit Lina, en fouillant dans un autre coffre d'osier. Essayez ceci aussi, sire. Cette étoffe devrait être assez longue pour que vous puissiez l'enrouler normalement autour de vous à la manière d'un kilt.

Andrena savait que Lina projetait d'utiliser l'ample pièce de tissu de couleur crème qu'elle lui présentait pour s'en faire une robe. Mais l'offre de Lina n'était pas une surprise. Et s'en séparer ne l'attristerait pas longtemps. Elle aimait filer et coudre, et pensait constamment à de nouveaux motifs à créer. Elle et Murie parlaient souvent des teintures possibles pour les fils et la laine que Murie filait et que Lina tissait pour en faire des fines étoffes, avec lesquelles elle confectionnait des vêtements. Toutes les deux étaient très talentueuses.

Visiblement touché par la générosité de Lina, Magnus accepta le tissu qu'elle lui offrait, puis les sœurs sortirent sur le palier. Elles refermèrent la porte derrière elles et attendirent patiemment qu'il les invitât à revenir.

Quand elles entrèrent, Andrena constata que la tunique était assez longue, mais tout juste. Il avait aussi arrangé le plaid gris et blanc à la manière d'un kilt à l'aide de sa ceinture.

— Cette laine est très soyeuse, dit-il en y passant la main.

— Nous avons des moutons et nous cardons nous-mêmes la laine, expliqua Andrena. Lina est très exigeante et refusera toute laine dont la texture lui déplaît. Cette pièce d'étoffe est faite de laine d'agneau.

— Je vous remercie de me la prêter, jeune fille. Je tâcherai de mieux la traiter que la précédente.

— Si vous êtes prêt maintenant, sire, dit Andrena, je vous emmène rencontrer mon père.

— Oui, je le suis, dit-il.

— Il sera dans sa pièce privée, dit-elle. C'est juste en dessous.

Elle le précéda pour lui montrer le chemin et frappa doucement à une porte quand ils furent arrivés. Elle entendit la voix de son père à l'intérieur et ouvrit.

— Nous avons un invité, père, annonça-t-elle alors qu'ils entraient dans la pièce de modeste dimension.

Une grande table rectangulaire, où un livre de comptes était ouvert, occupait presque tout le plancher. Son père était assis derrière.

— Je vous présente Magnus Mòr Galbraith, dit Andrena. Il était…

— … prisonnier de Parlan depuis un an et demi, compléta Andrew Dubh en repoussant son tabouret et en se levant. Entre, jeune homme, et parle-moi de toi. Si j'en juge par ta stature et ton allure, tu aurais dû échapper à ce vilain il y a dix-huit mois. Mais avant toute explication, dis-moi : es-tu marié ?

Chapitre 3

Hésitant brièvement sur le seuil, Mag décida qu'il était plus sage d'ignorer la question insidieuse d'Andrew MacFarlan que d'y répondre tout de suite. Il entra en gardant un œil prudent sur son hôte.

— C'est un honneur de vous rencontrer, milord, dit-il.

Malgré l'attitude accueillante de MacFarlan, Mag restait sur ses gardes, sachant qu'Andrew Dubh, dans sa jeunesse, avait été l'un des plus redoutables guerriers des Highlands. Il paraissait en pleine forme et faisait une bonne dizaine d'années de moins que la cinquantaine dont il approchait. Ses cheveux brun foncé ne montraient pas une seule mèche blanche, et ses seules rides évidentes étaient celles qui se formaient au coin de ses yeux lorsqu'il riait ; ceux-ci étaient du même bleu foncé que ceux de Lady Andrena.

Espérant avoir affaire à un ami et non à un ennemi, Mag voulut s'assurer que l'accueil de MacFarlan n'était pas un défi, malgré le ton rude du laird. Après tout, ses filles lui avaient offert l'hospitalité. Ce fait devrait suffire pour empêcher leur père de le traiter trop rudement. Les Highlanders se faisaient un point d'honneur d'offrir l'hospitalité, même à leurs pires ennemis. Il serait en sécurité tant qu'il mangerait et boirait sous le toit de MacFarlan, mais rien ne pourrait empêcher le maître de céans, s'il lui en prenait la fantaisie, d'ordonner de le tuer dès qu'il aurait quitté les terres de Tùr Meiloach.

— Comment es-tu arrivé jusqu'à nous? demanda MacFarlan.

C'est Andrena qui répondit :

— Il s'est échappé de l'une des galères de notre cousin Parlan pendant la tempête d'hier soir, père. Il a plongé dans le loch et a atteint le rivage sous nos falaises.

— Il a fait ça? demanda son père en lui décochant un grand sourire. Alors tu sais bien pourquoi je désire lui parler en privé. De plus, tes sœurs sont sûrement impatientes de connaître toute l'histoire de ta bouche.

Le regard du jeune homme croisa celui d'Andrena et il lut sa question muette. Mag hocha légèrement la tête pour montrer qu'il était satisfait de rester seul avec son père. Elle était d'un caractère évidemment si volontaire qu'il crut un moment qu'elle allait demander à MacFarlan de lui permettre de rester dans la pièce. Mais elle fit une révérence et sortit sans ajouter un mot, refermant la porte derrière elle.

Andrew Dubh leva ses sourcils broussailleux.

— Craint-elle que je te mange, garçon?

— J'en doute, milord, répondit Magnus. Ce que je pense, parce qu'elle me l'a dit elle-même, c'est qu'elle croit que vous allez m'offrir de l'épouser.

— Je vois que tu es un homme qui a son franc-parler, dit Andrew en souriant. Alors, moi aussi, j'irai droit au but. Je te dirai en face que, si tu es d'accord, je t'inciterai à accepter. Tu es le quatrième fils d'Arthur Galbraith, si je ne m'abuse?

— C'est bien cela, sire, répondit Mag, même si nous ne sommes plus que trois aujourd'hui.

— Oui, c'est vrai. J'avais oublié que ton frère Will est mort il y a deux ans dans cet affrontement entre ton clan et Parlan, ou Pharlain, comme le traître aime bien se nommer lui-même.

— Dix-neuf mois, pour être exact, dit Mag.

Andrew haussa les sourcils de nouveau.

— Tu parles d'une voix dénuée d'émotions, garçon, fit observer Andrew Dubh. Je me serais attendu à davantage d'amertume, et même à de la rage, dirigée contre ce renégat qui a tué ton frère.

— Je n'aime pas Pharlain, sire, dit Mag. Mais il y a une affaire d'importance capitale qui requiert toutes mes énergies maintenant. De plus, quand j'étais prisonnier, j'ai vite appris qu'il est toujours prudent de dissimuler ses émotions. Sinon, vos geôliers auront tôt fait de les exploiter.

— Tu as grandi en sagesse, alors. Ce n'est jamais une mauvaise chose pour un homme, dit Andrew. De plus, ton père a toujours deux autres fils, si je comprends bien. Mais j'imagine que notre chère Dree ne t'a rien dit de l'empêchement qui a rebuté autant les pères que les fils que j'ai approchés en son nom.

— Elle a seulement dit que vous recherchiez un mari pour elle.

— C'est ce que je pensais, répondit Andrew. Vois-tu, quand je suis arrivé à Tùr Meiloach, un certain nombre de mes hommes ont suivi. Ceux qui ne l'ont pas fait tout de suite m'ont rejoint après avoir pris la mesure de Parlan. Tu le connais et tu sais bien qu'aucun homme raisonnable ne peut lui faire confiance.

— Je ne lui ai jamais fait confiance, dit Mag. Mais parlez-moi plutôt de cet empêchement.

— Je n'ai plus que des filles maintenant; quand ce traître, Parlan, m'a volé Arrochar, il a assassiné mes trois fils, dont aucun n'était en âge de se battre. Alors…

— Il raconte à tout venant que c'est vous qui lui avez cédé Arrochar.

— Oh, bien sûr, c'est ce qu'il prétend, répondit Andrew. Quel choix avais-je, quand mes fils avaient déjà été tués dans une attaque surprise lancée par une armée plus nombreuse que la mienne, et avec notre petite Andrena, qui venait de naître? Je me suis terré, bien sûr, comme tout homme sensé l'aurait fait en des temps aussi périlleux. Alors ma femme et moi avons pris notre fille et nous nous sommes enfuis vers Tùr Meiloach, qui a toujours été un refuge sacré et sûr pour les vrais MacFarlan.

— Pharlain affirme qu'il vous a vu plonger dans la rivière, et que vous auriez été entraîné dans la chute, expliqua Magnus. Il affirme que seule la magie du «petit peuple[4]» ou des sorcières a pu vous sauver.

— Eh bien, répondit Andrew avec un clin d'œil, il faisait sombre et il n'y avait qu'un mince croissant de lune ce soir-là. Il n'a pas vu tout ce qu'il aurait dû voir.

— Je ne suis jamais passé par ce chemin, dit Mag. De l'îlot Galbraith, la voie habituelle pour se rendre dans les Highlands consiste à longer la rive ouest du loch Lomond. On traverse ensuite l'isthme étroit vers le loch des Longs Bateaux, avant de traverser le col au nord-ouest d'Arrochar. Je sais qu'il existe un passage à l'ouest de Glen Luss et aussi un ancien couloir par l'isthme lui-même. Mais on dit que

---

4. N.d.T.: Farfadets et autres êtres imaginaires.

ces deux chemins sont si périlleux maintenant que les voyageurs n'osent guère s'y aventurer.

— Je connais bien les chemins autour du loch Lomond, jeune homme. En tant que chef des MacFarlan, j'étais le gardien de ce col et je veillais également sur l'isthme de Ballyhennan.

— Ce que Pharlain fait maintenant, dit Mag. Mais je dois dire, sire, que j'ai entendu ce qu'on raconte sur la rivière qui garde votre frontière nord, et je sais qu'elle est aussi tumultueuse que celle que j'ai vue de mes yeux au sud. J'aimerais bien savoir comment vous avez pu passer à gué la rivière au nord, avec un simple croissant de lune pour vous éclairer.

— Je te le dirai un jour, dit MacFarlan. Mais maintenant, au sujet de cet empêchement… Vois-tu, n'ayant que des filles pour héritières, et étant déterminé à reconquérir mes terres et mon autorité, j'ai besoin d'alliés puissants et de guerriers pour m'aider. Le comte de Lennox a encore beaucoup d'influence, malgré son arrestation, et il s'est allié avec Murdoch, le second duc d'Albany, et ses voleurs de fils aînés. Sur les ordres de Lennox, tous mes voisins, à l'exception d'un seul, se sont joints à Murdoch dans sa quête pour détrôner notre roi.

— Celui-là étant le laird de Colquhoun, selon ce que j'ai entendu, dit Mag.

— Oui, et même Colquhoun préfère maintenir la paix et ne prendre parti dans aucune bataille. Ton père était comme ça aussi, au début, essayant de plaire à tous. Maintenant, il semble s'être rangé du côté de Murdoch, de Lennox et de Parlan. En tant que chef du clan Farlan, je considère devoir allégeance d'abord au roi d'Écosse, et non aux traîtres ducs d'Albany ni à leurs parents, tout aussi perfides. Ce qui inclut Lennox, que je sois ou non son vassal lige.

— Il y a quelques années, selon mon père, dit Mag, le premier duc d'Albany a gouverné le royaume légalement au nom de son frère le roi, et il le fit pendant presque tout son règne. Puis, Albany continua de gouverner après la capture de Jamie Stewart par les Anglais et la mort de son père, l'ancien roi. Les nobles crurent qu'ils devaient suivre Albany, et ensuite son fils, Murdoch, après la mort d'Albany. Les deux hommes étaient connus pour réprimer sans pitié tout défi à leur autorité.

— Oui, mais maintenant, Jamie est rentré au pays pour reprendre sa place légitime sur le trône d'Écosse, dit Andrew. Et il nous a tous démontré qu'il a les aptitudes pour le conserver, dit MacFarlan. Par conséquent, je lui dois fidélité. Qui plus est, il a ordonné à tous les propriétaires de produire leurs chartes pour prouver leurs droits sur leurs terres. Parlan ne peut le faire, parce que c'est moi qui détiens la charte royale d'Arrochar et des autres terres du clan Farlan.

— Alors vous n'avez qu'à les montrer au roi, fit observer Mag.

— Ce ne sera pas suffisant, garçon, répliqua MacFarlan. En cas de litige concernant les propriétés ou les titres, la balance penchera invariablement en faveur de l'homme qui a le plus de fils pour se battre avec lui. Comme je n'en ai aucun, ce sont de beaux-fils forts et loyaux dont j'ai besoin pour défendre le nom de MacFarlan. Voilà l'empêchement dont j'ai parlé plus tôt.

— Je conçois que ce puisse en être un, dit Mag sèchement.

— Je sais bien que je ne peux demander à l'aîné ou à l'héritier d'un autre laird d'accéder à une telle demande. Mais un fils puiné, avec de l'ambition et des qualités chevaleresques… Oh, je crois que je me suis aventuré ici. Ma fille ne t'a pas présenté sous le nom de Sir Magnus, n'est-ce pas ?

— Non, bien que deux ans auparavant, Lennox m'ait offert le titre de chevalier, mais seulement à la condition que je les serve, lui et Pharlain. J'ai refusé, ce qui pourrait les avoir contrariés et aussi expliquer pourquoi j'ai abouti sur une galère de Pharlain.

Le regard de MacFarlan se fit interrogateur.

— Alors, qu'est-ce que tu en dis ? demanda-t-il.

— Je n'ai pas d'objection à épouser votre fille, sire, répondit Mag sans baisser les yeux, ni à m'allier à votre clan. Mais il y a un sujet dont nous devons d'abord discuter, avant de parler plus avant d'un éventuel mariage.

— Diantre, jeune homme, je vais te le dire sans détour : j'aurais bien peu de respect pour un homme qui accepterait pareille offre sans discussion. Le tabouret là-bas supportera très bien ton poids, alors prends-le et amène-le par ici. Quand tu seras assis, nous parlerons de cela. Tu n'es pas déjà marié, sinon tu l'aurais mentionné. Cela ne peut donc être l'obstacle.

— Non, mais il est suffisant pour reporter tout projet de mariage, du moins pendant un certain temps.

— Alors, dis-le-moi sans détour.

Mag se demanda s'il ne commettait pas une erreur. Cependant, d'après sa longue expérience des hommes et des guerriers, il était sûr que Farlan était sincère au sujet de sa loyauté envers le jeune Jamie Stewart. Alors, il prit le tabouret, s'y assit et commença :

— Voilà ce qui en est, sire…

———◦○◦———

Andrena retourna au solier des dames et, en ouvrant la porte, elle entendit Muriella s'exclamer :

— Dree, enfin ! Maintenant, dis-nous ce qui est arrivé !

— Tu pourrais au moins attendre que j'aie franchi le seuil de la porte, dit Andrena.

— Tu nous as dit que tu sortais seulement pour aller voir ce qui se passait, dit Lina. Mais Murie a senti peu après que tu étais en danger. Tu dois les avoir vus. Pourquoi les as-tu laissés te voir ?

Muriella éclata de rire.

— Dree voulait savoir pourquoi ils étaient dans la forêt, bien sûr. Tu avais ton pipeau en main, n'est-ce pas, Dree ?

— Comme toujours, répondit Andrena. Alors je savais que je pouvais appeler nos hommes à ma rescousse. Mais quand l'un des manants m'a attrapé le bras droit, je ne pouvais le porter à mes lèvres, alors j'ai sifflé. Vous pouvez imaginer ma surprise quand j'ai vu les autours fondre sur mon assaillant. J'ai pensé qu'ils avaient senti ma colère et mon indignation, comme je ressens moi-même leur détresse. Nous savons que les animaux en sont conscients quand nous ne leur voulons aucun mal. Ces oiseaux m'ont émerveillée, toutefois. Le balbuzard est descendu également, mais je le soupçonne de l'avoir fait simplement par curiosité.

— Oui, ou parce qu'il craignait que les autours n'aient développé un appétit pour les poissons, dit Marie. Mais parle-nous de Magnus Mòr.

— Tu as dit qu'il était prisonnier de Parlan, ajouta Lina. Était-il l'un des trois hommes que tu as rencontrés, ou est-ce que ces derniers étaient à sa recherche?

— Attends, dit Murie. Tu dois nous dire comment cela s'est passé pour toi, Dree. Nous voulons connaître Magnus Mòr comme tu l'as fait. L'histoire aura plus de sens de cette manière, et je me rappellerai plus facilement tous les détails.

— Tu n'oublies jamais rien, dit Andrena.

— Je sais, répondit Murie. Mais je me souviens des choses comme je les ai entendues. Alors je t'en prie, dis-nous ce qui t'est arrivé.

— D'accord, acquiesça Andrena.

Elle prit son tabouret à dossier habituel, ignorant le panier de reprisage déposé à côté, puis elle commença son histoire par son départ de la tour. Au cours du récit, elle ne toucha qu'un mot ou deux de sa mise en garde à Magnus, à savoir qu'Andrew insisterait pour qu'il l'épouse.

Ce qui n'empêcha pas Lina de glisser :

— Père lui demandera probablement de se marier avec toi, à moins que Magnus ne soit l'héritier de Galbraith.

— Il ne l'est pas, dit Andrena.

— Alors! la taquina Murie. Ce sera une merveilleuse histoire à raconter aux *ceilidhs*[5].

— Aie la bonté d'attendre que je sois vraiment mariée à cet homme avant de raconter cela à qui que ce soit, dit Andrena.

---

5. N.d.T.: Réunion où l'on racontait des histoires, des fables, et où l'on récitait des poèmes, des ballades, etc.

Murie la regarda.

— Veux-tu vraiment l'épouser ?

C'est Lina qui répondit :

— Il n'est pas nécessaire de discuter de cela maintenant. D'abord nous devons savoir si père le lui a proposé et si Magnus Mòr est d'accord.

— Non, protesta Murie. Nous devons être préparées ! Si la perspective d'un tel mariage est intolérable à Dree, elle doit avoir une explication qui ne fera pas rugir père de colère.

— Voulez-vous que je vous raconte mon histoire, ou préférez-vous décider de mon avenir ? demanda Andrena, d'un ton qui ne laissa aucun doute à Murie sur le choix qui était préférable.

— Je veux savoir tout ce que Magnus et toi avez dit et fait avant que j'aille à votre rencontre devant la porte.

Andrena leur raconta ce qu'elle put, essayant de se rappeler ce qu'ils s'étaient dit. Sa capacité de réciter mot à mot une conversation entière n'était pas aussi précise que celle de Murie, mais elle estima s'être raisonnablement acquittée de sa tâche.

— Tu nous as raconté ce que vous vous êtes dit, remarqua Lina quand elle eut terminé. Mais que penses-tu de lui, Dree ? Et lui, que pense-t-il de toi ?

— Et comment as-tu pu simplement te retourner et le trouver sur ton chemin, comme tu nous l'as décrit ? demanda Murie. Tu devais sûrement savoir qu'il était dans cet arbre.

Andrena fit la grimace.

— Toute mon attention était concentrée sur ces trois hommes, dit-elle, alors je ne me suis pas rendu compte qu'il était là. Et je n'ai pas remarqué que ton chat avait grimpé avec lui, Lina.

Lina fronça les sourcils.

— Cela ne te ressemble pas, Dree, dit-elle. De nous trois, c'est toi qui possèdes l'aptitude la plus développée pour sentir la présence des autres, surtout quand tu es seule dans les bois. Qu'un homme aussi imposant que Magnus ait pu rester juché sur la branche d'un arbre juste au-dessus de ta tête, sans que tu t'en rendes compte, m'étonne beaucoup.

— Et cela me troublerait aussi s'il m'avait voulu du mal, dit Andrena. Je pense que je l'aurais senti alors. Malgré tout, sa présence n'aurait pas dû m'échapper.

— Tes dons s'émoussent peut-être en vieillissant, suggéra Murie.

— Est-ce le cas des vôtres ? demanda Andrena.

Murie réfléchit brièvement avant de répondre.

— En vérité, ma mémoire est plus fidèle qu'avant, dit-elle. Mais je peux l'exercer chaque jour, et toi, tu ne rencontres pas souvent d'étrangers. Il me semble que je sens les émotions et les pensées des autres comme je l'ai toujours fait. Mais, à cet égard, je n'ai jamais été à ta hauteur.

— Pas plus que ma mémoire n'égalera jamais la tienne, dit Andrena. Puisque j'y pense, ne devais-tu pas rendre visite à Annie Wylie aujourd'hui ?

— Oui, mais après ton départ dans les bois, je suis restée pour m'assurer que tout se passait bien pour toi, répondit Murie. Annie sera aussi heureuse si je passe la voir demain.

— C'est moi qui ai demandé à Murie de rester, dit Lina. Je peux percevoir tes émotions, Dree, mais seulement quand elles sont exacerbées ou quand tu es gravement malade.

— Je sais toujours quand tu es en colère, dit Muriella avec un sourire. J'ai appris à t'éviter durant ces moments-là avant même de savoir parler.

— Y a-t-il déjà eu une époque où tu ne parlais pas ? lui demanda Andrena. Je suis sûre que je ne peux me rappeler d'un temps aussi paisible.

— C'est sans doute à cause de ta mémoire défaillante, répliqua Lina en éclatant de rire.

Et comme toujours quand Lina riait, Andrena riait aussi.

— Un bon point pour toi, dit-elle, toujours riant de bon cœur.

⸺◦⸺

D'après l'expression du visage d'Andrew, Mag sut qu'il avait capté toute son attention.

— J'ai eu vent d'un complot pour assassiner le roi, sire, dit Magnus Mòr. Je dois le prévenir sans attendre.

— Que Dieu nous vienne en aide, murmura Andrew.

Retrouvant son sang-froid, il ajouta :

— Il n'y a pas lieu de se précipiter, jeune homme, même si c'est vrai, à moins que cette machination ne soit déjà en cours d'exécution.

— Je ne le crois pas, dit Mag. Je sais seulement que Pharlain fait partie des conspirateurs. Le principal bénéficiaire de son succès serait Murdoch, duc d'Albany, alors je présume que Murdoch et ses fils y sont aussi mêlés. Pharlain a parlé d'une séance du Parlement qui aurait lieu le mois prochain et à laquelle Sa Majesté participera.

— Oui, bien sûr, car Jamie n'a-t-il pas convoqué les lords à Perth le douzième jour de mars, ce qui est dans moins d'un mois ?

— Je dois vous croire sur parole, sire, car je ne connais pas la date, répondit Mag. Pas plus que je ne connais leur plan. Ce que j'ai entendu dire, c'est que Sa Majesté ne vivra plus après le dernier jour de ce Parlement.

— Depuis la mort du premier duc d'Albany il y a cinq ans, des nobles puissants s'étaient habitués à faire leurs quatre volontés, dit Andrew. Albany les disciplinait, mais Murdoch est paresseux. Il a laissé ses fils et d'autres nobles semer l'anarchie dans tout le pays. Mais Jamie est rentré d'exil et il a fait arrêter le fils aîné de Murdoch, Lord Walter Stewart, pour l'enfermer à Bass Rock, restant sourd aux plaintes indignées de Murdoch. À mon avis, Murdoch devrait s'estimer chanceux que Jamie ne l'ait pas jeté en prison lui aussi.

— Lennox est évidemment encore influent, malgré sa propre arrestation, dit Mag. Ce qui n'est pas une surprise, toutefois, puisque sa fille est l'épouse de Murdoch.

— Ni une nouvelle fraîche, dit Andrew. Il avait demandé à ses lairds du loch Lomond de soutenir Albany quand il s'agissait de s'opposer à l'ancien roi. Ne t'est-il jamais venu à l'esprit, mon garçon, que ton père est probablement embourbé jusqu'au cou dans cette conspiration que tu as découverte ?

— J'y ai pensé, en effet, sire, admit Mag. Mais je refuse de croire qu'il comploterait contre son roi. Ce fut mon père qui, après tout, m'a appris que je devais d'abord être loyal envers ma famille et mon clan, ensuite envers Lennox, notre suzerain. Et enfin, mais indéfectiblement, envers notre roi d'Écosse, qui est le chef de tous les chefs.

— Les nobles redécouvrent leur allégeance à Sa Majesté en proportion du nombre de lords que Jamie fait arrêter et châtier, dit Andrew. De plus, si j'étais Jamie, je ne ferais confiance qu'aux hommes qui ont prouvé leur loyauté.

— Mais comprenez-vous qu'il me faut l'avertir ? insista Magnus. Et si le Parlement se réunit bientôt, je n'ai pas un instant à perdre. Dieu sait combien de temps il me faudra pour trouver Sa Majesté.

— Ce ne sera pas aussi long que tu le crois, répliqua Andrew. Les nouvelles de ses allées et venues traversent le pays à la vitesse des oiseaux en vol. Tu n'as qu'à aller à Dumbarton ou à Glasgow. Là, tu demanderas où il est et où il va. Je peux te dire qu'il loge dans les abbayes, rarement dans les forteresses royales. Il dit qu'il avait été trop souvent emprisonné dans ces châteaux anglais.

— Mais, sire…

— N'est-ce pas le meilleur moyen d'éviter les hommes de Parlan ? l'interrompit tout de suite Andrew. De te cacher à la vue de tous est peut-être le meilleur plan. D'ailleurs, tu es trop imposant pour rester caché très longtemps, quelle que soit ta route. Nous dirons que tu es un cousin en visite, l'un des parents de ma femme, Lady Galbraith.

— Votre épouse serait-elle donc une de mes parentes ? Je n'ai jamais entendu parler d'une telle relation.

— Oui, car elle est parente avec les Comyn, et avec presque tout le monde dans les Highlands et ailleurs, d'une façon ou d'une autre, dit Andrew avec désinvolture. Personne ne doutera de cela. Maintenant, ajouta-t-il en s'animant, je peux trouver un prêtre rapidement et tu sembles désireux d'avoir ma fille. En ce qui concerne Andrena, elle fera ce que je lui dirai. Mais je verrai à vous marier avant ton départ. S'il devait t'arriver quelque chose durant ton voyage, j'aurai alors une bonne raison de demander l'aide du clan Galbraith contre Parlan. Vois-tu, le propre petit-fils d'Arthur serait en position d'hériter du tiers de ce que je laisserai.

Mag croisa le regard de son hôte et le soutint un long moment avant de dire d'un ton posé :

— J'ai déjà dit que je n'ai pas d'objection majeure à me marier, dit-il. Mais je ne voudrais pas d'une fiancée non consentante, sire. Avec tout le respect que je vous dois, je tiens à ce qu'elle me dise elle-même que c'est son souhait.

— Mais tu m'as dit qu'elle s'attendait à ce que je te fasse cette proposition.

— Elle m'a dit qu'elle craignait une possible tentative de votre part de nous l'imposer, répondit Mag. Je croyais qu'elle plaisantait et je n'y ai pas fait attention. Mais je sais aussi qu'elle n'a exprimé aucun désir d'obéir à cette demande. Je parlerai moi-même avec elle, sire. Et je veux votre promesse de ne pas aborder ce sujet avec elle avant que j'aie pu le faire.

Andrew haussa les épaules.

— Tu ne devrais pas avoir de difficulté à trouver le roi, dit-il, où qu'il soit, en moins de sept jours. Si tu te mets en route, disons vendredi, tu atteindras l'estuaire de la Clyde samedi après-midi. Tu pourrais chevaucher dimanche matin. Atteindre Perth à partir de Glasgow sera une affaire de quatre jours, si tu ne flânes pas en chemin. Et tu ne me sembles pas être ce genre d'homme.

Mag demeurait obstinément silencieux.

Avec un soupir exagéré, Andrew rendit les armes.

— Je manderai un prêtre pendant que tu discutes avec Dree. L'heure du dîner approche, mais que tu lui parles ce soir ou demain matin, elle n'offrira pas d'opposition. Vous pourrez vous marier dès l'arrivée du prêtre.

—◦○◦—

Andrena et ses sœurs, voyant que l'heure du dîner approchait, s'étaient retirées dans leur chambre à coucher commune. Elles voulaient se préparer pour le repas avant que Magnus Mòr ne sorte de la pièce privée d'Andrew.

Bien qu'Andrena fût curieuse de savoir ce qui était ressorti de la rencontre des deux hommes, c'est plutôt Muriella qui trépignait d'impatience de connaître le résultat de leur entretien.

— Et si père persuade Magnus de t'épouser, Dree? demanda-t-elle dès que la porte de la chambre se fût refermée derrière elles. Que répondras-tu?

— Dree connaît son devoir, dit Lachina.

— Je le connais très bien, répondit Andrena.

C'était vrai. Elle savait depuis son enfance que c'était son destin de prendre un mari qui renforcerait la position d'Andrew vis-à-vis de Parlan.

— Ton devoir, lança Murie dédaigneusement tandis qu'elle commençait à défaire ses tresses blond pâle. Je veux savoir ce que tu penses de Magnus Mòr.

— Que devrais-je penser de lui? demanda Andrena, prenant un miroir pour rajuster sa coiffure. Je n'ai fait sa connaissance que cet après-midi et nous nous sommes à peine parlé.

— Mais qu'as-tu senti en sa présence? demanda
Muriella.

— Rien qui puisse me renseigner sur la sorte d'homme
qu'il est, dit Andrena avec un soupir. Je te l'ai dit. Je n'ai
même pas senti sa présence, et son caractère demeure un
mystère pour moi.

— Il a été assez courtois pour te raccompagner à la
maison en toute sécurité, dit Lina en s'assoyant à sa place
habituelle.

Comme sa coiffure était presque toujours impeccable,
sa toilette fut minimale, mais elle avait retiré le tablier
qu'elle portait quand elle cousait.

— Il m'a semblé un peu misérable, ajouta-t-elle. Mais on
pouvait s'attendre à cela d'un évadé d'Arrochar. Je l'aime
bien, Dree. Il est poli et pas arrogant du tout, comme tant
d'hommes que nous rencontrons.

— Attendons de voir ce que notre mère en pense, suggéra Murie.

— Parlant de mère, dit Lina, il serait temps de décider
de quelle façon nous célébrerons son anniversaire de
naissance le mois prochain. C'est très bientôt.

— Oui, mais cela peut attendre, dit Murie. C'est son
opinion qui importe maintenant, parce que si mère rejette
Magnus Mòr, notre père devra te chercher un mari ailleurs,
Dree. Il s'oppose rarement à ses volontés, et nous le savons
très bien.

Andrena savait que son père respectait l'opinion de
Lady Aubrey. Elle se dit qu'elle n'avait pas besoin de s'in-
quiéter des pressions qu'Andrew pourrait exercer sur
Magnus tant que sa mère ne l'aurait pas rencontré. Qu'elle

fût incapable de ne penser à rien d'autre pendant qu'elle finissait de se préparer pour le dîner, voilà ce qu'elle se garda bien de dire à ses sœurs.

Et ce fut aussi bien ainsi. En effet, lorsqu'elles se joignirent à leurs parents à la table d'honneur de la grande salle pour le repas du soir, elle reconnut à peine Magnus dans le beau gentilhomme qui se tenait sur l'estrade à côté d'Andrew. N'eût été sa stature — ainsi que du plaid et de la chemise de lin que Lina lui avait procurés —, elle ne l'aurait pas reconnu.

À la place du fugitif dépenaillé qu'elle avait ramené à la maison se trouvait un gentilhomme baigné et rasé de frais, qui devait avoir quatre ou cinq ans de plus qu'elle. Il discutait avec sa mère à l'arrivée des trois sœurs. Alors qu'elles montaient sur l'estrade, il termina ce qu'il avait à dire avant de se tourner vers elles.

Seule la lueur d'amusement dans ses yeux était familière.

Andrena s'étonna elle-même en y répondant spontanément avec un sourire. Elle avait l'intention de garder un air empreint de dignité. Mais l'étincelle était irrésistible.

Se rappelant soudain qu'elle n'avait pas encore salué sa mère, elle fit une révérence.

— Bonsoir, mère, dit-elle. J'espère que vous avez passé une agréable journée.

— Oui, et je te remercie, dit Lady Aubrey avec son calme habituel. Pas aussi fertile en événements que la tienne, toutefois. J'ai simplement fait mes visites habituelles chez nos gens, qui étaient tous bien portants et vaquaient calmement à leurs affaires. Puis, je suis rentrée pour apprendre que tu nous avais ramené un invité des plus charmants.

Prenant place à côté de sa mère, Andrena échangea un regard avec Lina et vit que sa sœur avait eu la même impression qu'elle.

Muriella hocha la tête d'un air entendu, mais Andrena n'avait pas besoin de l'assurance muette de la benjamine pour savoir que Magnus Mòr plaisait à Lady Aubrey.

À la fin du repas, Lady Aubrey dit :

— Les hommes voudront bien nous excuser, je sais que vous avez bien des choses à discuter. Venez, mes chéries, ajouta-t-elle à l'adresse de ses filles. Nous nous réunirons au solier.

Que ce fût par consentement mutuel de ses parents, ou parce qu'Andrew s'opposait rarement à sa femme, Andrena sut qu'elle n'aurait pas d'autre conversation avec Magnus ce jour-là. Elle trouva étrange, toutefois, que son père ne lui eût rien dit, qu'il n'eût pas même évoqué l'idée de mariage, et elle se demanda si c'était sa mère qui allait lui en faire l'annonce.

Lorsqu'elles furent au solier, toutefois, Lady Aubrey demanda à Muriella de les divertir avec l'une de ses histoires favorites tandis qu'elles faisaient leurs tâches domestiques.

Andrena se résigna à reprendre son raccommodage, mais se surprit bientôt à pouffer de rire à l'histoire de Murie, mettant en vedette un « p'tit, p'tit filou » qui s'était joué d'une reine des fées. Murie avait un don presque magique pour conter une histoire. Quand elle eut fini, elle prit son luth et se mit à jouer pour elles.

Les hommes ne vinrent pas se joindre aux dames, et Lady Aubrey proposa aux jeunes filles de se retirer à l'heure habituelle.

Andrena demeura éveillée pendant ce qui lui parut des heures. Elle essaya d'imaginer ce que serait un mariage avec ce colosse aux yeux dans lesquels brillait toujours cette étincelle, mais dont elle ne connaissait rien d'autre. Malgré tout, elle se leva tôt le lendemain matin, comme à l'accoutumée.

La grisaille de l'aube perçait à travers les volets. Quand elle les ouvrit pour regarder dehors, la brume recouvrait la pelouse et tout ce qui se trouvait au-delà du mur. Le monde extérieur paraissait figé et un peu inquiétant, mais le brouillard ne la dissuada pas de faire sa promenade habituelle dans les bois. Elle passa rapidement sa culotte en daim, ses bottes et sa veste. Elle voulait réfléchir et le faire avant le réveil du reste de la maisonnée et le début d'une nouvelle journée.

Chapitrè 4

Mag s'était réveillé de bon matin, lui aussi. Les servantes avaient déposé du pain, de la viande et de la bière sur la table d'honneur de la grande salle. Il choisit un peu de tout, prit son repas et sortit dans la cour brumeuse. La première personne qu'il croisa était un gringalet de onze ou douze ans, au visage semé de taches de son et arborant une tignasse de cheveux roux. Il se présenta simplement sous le nom de Pluff.

Après avoir longuement examiné Mag, le garçon dit :

— C'est vous qui allez épouser Lady Andrena, dit Pluff. J'vous ai vu r'venir avec elle hier. J'pensais pas qu'les hommes vous laisseraient entrer. Mais Lady Lina et Lady Murie ont dit d'ouvrir la porte. Alors, on l'a fait. Certains disent qu'c'est les habitants du p'tit peuple qui v'z'ont conduit jusqu'ici. Mais Lady Aubrey a dit à ses servantes qu'vous étiez un ami et qu'elles devaient bien v'traiter.

— Et qui est Lady Aubrey ?

Les yeux de Pluff s'écarquillèrent.

— Mais c'est la dame du laird, bien sûr. Elle peut toujours reconnaître les amis des ennemis, ajouta-t-il. Mais j'savais pas qu'elle choisissait les maris aussi.

— Elle pourrait donc s'être trompée cette fois-ci, dit Mag.

Il s'en voulut de ne pas avoir compris qui était Lady Audrey dès que le garçon eût mentionné « ses servantes ». Pour lui, c'était Lady MacFarlan, et il s'adresserait à elle ainsi tant qu'elle ne l'inviterait pas à faire autrement.

— Non, elle s'trompe jamais, répliqua Pluff. Les gens disent qu'Lady Aubrey peut voir des choses qu'les autres voient pas.

— Veux-tu dire qu'elle possède le don de la vision, qu'elle peut voir ce qui se passe dans les lieux éloignés ?

— Non, car ça voudrait dire qu'elle voit des choses qui s'passent au loin. Mais parfois, elle sait c'qui va arriver. Son nom veut dire « maîtresse des elfes ». Et les elfes font partie du p'tit peuple. Alors, ils doivent lui dire ce qu'ils savent. Laissez-moi v'dire ceci, m'sieur, continua Pluff sur le ton de la confidence, j'l'ai jamais entendue s'tromper quand elle parle d'l'avenir.

Toujours sceptique quand on lui parlait de double vue, de lutins et de créatures fantastiques, Mag changea de sujet.

— Quelles sont tes tâches ici, Pluff ?

— L'matin, j'dois m'occuper des chiens, dit le garçon, à moins que quelqu'un m'dise de faire aut'chose. J'dois nettoyer l'étable et surveiller la poterne aussi. Mais à c't'heure-ci, y a que Lady Dree qui sort faire sa promenade matinale.

— Alors, tu as moins de choses à faire aujourd'hui, dit Mag, car aucune dame ne sortirait dans un brouillard aussi épais.

Le garçon haussa les épaules.

— Lady Dree sort par tous les temps, m'sieur. Elle est partie y a une demi-heure à peine. Elle dit qu'elle réfléchit mieux à l'extérieur des murs.

Mag fronça les sourcils.

— Elle est partie seule?

— Non, elle a amené la vieille Bess avec elle.

— La vieille Bess?

— Son berger d'Écosse. Lady Dree aime toutes les bêtes, mais Bess est sa favorite.

— Un chien lui sera de peu d'utilité si elle subit un accident dans la brume.

— Oh, la vieille Bess l'aidera. Elle est très futée.

— Je pense que je vais faire une promenade, moi aussi, dit Mag.

Le garçon lui jeta un autre regard singulier.

— Sauf vot' respect, m'sieur, j'pense que Lady Dree connaît nos bois mieux que n'importe quel étranger. Z'avez dû entendre parler des malheurs qui arrivent à ceux qui s'aventurent à Tùr Meiloach.

— Je pense m'en sortir indemne, dit Mag avec un sourire qui se voulait rassurant.

Le garçon hocha la tête.

— À vot' guise, sire. J'vous laisse sortir. Mais si vous v'perdez, allez pas vous plaindre au laird à mon sujet. V'lez-vous amener un des chiens avec vous? Y sont tous capables d'vous ramener à la maison.

Mag secoua la tête et se dirigea vers la porte. Son contour était à peine visible, mais il avait un sens presque infaillible de l'orientation et une bonne mémoire pour se situer et se représenter à peu près n'importe quel lieu déjà visité.

— Dans quelle direction ta maîtresse est-elle allée? demanda-t-il au garçon.

— Elle m'le dit jamais, déclara Pluff en haussant les épaules de nouveau tout en ouvrant la porte.

Quand elle se referma derrière Mag avec d'un bruit sourd, celui-ci fit une pause pour se diriger. Le brouillard était suffisamment épais pour cacher le soleil et le paysage, mais Mag pouvait distinguer assez facilement les zones sombres de la forêt au-delà de la clairière.

Malgré le brouillard dense qui tourbillonnait autour de lui, il distinguait ses pieds et des empreintes fraîches plus petites pointées dans la direction d'où ils étaient arrivés la veille.

Il les suivit jusque dans les bois où elles disparaissaient dans le tapis d'aiguilles de pin humides. Mais il détecta un étroit sentier qui semblait mener aux falaises.

À l'exception des lambeaux effilochés de brume qui flottaient lugubrement sous les feuillages et s'enroulaient autour des buissons d'arbustes, la vue était assez dégagée dans les bois pour lui permettre de voir devant lui. Les créatures de la forêt étaient silencieuses, comme d'habitude par un tel temps, et il pouvait entendre les vagues au loin qui venaient mourir sur la rive du loch en contrebas.

Il espérait qu'Andrena serait restée dans la forêt, mais quand le sentier continua de l'entraîner vers les falaises, ses espoirs s'amoindrirent. Si sa sœur Lizzie agissait avec autant d'insouciance, il la tancerait vertement.

Cette réflexion fit flotter l'ombre d'un sourire sur ses lèvres. Il n'y avait rien de commun entre Lizzie et Lady Andrena. Celle-ci avait même dit que c'était son père qui avait insisté pour qu'elle connût l'emplacement de chaque rocher et de chaque ruisselet sur les terres de Tùr Meiloach.

À n'en pas douter, elle croyait les connaître tous.

Cette pensée n'était pas rassurante. Il approchait de l'orée des bois et put voir que le brouillard avait rampé jusque-là, et qu'il y était même plus dense que dans la cour ou dans la clairière. L'inquiétude se mit à le gagner.

Elle ne se serait sûrement pas aventurée au-delà de la protection des arbres.

Il atteignit la lisière du boisé et observa que ce qu'il arrivait à distinguer du sol devant lui était constitué de roches granitiques humides, recouvertes de galets et de sable granuleux. Il tendit l'oreille, mais ne pouvait entendre que le bruit des vagues s'échouant sur la plage au pied des falaises. Il doutait de s'être éloigné de plus d'un kilomètre de la tour. Mais quand il avait ramé sur le loch, il n'avait pas étudié le sommet des falaises avec grande attention.

Comme il voyait assez bien devant lui pour éviter de mettre le pied dans un gouffre, il marcha vers la falaise. Il pouvait sentir l'espace ouvert de même qu'une autre présence humaine. La sensation était assez forte pour qu'il crût pouvoir la rejoindre en continuant à avancer dans la même direction. Un prolongement à peine visible du sentier de la forêt semblait lui montrer le chemin.

Quand le contour d'une silhouette se détacha peu à peu dans la brume grisâtre, sa forme lui suggéra qu'il avait peut-être confondu la présence d'Andrena avec celle d'un garçon. Mais quand elle changea légèrement de position, il vit que ses courbes étaient d'un attrait trop féminin pour appartenir à un homme. Il y avait aussi un chien à poil long à côté d'elle.

Le cœur de Mag faillit s'arrêter quand il vit à quel point Andrena était dangereusement proche du bord de la falaise.

Comme elle lui tournait le dos, il n'osa pas l'appeler par son nom, de peur de la faire sursauter.

Essayant de contenir son inquiétude pour la sécurité de la jeune fille, et la légère contrariété que ce sentiment agitait en lui, il se rappela qu'il devrait parler calmement s'il avait à le faire. Il se demanda si elle savait qu'il la regardait. Elle avait semblé étonnée de ne pas avoir perçu sa présence la veille. Pourtant, elle se tenait là, inconsciente de sa proximité, fixant l'épais brouillard.

Le chien restait assis tranquillement, bien que Mag vît ses oreilles remuer et sa tête tourner légèrement dans sa direction. Les chiens aboyaient rarement après lui et il avait caressé affectueusement ceux qu'il avait croisés dans la cour la veille. Toutefois, Pluff avait dit que le colley était intelligent, alors il s'attendait au moins à un grognement d'avertissement.

Il avait marché pendant un certain temps sur un sol de granit rendu humide par le brouillard. Mais en baissant les yeux, il aperçut une surface couverte de galets à un moins d'un mètre devant lui. En avançant lentement, il les déplaça juste assez pour les faire bruisser.

Elle se retourna et se raidit en l'apercevant.

———◦◦◦———

Andrena venait de penser à lui. Quand elle entendit le bruit des cailloux, elle eut l'impression de l'avoir fait apparaître. Un frisson de malaise la parcourut parce qu'encore une fois, elle n'avait pas senti son approche. Bien sûr, elle était plongée profondément dans ses pensées. Malgré tout, elle aurait dû sentir sa présence derrière elle.

Elle avait la sensation d'être en présence de son père lorsqu'il était mécontent d'elle. Mais rien dans l'attitude de Magnus Mòr ne lui permettait de dire quoi que ce soit sur les émotions qu'il éprouvait. Sûrement, s'il était en colère — bien qu'il n'eût aucun droit d'être en colère contre elle —, elle sentirait son déplaisir. Pourtant, elle ne pouvait imaginer aucune autre raison pour le petit frémissement qui l'avait parcourue.

Elle baissa les yeux vers Bess, qui agitait la queue et semblait presque sourire à Mag.

— Tu aurais pu au moins m'avertir, marmonna-t-elle au chien.

— J'ai cru qu'elle aurait aboyé ou grogné, dit Magnus. N'êtes-vous pas dangereusement près de cette falaise ?

Très détendue, elle répondit :

— Elle se trouve à plus d'un mètre devant moi. Regardez ce rocher, facilement reconnaissable entre tous, ajouta-t-elle en l'indiquant d'un geste. On peut se promener ici en toute sécurité, même par des brouillards bien plus épais. Je suis venue ici parce que j'aime écouter les vagues murmurer quand tout est calme alentour. On ne peut jouir d'un tel silence que lorsque la brume est assez opaque pour forcer les oiseaux à rester au nid et les autres créatures dans leur repaire. Voyez-vous, je viens ici pour réfléchir.

— N'y a-t-il aucun endroit dans la tour assez paisible pour méditer ?

— J'aime venir ici, dit-elle, de nouveau sur ses gardes. Le brouillard ne me dérange pas. Je pourrais retrouver cet endroit précis au cœur de la nuit.

— Portez-vous souvent des culottes de garçon ?

Elle redressa les épaules et leva le menton.

— Oui, en vérité, répondit-elle, je les préfère pour mes promenades solitaires. Est-ce que cela vous gêne?

— Non, j'aime leur allure, bien que je ne vous recommande pas de les porter en société, surtout en présence de femmes. Est-ce que cela vous ennuierait que je reste un moment avec vous?

— Vous pouvez si vous le voulez, dit-elle.

Bien qu'elle eût préféré jouir de sa solitude un peu plus longtemps, elle était incertaine de l'humeur de Mag et ne voulait pas se montrer impolie. Il semblait avoir accepté son explication, mais elle demeurait circonspecte. Après tout, son père voulait qu'elle épouse cet homme et elle n'avait aucune idée de la sorte de mari que ce grand et puissant Magnus Mòr Galbraith ferait.

Le calme de sa maîtresse signifiant pour elle que la présence de Magnus Mòr était souhaitée, Bess s'élança vers lui pour l'accueillir. Tout en se penchant pour caresser la tête du chien, il leva les yeux et rencontra le regard d'Andrena.

— Je m'en retournerai si c'est ce que vous voulez, dit-il.

Puis, en se redressant, il ajouta:

— J'avais toutefois pensé que, si vous étiez d'accord, ceci pourrait être un bon endroit pour parler en privé.

Elle faillit dire qu'elle ne voyait pas de quoi ils pourraient discuter. Mais elle empêcha ces paroles peu sincères de franchir ses lèvres.

— Je veux bien, sire, dit-elle. Je sais que vous vous étonnez des intentions de mon père et que vous le croyez un peu fou.

— Non, car ses desseins me semblent parfaitement sensés, répondit Mag. Je suis sûr maintenant que Pharlain a ravi Arrochar et ses terres à votre père par la force et la tromperie. Je peux aussi comprendre pourquoi votre clan a accepté Pharlain plutôt que de demander son bannissement.

— Vraiment ? répondit-elle. Notre clan a la réputation bien méritée d'être indiscipliné. Je reconnais que j'étais contrariée qu'il ne se soit pas porté au secours de mon père quand celui-ci a eu besoin d'aide. Je ne savais pas qu'à l'époque, la plupart de ses meilleurs guerriers étaient entraînés dans des troubles ailleurs au pays et que Lennox…

Elle fit une pause, incertaine de ce qu'elle pouvait se permettre de dire au sujet du comte, sachant que les Galbraith étaient aussi ses vassaux liges.

— La dissension régnait partout alors, dit Magnus doucement. Le comte a agi dans son propre intérêt, tout comme la plupart des autres nobles l'ont fait.

— Quel âge aviez-vous quand mon père a perdu ses terres ? demanda-t-elle brusquement.

Il sourit.

— Quand Pharlain a ravi Arrochar, il y a dix-neuf ans, je n'avais que six ans. Mais j'ai beaucoup appris sur cette époque. L'agitation prévalait dans tout le pays. Rappelez-vous que l'Angleterre avait capturé le très jeune Jamie Stewart et que son père, le roi, est mort de chagrin quand il l'a appris. Ce qui laissa l'Écosse avec un enfant — prisonnier des Anglais, qui plus est — comme roi. Et son héritier était son oncle, le premier duc d'Albany, qui agissait depuis des années comme gouverneur du royaume.

— Vous parlez d'Albany d'un ton approbateur, il me semble.

— Non, je n'ai pas l'audace d'approuver ou de désapprouver ce qui est maintenant de l'histoire. Je n'ai aucun moyen de savoir comment j'aurais agi si j'avais été en âge de combattre ou si j'avais eu quelque influence à l'époque. Le fait demeure qu'Albany était très puissant et que l'Écosse avait besoin d'une main ferme pour la diriger. Nous avons trop de nobles cupides qui ne cherchent qu'à accroître leur pouvoir pour servir leurs intérêts. Peu d'entre eux semblent avoir la moindre pensée pour le bien-être du royaume.

— Mais le premier Albany est mort depuis cinq ans maintenant, répondit Andrena. Et personne ne peut vraisemblablement croire que son fils Murdoch soit aussi intelligent, fort et capable qu'il l'était.

— C'est vrai, mais ce qui fait défaut en sagesse à Murdoch, son fils, Lord Walter Stewart, le possède en ruse, en vilenie et en cruauté, dit Magnus, qui s'était adossé à un rocher commodément placé. Il ne fait pas de doute que Walter cherchera à devenir roi des Écossais ou à régner légitimement à la place du roi, comme gouverneur du royaume, à l'instar d'Albany père.

— Oui, peut-être, mais Jamie est de retour, dit-elle. Et il a fait enfermer Lord Walter à Bass Rock peu après son retour, ce qui fait que Walter ne peut plus lui faire de tort.

— Vous ne croyez sans doute pas entièrement ce que vous dites, dit-il. Les ennemis de Jamie cherchent à le renverser et Walter, prisonnier ou non, est l'héritier direct du duc Murdoch. Mais Jamie pourrait se maintenir sur son trône contre leur gré et celui de leurs partisans. Il semble déterminé à le faire, et d'après tout ce que j'ai entendu dire à son sujet dans la dernière année, c'est un jeune homme intelligent. Il a déjà gagné à sa cause Douglas, Scott et d'autres puissants lords de la région des Marches écossaises[6].

---

6. N.d.T.: Les Scottish Borders ou «Marches écossaises» forment une région située au sud de l'Écosse entre Édimbourg et l'Angleterre (source : Wikipédia).

— Mon père croit qu'ils sont peu fiables.

— En fait, la plupart des Écossais attendent de voir qui servira le mieux leurs intérêts avant de prendre parti. Si Jamie peut s'accrocher à son trône une autre année, il devrait être en bonne posture pour le conserver.

Il vint à l'esprit d'Andrena que peu d'hommes de sa connaissance discuteraient ouvertement de la position précaire du roi avec elle. Ceux capables de le faire lui parleraient avec légèreté, comme si elle était une enfant, ou changeraient vite de sujet. Seuls son père et sa mère prenaient le temps de lui expliquer de telles choses.

Comme si Magnus Mòr entendait ses pensées, il lui dit :

— Vous semblez en savoir plus sur les affaires du royaume que la plupart des femmes, ce qui est d'autant plus remarquable étant donné que vous avez grandi dans un endroit comme Tùr Meiloach.

— Les actes des nobles ont des répercussions sur nous tous, dit-elle. Ma sœur Muriella sait bien des choses, parce qu'elle parle à tous nos visiteurs et les invite à lui dire ce qu'ils savent, directement ou par ouï-dire. Elle retient tout et nous le répète ensuite.

— Tout ?

— Oui, Murie n'oublie jamais rien, répondit Andrena. Elle voit la conversation comme une sorte de récit, et puisqu'elle veut devenir la sénachie[7] de notre clan, elle se fait un point d'honneur de recueillir les nouvelles de toutes provenances.

— Avez-vous vécu à Tùr Meiloach toute votre vie ? demanda Mag, qui semblait aussi à l'aise appuyé sur son rocher que s'ils avaient conversé auprès du foyer dans la grande salle.

---

7. N.d.T.: Conteur ou conteuse d'histoires traditionnelles celtiques.

— Oui, bien sûr, dit-elle.

Elle se demanda s'il était aussi heureux de rester là et de lui parler qu'elle-même l'était. Il en avait l'air en tout cas, en dépit de l'humidité et de l'inconfort de sa position.

— Vous devez mener une existence très isolée, dit-il. Comment se fait-il que vous en sachiez autant sur ce qui se passe dans le monde extérieur ?

— Nous ne vivons pas emmurées dans notre tour, sire. Bien sûr, père quitte rarement Tùr Meiloach, car il ne sait que trop bien que le cousin Parlan apprendrait vite son absence. Il en profiterait pour tenter de s'emparer des terres de Tùr Meiloach comme il l'a fait de celles d'Arrochar. Mais nous recevons des visiteurs et ma mère nous a souvent emmenés en visite chez nos parents. Et nos voisins du Sud…

— Les Colquhoun ?

— Oui, le laird est un ami, dit-elle, bien qu'il ne crie pas cette amitié sur les toits. Il a été assez franc pour affirmer d'emblée qu'il attachait plus d'importance à sa tranquillité, et qu'il préférerait ne pas devoir affronter Lennox pour soutenir mon père.

— Alors, en quoi son amitié vous sert-elle ?

— Colquhoun possède des terres le long de notre frontière sud-ouest du côté de l'estuaire de la Clyde, comme vous devez le savoir. Il décourage tout passage sur ses terres en réclamant d'importants droits de passage aux voyageurs éventuels, en particulier à ceux qui veulent voir mon père.

— On dit en effet que Colquhoun exige un fort prix de ceux qui veulent passer et qu'il surveille de très près son cheptel, dit Mag.

— C'est exact, dit Andrena, mais il ne nous réclame rien et nous assiste même quand nous voulons voyager. J'ai été à Glasgow à plusieurs reprises et même une fois à Stirling. Ma mère désire que nous polissions nos manières sous d'autres toits que le nôtre. Nous ne sommes pas des paysans, après tout, sire. Elle croit que c'est son devoir de nous habituer à vivre au sein de la noblesse.

— Aimez-vous la vie citadine ? demanda-t-il.

— Pas beaucoup, dit-elle. J'espère que cela ne vous désappointe pas trop. Voyez-vous, j'aime Tùr Meiloach.

— Je voulais seulement en savoir un peu plus à votre sujet, dit Magnus. Par-dessus tout, je voulais savoir ce que vous pensez des desseins de votre père. Ne dites pas simplement que vous êtes sa fille obéissante. Je veux connaître le fond de votre pensée à ce sujet.

Elle faillit laisser jaillir sa frustration d'être incapable de sentir les émotions et les pensées de Mag, pas même sur son visage. Peut-être que si elle était honnête…

Non, c'était impossible. Elle et ses sœurs avaient depuis longtemps appris qu'il était sage de garder le silence sur leurs dons inhabituels. De plus, même si elle parvenait à les lui décrire, comment saurait-elle s'il la croyait ? Et se montrerait-il aussi honnête envers elle à son tour ?

En fait, s'il avait entendu tout ce que ses poursuivants avaient dit la veille, il savait que l'un d'eux l'avait traitée de sorcière. De plus, il avait admis en savoir plus sur sa famille que ce qu'il avait d'abord laissé entendre. Ayant vécu avec les hommes de Parlan pendant plus d'un an et demi, Magnus Mòr avait sans doute entendu plusieurs vérités et faussetés au sujet des trois sœurs MacFarlan… et de leur mère.

⚬◦◦⚬

— Qu'y a-t-il? demanda Mag. Je peux voir que mes paroles vous portent à réfléchir.

— Je ne suis pas certaine de pouvoir expliquer pourquoi elles l'ont fait, ni que vous me croirez si j'essaie, répliqua-t-elle sans hésiter.

— Vous ne m'avez donné aucune raison de douter de vos paroles, jeune fille. Jusqu'à ce que vous m'en donniez une, je croirai que vous me dites la vérité ou, à tout le moins, ce que vous tenez pour la vérité. Est-ce que cela vous semble raisonnable?

— Oui, bien sûr, dit-elle.

Le ton de sa voix était dubitatif et elle demeura silencieuse assez longtemps pour qu'il se demandât si elle allait lui révéler ce qu'elle pensait.

Elle regarda le loch de nouveau, comme si elle cherchait là une source d'inspiration.

Il vit que le brouillard derrière elle s'était en partie dissipé. Au-dessus de sa tête, une petite étendue de ciel bleu était visible à travers la brume.

Se retournant pour le regarder, elle inspira profondément.

— Voyez-vous, sire, dit-elle, mes sœurs et moi partageons un lien plus profond que celui qui unit la plupart des enfants nés de mêmes parents.

— C'est compréhensible, puisque vous avez grandi ici toutes les trois, dit-il. Craignez-vous de les voir moins souvent si vous m'épousez? Vous savez sûrement qu'Andrew désire que je vive ici à Tùr Meiloach, ajouta-t-il en voyant qu'elle hésitait à répondre.

Elle hocha la tête, l'air grave, et il se rendit compte à quel point elle était proche du bord du précipice. Il voulut l'inviter à se rapprocher de lui, mais se ravisa. Non seulement parce qu'il voulait entendre son opinion sur leur mariage éventuel, mais aussi parce qu'il doutait qu'elle fût en réel danger. Il était clair, cependant, qu'elle ne partageait pas ses craintes sur les périls des grandes hauteurs.

Finalement, elle dit :

— Votre propre maison ne se trouve pas très loin d'ici, sur l'îlot Galbraith, alors je resterai assez près de ma famille, même si vous découvrez que vous ne tolérez pas de vivre à Tùr Meiloach.

Ce n'était pas le moment d'admettre que son père l'avait déshérité et qu'il ignorait s'il avait même un foyer.

— Parlez-moi encore de votre famille, dit-il.

— Pourquoi, alors que vous m'en avez dit si peu sur la vôtre ?

— Parce que vous semblez réticente à me dire ce que vous pensez de ce mariage imaginé par votre père. Pendant que vous pesez votre décision, il serait bon pour moi d'en apprendre un peu plus sur le reste de votre famille.

— En vérité, sire, dit-elle, je me demande pourquoi vous ne vous opposez pas à la volonté de mon père de décider de votre avenir à votre place.

Cette fois-là, ce fut Mag qui dut réfléchir avant de répondre.

◆

Andrena le regarda et essaya de le percer à jour.

— Je vois un profit pour moi dans un tel mariage, dit-il enfin.

Manifestement, il n'avait pas d'objection à l'épouser. Sa voix était égale, son visage dépourvu d'expression. Mais il devait sûrement avoir certaines réserves. Ma foi, elle avait ses propres réticences, même si elle savait depuis des années que son père l'y destinait.

Pire encore, comment pouvait-elle savoir s'il était sincère alors qu'elle était incapable de sentir ses émotions, comme elle y arrivait avec tous les autres ? Qu'elle fût dans l'incapacité de faire la moindre supposition sur ce qu'il pensait ou ressentait lui semblait trop injuste.

— Qu'y a-t-il ? demanda-t-il. Quelque chose vous a troublée.

Elle voulait grincer des dents. Elle ne pouvait le déchiffrer. Mais il semblait pouvoir lire en elle comme dans un livre ouvert.

— Je n'ai rien dit qui pourrait vous le laisser croire.

— Par la Vierge, dit-il, toujours aussi calme en dépit de l'invocation sacrée. Vous craignez que votre père nous force à nous marier. Et cette idée ne vous enchante guère.

Elle grinça vraiment des dents cette fois-là.

— Vous vous trompez, dit-elle.

— Vraiment ? Je ne le crois pas.

— En vérité, sire, je ne sais que penser, répondit Andrena. D'aussi loin que j'arrive à me rappeler, je connaissais les intentions de mon père. Je sais que c'est mon devoir envers mon clan d'épouser un guerrier. Toutefois, avant votre arrivée, il n'avait jamais trouvé de parti intéressé à se conformer à ses exigences. Ce qui fait que je n'y avais que peu réfléchi avant aujourd'hui. Mais mon père ne nous forcera pas à nous marier. De plus, vous dites qu'il y a un avantage pour vous. Quel est-il ?

— J'en vois plus d'un, répondit-il, ce qui la surprit. D'abord, tout fils qui n'est pas l'aîné a besoin d'une femme qui possède des terres ou de la fortune. Et puis, je vous trouve intelligente et très mystérieuse aussi. Je crois que vous me conviendrez fort bien comme épouse si, bien sûr, vous consentez à le devenir.

— Et vous adopteriez le nom de MacFarlan?

— Volontiers, répondit-il. Je suis né Galbraith, et j'en serai toujours un. Mais je ne vois aucun inconvénient à prendre le nom de MacFarlan.

— Et votre famille?

Il hésita un peu avant de répondre.

— Ce qu'ils peuvent penser ne m'importe guère.

— Vous devez aussi penser que le nom de MacFarlan vous protégera de notre cousin Parlan, dit-elle d'un ton amusé.

Elle l'observa pour voir comment il allait réagir à cette pointe.

— Cela pourrait m'être utile quelque temps, dit-il en haussant les épaules.

Puis, repliant les bras sur sa poitrine, il ajouta :

— Mais ce n'est pas le principal avantage qui m'est venu à l'esprit.

— Quel est-il? demanda-t-elle.

— Je pense que nous devrions discuter de ce sujet particulier à un moment plus opportun.

Son regard rencontra le sien. Quelque chose dans ses yeux échauffa ses joues, et cette chaleur sembla irradier dans tout son corps.

Mais elle ne pouvait toujours pas dire à quoi il pensait.

— Nous devrions rentrer maintenant, dit-elle avec un petit soupir. Mais vous devez savoir que je ne désobéirai pas aux souhaits de mon père.

— Alors, vous devez savoir ceci, jeune fille, répondit Mag. Si ce mariage vous déplaît le moindrement, je n'y consentirai pas.

— Même avec les avantages que vous en retireriez ?

— Malgré tous les avantages, dit-il. Peut-être devrions-nous en discuter davantage avant de rentrer à la tour afin d'apprendre à mieux nous connaître. J'aimerais prendre un chemin assez en hauteur pour surveiller la route que j'ai parcourue hier. Les hommes de Pharlain sont peut-être revenus.

— Non, ils ne l'ont pas fait, dit-elle.

— Comment pouvez-vous en être certaine ?

Elle hésita un moment et dit d'un ton nonchalant :

— Nos hommes sont aux aguets maintenant. Jamais ils ne permettraient que ce qui s'est produit hier se reproduise.

Puis, avant qu'il puisse l'interroger plus avant sur ce sujet, elle le devança et dit :

— Je vais vous montrer le chemin, si vous voulez, puisque la brume se lève. Un ruisseau non loin d'ici va se jeter dans la rivière au sud. Du sommet de la colline, on peut voir une grande partie du pays que vous avez traversé. Nous pourrions même attraper un poisson ou deux pour le déjeuner.

— Je n'ai pas apporté de gaule, dit-il en s'éloignant du rocher qui lui servait d'appui.

— Vous n'en aurez pas besoin, répondit-elle. Il y a une cache tout près d'ici qui nous fournira ce qui est nécessaire.

Il hocha la tête, invitant du geste Andrena à passer devant. Mais quelque chose dans son regard lui suggéra qu'il était sceptique sur les raisons qui la rendaient si convaincue que les hommes de Parlan n'étaient pas revenus à Tùr Meiloach.

Si c'était le cas, il avait raison. Mais elle doutait qu'il fût prêt à entendre que c'étaient les oiseaux et les animaux qui l'avertiraient de la présence d'intrus dans la forêt.

Marchant devant lui dans les bois, elle se dirigea vers le sud-est. Rapidement, les pentes devinrent plus abruptes et peu après, ils entendirent le joyeux clapotis du ruisseau. Il courait entre les sillons rocailleux au-dessus d'eux sur une certaine distance, avant de s'élargir et de continuer son cours vers le sud, à travers un enchevêtrement de collines jusqu'à la rivière. Montant la première sur un sentier près de l'eau, parsemé de petits cailloux et de galets, elle atteignit un abri à demi caché dans l'ombre de grands rochers.

Elle y entra et prit sa lance et une autre que son père utilisait souvent. Quand elle ressortit de l'abri, elle vit les yeux de Magnus s'agrandir.

— Vous savez sûrement harponner le saumon, n'est-ce pas ? demanda-t-elle avec un sourire.

Chapitre 5

Mag fut ravi de voir son sourire, mais stupéfait de voir les lances.

— Vous me surprendrez toujours, jeune fille. Je dois admettre que je m'attendais à voir des gaules. Je n'ai pas tenu une lance en main depuis plusieurs mois, mais je parie que je peux toujours pêcher un poisson ou deux s'il le faut.

— Mais vous devez, sire, dit-elle en continuant de sourire. Je garde de telles caches dispersées un peu partout parce que je n'aime pas traîner toutes sortes de choses avec moi. Je porte souvent mon poignard, mais je sais bien qu'une femme qui exhibe des armes plus évidentes peut sembler chercher les ennuis.

— Vous pensez à cette lance comme à une arme ?

— Oui, bien sûr. Pas vous ?

— Naturellement, mais je n'ai jamais vu une femme capable de lancer un projectile en ligne droite.

— J'atteindrai toute cible raisonnable que vous choisirez à l'exception d'une créature de la forêt, dit-elle d'un ton égal alors qu'elle appuyait la seconde lance sur un rocher.

— Une autre fois, peut-être, dit-il en la regardant pendant qu'elle se retournait pour lui faire face.

Pensant qu'il l'avait peut-être offensée, il ajouta :

— Je désire seulement voir le territoire que j'ai traversé hier. Si le brouillard s'est suffisamment levé, j'aimerais aussi jeter un coup d'œil au loch.

— Allez-y, dit-elle. Du sommet de la crête de l'autre côté du ruisseau, vous aurez une vue magnifique de la rivière, au sud, et du loch des Longs Bateaux, à l'ouest.

— Ne viendrez-vous pas avec moi ?

— Non, je n'ai aucun besoin d'aller voir pour savoir qu'aucun ennemi ne nous menace maintenant.

Il se demanda si elle avait vraiment une telle confiance dans les hommes de son père. Il avait remarqué le court silence plus tôt, avant qu'elle l'assure que les hommes étaient à l'affût des intrus. La veille, il était clair que ces mêmes hommes n'avaient vu ni lui ni ses poursuivants. Apparemment, Andrew Dubh avait fait connaître son mécontentement. Aucun chef ne veut être mis au courant d'une intrusion ennemie autrement que par la bouche de ses propres gens. Les orages des derniers jours n'étaient sûrement pas une excuse suffisante.

Pourtant, Andrew avait semblé prendre l'incident avec un grain de sel. S'il avait admonesté ses hommes, Mag n'en savait rien.

Cherchant un endroit où il pourrait enjamber le ruisseau, il grimpa rapidement, mais toujours sur ses gardes, se rappelant les histoires qu'il avait entendues au sujet de Tùr Meiloach — de la dangereuse instabilité du sol et des bêtes non moins redoutables qui y vivaient. La jeune fille avait eu raison au sujet de la vue de la crête, car elle y était vraiment spectaculaire. Le panorama était un véritable festin pour le regard.

La brume s'accrochait encore au sol et aux arbres ici et là, mais elle se dissipait rapidement. Une épaisse nappe de brouillard flottait au-dessus du fleuve en direction sud, et une couche plus mince enveloppait le loch. Mais il n'y détecta pas de mouvement ni ne vit aucun bateau. Il aurait été étonnant que des navires sortent par un matin aussi brumeux. Les hommes de Pharlain étaient d'excellents marins, mais ils n'étaient pas fous.

Bien que la vue l'invitât à rester, il ne s'attarda pas parce que la jeune fille était plus attrayante encore et qu'il désirait revoir son sourire. Il pouvait l'apercevoir en bas dans la déclivité encore brumeuse, debout sur une pierre granitique plate s'avançant au-dessus du ruisseau. Elle l'avait visiblement oublié et se concentrait sur sa pêche.

Il s'apprêtait à la rejoindre quand il la vit élever sa lance.

Il s'arrêta pour l'admirer dans toute la beauté de sa pose de chasseresse. Comme cette pensée lui effleurait l'esprit, la lance plongea dans l'eau. Elle l'en retira immédiatement avec un gros saumon s'agitant avec indignation au bout de la pointe. Elle plaça rapidement le poisson à terre et mit fin à sa lutte d'un seul coup de pierre. Puis elle le retira avec précaution de son harpon et passa une corde à travers ses ouïes avant de le remettre dans l'eau. Enfin, elle noua l'autre extrémité de la corde à une solide branche surplombant le ruisseau.

Après avoir remis son poignard dans sa ceinture, elle leva les yeux, le vit, et lui envoya la main.

Sa vue était perçante et il avait pu voir que la mort du saumon l'avait attristée. Elle n'était donc pas une vraie chasseresse, conclut-il pour lui-même. Il ne vit aucune lueur triomphale dans ses yeux quand leurs regards se croisèrent. Redescendant presque aussi rapidement qu'il avait grimpé, il la trouva assise près de l'eau sur la roche plate.

— J'ai vu votre prise, dit-il. Vous maniez la lance avec dextérité.

— Merci, dit-elle. C'est mon père qui m'a enseigné.

— L'utilisez-vous pour chasser aussi ?

— Non, je chasse avec mon arc, mais seulement les lapins et uniquement quand il le faut. Je ne prends aucun plaisir à tuer l'une de nos bêtes. Cela me dérange moins quand il s'agit des poissons, mais celui-là était un spécimen si splendide que j'ai détesté le voir mourir.

— Les hommes doivent manger, jeune fille. Les femmes et les enfants également.

— Je le sais très bien, dit-elle avant de replonger son regard dans l'eau. Mon père m'a enseigné bien des choses afin que je puisse me débrouiller et, si nécessaire, pourvoir aux besoins de ceux qui dépendent de moi.

Elle se tourna vers lui avant d'ajouter :

— Je dois avouer que si je voulais pêcher aujourd'hui, c'était uniquement pour vous montrer que j'en étais capable.

— Je ne vous le reproche pas, dit-il en prenant la lance qu'elle avait déposée sur le rocher. J'ai été impressionné par votre habileté. Mais vous devrez pratiquer régulièrement pour l'entretenir.

— Je sais cela aussi, répondit-elle, mais j'ai attrapé mon poisson, et c'est maintenant à votre tour.

Il hocha la tête, espérant seulement ne pas se couvrir de ridicule. Il n'avait pas touché à une lance pendant sa captivité. Soupesant celle qu'il tenait à la main, il vit qu'elle était bien travaillée, lisse et parfaitement droite. Sa pointe était coupante comme une lame et garnie de barbillons. Il n'aurait aucune excuse s'il échouait.

Elle s'écarta de son chemin.

— Allez plus loin, tout près du bord, dit-elle. C'est le meilleur endroit.

Acceptant sa suggestion, il s'approcha de l'extrémité de la grande pierre plate. Le ruisseau s'élargissait juste au-dessous, attirant les poissons dans le petit tourbillon qui s'y formait. Il observa un moment et nota le passage de quelques grosses truites et également de gros saumons.

Elle l'observait silencieusement.

Il leva sa lance, choisit une cible, faillit projeter son arme, mais se ravisa. Soupesant le harpon de nouveau, il respira profondément et, en choisissant une nouvelle proie, le décocha avec force. Il le retira de l'eau et retourna la pointe vers le haut avec le poisson qu'il avait transpercé.

Celui d'Andrena était plus gros, mais le sien était un beau spécimen. Il attacha sa prise à la même corde que le premier et les replongea tous deux à l'eau pour les conserver.

— Nous devrions rentrer maintenant, dit-elle. À propos, j'espère que vous avez pu rompre votre jeûne avant de sortir.

— Je l'ai fait et je ne suis pas pressé de rentrer, dit-il. Voulez-vous prendre plus de poissons ?

— Non, mais d'autres s'en chargeront maintenant — et iront à la chasse aussi. Nous ne manquons pas de nourriture.

— Donc, nous pouvons discuter de ce que vous pensez du projet de votre père, dit-il en s'assoyant sur la pierre à côté d'elle. Vous dites que vous ne savez qu'en penser, mais que vous obéirez à Andrew Dubh. Je voudrais connaître maintenant la raison de vos hésitations, car je ne veux pas que vous vous soumettiez à sa volonté pour le regretter plus tard.

— Je discuterai de tout ce que vous voudrez, dit-elle aimablement, mais j'aimerais choisir d'abord le sujet, si vous permettez.

— Quel est-il ?

— Vous me semblez beaucoup plus flegmatique que la plupart des hommes que j'ai connus, dit-elle. Tantôt, j'ai pensé que vous auriez été offensé quand j'ai insinué que vous prendriez notre nom seulement pour vous protéger. Mais vous n'avez pas paru l'être.

— Je n'ai pas été offensé, répondit-il en sachant que sa brève réaction ennuyée avait eu une tout autre cause. Vous aviez raison de vous interroger sur mon accord avec votre père, continua-t-il. Quant à ce caractère égal que vous me prêtez, je dois admettre qu'il était plus vif dans ma jeunesse. Mes frères pouvaient me faire sortir de mes gonds par de simples taquineries. Mais un prisonnier apprend vite qu'un tempérament bouillant n'est pas un atout. En fait, si j'avais appris à mieux me maîtriser avant cet incident, je ne me serais sans doute pas fait capturer. Mais dites-moi ce que vos sœurs pensent de ce projet de mariage.

— Lina vous aime bien, répondit-elle. Je pense que Muriella aimerait que j'apprenne à mieux vous connaître d'abord.

— Sans doute, elles le veulent toutes les deux, comme moi d'ailleurs. Elles vous appellent Dree ?

— Oui, répondit-elle. C'est Muriella qui nous a attribué nos surnoms quand elle a commencé à parler, parce qu'elle ne pouvait pas prononcer nos noms. Elle s'est elle-même attribué celui de Murie. Notre mère a tenté de la persuader d'employer Muriella, mais elle ne s'y résout que dans les occasions sociales.

— Elle est très animée, bien plus en tout cas que Lady Lachina.

Andrena sourit.

— Murie paraît ainsi à cause du contraste entre elle et Lina, qui est d'un tempérament tellement pratique. Comme vous avez pu le constater, Lina est une tisserande et une couturière très douée. C'est aussi une bonne musicienne et la conciliatrice parmi nous. Murie est rêveuse et très créative. Elle aussi a du talent pour la musique, mais elle préfère composer ses airs et écrire ses chansons. Elle file la laine, le fil, et raconte aussi plein d'histoires. Parfois, on souhaiterait que sa mémoire ne soit pas aussi fidèle.

— Je vois, dit-il avec un sourire en pensant à Lizzie, sa sœur, qui se rappelait aussi de bien des choses que ses frères auraient préféré lui voir oublier.

Il faillit le dire, mais se retint. Non seulement s'était-il habitué à garder ses réflexions pour lui-même, mais puisque Andrena parlait maintenant, il ne voulait pas l'interrompre.

— Ce que vous comprendrez peut-être moins facilement est le lien qui nous unit, dit-elle. Quand l'une de nous est bouleversée ou malade, les autres le sentent même si elles ne sont pas avec elle. Hier, quand nous sommes rentrés à la tour, vous vous rappelez certainement qu'elles étaient sur le point de partir à ma recherche. Elles avaient observé les oiseaux et elles ont toutes les deux senti ma détresse quand cette brute m'a saisi le bras. Elles ont aussi perçu ma réaction quand je me suis retournée et que je vous ai trouvé sur mon chemin.

— Votre surprise, vous voulez dire.

— Oui, c'est ça, dit-elle. Mais nous ne parlons que de moi, sire. Vous devez me parler de vous et de votre clan.

— Il n'y a pas grand-chose à raconter, dit-il. J'ai deux frères et un père, que je n'ai pas vus depuis un an et demi. Ma mère est morte quand j'étais enfant, mais j'avais quatre sœurs. L'une est morte en bas âge, deux se sont mariées avant ma capture, et la quatrième l'est sans doute aussi maintenant.

Il chercha son regard et dit doucement :

— Je préfère que nous parlions de vous, jeune fille. Je veux savoir ce que vous pensez.

— En vérité, dit Andrena, je pense que nous devrions rentrer. Nous parlerons chemin faisant, si vous voulez, mais mes sœurs et mon père vont bientôt se demander où nous sommes. Et si ma mère s'inquiète à notre sujet, nous aurons droit à la mauvaise humeur de mon père.

— Alors, il faut partir à l'instant, dit-il en joignant le geste à la parole.

Alors qu'Andrena se levait pour l'accompagner, elle se dit qu'il avait accepté trop facilement de partir. C'était un homme qui semblait aimable, pourtant elle se demandait pourquoi il était si réticent à parler de sa famille. Après tout, il était dans la coutume des Highlands, lorsque les gens se rencontraient, d'échanger des détails sur leurs clans respectifs et leurs familles. Les visiteurs ou les voyageurs qui ne restaient qu'une nuit énuméraient souvent plusieurs générations d'ancêtres, afin de s'assurer qu'on ne les confonde pas avec d'autres. Plus le clan était important, plus les présentations pouvaient s'éterniser. Mais Magnus Mòr avait à peine mentionné les membres de sa famille immédiate : deux frères et trois sœurs encore vivants, un père, mais plus de mère.

En d'autres circonstances, elle l'aurait pressé davantage de s'expliquer. Mais il était si aimable que, pour une raison ou une autre, elle avait le sentiment qu'il serait déplacé d'insister pour qu'il lui parle davantage de ses frères et sœurs. Et encore plus indiscret de s'informer de leurs époux, des circonstances de la mort de sa mère, de la violence de ses colères lorsqu'elles se produisaient, et de tant d'autres détails qu'elle brûlait de connaître.

Dans l'ensemble, se dit-elle alors qu'ils marchaient en silence en descendant vers la tour, bien des choses plaidaient en faveur de Magnus Mòr Galbraith en tant que mari. En dépit des épreuves de sa capture et de son emprisonnement prolongé, il était confiant dans ses capacités lorsqu'il avait une arme à la main et serait sans doute une présence redoutable sur le champ de bataille. Le plus fascinant demeurait l'étincelle dans ses yeux, ce sourire qui illuminait son visage et son naturel toujours affable.

Lorsqu'elle sautait d'un rocher à l'autre, une main serviable venait parfois saisir son coude d'une manière inattendue. Sa première réaction était de se dire qu'elle n'avait pas besoin de son aide. Mais l'attention derrière le geste la touchait, et elle remerciait le jeune homme.

Il lui souriait alors et elle s'attendait presque à ce qu'il lui parle, mais il l'invitait simplement du geste à le précéder. Il lui faisait penser à ce gentil géant d'une histoire que Murie racontait, un géant qui agissait toujours avec bonté, se déplaçait avec la souplesse d'un chat, et dont la voix était plus douce que le murmure du vent. Il ne dirigeait sa fureur que contre ceux qui menaçaient ses amis, et Andrena était sûre que Magnus Mòr ferait la même chose.

Comme il n'avait toujours pas remué les lèvres au moment où ils atteignirent le sentier qu'elle avait emprunté la veille, elle demanda :

— Comment était-ce d'être le prisonnier de Parlan ?

— Déplaisant, dit-il. Mais pour survivre, un homme apprend à utiliser les moyens disponibles.

— Cela, dit-elle en se tournant vers lui, n'est pas vraiment une réponse.

∞

Mag avait observé la jolie silhouette de la jeune femme onduler sous sa culotte en daim souple, tout en se demandant combien de temps s'écoulerait avant qu'elle se remît à parler. Mais il n'avait pas prévu d'être mis sur la sellette aussi rapidement.

Il ressentit de l'amusement, mais aussi le besoin d'être honnête. De la voir marcher à quelques pas devant lui perturbait plus le cours normal de ses pensées qu'il aurait voulu l'admettre. Elle venait de le tirer brusquement de cette plaisante rêverie.

Ne s'était-il pas dit, à peine quelques instants auparavant, qu'elle était non seulement d'une beauté remarquable, mais aussi dotée d'une étonnante force de caractère ? La vie en compagnie d'une telle femme promettait d'être captivante, avec la promesse de nombreux plaisirs tant sensuels qu'intellectuels. Mais voilà, il venait d'être désarçonné par une question à laquelle il aurait dû s'attendre avant et par la fin de non-recevoir opposée à sa réponse superficielle.

— En vérité, répondit-il enfin, je préfère ne pas parler de mon emprisonnement. Mais vous avez le droit de savoir que rien d'important ne m'est arrivé en captivité. Après avoir appris à garder mes pensées pour moi-même, à maîtriser mon bouillant caractère et à éviter d'irriter celui des autres, je m'en suis assez bien sorti. C'était déplaisant, bien sûr, mais je n'ai pas été aigri à jamais.

— Vous êtes resté là-bas un an et demi, dit-elle. Assurément, avec votre stature et votre force, vous auriez pu vous échapper bien avant.

— L'un des inconvénients d'être aussi imposant était justement que la plupart des gardiens me gardaient toujours à l'œil. De plus, certains manants pensent qu'ils doivent défier quiconque leur paraît puissant pour se prouver je ne sais quoi. J'ai appris à me faire discret et j'ai tissé des liens amicaux avec les autres prisonniers, et même avec quelques hommes de main de Pharlain. Rappelez-vous que certains des plus vieux ont servi votre père. Ils ne sont pas aussi loyaux à Pharlain qu'il voudrait le croire.

— Mais vous avez sûrement dû vouloir vous enfuir, dit-elle. Et ma foi, quand vous l'avez fait, vous avez choisi le plus mauvais temps possible pour cela. Vous auriez pu vous noyer.

— En raison des vents violents et des eaux agitées, on m'avait retiré mes chaînes, expliqua-t-il. Je nage bien et mes gardiens ne s'attendaient pas à une tentative d'évasion. Pas plus qu'ils ne pouvaient me suivre dans une telle obscurité. Les vents avaient soufflé nos torches et les lanternes oscillaient sous le beaupré. On peut distinguer la terre du large en pleine nuit, mais pas les dangers à fleur d'eau. Ils furent donc forcés de maintenir la galère loin de la côte parsemée d'écueils jusqu'à l'aube.

— Mais pourquoi ne pas vous être évadé avant ? Il y a eu bien d'autres nuits orageuses.

— Bien sûr, mais les chaînes demeuraient toujours une contrainte et nous ne naviguions que très rarement sur le loch par mauvais temps. Qui plus est, le prisonnier tend à s'enfoncer dans l'ornière de ses habitudes. L'idée de s'évader ne le quitte jamais vraiment, mais il n'agira que s'il juge que le jeu en vaut la chandelle.

— Mon Dieu, j'aurais cru que fuir devait être l'obsession de tout prisonnier.

— Seulement s'il considère qu'il est plus avantageux de tenter l'évasion et d'accepter l'inévitable châtiment en cas d'échec que de rester où il est.

— Vous ne vouliez pas vous enfuir ? demanda-t-elle en se retournant pour le regarder.

— Je n'ai pas dit ça, répliqua-t-il en s'arrêtant à son tour.

Il détourna le regard pour contempler les feuillages qui s'agitaient et réfléchir brièvement, puis ajouta :

— Voyez-vous, un homme doit peser ses chances de succès. Un pauvre hère qui a tenté de s'enfuir a perdu un pied lorsqu'il fut repris. Pharlain a dit qu'il ne pourrait plus courir de nouveau, et il avait raison. Il est mort d'une infection.

Le visage d'Andrena pâlit. Puis, fronçant pensivement les sourcils, elle dit :

— Les membres de votre clan n'ont-ils pas cherché à obtenir votre libération ? En payant une rançon, par exemple... ou même par la force ?

— Peut-être l'ont-ils fait, dit-il. Pharlain ne m'en aurait pas parlé de toute façon.

Il doutait que quiconque ait offert de payer une rançon. Pas plus, pensa-t-il, que son père et ses frères ne s'étaient donné la peine de s'informer de lui. Mais il n'était pas prêt à lui confier cela... pas encore. Le moment viendrait peut-être, ou pas.

Elle paraissait toujours soucieuse.

— Mon père aide ses gens dès qu'il le peut, dit-elle. Je sais que si l'un des nôtres était capturé, il ferait tout en son pouvoir pour faire libérer l'homme... ou la femme, le cas échéant, ajouta-t-elle avec conviction.

— Je n'en doute pas un instant, dit Mag. Il me paraît être un homme de cette trempe. Mais si vous pensez que notre retard risque de l'irriter, peut-être ferions-nous mieux de nous hâter.

Elle lui jeta un regard perplexe, puis se retourna vivement et marcha le long du sentier, offrant de nouveau sa splendide silhouette à ses regards. Toutefois, son plaisir s'était attiédi à la pensée qu'il lui devait encore des réponses à ses questions. Il soupçonna que c'était la crainte de sa réaction, plutôt que la simple réticence à discuter de sujets pénibles, qui l'avait retenu. Cela signifiait-il qu'il avait peur de la perdre ?

Elle ne fit plus d'efforts pour alimenter la conversation et, bientôt, il vit la tour qui s'élevait au-dessus des arbres. La porte s'ouvrit avant leur arrivée et Andrew Dubh était juste à l'intérieur, les attendant.

La jeune fille ne sembla pas surprise de le voir.

⎯◦◦⎯

Andrena put lire dans le visage de son père qu'il s'attendait à des nouvelles de leur part. Se sentant contrariée et irritée par les deux hommes, elle lui offrit son plus gracieux sourire avant de lui demander si Lady Aubrey était dans le solier.

— Ma foi, dit-il, j'ignore où elle peut être. Mais je me demandais où vous étiez tous les deux.

Il ne la regardait pas, mais dirigeait son regard vers Magnus Mòr, qui gardait le silence.

— J'ai marché jusqu'aux falaises, dit Andrena. Puis nous avons harponné une paire de beaux saumons dans le ruisseau, près de ma cache, sur le chemin du retour.

— Et alors? dit Andrew en fixant toujours Magnus, qui leva les prises attachées au bout de leur corde pour les lui montrer.

Posant un regard insistant sur Andrena, Andrew décida de s'adresser plutôt à elle.

— Tu sais bien ce que je veux entendre, jeune fille, dit-il. As-tu accepté d'épouser ce brave jeune homme?

— Je le ferai, sire, répondit-elle, parce qu'il est courtois et prévenant, et que je sais pertinemment bien que vous auriez pu me présenter quelqu'un de bien pire. Mais si je peux me permettre de parler franchement, je ne suis pas sûre que ce soit la meilleure idée que vous ayez eue.

Mais Andrew souriait.

— C'est une très bonne idée, insista-t-il. Tu verras. J'ai mandé le prêtre afin qu'il vienne ici dès qu'il le pourra. Je ne lui ai pas donné la raison de sa visite, alors il s'imaginera sans doute qu'il vient administrer les derniers sacrements. Il sera d'autant plus ravi de découvrir que c'était un mariage qui l'attendait.

— Mon garçon, dit-il en s'adressant à Mag sans laisser à Andrena l'occasion de répondre. J'ai pensé que tu voudrais envoyer un message à l'îlot Galbraith afin que les membres de ton clan puissent assister à ton mariage. Si c'est ton intention, il faudrait le faire tout de suite. Le prêtre habite à Balloch, alors il pourrait être ici dès demain soir.

— Nous pouvons en discuter sans retenir indûment votre fille, sire, dit Magnus d'un ton aimable.

Andrena le foudroya d'un regard qui aurait dû le faire réfléchir sur l'opportunité de l'épouser. Puis, après avoir esquissé une brève révérence à l'intention de son père, elle s'éclipsa. En partant, elle entendit Andrew dire à Magnus qu'ils pourraient discuter de tout ce qui lui plairait et l'inviter dans sa pièce privée.

Réprimant un soupir, elle alla à la recherche de ses sœurs.

≈◦≈

— Qu'y a-t-il, mon garçon ? demanda Andrew alors que les deux hommes traversaient la cour.

— Si vous permettez, sire, répondit Mag, je préférerais attendre afin d'être sûr qu'on ne puisse nous entendre.

— Bien sûr, dit Andrew.

Mais le laird n'arriva à garder le silence que le temps de gravir l'escalier pour faire entrer Mag dans son repaire, dont il referma la porte immédiatement. Dès que ce fut fait, il s'exclama :

— Va au fait, garçon. Que reste-t-il à discuter ?

— Je doute que Lord Galbraith, mon père, et mes frères viennent si nous les invitons, dit Mag tranquillement. Vous devez savoir que mon père soutiendra probablement Murdoch, Lennox et Pharlain. Il pourrait ne pas approuver ce mariage.

— Arthur Galbraith est encore ton père, dit Andrew. Il est aussi le chef de ton clan. C'est ton devoir de demander sa bénédiction, si ce n'est sa permission pour ce mariage.

— Ni l'une ni l'autre ne sont nécessaires, répliqua Mag. Car, voyez-vous, sire, mon père m'a déshérité avant que je sois capturé. Autant que je sache, il n'a fait aucun effort pour obtenir ma liberté. Pas plus que mes frères.

La douleur depuis longtemps étouffée dans son âme se ranima alors qu'il prononçait ces paroles. Mais il avait l'habitude de dissimuler de telles émotions et il réprima celle-là sans trop d'efforts.

Andrew, qui le regardait toujours sévèrement de dessous ses sourcils noirs et fournis, demeura silencieux quelques moments.

— J'avoue m'interroger sur ce qui a pu se produire, dit-il, car je m'étonne qu'Arthur n'ait rien tenté pour te libérer. Ayant perdu mes propres fils, je ne peux comprendre qu'un père soit indifférent à leur sort. Mais c'est un homme au caractère emporté. Il portait alors très douloureusement le deuil de ton frère aîné, Will, comme tu le sais très bien.

Mag respira profondément pour retrouver son aplomb avant de répondre.

— Il me tient pour responsable de la mort de Will, milord. J'avais persuadé Will que Pharlain et ses hommes faisaient erreur en souhaitant le maintien au pouvoir de Murdoch et en ne faisant aucun effort pour ramener le roi légitime d'exil. Il était avec moi et mes hommes quand s'est produit l'affrontement où il a été tué.

— C'était un guet-apens, n'est-ce pas ?

— C'est exact, répondit Mag. Mais en vérité, nous nous sommes exposés au danger. Je désirais ardemment ramener Jamie d'Angleterre. Étant au courant de la dissension dans le clan Farlan, nous espérions persuader quelques hommes de Pharlain de déserter et de se joindre à nous.

— Regarde-moi bien, dit Andrew. Tu n'as pas laissé Pharlain te garder dans la condition de quasi-esclave à seule fin d'espionner ce gibier de potence, n'est-ce pas ?

Cette idée fit naître un sourire ironique aux lèvres de Mag.

— Non, sire, répondit-il. Je dois admettre que j'ai gardé les yeux et les oreilles bien ouverts, mais c'était nécessaire pour ma propre survie. Pharlain ne s'est jamais caché qu'il n'attendait qu'une première incartade de ma part pour me faire pendre. Si cela n'est pas arrivé, je pense que je le dois au respect que certains de ses hommes ont commencé à me témoigner. Vous et Lady Andrena semblez penser qu'en raison de ma stature, je possède les pouvoirs de vos géants mythiques.

— Il n'en demeure pas moins que lorsque tu as décidé de t'échapper, tu n'as pas perdu de temps.

— Cela semble-t-il être le cas ? demanda Mag en réfléchissant à ce qu'il venait d'entendre. Peut-être bien, en effet. Mais je n'ai appris qu'avec le temps la part que prenait Pharlain à ce complot, en recoupant des bribes d'informations glanées à diverses sources. Quand je n'ai plus eu aucun doute sur les intentions méprisables des conspirateurs, j'ai su que je devais aller prévenir Sa Majesté sans délai. J'admets que j'ai ensuite saisi la première bonne occasion qui s'est offerte. Mais il s'écoula ensuite une semaine avant qu'elle ne se présente.

— Alors, plus vite tu seras marié et en chemin, mieux cela vaudra, dit Andrew.

— Je n'ai pas dit à Andrena que mon père m'avait déshérité, sire, mais j'aurais dû le faire. Non seulement je n'aime pas lui cacher…

Il s'interrompit, car Andrew hochait la tête.

— Tu n'avais aucune raison d'en parler maintenant, dit l'aîné des deux hommes. De plus, même si tu es persuadé du contraire, tu découvriras que ton père sera très heureux de te voir.

— Sauf votre respect, sire, il m'a dit clairement qu'il ne désirait plus me revoir. Je sais que vous désirez qu'Andrena et moi vivions ici, mais…

— Oui, je le veux, mais il n'y a aucune raison de faire porter à Andrena le poids des opinions et des rancunes d'Arthur. Il vaut mieux ne rien dévoiler là-dessus, jeune homme. Elle ne peut lire dans tes pensées.

Mag acquiesça d'un signe de tête, sur quoi Andrew lui dit qu'il était l'heure du déjeuner et que la maisonnée se réunirait dans la grande salle.

Ils descendirent l'escalier et trouvèrent les trois sœurs sur l'estrade avec Lady Aubrey.

Andrew se rendit à sa place et, faisant face à la salle basse, il leva les bras pour réclamer le silence. Quand il l'eut obtenu, il fit sa déclaration.

— Ce brave jeune homme, Magnus Mòr Galbraith, dit-il, a demandé la main de notre Andrena, et elle a accepté.

J'ai fait venir le prêtre qui les mariera dès qu'il arrivera de Balloch.

Des applaudissements fusèrent, accompagnés de force battements de pieds sur le sol, indiquant une approbation enthousiaste. Jetant un coup d'œil à Andrena, Mag la trouva pâle. Mais il n'eut pas le temps de s'y attarder, car Lady Lachina s'approcha de lui.

Souriante, elle lui tendit une étoffe de laine rouge et verte.

— J'ai pensé que vous aimeriez avoir ce plaid, dit-elle. Ce sont nos couleurs, et puisque mon père a dit que vous aviez l'intention de prendre le nom de MacFarlan…

— Je crois qu'il tient beaucoup de choses pour acquises, dit Mag gentiment.

— Vous découvrirez bientôt qu'il tient aussi pour assuré que tous feront sa volonté, répondit-elle.

Elle échangea un bref regard avec sa mère, puis ajouta avec un sourire entendu :

— La plupart du temps.

—◦◦◦—

Andrena se tenait debout près de sa mère et essayait de dissimuler son embarras devant la grandiloquence d'Andrew. Elle avait observé Magnus parler à Lina et avait compris, par la chaleur de sa réaction, qu'il avait reçu avec plaisir le nouveau plaid. Elle entendit Mag promettre à Lina qu'il remettrait le gris et blanc tout de suite après le déjeuner, et celle-ci lui répondre qu'il pourrait le faire quand cela lui conviendrait.

Lina ajouta :

— Le plaid avec lequel vous êtes arrivé sera prêt pour vous demain, sire. Vous posséderez donc un plaid pour les occasions officielles et un autre pour la vie de tous les jours.

Andrena savait que Lina lui cousait aussi une tunique de lin afin que Peter, le fils de Malcolm, puisse retrouver la sienne maintenant reprisée.

Il était inutile de se demander si elle faisait la bonne chose en épousant Magnus ; l'annonce de son père avait mis les choses en train et le mariage aurait lieu. Elle se demanda plutôt si le prêtre arriverait aussi vite qu'Andrew Dubh le souhaitait.

Les pensées de Lady Aubrey empruntaient manifestement les mêmes sentiers.

— Je m'attends à ce que le prêtre arrive demain avant la tombée de la nuit, dit-elle calmement. Mais je crois qu'il serait plus sage d'attendre et de ne célébrer le mariage que mercredi après-midi.

Chapitre 6

Pendant le repas, Mag observa qu'Andrena était plus silencieuse que d'habitude. Son sens de l'ouïe s'était affiné pendant son emprisonnement. Il avait pris l'habitude, tout en écoutant son interlocuteur, de saisir des bribes des autres conversations qui pouvaient avoir de l'intérêt ou de l'importance. Ainsi, sans perdre un mot de ce que lui disait Andrew, il prêtait discrètement l'oreille aux voix féminines au bout de la table.

Il reconnaissait la voix d'Andrena maintenant. Malgré le barrage de questions de Muriella, qui voulait savoir ce que lui et Andrena avaient fait ce matin-là, il n'entendit qu'une réplique ou deux d'Andrena. Les commentaires calmes et moins audibles de Lady Lachina ne furent guère plus révélateurs. Enfin, il entendit Lady Aubrey déclarer que le mariage aurait lieu mercredi.

Andrena dit doucement :

— Il se fera selon votre désir et celui de mon père, mère.

Andrew Dubh lui décrivait les trésors de Tùr Meiloach, le nombre de moutons et de têtes de bétail paissant dans les pâturages qui s'étendaient dans les hauteurs et les vallons du domaine, le nombre d'hommes d'armes, de conducteurs de bestiaux, de métayers et autres gens. Il énumérait également les dangers que le manque de surveillance de ses frontières pourrait présenter, maintenant que des hommes de Pharlain étaient parvenus à pénétrer si loin dans son territoire sans être inquiétés.

Pendant que Mag conversait avec son hôte, il décida que l'attitude docile d'Andrena, bien que louable, ne lui ressemblait guère, même s'il ne la connaissait que depuis peu de temps. Se rappelant les remarques précédentes de Lachina au sujet de leur mère — et les commentaires du garçon, Pluff, concernant Lady Aubrey ce matin-là —, Mag se demanda si tout le monde à Tùr Meiloach éprouvait le même respect mêlé de crainte en présence de la dame du clan.

— Tu voudras sûrement prendre un bain avant l'arrivée du prêtre, dit Andrew.

Souriant en souvenir de l'événement, Mag répondit :

— Je l'ai fait avant de me retirer hier soir, sire. Votre majordome, Malcolm Wylie, me l'a suggéré, et je dois vous dire que ce fut un réel plaisir que de me plonger dans un bain d'eau chaude. L'idée que se faisait Pharlain d'un bain consistait à jeter un prisonnier couvert de chaînes à l'eau pour voir s'il pourrait nager avec ses entraves.

— J'ai remarqué que tu t'étais déjà peigné et rasé, dit Andrew. Si tu n'as rien d'autre à faire, j'aurais quelque chose à te montrer.

— Je suis à vos ordres, sire.

— Eh bien, nous verrons cela, répliqua Andrew avec un sourire. Vois-tu, il m'est venu à l'esprit que si tu dois partir à la recherche de Sa Majesté, le roi, tu devras être armé.

Avant sa captivité, Mag se déplaçait rarement sans armes ; il fut donc heureux d'entendre Andrew aborder la question. Il n'avait pas cru le moment opportun pour s'informer des armes.

— Lesquelles préfères-tu ? demanda Andrew.

— C'est mon épée qui me manque le plus, dit Mag. Mais j'avais l'habitude de porter un poignard, souvent une lance, ainsi qu'un arc et un carquois.

— Je peux te procurer tout ce dont tu as besoin, mais je n'ai pas de cheval assez robuste pour te porter, seulement des poneys, dit Andrew. Colquhoun t'en fournira un toutefois, si tu désires chevaucher jusqu'à Glasgow. Ses fils sont des hommes robustes. Ma foi, Ian est presque aussi large d'épaules que toi.

— J'atteindrai Glasgow plus rapidement en bateau, dit Mag.

Il jongla un très court moment avec l'image qui lui était venue à l'esprit, celle du gamin gringalet et facétieux dont il gardait le souvenir, Ian Colquhoun, et qui était devenu un homme aussi grand et fort que lui.

— Parle à Colquhoun quand tu seras à la tour de Craggan, dit Andrew en ramenant Mag à des préoccupations plus immédiates. Quand il saura que tu as épousé notre Andrena, il t'aidera sûrement du mieux qu'il le pourra.

— Puis-je lui confier la raison de mon voyage à Glasgow ? lui demanda Mag. Soutient-il le roi ou Murdoch ?

— C'est un homme qui m'inspire confiance, répondit Andrew. Mais tu répondras à cette question toi-même en temps et lieu.

C'était vrai, mais Mag savait qu'il connaîtrait facilement la position de Colquhoun. Il s'inquiétait plutôt de la réaction d'Andrena, quand elle apprendrait qu'il devrait partir tout de suite après leur mariage.

∗

Plongée dans ses pensées, Andrena accordait peu d'attention aux conversations à mi-voix de ses sœurs. Elle était heureuse de ne pas devoir se marier le lendemain. Mais le surlendemain n'était pas tellement mieux.

Son père avait dit qu'il croyait que ce mariage l'aiderait à reconquérir ses terres et ses titres ; cependant, il restait à voir s'il n'en tenait qu'à cela pour que ses désirs s'accomplissent.

Dans le passé, chaque fois que ses sœurs l'avaient sondée à ce sujet, elle avait répondu qu'elle connaissait son devoir. Cet homme hypothétique appartenait à un futur éloigné et n'avait pas réellement d'importance. Elle s'en remettait simplement à Andrew afin qu'il ne la remît pas entre les mains d'un fou.

Magnus Mòr avait déjà démontré qu'il n'avait rien d'un sot. Il n'était pas seulement plus grand que nature, mais c'était un homme bien vivant, qui respirait, à propos duquel elle ne savait à peu près rien et qu'elle n'arrivait pas à deviner. Néanmoins, malgré ses manières plaisantes, elle avait le fort pressentiment qu'il se révèlerait plus difficile à manœuvrer qu'Andrew lui-même.

Elle avait apprécié leur matinée ensemble, mais une vie entière ? Qu'arriverait-il si elle découvrait après le mariage qu'elle abhorrait cet homme ? Et si elle disait au prêtre avant la cérémonie qu'elle n'était pas prête à se marier ? Lors d'une visite dans sa parenté du côté maternel, elle avait appris qu'une femme écossaise pouvait refuser le mariage qu'on lui proposait, si elle était prête à vivre avec les suites de sa décision.

Selon la loi, personne ne pouvait la forcer à se marier.

Mais un refus pouvait être très lourd de conséquences. Et si Parlan s'emparait de Tùr Meiloach, tuait Andrew et chassait sa mère et ses sœurs ? Et si Parlan les emprisonnait tous, comme il l'avait fait avec Mag ?

Si elle épousait Magnus, les Galbraith pourraient les aider à défaire Parlan et à reconquérir Arrochar et le loch Sloigh, le lieu de rencontre du clan dans les montagnes au nord d'Arrochar. Ainsi, Andrew reprendrait ses droits sur le défilé et l'isthme, et Parlan ne serait plus qu'un autre chef de clan — si Andrew ne le faisait pas pendre pour sa trahison.

Lady Aubrey déclara qu'il était temps pour les dames de se retirer afin de discuter de ce dont Andrena aurait besoin pour ce mariage précipité. Tirée soudain de sa rêverie, Andrena détourna son regard de sa mère et le porta sur Lina et Murie.

Ses deux sœurs lui souriaient.

— Je parie que je peux deviner à quoi tu pensais, dit Murie en gloussant.

En baissant la voix et en faisant un geste en direction de Magnus, elle ajouta :

— Il est gros comme une montagne, mais jovial aussi. Nous l'aimons bien, Dree.

Jetant un coup d'œil vers lui, Andrena vit ses lèvres remuer légèrement et elle sut qu'il avait compris le commentaire de Murie. D'après la mine sévère de sa mère, elle conclut que Lady Aubrey n'était pas aussi amusée par le commentaire que Magnus.

Lady Aubrey dit d'un ton calme :

— Fais ta révérence à ton père, Muriella, puis hâte-toi d'aller nous attendre dans le solier.

— Oui, mère, dit Murie d'un ton contrit.

S'excusant auprès de son père avec une égale politesse, elle se rendit à l'étage la première.

Un feu crépitait dans l'âtre ; on avait fermé les fenêtres et allumé deux bougies. Andrena ouvrit la fenêtre au sud et vit que dehors, le soleil brillait toujours. L'air demeurait frais comme par une journée d'hiver.

— Puis-je laisser les volets ouverts quelques instants, mère ? demanda-t-elle.

— Oui, bien sûr, dit Lady Aubrey. Lina, que devrait porter Dree pour son mariage, à ton avis ?

— Je sais parfaitement ce qui conviendrait, répliqua Lina.

Se tournant vers la fenêtre, Andrena cessa d'écouter. Elle porterait ce qu'on déciderait pour elle, car ses pensées s'envolaient dans une autre direction. Ayant assisté au mariage de ses deux cousines, elle se rappela leur promesse d'être obéissante envers leur mari. Par conséquent, selon la Sainte Église, Dieu voulait qu'elle obéisse à Magnus.

Et si elle s'apercevait qu'il faisait erreur à propos de quelque chose ?

La pensée la rasséréna. Lui était-il déjà arrivé de taire ses opinions ? En outre, il n'était pas le genre l'homme à rejeter du revers de la main tout ce qu'elle lui disait.

À une seule exception, lui rappela une petite voix en elle. Il s'était ri de sa certitude qu'Andrew l'exhorterait à l'épouser.

Réprimant un soupir, elle tenta de se rassurer en se disant que Magnus, conscient de s'être trompé, était assez intelligent pour avoir appris de sa méprise.

Elle continua son débat intérieur, sachant bien qu'elle ferait taire la petite voix. Elle obéirait à son père parce qu'elle savait qu'elle le ferait dès le premier jour où elle avait compris ce qu'il attendait d'elle.

— Tes sœurs s'occuperont de ta toilette, Dree, dit Lady Aubrey. Accompagne-moi dans ma chambre, car je voudrais te parler. Quant à toi, Muriella, dit-elle sévèrement, j'aurai deux mots à te dire avant que tu n'ailles rendre visite à Annie.

Andrena jeta à Murie un regard empreint de sympathie, mais comme elle était plus curieuse de savoir ce que leur mère voulait lui dire, elle suivit docilement Lady Aubrey sur le palier jusqu'à la chambre à coucher qu'elle partageait avec Andrew. Il n'y avait pas de feu dans le foyer parce que la pièce retenait la fumée.

La fenêtre était ouverte, par conséquent, la chambre principale était plus fraîche que le solier. Mais Andrew ne voulait pas dormir dans une pièce enfumée. Il expliquait à quiconque osait soulever la question en sa présence, qu'il était très capable de réchauffer sa dame au lit. Si de tels commentaires embarrassaient sa mère, Andrena n'en avait jamais surpris le moindre signe.

Aujourd'hui, toutefois, Lady Aubrey alluma plusieurs bougies dans leur bougeoir et ferma la fenêtre.

— Que penses-tu de ce mariage, ma chérie ? demanda-t-elle lorsqu'elle eut verrouillé les volets et se fut drapé les épaules d'un châle de chaude laine rose.

— En vérité, mère, je ne sais que penser de ce mariage ni de Magnus Mòr Galbraith. Il dissimule trop bien ses pensées et ses sentiments.

— Peut-être ne cache-t-il rien du tout, ma chérie. Peut-être est-il ce qu'il paraît être : un imposant gentilhomme, doux et gentil. Il est facile de trouver un pire époux.

Soutenant le regard de sa mère, Andrena dit :

— Il a échappé bien facilement aux hommes du cousin Parlan, hier matin. Malgré tout, un homme traqué doit éprouver une grande anxiété, et même de la peur, à l'idée d'être repris. Mère, il s'était réfugié dans un arbre, et pendant que j'expliquais à ses poursuivants que père châtiait sévèrement les intrus qui s'aventuraient sur ses terres, nous étions directement sous lui. Pourtant, je n'ai pas du tout senti sa présence. Mère, vous savez…

— Je sais que tu sens habituellement de telles choses, Dree, l'interrompit Lady Aubrey. Mais tu me connais bien également. Je crois que ce mariage est une bonne chose. Pas seulement pour ton père et le clan Farlan, mais pour toi aussi.

— Serons-nous heureux ensemble, mère ?

— Allons, comment le saurais-je ? répondit sa mère en souriant. C'est à toi de le décider, pas à moi. Ce que je peux te dire, c'est qu'un mariage n'est jamais heureux tout le temps. Mais si tu essaies de comprendre Magnus et que tu l'aides aussi à te comprendre, je crois que ton mariage durera et qu'il sera fécond.

— Est-ce que père reprendra possession de ses terres et de ses titres ?

— Je ne peux voir tout ce que réserve l'avenir, Dree, répondit Lady Aubrey. Je suis trop proche de ton père pour savoir ce qui lui arrivera. Tu sais cela parce que je te l'ai déjà expliqué. C'est peut-être pour cela que tu ne peux pas deviner Magnus. Les Parques l'ont peut-être choisi pour toi et, si tel est le cas, elles pourraient lui permettre de voiler ses émotions, jusqu'à ce qu'il décide de les révéler.

— J'espérais que, si vous pouviez me dire quoi que ce soit à son sujet, vous sauriez au moins s'il peut aider père à vaincre Parlan.

Lady Aubrey secoua la tête.

— Je crois qu'il s'y efforcera, parce qu'il semble être un homme de parole. Mais comme toute faculté, ou toute malédiction de la sorte, la mienne est souvent imprévisible.

— Mais mes dons n'ont jamais été aléatoires, protesta Andrena. Pas jusqu'à maintenant, avec lui. Et si le fait de vivre avec Magnus les anéantissait à tout jamais ?

— Ma chérie, je crois, comme ton père, que nos dons ne sont au fond qu'une intuition très fine. Peu importe ce qui t'empêche de sentir les émotions de Magnus, et donc sa présence quand il est près de toi, cela se trouve en lui, et non en toi. S'il n'est pas aussi calme qu'il le paraît, c'est qu'il se domine mieux que la plupart des gens. C'est tout.

— Mais...

Lady Aubrey leva un doigt pour l'arrêter, avant d'ajouter gentiment :

— Tu sens des choses comme la plupart des créatures de la forêt le font, et comme plusieurs êtres humains à un moindre degré. Tu es juste née avec une plus grande sensibilité que la moyenne des gens. Tes sœurs partagent plusieurs de tes dons, quelques-uns très développés, d'autres moins. Peut-être Magnus les partage-t-il également. Les hommes, les chasseurs en particulier, ont souvent une plus grande conscience de la proximité des bêtes ou des personnes que les femmes. Ils sont aussi capables de s'approcher furtivement de leur proie ou de leurs ennemis.

— Mais je…

— Pense à ce faon sur lequel tu as failli marcher il y a deux étés. Tu n'avais aucune perception de sa présence avant d'enjamber cette bûche parce que le faon ne révélait rien. Peut-être que Magnus Mòr a acquis cette aptitude.

— J'ignore comment un homme pourrait acquérir la faculté que le faon possède de masquer sa présence aux prédateurs, dit Andrena. Mais peut-être avez-vous raison.

— J'ai toujours raison, dit Lady Aubrey, souriant de nouveau. Maintenant, que sais-tu des devoirs d'une femme envers son mari dans leur chambre à coucher?

— Seulement des bavardages de mes cousines lors de leur festin de noce.

— Parlons-en, alors. Ton mari partagera ta couche après le banquet et une femme doit connaître son rôle. Je ne te retiendrai pas longtemps, car je sais que tu as beaucoup à faire. J'ai suggéré à ton père que mercredi était un jour plus propice pour ton mariage que demain. Mais si le prêtre se présente tôt… Tu sais à quel point ton père peut être impatient.

— Oui, mère, dit Andrena, qui prit un tabouret pour s'y asseoir. Alors, je vous en prie, dites-moi ce que je dois savoir.

Le prêtre arriva une heure après le dîner le lendemain soir.

Lorsqu'Andrew déclara qu'il était trop tard pour procéder à la cérémonie ce soir-là, Mag se sentit soulagé, mais aussi surpris ; Andrew avait tant insisté pour que le mariage se fît promptement. Mag en conclut que Lady Audrey devait avoir exercé son influence.

Il avait à peine vu Andrena depuis le déjeuner de la veille, alors il supposa qu'elle se préparait pour la noce. Les superstitions entourant les rites étaient légion et plus d'un croyait qu'il était de mauvais augure pour le fiancé de voir sa future épouse le jour du mariage, avant la cérémonie. Comme Andrena ne lui semblait pas superstitieuse, il attribuait sa disparition aux préparatifs fébriles du mariage, qu'Andrew voudrait célébrer séance tenante, malgré les désirs de sa femme.

Mag était avec lui quand le prêtre arriva et il resta le temps qu'exigeait la politesse, avant de s'excuser.

— Allez va, parce que Dieu seul sait quand tu dormiras après ce soir, eh, mon garçon ? dit Andrew d'un ton gaillard en lui assénant une bonne tape sur l'épaule. De plus, je t'ai passablement épuisé depuis deux jours, avec tout ce que je t'ai raconté au sujet de Tùr Meiloach. Tu devrais prendre le temps de réfléchir à ce que j'ai dit, au cas où tu aurais des questions à me poser avant ton départ.

Le regard du prêtre passa d'un homme à l'autre, sa curiosité vivement piquée. Mais Andrew n'ajouta rien qui pût la satisfaire. Mag connaissait assez bien son hôte pour savoir qu'il ne soufflerait pas mot du complot d'assassinat du roi. Les prêtres étaient réputés pour répandre les nouvelles et les rumeurs glanées hors du confessionnal. Mag osa espérer qu'ils ne faisaient pas de même avec les confessions des pénitents.

Ayant lui-même peu à faire pour se préparer au mariage, il s'endormit rapidement, pour se réveiller aux premières lueurs grisâtres de l'aube brumeuse à sa fenêtre ouverte.

Endossant sa tunique et son vieux plaid, il décida d'explorer la cour intérieure du *barmkin*. Il avait à peine fait un pas dehors lorsqu'il entendit un cri perçant de douleur.

Guidé par les plaintes, il trouva Pluff aux mains d'une brute musclée, qui le frappait avec ce qui lui parut être un fourreau de cuir.

— Arrêtez, dit Mag d'une voix calme, mais qui porta facilement jusqu'aux oreilles de l'autre homme. Assez de cela, vous troublez la paix du matin.

Le rustre s'arrêta un moment et dit d'une voix grossière :

— C'est pas à vous d'me dire si c't'assez. J'm'occupe d'ce gamin.

— Néanmoins, vous allez le libérer.

— Y mérite sa correction, insista l'homme. J'lui ai dit d'nettoyer l'étable avant d's'occuper des satanés chiens. Mais il préfère les bêtes à son travail.

— Il existe de meilleurs moyens d'obtenir l'obéissance de vos garçons, dit Mag.

— Oui, mais c'est c'moyen-là qui convient à c't'entêté, dit le malotru en exhibant son fouet improvisé.

— Je vais lui parler, dit Mag. Je ne vous connais pas, mais vous devez savoir que je suis Magnus Mòr. Vous êtes aussi au courant que je dois épouser Lady Andrena aujourd'hui, n'est-ce pas ?

— Oui, m'sieur, j'suis au courant de cela, dit l'homme en grimaçant. J'suis Euan MacNur. Et j'veux pas v'manquer d'respect. Mais la plupart du temps, c'vaurien-là fait c'qui lui plaît plutôt que c'qu'il doit faire. Quand j'ai vu l'état d'la grange là-bas c'matin...

— J'ai dit que je lui parlerais, et je le ferai, dit Mag. Viens avec moi maintenant, Pluff, ajouta-t-il.

— Oui, m'sieur, dit Pluff, visiblement soulagé.

Alors qu'ils déambulaient ensemble dans la cour, il dit à Mag :

— Merci, m'sieur. J'croyais bien qu'il allait m'tuer c'te fois-ci. C't'un homme brutal, cet Euan MacNur, quand il est d'mauvais poil.

— Est-ce que MacNur a dit la vérité ? lui demanda Mag.

Pluff haussa les épaules.

— J'dois nourrir les chiens et m'occuper d'eux dès qu'j'me lève, mais j'dois aussi l'aider dans l'étable. Certains jours, voyez-vous, il est plus irritable que d'autres. J'sais pas pourquoi.

— Ne t'a-t-il pas dit de nettoyer l'étable avant de t'occuper des chiens ?

— Oui, bien sûr, répondit Pluff. Mais il ne s'lève pas toujours aussi tôt. D'habitude, j'ai le temps d'faire les deux.

— Si tu as négligé de nettoyer l'étable d'abord, dit Mag, alors tu es dans le tort, Pluff. À moins que ce ne soit le laird lui-même qui t'ait dit de commencer par les chiens. L'a-t-il fait ?

Pluff commençait à se sentir mal à l'aise. Il jeta un rapide coup d'œil au visage de Mag et il sembla trouver du réconfort dans ce qu'il y vit.

— Ce n'est pas le laird qui m'l'a dit, mais Lady Murie, dit-il. Les jeunes filles aiment bien les chiens, v'comprenez ? Souvent, Lady Dree sort avant MacNur. Elle s'attend à c'que j'soigne les chiens d'abord, afin qu'ils soient prêts à l'accompagner si elle le désire.

— Je comprends, dit Mag.

— J'étais sûr que v'l'pouviez, dit Pluff avec un soupir de soulagement.

— Ce que je constate, c'est que tu dois discuter de ce dilemme avec MacNur.

— … dilemme? Qu'est-ce que c'est?

— Ton dilemme consiste en ce que plus d'une personne en autorité t'a donné des ordres tels que tu ne peux obéir à l'un sans désobéir à l'autre.

— Oui, c'est ça, mais c'est à Lady Dree que j'dois obéir, n'est-ce pas?

— Mais c'est MacNur qui est responsable de toi. Donc, il faut lui expliquer ta situation et lui demander son avis. D'abord, tu devras t'excuser de ne pas avoir suivi ses ordres à la lettre, ajouta Mag, en insistant sur la fin de la phrase.

— M'excuser? Mais je…

— Oui, car tu étais dans le tort, dit Mag en l'arrêtant. Tu voudrais être un homme d'armes un jour, n'est-ce pas? Et peut-être même diriger d'autres hommes?

— Oui, bien sûr, c'est c'que j'veux, dit le garçon, en levant vers Mag son visage franc. J'suis déjà un bon tireur à l'arc.

— Alors, tu dois apprendre à accepter des ordres, Pluff, et à les exécuter fidèlement. Un jour, si tu démontres assez de valeur, tu pourrais être capitaine de la garde dans la maison d'un noble. Tu me sembles un garçon capable d'arriver à ses fins. Mais si tu ne peux obéir aux ordres que l'on te donne, tu ne seras jamais un bon meneur d'hommes.

Le garçon se tut un moment. Puis, levant les yeux vers Mag, il dit :

— V'z'avez raison, m'sieur. J'irai parler à Euan. Mais si Lady Dree est en colère contre moi…

— Tu lui diras que nous en avons discuté, toi et moi, dit Mag. Elle pourra diriger sa colère contre moi si le cœur lui en dit. Elle aura ce privilège dès que nous serons mariés.

Pluff sourit, puis ajouta :

— J'vous envie pas, m'sieur. Lady Dree possède une langue piquante quand elle est contrariée. J'l'ai entendue moi-même.

— Alors, je crains le jour où sa fureur s'abattra sur moi, dit Mag.

Le garçon éclata de rire.

— Vous m'semblez assez fort, dit Pluff.

Puis, d'un ton plus sérieux, il ajouta :

— Merci encore, m'sieur, mais j'serai pas surpris si Euan MacNur pense qu'il m'a pas assez puni, et qu'il m'donne d'autres corvées à faire.

— Si c'est le cas, tu les feras sans te plaindre, Pluff.

Laissant au garçon un moment pour réfléchir à ce qu'il venait de lui dire, Mag poursuivit :

— Parlant de corvées, il me vient à l'esprit qu'un homme qui se marie doit avoir un témoin. Mais je n'ai pas d'ami ici et je n'ai pas le temps d'en faire venir un. Connais-tu un homme qui serait volontaire pour être à mes côtés aujourd'hui ?

Pluff fronça les sourcils.

— Il n'y a pas beaucoup d'gentilshommes alentour, dit-il. P't-être le laird de Colquhoun ou l'un de ses fils. Mais si le mariage est à midi, j'vois pas comment l'un d'eux pourrait être là à temps.

— Je sais tout cela, dit Mag. Le garçon d'honneur n'a pas besoin d'être un gentilhomme, cependant. Je ne l'ai pas été moi-même ces derniers mois. À mon mariage, je désire seulement quelqu'un qui acceptera d'être à mes côtés et me souhaitera bonne chance.

— P't-être que Malcolm Wylie ferait ça pour vous, suggéra Pluff. Il avance en âge, mais il sait s'tenir dans les cérémonies.

— Mais je l'ai à peine vu, répondit Mag. Pour tout dire, Pluff, je suis ici depuis si peu de temps que je n'ai pas eu l'occasion de parler avec qui que ce soit, à l'exception du laird et de Lady Andrena.

— V'm'avez parlé, fit remarquer Pluff. Deux fois.

— C'est exact, dit Mag, en le regardant avec intérêt. Alors, tu pourrais certainement être mon garçon d'honneur.

La bouche de Pluff s'ouvrit toute grande.

— Moi, m'sieur?

— Oui, bien sûr, pourquoi pas?

— Mais j'compte pas ici, puis v'z'étiez en colère contre moi, et j'n'ai rien à me mettre su'l'dos!

Mag éclata de rire et lui dit :

— Brosse-toi les cheveux, garçon, et pour moi tu seras tout à fait présentable. Mais je demanderai aussi à Lady Lachina de te prêter quelques vêtements propres à porter.

— Dans c'cas, j'veux bien, répondit Pluff. Mais j'ferais mieux d'aller voir MacNur tout d'suite. Il veut sûrement m'tirer les oreilles parce que j'ai attiré votre attention sur lui.

— Alors, vas-y, garçon.

En le regardant déguerpir dans la cour, Mag sourit et se demanda ce qu'Andrena et sa famille penseraient de son garçon d'honneur.

En s'en retournant à la tour, il vit Lady Aubrey qui émergeait de l'entrée principale. Elle lui fit signe en l'apercevant, et il alla rapidement à sa rencontre.

— Je suis heureuse de vous avoir trouvé, Magnus, dit-elle. J'ai remarqué hier que vous ne portiez aucun bijou. Je suppose que Parlan vous a confisqué vos objets de valeur.

— Je n'en avais pas, dit-il.

— Quoi qu'il en soit, vous aurez besoin d'une alliance pour Andrena, dit Lady Aubrey. J'ai pensé que vous aimeriez lui offrir celle de ma mère, si cela vous agrée. Sinon, Dree peut la porter jusqu'à ce que vous en ayez trouvé une qui lui plaît davantage.

— Je ne peux en imaginer une autre qu'elle aimerait autant, dit-il. Mais je la laisserai décider. Je vous remercie, milady, d'avoir pensé à remédier à cet oubli. Je me suis trouvé un garçon d'honneur, mais j'avais l'intention de dire à Andrena que je lui chercherais une alliance à Glasgow.

— Elle fera l'affaire pour l'instant, dit Lady Aubrey, en lui remettant un anneau d'or serti d'une petite pierre jaune. Mais qui est-ce… ?

Elle éclata de rire avant de répondre elle-même à sa question.

— Ne me dites pas que vous avez demandé à cet incorrigible garnement, Pluff, d'être votre témoin ?

— Est-il à ce point incorrigible ? demanda-t-il.

— Oh oui, il l'est, et le plus charmant des garçons. Et très éveillé, qui plus est. Il s'en vantera pendant des semaines. Comme c'est aimable à vous, sire ! Je savais que je vous aimerais bien.

Interdit, Mag reprit rapidement ses esprits, la remercia, et la raccompagna à l'intérieur avant de se lancer à la recherche de Lady Lachina.

—◦◦◦—

Le mariage d'Andrena se termina presque avant d'avoir commencé.

Elle pensa qu'une cérémonie aussi hâtive dans la grande salle ne valait pas le déplacement d'un prêtre, tout en se demandant si Magnus parviendrait à lui faire tenir sa promesse d'être docile et obéissante. L'ecclésiastique l'avait regardée sévèrement quand elle prononçait ses vœux.

Les yeux de Magnus avaient brillé tout au long de la cérémonie.

Elle savait qu'il était heureux du choix de son garçon d'honneur.

Le rouquin Pluff était debout à ses côtés, bien droit et fier, portant une chemise propre trop grande pour lui. Il accomplit ses devoirs avec une sobriété empreinte de dignité jusqu'à ce qu'Andrena lui sourît. Il sourit à son tour, remarqua l'air sévère du prêtre, et se raidit de nouveau rapidement.

Ses sœurs restèrent avec elle au début, mais firent un pas en arrière quand le prêtre appela le couple de fiancés vers l'autel improvisé. Pluff demeura aux côtés de Magnus, et Andrena se demanda pourquoi, jusqu'à ce que le garçon lui remette une bague.

Baissant les yeux vers l'anneau doré et plat que Magnus lui avait présenté au doigt, elle reconnut, à ses ciselures délicates et au petit quartz fumé jaune serti dans la monture, qu'il s'agissait de celui de sa grand-mère. Elle fut ravie à la pensée que c'était maintenant le sien.

Lorsque Magnus le glissa à son annulaire, les mains de son époux étaient chaudes et douces.

Ses pensées s'envolèrent vers la description faite par sa mère de ce qui se passerait dans le lit nuptial. Elle leva les yeux vers lui tandis que le prêtre les présentait à l'assemblée comme Magnus Mòr MacFarlan et son épouse. En apercevant l'éclat ardant de son regard plongé dans le sien, elle sentit une vague de chaleur lui monter aux joues.

Elle crut qu'elles rosissaient aussi.

Quand les applaudissements se turent, il s'inclina vers elle et murmura :

— J'espère que vous ne m'en voudrez pas d'avoir choisi l'alliance de votre grand-mère. Je peux en trouver une autre à Glasgow si vous préférez posséder la vôtre.

— Je l'adore, dit-elle avec un sourire espiègle. Vous êtes libre de m'acheter d'autres bagues, si vous voulez, et des colliers, et des bracelets... J'ai un faible pour les émeraudes. Un jour, j'en ai vu une d'un vert aussi profond que la forêt au solstice d'été. J'en voudrais des dizaines comme cela.

— Cupide jeune femme, dit Magnus en secouant la tête.

Puis, il renvoya un Pluff aux yeux écarquillés rejoindre les hommes dans la salle basse et il escorta sa nouvelle épouse de l'autel jusqu'à la table d'honneur où un festin les attendait.

— Évidemment, lui dit-il doucement, votre père a omis de vous dire que je ne possède aucune fortune personnelle.

— Il me l'a dit, répondit-elle.

Remarquant l'expression de son visage, elle ajouta :

— Mais vous me paraissez un homme tout à fait capable de prendre soin de moi, sire. En vérité, j'ai confiance que vous le ferez. Vous ne voudriez pas voir votre femme se transformer en mégère.

Le seul changement dans l'expression du visage de Mag fut l'étincelle qui s'alluma dans ses yeux une fois de plus.

Elle comprit qu'en disant ces mots, bien qu'elle n'y eût jamais pensé auparavant, qu'elle les pensait vraiment, à l'exception bien sûr de la partie concernant la mégère. Elle ignorait quel genre de mari il ferait, mais il était fort, robuste et prévenant. Elle était sûre qu'il ne la laisserait pas mourir de faim.

Ils prirent leurs places au centre de la table d'honneur, flanquées d'Andrew et de Lady Aubrey, avec le prêtre et les capitaines d'Andrew à sa droite et les sœurs d'Andrena à la gauche de leur mère. Ils faisaient tous face à la salle basse où applaudissements et battements de semelles avaient repris de plus belle. Le vacarme faiblit lorsque le prêtre leva les bras pour réclamer le silence afin de dire la prière avant le repas.

Au cours du festin, trois musiciens jouèrent du luth et de la harpe au pied de l'estrade. Andrena grignota de tout et de rien, mais elle était si consciente de cet homme imposant et silencieux à côté d'elle qu'elle ne pouvait goûter à sa nourriture.

Après un certain temps, elle sentit un picotement profondément en elle. Avant qu'elle en soit pleinement consciente, Lina s'inclina devant Lady Aubrey et murmura :

— Nous devrions partir, Dree. Les hommes complotent, je pense, et ils s'empareront de Magnus Mòr d'un moment à l'autre. Si tu es encore là…

— Il n'y a rien à craindre, dit Magnus doucement. Je ne laisserai aucun mal lui arriver.

Andrena reconnut le bien-fondé de l'avertissement de Lina.

— Ils ne me feraient pas de mal volontairement, sire, dit-elle. Mais vous devez connaître la réputation d'indiscipline de notre clan. Elle n'a rien à voir avec Parlan, mais plutôt avec notre histoire. Ils vous enlèveront, vous dévêtiront et vous transporteront dans notre chambre. Si je suis présente, quelqu'un pourrait me frapper accidentellement dans la mêlée. Je refuse d'être la cause de la pendaison d'un pauvre homme simplement parce qu'il était ivre à mon mariage. Je dois partir.

— Alors, allez jeune femme, mais ne craignez rien pour moi. On ne m'« enlève » pas si facilement.

Chapitre 7

Mag observa les femmes partir et vit avec satisfaction qu'Andrew n'avait pas l'intention de laisser ses hommes embarrasser ou harceler Andrena... du moins, jusqu'à ce qu'elle soit dans son lit et sous les couvertures. Quant au sort qui lui était réservé à lui...

Il les vit se préparer à l'assaillir, six hommes costauds, bien que moins imposants que lui. Même s'il était persuadé de pouvoir les empêcher de s'emparer de lui et de le transporter sur leurs épaules, il savait aussi que quelqu'un pouvait être blessé dans la lutte. Il ne voulait pas commencer sa vie à Tùr Meiloach en estropiant quelqu'un.

Il hocha donc la tête en direction du domestique le plus proche, afin qu'il vînt remplir sa coupe de vin. Quand le garçon eut terminé, Mag se dressa et leva sa coupe, élevant la voix au-dessus de la musique et des conversations animées.

— Levez-vous tous, commença-t-il, car je voudrais offrir un toast à ma nouvelle épouse et mes remerciements sincères au grand clan qui l'a vue naître. Je sais bien que je suis nouveau parmi vous, mais je jure que je ne donnerai jamais à votre chef l'occasion de regretter son invitation à devenir l'un des vôtres.

Les six hommes le guettaient du coin de l'œil. Et bien qu'ils eussent levé leur coupe pour manifester leur approbation avec les autres, leur intention restait claire.

Mag les regarda bien en face et leur dit :

— Je me mesurerai volontiers à quiconque voudra me mettre à l'épreuve. Mais nous le ferons dans la cour à un moment plus approprié. De plus, l'escalier tournant ici est plutôt étroit. Si vous me brisez le crâne en m'« aidant » à me rendre jusqu'au lit nuptial, vous ne ferez pas une faveur à mon épouse. Si je fracasse l'un des vôtres, je ne rendrai pas non plus service à votre clan. De plus, si vous tenez à me dépouiller de mes vêtements, je préfère que nous nous rendions d'abord au bon endroit pour cela, plutôt que d'essayer de le faire en me portant à ma chambre.

Des battements de semelles sur le sol, des rires et des commentaires gras accueillirent ce petit discours. Les hommes burent à sa santé. Puis, dans un seul rugissement, les six hommes, suivis de plusieurs autres, fondirent sur lui.

Andrena parcourut d'un regard étonné la chambre à coucher destinée aux nouveaux époux.

— Mais c'est l'ancienne salle d'entreposage des armes ! s'exclama-t-elle. Comment avez-vous accompli cette transformation si rapidement ?

— Annie Wylie et moi attendions ce jour depuis dix-neuf ans, ma chérie, répondit Lady Aubrey. La laine pour les rideaux de ton lit à dais a été filée et tissée il y a bien des années. Et je ne compte plus les nuits où j'y ai brodé les motifs quand vous étiez toutes endormies.

— Le lit est énorme !

— Oui, nous devions faire les choses rapidement, expliqua sa mère, parce que nous voulions que Magnus puisse s'étendre à son aise, sans devoir se recroqueviller. Alors, les hommes ont construit un nouveau cadre plus grand et nous avons ajusté les dimensions du couvre-lit et des draps. Annie et moi avons aussi allongé les rideaux du lit afin que tu puisses les fermer à ta guise. Les fenêtres n'ont pas encore de rideaux, mais tu aimes dormir avec les volets ouverts. Et j'ai entendu dire que Magnus préférait cela aussi.

La pièce se trouvait près du sommet de la tour, juste sous les remparts. Andrena savait qu'en hiver, des hommes y dormaient sur le sol.

— Est-ce pour cette raison que père a fait construire plus de maisonnettes hors des murs ?

— C'est une des raisons, répondit Lady Aubrey. Il voulait aussi accroître le nombre de gardes près des hauts cols. Cela le préoccupe que ces trois hommes de Parlan aient subi si peu de conséquences pour leur intrusion. Apparemment, il existe des passages aux deux extrémités de la crête, où de petits groupes d'hommes peuvent s'introduire dans notre domaine. En hiver, les gardes qui surveillent ces cols ont besoin d'abris chauffés près de leur poste. Mais dépêche-toi, ma chérie. Tu ne veux pas être surprise hors du lit quand ils t'emmèneront Magnus.

— Nous les entendrons monter, dit Andrena.

Lina éclata de rire.

— Nous les entendrons peut-être, bien sûr, dit-elle. Mais s'ils lui ont retiré ses vêtements en chemin, il n'aura aucune raison de s'arrêter en traversant la chambre. Alors, dépêche-toi !

Lina et Murie aidèrent Andrena à se déshabiller et lui passèrent un peignoir à porter pendant qu'elle était assise et laissait sa mère lui brosser les cheveux. Bien qu'elle fût nerveuse, elle ne protesta pas quand les femmes lui retirèrent son vêtement et l'installèrent dans le grand lit.

Elle n'avait pas sitôt tiré le couvre-lit sous son menton qu'une clameur s'éleva dans la cage d'escalier. Elle aurait voulu se réfugier sous les couvertures et s'y cacher jusqu'à ce que les bruyants fêtards soient repartis, mais elle demeura stoïque. Toutefois, son cœur battait très fort dans sa poitrine.

La porte de la chambre à coucher s'ouvrit avec fracas et de nombreuses mains poussèrent Magnus dans l'ouverture. Il tenait pudiquement une tunique déchirée sur son bas-ventre.

Lina et Murie hurlèrent et se couvrirent les yeux. Un rugissement du prêtre, qui suivait l'attroupement de près, imposa le silence à tous. De nombreux hommes accompagnèrent néanmoins Magnus et le prêtre dans la chambre. D'autres s'attroupèrent à l'entrée.

— Rappelez-vous qu'il y a des dames ici ! vociféra l'ecclésiastique. Vous garderez le silence jusqu'à ce que j'aie prononcé la bénédiction. Puis, vous vous écarterez du chemin afin que les dames puissent se retirer dignement. Et vous partirez tous ensuite, si vous ne voulez pas que je maudisse vos âmes misérables ! M'entendez-vous, vous tous, autant que vous êtes ?

Le silence se fit si rapidement qu'on put entendre l'un d'entre eux murmurer :

— Oui, le diable lui-même vous obéirait, lança le malin, ce qui déclencha quelques rires.

Andrena remarqua que l'un des rieurs était son nouvel époux.

Le prêtre bénit rapidement le lit et le couple qui était sur le point de le partager. Les hommes qui étaient entrés dans la chambre ouvrirent un passage à Lady Aubrey, Lina et Murie. Ils sortirent à leur suite, révélant ainsi la présence d'Andrew près de la porte. Le laird s'attarda assez longtemps pour ajouter ses propres vœux tandis que le prêtre incitait les hommes à quitter l'étage :

— Vous avez ma bénédiction aussi, vous deux, dit Andrew.

Puis, il ajouta d'un ton autoritaire :

— Et que l'on ne vous revoie pas avant demain midi.

La porte se referma et Andrena resta seule avec son mari dévêtu.

Elle était sienne. Cette pensée était grisante, car elle était magnifique et il se sentait attiré par elle. Une partie de son corps l'aimait tant qu'elle était déjà prête à se fondre en sa jeune épouse, si gonflée de désir qu'il craignait de l'effrayer. Un regard vers la jeune femme lui apprit qu'elle n'était pas encore apeurée, en dépit du récent chahut et de la bruyante compagnie.

Elle s'était adossée à la pile d'oreillers. Elle avait aussi tiré le couvre-lit jusque sous son menton. Mais elle le regardait calmement.

La lumière de fin d'après-midi éclairait encore la chambre. Maintenant qu'ils étaient seuls, il vit que si elle lui avait d'abord paru aussi petite, c'était en raison de toutes ces personnes qui l'occupaient et du très grand lit. Il fut reconnaissant au prêtre d'avoir chassé tout ce monde rapidement et de ne pas avoir permis au remue-ménage de devenir insupportable. Il arrivait parfois que l'assistance, le plus souvent composée uniquement d'hommes à ce moment-là, demande au couple de faire une démonstration pour les divertir. Mag ne l'aurait pas permis, mais il était heureux que personne ne l'ait suggéré.

Regardant son épouse avec attention, il lui dit gentiment :

— Savez-vous ce que nous devons faire ici, jeune femme ?

— Oui, ma mère me l'a dit.

— Et que vous a-t-elle dit ?

En rosissant, elle répondit avec un calme qui semblait plus forcé que naturel.

— Elle a dit plusieurs choses, dit-elle. Par-dessus tout, que je devais vous laisser me guider et avoir confiance que vous seriez délicat avec moi.

Il hocha la tête et se demanda quels détails Lady Aubrey avait pu lui révéler, avant de se dire que cela n'avait pas d'importance. Son sexe était levé derrière la tunique qu'il tenait contre lui.

— Vous devriez vous défaire de cette chose, dit-elle.

Il se mordit la lèvre inférieure pour réprimer un fou rire en pensant à la première « chose » qui lui vint à l'esprit et dont il n'avait évidemment pas l'intention de se départir. Mais il estima plus sage de ne pas révéler qu'il avait pensé à autre chose qu'à sa tunique. Sa jeune épouse aurait pu ne pas apprécier son humour.

Il choisit plutôt de lui obéir en lançant la tunique sur un tabouret tout près.

⸻◦◦◦⸻

Andrena eut le souffle coupé. Sa mère devait avoir tort. Quelque chose d'aussi gros ne pourrait jamais... Elle cessa de penser.

Il était sur le point de se glisser dans le lit.

Elle se déplaça vers le mur pour lui faire une place.

Le lit s'inclina légèrement sous son poids jusqu'à ce qu'il fût près d'elle. Son corps était chaud, en dépit du temps qu'il avait passé dévêtu dans l'air froid. La clarté du soleil de fin d'après-midi était avare de chaleur, mais son corps, à quelques centimètres d'elle, la réchauffait comme si on avait glissé une brique rougie sous les couvertures.

Lorsqu'il passa un bras autour de ses épaules et l'attira à lui, elle accueillit sa chaleur avec plaisir.

— Je vous ai entendue soupirer, jeune femme. Avez-vous peur ? lui demanda-t-il.

— Non, répondit-elle, mais je crains que nous ne puissions nous unir comme mère me l'a dit.

— Les hommes et les femmes sont faits pour s'unir, dit-il. Parfois, cela prend un peu plus de temps et de patience. Nous trouverons la bonne façon.

Sa voix était basse comme un bourdonnement grave et rassurant à son oreille. Ce n'est que lorsqu'elle commença à se laisser aller qu'elle comprit à quel point son corps était tendu.

— Et que vous a-t-elle dit d'autre ?

Elle essaya de penser et aurait souhaité que sa mémoire des mots fût aussi fidèle que celle de Murie. Il lui était difficile de s'imaginer faire les choses dont sa mère lui avait parlé avec Magnus. Finalement, elle se rappela le tout premier conseil de Lady Audrey et dit :

— Pourquoi ne pas me montrer ce que je dois faire ?

⚬

Le corps de Mag réagit de lui-même à la suggestion. Son sexe s'était quelque peu relâché pendant leur conversation. Maintenant, si la chose était possible, il semblait plus prêt qu'auparavant.

— Êtes-vous plus à l'aise, maintenant ? lui demanda-t-il.

— Vous êtes aussi chaud qu'un feu de foyer, répondit Andrena.

Il sourit.

— J'aimerais vous réchauffer de la tête aux pieds, dit-il d'une voix basse.

— Ne croyez-vous pas que vous devriez m'embrasser d'abord ? lui demanda-t-elle. Vous ne l'avez pas fait quand le prêtre nous a présentés à l'assistance. Pourtant, les époux de mes cousines les ont embrassées tout de suite.

— Vraiment ? dit-il. Alors, je suppose que c'est parce que le prêtre leur en avait donné la permission. Le nôtre ne l'a pas fait, alors j'ai décidé d'attendre. De plus, les hommes dans la salle étaient déjà bien échauffés, alors il m'a semblé préférable de suivre ses directives. Je veux bien me reprendre maintenant.

Tout en regardant Mag dans les yeux, elle entrouvrit les lèvres pour l'accueillir. Cela le fit sourire et il sut que personne ne l'avait jamais embrassée. Il avait hâte de remédier à cela aussi.

S'appuyant sur son coude gauche, il s'inclina vers elle et appuya doucement ses lèvres sur les siennes.

— Mon Dieu, dit-elle tout bas, vos lèvres sont encore plus chaudes que le reste de votre corps. Vous allez embraser ce lit, sire.

— Chut, murmura-t-il à son tour.

Il l'embrassa plus fermement, puis taquina sa lèvre supérieure du bout de sa langue. Pendant ce temps, il déplaçait sa main libre sous les couvertures pour lui caresser un sein. Quand elle soupira, il glissa doucement sa langue entre ses lèvres, juste assez pour lui laisser deviner son intention. Lorsqu'elle répondit en pressant ses lèvres plus fermement sur les siennes, il inséra sa langue plus profondément et caressa avec son pouce la pointe de son sein.

Le corps d'Andrena s'arqua et ses lèvres s'ouvrirent un peu plus.

Il continua de l'embrasser, attendant qu'elle se détendît. Il laissa descendre sa main sur son ventre, puis, lentement, avec une lenteur délibérée, il remonta vers son autre sein. Tous deux étaient fermes et soyeux et s'adaptaient à sa paume comme si Dieu les avait modelés pour lui.

—◦◦◦—

Andrena savourait chaque mouvement de cette main caressante, étonnée par les sensations que ses moindres mouvements déclenchaient en elle. Elle n'avait jamais encore senti pareilles choses. Lady Aubrey, bien qu'elle eût affirmé que l'union des époux devait leur être mutuellement agréable, avait toutefois omis de lui dire que c'était si agréable.

Les baisers de son époux faisaient naître chez elle des sensations similaires, réchauffant son corps comme celui de Mag… et même davantage. C'était comme s'il prenait feu ici, là, partout, par un simple frôlement de ses lèvres, de sa langue ou d'un doigt.

Quand il avait introduit sa chaude langue dans sa bouche, bien qu'elle n'eût jamais entendu dire qu'on pût faire une telle chose, cela lui sembla tout naturel.

Sa main descendit jusqu'à la fourche de ses jambes. Le plus infime de ses gestes déclenchait de nouvelles sensations, jusqu'à ce qu'elle se tordît de désir pour en obtenir encore plus. Mais quand il introduisit un doigt en elle, son corps se raidit.

— Détendez-vous, dit-il doucement.

— Je ne suis pas une jument, dit-elle avec un gloussement inattendu, provenant plus de ses nerfs tendus que d'une réelle envie de rire. Je ne savais pas que vous me feriez cela.

— Votre crainte était que nous ne puissions nous unir, murmura-t-il. Cela vous dilatera quelque peu avant de passer aux étreintes plus passionnées.

— Mon père a dit de rester au lit jusqu'à midi demain, lui rappela-t-elle. Est-ce que ce sera si long que cela ?

— Non, certainement pas, répondit-il. Je serai affamé bien avant, et vous aussi. De plus, je dois être debout avant midi, parce que je dois partir tôt vendredi matin…

— Partir! s'exclama-t-elle en le regardant avec étonnement. Où allons-nous?

— Pas nous, seulement moi. Je dois me rendre à Glasgow, et peut-être même au-delà, répliqua-t-il calmement. Votre mère est au courant. Je croyais que vous l'étiez aussi.

Son doigt avait cessé de bouger en elle et elle fut déçue. Il lui avait seulement mentionné qu'il lui achèterait une alliance à Glasgow. Mais Glasgow pouvait attendre jusqu'au lendemain.

— Vous connaissez votre devoir, dit-elle. Peut-être m'en direz-vous plus au moment opportun. Entretemps, je vous en prie, enseignez-moi autre chose.

◦◦◦

Il n'eut besoin d'aucune autre invitation. Il fit usage de ses lèvres, de sa bouche, de ses mains et de ses doigts pour enflammer ses sens, jusqu'à ce qu'il sût qu'elle était aussi prête qu'une vierge pouvait l'être pour sa première union. Il se plaça doucement au-dessus d'elle, s'appuyant sur ses coudes et ses genoux afin de ne pas l'écraser sous son poids. Utilisant une main pour se guider, il se glissa en elle. Il se positionna ensuite avec précaution et s'assura que sa main droite eut toujours un accès libre à sa poitrine aguichante.

Une fois en elle, déterminé à lui causer le moins de douleur possible jusqu'à ce que son corps ait eu le temps de s'ajuster à sa présence, il lutta contre son propre désir afin de rester tendre. Elle respirait bruyamment et de façon trop saccadée. Pour la distraire, il inclina la tête et posa le bout de sa langue dans son oreille gauche, la stimulant par ce moyen jusqu'à ce qu'elle commence à se tortiller.

Il fit alors des mouvements plus décidés. Il les accordait aux réactions du corps d'Andrena et aux expressions de son visage, tout en souhaitant que Lady Aubrey ne lui ait pas dit qu'elle devait rester stoïque s'il lui faisait mal. Il savait que bien des mères enseignaient à leur fille à subir leur devoir conjugal sans se plaindre. Il voulait au contraire qu'Andrena en éprouve du plaisir.

Comme elle ne montrait plus aucun signe de douleur et s'agrippait à lui, il augmenta peu à peu le rythme de ses secousses, jusqu'à ce que la passion l'emporte. Ses gémissements lui apprirent qu'elle avait encore un peu mal, mais elle bougeait avec lui et ses gestes l'encourageaient à se laisser aller. Après avoir atteint le sommet de son plaisir, il posa sa tête sur l'oreiller, rassasié, et l'attira de nouveau contre lui.

⸺◦⸺

Andrena se blottit contre lui. Elle ne put s'empêcher de penser que leur étreinte, tout comme le mariage qui venait d'être célébré, avait été plus courte qu'elle l'aurait cru.

— Ah, jeune femme, murmura-t-il. J'espère ne pas vous avoir fait trop souffrir.

— Ce fut une douleur étrange, dit-elle. Vous êtes si gros ; je suis surprise que cela ne m'ait pas fait plus mal. Vous devez être très adroit.

Une nouvelle pensée lui vint et elle tourna la tête pour le regarder.

— Avez-vous déjà pratiqué cela avec beaucoup d'autres femmes?

— Ma chère épouse, répondit-il, voilà une question qu'aucune femme ne devrait poser à son mari. Contentez-vous de savoir que je le fais bien et restons-en là.

Comme il souriait en lui disant cela, elle lui sourit en retour. Mais là encore, elle aurait voulu le comprendre comme elle le faisait avec la plupart des gens. Comme il était ironique et injuste d'avoir justement épousé un homme qui était une énigme pour elle!

— Qu'y a-t-il, demanda-t-il abruptement, son sourire envolé.

— Ce n'est rien, dit-elle. Je doute que vous compreniez.

— Peut-être que non, admit-il. Mais je ne le pourrai jamais le savoir à moins que vous ne tentiez de me l'expliquer.

— Pas cette nuit, dit-elle. Je voudrais y penser davantage d'abord. Alors, j'ai cessé d'être une jeune fille?

— Oui, puisque vous êtes ma femme.

— Et vous êtes mon époux, sire, répondit-elle. Mais je me sens collante. Puis-je me lever pour me laver?

— Mais bien sûr, dit-il. Je vous aiderai et vous pourrez me rendre la pareille ensuite.

— L'aiguière et la bassine sont sur la table de toilette là-bas, dit-elle en les indiquant du doigt.

Elle pouvait difficilement sortir du lit avant qu'il ne l'ait fait. Il se leva donc et traversa la pièce. Elle l'observa, regardant avec plaisir son dos et les puissants muscles de ses cuisses. Son corps était magnifique.

Il regarda par-dessus son épaule et lui sourit :

— Vous venez ?

❦

Elle rougit, et cela le fit sourire. Il savait qu'elle l'avait observé et savoura la pensée qu'elle y avait pris plaisir. Et il se dit que la simple compagnie de cette jeune femme lui avait procuré plus d'agrément qu'il n'en avait connu depuis des années.

Elle se leva, et ce fut à son tour de la regarder. Sa silhouette était magnifique. Ses cheveux fauves descendaient jusqu'à sa taille en une masse soyeuse et ondulante un peu emmêlée, sur laquelle la lumière du soleil déclinant faisait danser des reflets dorés. Sa taille était fine, sa poitrine ferme et pleine, ses hanches assez larges pour porter plusieurs enfants, et ses bras et ses jambes bien formés et robustes. Sa peau, comme il le savait déjà, était douce comme du satin et merveilleuse à caresser, à embrasser ou simplement à toucher.

Une fois lavés, ils regagnèrent le lit et s'étendirent côte à côte dans un silence agréable. Puis, elle demanda d'un ton détaché :

— Me parlerez-vous maintenant de votre voyage à Glasgow ?

— Je ne peux en divulguer le motif, répondit-il.

— L'avez-vous dit à mon père ? revint-elle à la charge.

— Bien sûr, je devais le faire.

— Alors, vous devez m'en parler, dit-elle. Je suis votre épouse et je sais garder des secrets. Mais si vous ne me faites pas confiance…

Elle laissa ces derniers mots flotter dans l'air.

Il se tourna sur le côté pour la regarder.

— Et vos sœurs ? Vous m'avez fait comprendre assez clairement que vous êtes très liées toutes les trois.

— En effet, nous sommes très proches, confirma Andrena. Elles en savent beaucoup à mon sujet. Si je suis troublée, elles le sauront et n'auront de cesse que je leur dise pourquoi. Mais si je ne le suis pas, je n'aurai rien à leur expliquer.

— Cela ressemble à une menace, ma chère épouse, dit Magnus. Mais peut-être vous ai-je mal compris. Rassurez-moi, je vous prie, et dites-moi que vous n'insinuez pas que si je refuse de vous dire pourquoi je pars, vous serez si affligée que vous devrez en parler à vos sœurs.

Les lèvres d'Andrena firent une moue ironique et il aurait voulu les embrasser de nouveau, ne serait-ce que pour calmer son irritation.

— Je ne suis pas coléreuse, sire, ni mesquine, répondit Andrena. Elles me harcèleront sûrement, mais je n'ai qu'à leur dire que cela ne les concerne pas, et elles abandonneront.

— Aussi facilement ? dit-il, lui laissant voir son incrédulité.

⎯⎯∘∘∘⎯⎯

Andrena savait que Lina renoncerait vite. Mais elle savait aussi que dans un tel cas, Murie la talonnerait sans relâche jusqu'à ce qu'on la réprimande, et, pour une fois, elle vit que Magnus était ennuyé.

— Elles pourraient ne pas renoncer immédiatement, admit-elle. Mais si je vous promets de n'en parler à personne, cela inclut Lina et Murie. Est-ce un si grand secret que même moi je doive l'ignorer ?

Il resta silencieux un moment, réfléchissant à la question.

— J'ai un message pour le roi, dit-il enfin, que je dois lui communiquer sans délai.

— Alors, il faut que j'aille avec vous, dit-elle d'un ton décidé. Pensez comme il serait plus sûr pour vous de voyager ouvertement comme mon époux, plutôt qu'en guerrier solitaire. Un guerrier de taille colossale, qui plus est, qui correspond trait pour trait à la description que Parlan aura ébruitée partout, accompagnée de la demande que vous lui soyez rendu sans délai. Mais étant mon mari...

— Non, jeune femme, répondit Magnus. J'irai plus vite sans vous. Ce danger que vous venez d'évoquer est une raison suffisante pour que vous restiez ici.

— Fort bien, dit-elle, mais comment vous déplacerez-vous ?

— Je marcherai s'il le faut, répondit Magnus. Mais Andrew m'a assuré que Colquhoun me procurera une monture, s'il ne m'offre pas de m'emmener sur l'un de ses navires.

— Oui, il pourrait bien le faire, dit-elle pensivement, mais il est plus probable qu'il le fasse si je suis avec vous. Le laird de Colquhoun m'aime bien, ajouta-t-elle avec un sourire.

— Quelque chose me dit que tous les hommes sains vous aiment bien, dit-il. Mais j'espère que vous ne me tourmenterez pas avec cela. J'ai peut-être un tempérament calme, mais une jeune femme qui m'accable de ses exigences s'y prend mal avec moi.

— Je vois, dit-elle. Je ne suis pas une mégère, sire. Je suis votre épouse légitime et j'ai juré de vous obéir. Mais si vous changez d'avis, je suis prête à vous accompagner.

Il la regarda fixement.

— Pourquoi votre docilité soudaine éveille-t-elle mes soupçons ?

— Je l'ignore, dit-elle, soulagée d'apprendre ainsi qu'elle avait provoqué chez lui des sentiments qui dépassaient la passion et le plaisir — de la suspicion maintenant et de l'irritation quand il croyait qu'elle le menaçait à mots couverts. Je suis toute obéissance, sire, reprit-elle. Puisque je suis dans cette heureuse disposition, peut-être m'enseignerez-vous d'autres manières de vous donner du plaisir. J'ai encore trop mal pour répéter notre exercice précédent, mais vous connaissez sans doute d'autres passe-temps tout aussi agréables.

— J'en connais, dit-il.

— Très bien, répondit Andrena. Mais avant, je dois vous dire que je n'ai pas suffisamment profité du festin de noce. Pensez-vous qu'on pensera à nous apporter notre dîner ?

∽◦∾

Mag réussit à lui faire oublier sa fringale naissante pendant près d'une heure. À ce moment-là, il avait faim lui aussi. Comme Andrew les avait quittés en les assurant que personne ne viendrait troubler leur intimité, il décida d'aller lui-même chercher quelque chose à manger.

Après s'être levé, il retrouva sa vieille tunique rapiécée dans un coffre près du mur et l'enfila. Pendant la cérémonie, il avait porté le plaid neuf et soyeux que Lina lui avait donné. Mais celui-ci avait disparu quelque part dans l'escalier. Même si ses poursuivants avaient renoncé à leur intention première de le porter dans le lit nuptial, ils étaient néanmoins parvenus à le dévêtir tout en le poussant dans l'escalier. Il avait conservé sa nouvelle tunique grâce à sa force. Maintenant, elle était en lambeaux comme la précédente.

Il n'eut cependant pas à se rendre très loin, car une servante aux joues roses attendait sur le palier au-dessous du leur. Elle était postée assez loin pour ne pas être indiscrète, mais assez proche pour être disponible en cas de besoin. Après s'être présentée à Mag sous le nom de Tibby, elle descendit l'escalier à la hâte et revint peu après avec un plateau.

— Le laird m'a dit qu'j'avais pris assez d'nourriture pour quatre personnes, m'sieur, dit Tibby. Mais à en juger par vot' taille, j'suis pas sûre d'en avoir apporté assez.

Mag lui sourit et l'assura qu'il y en avait plus qu'il n'en fallait. Puis, il la soulagea de son plateau et retourna dans la chambre à coucher.

Après avoir refermé la porte, il nota que sa jeune femme semblait pensive.

— Avez-vous décidé de me confier vos préoccupations de tout à l'heure? demanda-t-il. Celles que vous craigniez que je ne puisse comprendre.

— Non, pas ce soir, dit-elle. En ce moment, je ne pensais qu'à votre voyage et aux préparatifs que nous devrions faire.

— Quels préparatifs ? demanda-t-il. Je demanderai seulement à Andrew de me prêter un garçon pour m'accompagner, l'un de ceux que Colquhoun connaît et qui sait comment franchir la rivière au sud.

— Généralement, ce sont père et Malcolm qui s'en occupent, dit-elle. Mais ils n'y vont jamais seuls, pour que d'autres hommes connaissent aussi le chemin emprunté. De plus, vous devrez décider ce que vous leur direz. Que pouvez-vous vous permettre de leur confier, ainsi qu'à Lord Colquhoun ? Et il vous faudra d'autres vêtements si vous devez rendre visite au roi.

— Allons, jeune femme, Sa Majesté ne se souciera pas de mon apparence, lui fit-il remarquer. Il ne s'intéressera qu'au message que je lui porte.

— En tant que guerrier, vous ne devez pas fréquenter souvent la noblesse, dit-elle. Sa Majesté, le roi, pourrait bien vous recevoir, mais seulement si son intendant daigne l'informer que vous sollicitez une audience. Et il vous l'accordera uniquement s'il sait qui vous êtes. En vérité, s'il connaît votre identité, il saura aussi que les Galbraith ont pactisé avec l'ennemi. Quoi qu'il en soit, il vous recevra plus volontiers si vous semblez appartenir à son univers. Vous devrez donc vous munir de bagages si vous voulez avoir l'air un tant soit peu respectable. Mais n'ayez crainte, je m'en occuperai demain avec l'aide de mes sœurs. Lina saura exactement tout ce qu'il faut à un gentilhomme pour un tel périple.

— Je compte voyager avec le bagage le plus léger possible, Andrena.

— Oui, bien sûr, car vous voulez vous rendre au-delà de Glasgow, s'il le faut, pour trouver Sa Majesté, répondit Andrena. Il se déplace fréquemment, c'est du moins ce que mes cousins et Colquhoun disent. Je n'ai pas eu le bonheur de rencontrer le roi, mais on dit qu'il ne faut pas le chercher dans les forteresses royales, comme Stirling ou Édimbourg.

— C'est ce que votre père m'a dit, répondit Mag, qui la regardait en déposant le plateau sur une table près de la fenêtre tournée vers l'ouest. Il dit que le roi préfère les abbayes parce que les châteaux lui rappellent ceux d'Angleterre où il a été retenu captif.

Elle sembla déçue qu'il sût déjà ce qu'elle s'apprêtait à lui apprendre. Il la regarda plus attentivement, se demandant si son intérêt pour son voyage venait de l'espoir de l'accompagner, ou si c'était simplement la façon d'agir de toute épouse en pareilles circonstances.

Puisqu'il n'avait jamais eu de femme avant...

Andrena remarqua l'expression interrogative de son visage, mais elle était plus intéressée par la nourriture qu'il avait rapportée. De plus, elle savait qu'elle lui avait déjà donné suffisamment à réfléchir.

Le reste, décida-t-elle, elle le laisserait à son père. Andrew ne voudrait pas manquer cette occasion d'expliquer ses propres difficultés au roi. Il était peu probable qu'il demande à un Galbraith qu'il n'avait jamais éprouvé — qu'il fût ou non son beau-fils, et peu importe le message que Magnus portait — de plaider sa cause à sa place. Le matin venu, elle ferait ses propres bagages.

Chapitre 8

Pendant qu'ils mangeaient, Mag demanda à Andrena de lui parler de sa famille et de sa vie à Tùr Meiloach. Elle accepta volontiers. Mais, par certains regards qu'elle lui lançait de temps à autre, il comprit qu'elle résistait à un grand désir de lui demander qu'il lui rendît la pareille en lui parlant de sa famille et de l'îlot Galbraith.

La nuit de leur mariage n'était pas le moment idéal pour lui avouer que son père l'avait déshérité. Même s'il était tenté de défier Andrew, qui lui conseillait de n'en rien faire, il fut reconnaissant à Andrena de sa discrétion. Ils retournèrent bientôt au lit, où il espéra s'être racheté en lui enseignant de nouvelles façons de se procurer réciproquement du plaisir. À sa grande surprise, il s'endormit ensuite profondément et, pour la première fois, sans faire un seul cauchemar.

Le jeudi au point du jour, il se leva à son heure habituelle. Andrena était encore endormie et sa tête reposait sur son épaule, son doux souffle chaud effleurant sa peau. Il resta donc patiemment étendu, jusqu'à ce qu'il sentît qu'elle commençait à s'éveiller. Il vit ses yeux s'ouvrir, puis s'agrandir, et il sut qu'elle venait subitement de se rappeler où elle était.

Sans bouger la tête, elle leva les yeux et vit qu'il était déjà réveillé.

— Bonjour, sire, dit-elle. Vous faites un traversin chaud et douillet.

— J'espère être aussi bon à autre chose, dit-il. Avez-vous bien dormi ?

— Oui, mais je suis tout à fait réveillée maintenant. Que devrions-nous faire jusqu'à midi ?

— Je me lève tout de suite, dit-il. Je doute d'être resté au lit aussi longtemps de ma vie. Nous sommes ici depuis notre festin de noce. J'aimerais faire une courte promenade et prendre ensuite un petit-déjeuner copieux. Puis, je parlerai à votre père.

— Il aura sûrement de judicieux conseils à vous offrir, dit-elle.

— Mais avant tout, j'ai envie d'embrasser mon épouse, dit-il avant de joindre le geste à la parole.

Cet acte en entraîna un autre, et à en juger par la réaction passionnée de sa femme, il comprit qu'elle en voulait davantage et que leurs ébats de la veille ne la faisaient plus souffrir.

— Avez-vous une femme de chambre à votre service ? demanda-t-il quand ils furent prêts à se lever et à s'habiller.

— Mes sœurs et moi nous partageons la fille de Malcolm, Tibby, dit-elle. J'imagine qu'elle n'attend qu'un signe de ma part.

— Hier soir, c'est elle qui est allée chercher notre repas, répondit Magnus. Elle croit peut-être aussi que nous resterons au lit jusqu'à midi.

— Tibby me connaît mieux que cela, dit Andrena. Mon père aussi d'ailleurs. Puis-je vous accompagner, sire ? J'en profiterais pour faire courir les chiens.

— Oui, bien sûr, dit-il. Le ciel est dégagé et le soleil se lèvera bientôt. Je voudrais marcher le long de ces falaises là-bas et voir à quelle distance le regard porte par temps clair.

Ils s'habillèrent et descendirent dans la grande salle, où ils trouvèrent des gens de la maison déjà en train de prendre leur petit-déjeuner. Andrew n'était pas parmi eux.

— J'apporte habituellement une pomme et un petit pain en promenade, dit Andrena.

— Il me faut un peu plus de nourriture que cela, répliqua Mag. Nous prendrons un petit-déjeuner convenable d'abord et nous nous mettrons en route ensuite.

— Père doit être occupé dans la cour maintenant, ou bien il sera sorti avec quelques-uns de ses hommes, fit remarquer Andrena. Nous aurons amplement le temps de manger et de faire notre promenade avant votre entretien avec lui.

Son regard rencontra celui de sa femme et il l'observa un moment. Elle semblait si ingénue, pourtant...

◆◇◆

Andrena aimait marcher rapidement et arrivait à suivre aisément Magnus. Toutefois, elle savait qu'il ralentissait le pas pour l'accorder au sien. Ils marchèrent silencieusement pendant un certain temps. Tout en écoutant les oiseaux gazouiller et les écureuils jacasser, elle se rappela le silence de la forêt le matin où elle avait rencontré Magnus.

Il était difficile de croire qu'à peine quatre jours s'étaient écoulés.

Alors qu'ils approchaient des falaises, elle savait par le bruit des vagues sur le rivage que la marée se retirait. Du sommet où ils s'étaient déjà trouvés tous les deux, elle ne vit qu'une galère sur le loch.

— Je crois qu'il s'agit d'un des navires du clan Campbell qui vient de la côte ouest, dit-elle.

— En effet, acquiesça-t-il. On le voit par la tête de sanglier sur son pavillon.

— Ma foi, dit-elle, vous pouvez voir son pavillon suffisamment bien pour reconnaître la tête de sanglier ?

— Oui, bien sûr, dit-il, pas vous ?

— Non, répondit Andrena. Pourtant, j'ai la vue très perçante. J'arrive à distinguer un peu de jaune et un motif noir par-dessus, mais c'est très courant ici. Même le petit bateau noir emblématique du Seigneur des Îles se détache d'un fond jaune. Et plusieurs clans partagent la tête d'ours comme emblème, qui, à cette distance, doit beaucoup ressembler à celle d'un sanglier.

— C'est bel et bien la tête de sanglier des Campbell, dit-il. Je peux la voir clairement. Pour ce qui est des têtes d'ours, celle des Galbraith est tournée vers le haut. Le sanglier des Campbell, lui, regarde par en bas.

— Je me rends, dit-elle en lui souriant.

— Bien, jeune femme, répondit-il d'un ton plaisant. Peut-être accepterez-vous de vous rendre aussi à mes désirs plus tard.

Tous deux se sourirent. Ils marchèrent encore le long de la falaise, mais ils revinrent bientôt vers Tùr Meiloach, où ils trouvèrent Andrew qui les attendait dans la cour.

— Vous ne pouviez plus dormir, les enfants ? dit-il.

— Nous n'aimons pas flâner au lit, père, dit Andrena. Vous savez bien que je me lève avec le soleil sinon avant. Et Magnus aime marcher autant que moi.

— Alors, vous êtes faits l'un pour l'autre, comme je l'avais dit, répondit son père en hochant la tête approbativement. Lui as-tu parlé de ton voyage, garçon ?

— Je l'ai fait, sire, répondit Magnus. J'en discuterai davantage avec vous si vous voulez.

— Je vous laisse à votre discussion, alors, dit Andrena. Je dois me rendre chez mère. Ensuite, je m'occuperai des préparatifs du voyage.

— Alors, va, dit Andrew. Nous ne te retenons pas.

⚬

Alors qu'elle traversait la cour, Mag s'interrogea de nouveau sur sa docilité. Il avait aussi remarqué qu'elle avait parlé « du voyage » et non de « son voyage ».

Andrew le tira de ses réflexions.

— Tu veux certainement savoir comment aborder Colquhoun, dit Andrew. N'aie surtout pas peur de lui, car notre Andrena est l'une de ses favorites.

— J'ai déjà rencontré Colquhoun, sire, dit Mag. Et Andrena ne sera pas avec moi.

— Mais bien sûr qu'elle t'accompagnera, dit Andrew. Je sais bien que tu as un message important pour Sa Majesté.

Mais si tu obtiens une audience auprès du roi, tu devras aussi lui expliquer l'état des choses ici. Tu dois lui dire que je suis le chef légitime du clan Farlan et le gardien du défilé. S'il honore la charte qui le prouve, je suis disposé à lui offrir le soutien de tout mon clan. Andrena est au courant de tout cela bien mieux que tu peux l'être après un si court temps passé à Tùr Meiloach. Elle pourra dès lors mieux l'expliquer à Sa Majesté.

— Je n'ai qu'à lui dire que vous détenez la charte authentique, répliqua Mag. Et en tout état de cause, vous aurez l'occasion de la lui montrer vous-même bientôt.

— Oui, s'il se déplace jusqu'ici pour la voir, dit Andrew d'un ton impatient. Quand crois-tu que cela se produira ? Il sait bien que Lennox a de l'influence ici, alors il doit croire, comme Lennox lui-même, que tous les MacFarlan sont contre lui. Tu pourrais lui dire que ce n'est pas le cas, mais je pense qu'il prêtera une oreille plus attentive à Dree. De plus, laisse-moi te dire ceci, mon garçon : tu auras bien plus de chances d'être écouté avec une jolie femme à ton bras que seul. Notre Jamie, bien qu'il soit fidèle à la reine Joanna, goûte en connaisseur la compagnie des dames.

— Si vous voulez que j'emmène Andrena, soit, dit Mag. Mais qu'arrivera-t-il si je dois me rendre au-delà de Glasgow pour trouver Sa Majesté ?

— Grand Dieu, jeune homme ! répondit Andrew d'un ton exaspéré, crois-tu que ma fille ne sache pas monter à cheval ? Tu prendras deux montures à Glasgow. Et cela me fait penser que tu auras besoin d'argent, car Parlan a certainement pris tout ce que tu avais. Alors, veux-tu emmener Andrena, oui ou non ?

Mag soutint le regard déterminé d'Andrew un moment.

— Je pensais que vous auriez préféré qu'elle reste ici, sire, répondit Mag qui abdiquait. J'apprécierai bien sûr sa compagnie pendant mon voyage.

Il se demanda alors si Andrena avait persuadé son père de prendre son parti. S'il avait pu imaginer par quel moyen elle l'avait fait, ses doutes au sujet de leur complicité auraient été confortés. Mais elle ne l'avait jamais quitté depuis qu'elle avait appris son intention d'entreprendre ce voyage.

Andrena trouva sa mère dans le solier avec Lina et Murie. Dès qu'elle y entra, Murie lui demanda :

— Pourquoi ne nous as-tu pas dit que Magnus partait demain ?

Regardant sa mère, Andrena dit prudemment :

— Mère ?

Avec un sourire entendu, Lady Aubrey répondit à sa place.

— Votre père m'a annoncé que Magnus partait pour Glasgow, ma chérie, et qu'il aurait besoin de bien plus de vêtements qu'il n'en a maintenant.

— Comme j'aimerais que nous puissions y aller toutes, lança Murie. Cela fait des mois que nous n'avons pas rendu visite à notre famille. Nous pourrions peut-être leur présenter Magnus.

— J'en doute, dit Andrena. Même s'il m'emmène, je ne crois pas que nous nous arrêtions en cours de route. Nous irons à Dumbarton, bien sûr, et peut-être même au-delà de Glasgow. Ce sera toutefois à Magnus de décider.

— Il ne peut te laisser derrière tout juste après t'avoir épousée, dit Lina. Il voudra te présenter à sa famille. Il me semblait étrange qu'il soit disposé à se marier à leur insu et sans leur consentement. Imaginez comment mère et notre père réagiraient si l'une d'entre nous faisait cela.

Elle regarda sa mère, mais Lady Aubrey était penchée sur un point de sa broderie et ne répondit pas.

— Je n'ai pas besoin de l'imaginer parce qu'aucune d'entre nous ne le ferait, dit Andrena. Si tu veux en savoir plus sur la famille de Magnus, Lina, tu devras l'interroger toi-même. Mais pour le moment, j'ai besoin de ton aide pour décider ce qu'il doit apporter. Je peux te dire qu'il sera probablement en noble compagnie, alors il est important qu'il soit bien vêtu. Sa nouvelle tunique a été abîmée hier, quand les hommes l'ont déshabillé.

— On me l'a raconté, dit Lina. Heureusement, j'en confectionne une en lin pour père, et elle est presque terminée. Je peux la retoucher pour qu'elle fasse à Magnus. J'ai récupéré son nouveau plaid que l'une des servantes a retrouvé dans l'escalier.

Puis, elle secoua la tête et leva les yeux au ciel.

— Les hommes ! soupira-t-elle.

— Ne le blâme pas, dit Andrena. Tu as vu ce que les garçons lui ont fait subir.

— Je sais, je sais, dit Lina. Ne te préoccupe pas de ses vêtements, Dree. Un Highlander est toujours présentable dans son plaid, n'est-ce pas, mère ?

— En toutes circonstances, acquiesça Lady Aubrey. Magnus aura besoin de culottes aussi, s'il doit monter à cheval. Je ne sais pas ce que nous pouvons faire à ce sujet, mais j'en parlerai à Malcolm. L'un de ses garçons en aurait peut-être qui conviennent à Magnus. Le confort lui importera plus que l'élégance en chevauchant. Quant à toi, Dree, si tu dois l'accompagner, tu devrais porter ta toilette ambre pour rencontrer Sa Maj… ses grands et nobles amis. Ta robe brun-roux conviendra à la tour de Craggan, ajouta-t-elle, indiquant clairement — du moins à Andrena — qu'Andrew lui avait révélé la véritable destination de Magnus.

Satisfaite de savoir que la question des vêtements de Magnus avait été confiée à des mains habiles, Andrena s'excusa et retourna à la chambre qu'elle partageait avec lui. Ses propres toilettes s'y trouvaient déjà grâce à la diligence de Tibby. Il ne lui fallut que quelques minutes pour choisir ce qu'elle emporterait avec elle, si Andrew agissait comme elle le croyait, bien sûr.

Travaillant rapidement, elle parvint à placer soigneusement tous ses vêtements dans deux paniers de paille dotés de longues courroies, grâce auxquelles les domestiques pouvaient les transporter en bandoulière. Elles permettraient également de les sangler à un poney de bât s'ils devaient aller plus loin que Glasgow.

Lorsqu'elle eut fini, elle rejoignit sa mère et ses sœurs dans le solier, convaincue que c'est là que Magnus se rendrait s'il voulait la voir. Les femmes vaquaient à leurs occupations et à leurs tâches habituelles, et le reste de la matinée se passa rapidement. Andrena ne vit ni Magnus ni son père avant le repas du midi quand ils furent tous réunis.

Au moment où les deux hommes vinrent se joindre aux femmes sur l'estrade, Andrena ne put rien déduire de l'expression de leur visage. Le regard de Magnus était vaguement interrogateur, mais il s'assit près de son père sans s'arrêter d'abord pour lui parler.

Assise entre sa mère et Lina, elle tendit l'oreille vers Andrew et Magnus à l'affût de quelques bribes d'information sur le voyage à venir. Comme ils n'en parlèrent pas, elle reporta son attention sur son assiette.

À la fin du repas, toutefois, au moment où Lady Aubrey se levait pour signifier aux femmes de retourner à leurs tâches, Andrena faillit pousser un soupir de soulagement lorsque Murie, de sa propre initiative, alla demander à Andrew si Magnus partait vraiment le lendemain.

— Il part demain, confirma Andrew. Mais sans doute pas pour très longtemps. Il emmènera notre Andrena et il est possible qu'ils rencontrent le roi d'Écosse en personne.

Andrena s'autorisa alors un soupir de soulagement.

Elle dirigea son attention vers Magnus. Quand elle découvrit que son regard était déjà fixé sur elle, un étrange frisson d'appréhension la parcourut. Son visage inexpressif ne laissait rien deviner. Elle n'y vit aucun mécontentement qui aurait pu éveiller pareille sensation en elle, alors pourquoi… ?

— Je savais bien que ton voyage serait passionnant, Andrena, dit Murie.

Se tournant vers Magnus, elle ajouta :

— Vous devrez être attentif à tout ce que vous verrez et entendrez. À votre retour, nous voudrons connaître chaque détail dont vous vous souviendrez au sujet de Sa Majesté. Oh, j'aimerais tant vous accompagner !

— Eh bien, tu ne peux pas, répondit Andrew d'un ton bourru. Ils ne veulent pas devoir supporter ton babillage pendant tout le trajet. Va voir ta mère, maintenant, chère Murie. Elle te fait signe.

Magnus n'avait pas quitté Andrena des yeux même pendant que Murie lui parlait. Comme il continuait de la regarder, elle se dirigea vers lui, passa devant son père et, quand elle fut en face de son mari, elle lui dit tranquillement :

— Je viens avec vous, alors.

— Oui, ma chère épouse, murmura-t-il. Mais je pense que vous le saviez déjà.

— Je me doutais que père voudrait que j'y aille, dit-elle. De plus, si vous vous demandez comment Murie le savait...

— Andrew a dû le dire à votre mère, supposa Mag.

— En effet, confirma Andrena. Et mes sœurs ont exprimé leur conviction que je devais vous accompagner. Mais cette décision vous appartient, sire. Si vous ne voulez pas de moi...

— Non, jeune femme, dit Magnus, je tiens à ce que vous veniez. En fait, j'aimerais que nous partions aujourd'hui même. Mais votre père persiste à dire que demain serait préférable, peut-être parce que nous serons davantage reposés. En vérité, je ne veux pas me quereller avec lui.

— Est-ce que le message que vous portez est à ce point important que même les heures sont comptées ?

— Il pourrait l'être, dit-il. Je suppose que vous avez déjà emballé vos affaires.

— C'est fait, dit-elle. Mais Lina a besoin de temps pour vous faire une autre tunique. Vous maltraitez drôlement vos vêtements, le saviez-vous ?

⸻∞⸻

Le regard de Mag avait dévié vers Andrew, mais, à ces paroles, il revint vers elle. Il allait se justifier, puis se ravisa.

La lueur taquine dans les yeux d'Andrena montrait qu'elle savait que si ses tuniques étaient dans leur état présent, il n'y était pour rien.

Il comprenait qu'il ne pouvait se présenter devant Colquhoun, à plus forte raison devant Jamie Stewart, dans les hardes d'un vagabond. Que Lady Lachina puisse lui faire une nouvelle tunique pour le lendemain, en plus de lui trouver tous les autres vêtements dont il aurait besoin, tenait du miracle.

Les femmes se révélèrent toutefois à la hauteur de la situation, si bien que lorsque lui et Andrena descendirent dans la grande salle pour rompre leur jeûne tôt le lendemain matin, tout était prêt pour leur départ. Après avoir promis à Andrew qu'ils rentreraient pour lui rendre compte de sa réponse dès qu'ils auraient parlé à James, ils prirent le chemin du sud, accompagnés de quatre hommes d'Andrew.

Le fils efflanqué de Malcolm, Peter, portait les deux petits paniers d'Andrena. Un garçon plus costaud et aussi un peu plus âgé, Jonas, portait le plus grand panier de voyage, qui contenait les vêtements de Mag. Malcolm était même parvenu à lui dénicher des culottes.

Leur groupe comprenait également le serviteur personnel d'Andrew, Sorley MacFarlan, et le jeune Pluff, en plus des deux chiens favoris d'Andrena. Malcolm leur avait procuré un panier contenant des provisions suffisantes pour la journée, que Pluff portait sur une épaule.

Andrena allait pieds nus bien que Mag sût qu'elle avait emporté une paire de pantoufles de soie et ses bottes. Quelqu'un avait trouvé pour lui une paire de bottes en cuir toujours couvertes de poils, dont il faisait l'essai. Le cuir était raide et inconfortable, mais ses pieds étaient endurcis et il savait que les bottes se mouleraient bientôt à ceux-ci.

Il s'était étonné de la décision d'Andrew d'envoyer son propre serviteur ; il n'en avait pas parlé parce qu'Andrena ne l'avait pas relevé.

Pluff était visiblement heureux d'avoir été choisi et ne se lassait pas de le dire. Les chiens étaient reposés et turbulents. À un moment donné, le garçon voulut se lancer à leur poursuite, en dépit du panier de provisions qu'il portait.

Lorsque Sorley le rappela sèchement à l'ordre, Mag intervint :

— Donne-moi ce panier, garnement, dit-il à Pluff. Si tu renverses notre déjeuner dans le ruisseau ou si tu l'éparpilles dans la forêt pour que les bêtes s'en régalent, c'est moi qui te servirai en pâture aux loups.

Après que Pluff lui eut obéi avec un sourire, Mag dit doucement :

— Laisse les chiens courir, garçon, mais ne les laisse pas aller trop loin.

— Oui, m'sieur, répondit le rouquin, avant de s'élancer à la poursuite des chiens en criant après eux.

— V'n'devriez pas porter c'panier, m'sieur, dit Sorley. C'est l'travail du garçon.

— Il pourra le reprendre quand il aura dépensé une partie de son énergie, dit Mag, qui nota que Sorley ne s'était pas offert pour le porter lui-même.

―――――∞―――――

Andrena les ignora tous. Les bois étaient paisibles, mais la présence exubérante des chiens avait réduit au silence plusieurs des créatures de la forêt. Dès que les hommes se turent, toutefois, un écureuil se mit à jacasser au loin et les oiseaux se remirent à gazouiller.

Ils marchèrent en silence jusqu'à ce que les chiens se fassent entendre à peu de distance en avant. D'abord vint un grognement, ensuite un aboiement perçant, enfin l'éclatement d'une véritable cacophonie de sons furieux.

— Mon Dieu, ils ont encerclé un blaireau! s'exclama-t-elle, allongeant le pas.

— Mais comment pouvez-vous savoir cela? demanda Magnus.

— Je sais comment ils aboient quand ils en ont acculé un, répliqua-t-elle, espérant que sa réponse fût suffisante. Dépêchons-nous!

— Jeune femme, s'ils ont réellement acculé un blaireau…, lança-t-il.

Mais elle n'écoutait plus. Agrippant ses jupes, elle se mit à courir. Consciente que Mag était sur ses talons, elle concentra tous ses sens sur ce qui se passait devant elle.

En débouchant dans une petite clairière, elle vit Pluff de l'autre côté, qui fixait quelque chose devant lui, tous les nerfs de son corps tendus à se rompre.

Elle s'arrêta, plaça deux doigts entre ses lèvres et siffla fortement une fois, puis une autre fois.

— Recule lentement par ici, Pluff, dit-elle d'une voix calme. Les chiens reviendront vers moi, mais tu dois reprendre leur laisse.

— Y a un énorme blaireau à quelques mètres d'vant moi dans les buissons, m'lady, dit Pluff sans se retourner. J'en ai jamais vu un si gros d'toute ma vie.

Elle siffla de nouveau et rappela les chiens.

— Rowdy! Bess! Ici!

Elle entendit le son familier de l'acier glissant sur le cuir derrière elle et sentit une main grande et forte se refermer sur son épaule gauche.

— Rangez votre épée, sire, dit Andrena sans s'écarter du chemin. Le blaireau partira, maintenant que j'ai rappelé les chiens.

La main l'agrippa plus fortement et, malgré l'assurance de la jeune femme, Mag passa lestement à côté d'Andrena pour aller se poster devant elle. Mais déjà, les chiens avaient rejoint Pluff et elle avait vu le garçon qui se penchait pour remettre Bess en laisse. Les deux chiens étaient encore excités, sinon déçus, car ils sentaient que leur proie était à leur merci.

Pluff, qui avait remis sa laisse à Rowdy, avait retrouvé son sang-froid.

Alors que Magnus s'avançait rapidement et silencieusement vers le garçon, l'épée brandie, elle voulut le retenir :

— Il est parti, dit-elle. Il ne nous dérangera plus.

Il jeta un coup d'œil par-dessus son épaule, mais continua jusqu'à ce qu'il fut près de Pluff.

Elle le suivit, bien qu'elle sût que Magnus voulait qu'elle reste derrière.

❦

Mag comprit qu'Andrena avait raison au sujet du blaireau. Les deux chiens regardaient encore en direction des buissons, mais ils avaient abandonné leur posture d'attaque.

— C'est dommage qu'z'ayez pas vu c'te bête, m'sieur, dit Pluff.

Mag remarqua qu'il tenait les deux laisses fermement, comme s'il craignait que les chiens se relancent aux trousses de leur proie.

— J'vous jure, m'sieur, reprit-il, il était aussi gros qu'un mouton.

Mag leva les sourcils.

— Enfin, un p'tit mouton, affirma Pluff.

— Et féroce aussi, je n'en doute pas, dit Mag. Tu as été sage de t'arrêter ici, garçon. Un blaireau acculé est une bête très dangereuse.

— J'avais bien plus peur pour les chiens qu'pour moi, dit Pluff bravement.

— Je te crois, dit Mag. Mais tu as quand même eu le bon sens de te tenir à distance et de laisser les chiens s'en occuper. Plusieurs hommes auraient cru bon de se porter à leur aide.

— Mais ils auraient été fous d'le faire, affirma Pluff.

— Assurément, Pluff, l'approuva Andrena, qui arrivait à côté de Mag.

Il lui lança un regard qui aurait dû la faire s'en retourner d'où elle venait. Mais il ne fut pas surpris quand elle répondit avec un sourire.

— J'espère que vous n'avez pas craint pour ma sécurité, sire, dit-elle. Je connais bien les animaux de cette forêt et j'ai un grand respect pour eux. Je ne ferai jamais rien d'irréfléchi en leur présence. Mais les chiens ne sont pas toujours aussi prudents, Rowdy en particulier.

Mag fit glisser son épée dans son baudrier et plaça un bras autour des épaules d'Andrena.

— Je sais bien que vous connaissez cet endroit mieux que moi, dit-il. Mais quand je dégaine mon épée, je préfère ne pas voir une femme s'interposer entre moi et ma cible.

— Alors, nous nous comprenons bien, dit-elle d'un ton léger. Je me rappellerai cela si, de votre côté, vous faites l'effort de vous souvenir que je me suis très bien défendue dans ces forêts pendant des années.

— Marché conclu, dit-il en serrant l'épaule d'Andrena un court moment, espérant qu'il pourrait respecter cette entente.

De la voir s'élancer vers un blaireau aussi gros qu'un agneau, en colère et effrayé, n'était pas une expérience qu'il voudrait répéter.

Sorley et ses deux compagnons vinrent les rejoindre peu après.

— On approche du sommet d'la dernière colline, m'sieur, dit Sorley. Quand on y s'ra, on pourrait faire une halte pour déjeuner. J'renverrai ensuite le jeune Pluff et les chiens avec Jonas. Peter continuera avec nous pour porter les paniers de m'lady, et j'prendrai l'vôtre, m'sieur.

Mag acquiesça tout en se demandant pourquoi il gardait l'un des porteurs avec eux, tandis qu'il renvoyait l'autre avec Pluff à la tour. Il ne dit rien jusqu'à ce qu'ils eurent mangé et que Pluff et Jonas furent repartis avec les chiens et le panier à provisions vide.

Alors que le groupe redescendait la colline vers la rivière, Mag s'approcha d'Andrena.

— Je comprends que l'on renvoie Pluff et les chiens, commença-t-il. Mais pourquoi renvoyer ce garçon, Jonas? Je doute que Sorley ait l'habitude de porter ces paniers.

Andrena lui sourit simplement.

— Vous verrez, répondit-elle énigmatiquement.

Tandis qu'ils continuaient à descendre vers la rivière, Andrena remarqua la façon dont Magnus scrutait la rive opposée, tout comme elle. Les deux autres hommes le faisaient sans doute également. Il n'y avait aucun signe d'intrus à cet endroit, ni des Colquhoun.

L'expression de Magnus était aussi placide qu'à l'accoutumée. Mais quelques minutes plus tard, il marcha à sa hauteur.

— Je pense que vous devriez savoir, dit-il doucement, que lorsque je pose une question, je préfère une réponse pertinente à une répartie insolente. Pourquoi Sorley a-t-il renvoyé Jonas à la tour ?

Elle eut une forte envie de le mettre à l'épreuve afin de voir si elle pouvait le forcer à se dévoiler davantage. Elle décida que puisqu'elle était sa femme, elle avait parfaitement le droit d'en apprendre plus à son sujet.

— Si j'envoie Sorley et Peter devant, dit-elle, et que je vous demande de m'en dire plus au sujet de votre famille que le fait qu'elle se nomme Galbraith et que votre père en est le chef, me donnerez-vous aussi une réponse pertinente ?

Il demeura silencieux. Son intense désir de l'inciter à parler augmentait chaque seconde.

— Alors ? demanda-t-elle en le regardant en face.

Il contracta les lèvres, assez fortement pour faire frémir les muscles de sa mâchoire et creuser légèrement une fossette de sa joue gauche. Mais il dit simplement :

— Je préférerais que vous ne m'interrogiez pas sur ma famille maintenant, jeune femme, et que vous répondiez plutôt à ma question. Je ne fais pas de marché en pareilles matières. Et je désire une réponse.

Grinçant des dents, elle réprima son besoin de voir si elle pouvait le mettre en colère.

Soudain, la voix de Sorley se fit entendre.

— R'gardez là-bas, m'sieur, dit-il. Dans c'bosquet d'arbres, d'l'autre côté du loch, à côté du grand sapin sans aiguilles au sommet. J'en vois deux.

— Je les vois, dit Magnus.

— Je les vois aussi, dit Andrena. Les reconnaissez-vous, Sorley ?

— L'un d'eux pourrait être l'jeune Ian, répondit-il. J'reconnais pas l'autre.

Elle regarda Magnus.

— Les voyez-vous suffisamment bien pour me les décrire, sire ?

Il hocha la tête.

— Celui à gauche porte un plaid qui semble surtout bleu, avec peut-être un peu de gris-vert, sur une tunique safran. Ses cheveux sont poivre et sel et il a un arc et un carquois. Il chausse des bottes, et un poignard pend à sa ceinture. L'homme à droite est vêtu d'une chemise blanche et d'un plaid de meilleure qualité bleu foncé et vert. Je ne peux estimer sa taille, mais si les buissons là-bas se comparent à ceux de ce côté-ci, il doit faire au moins un mètre quatre-vingts.

— Et ses cheveux, de quelle couleur sont-ils ?

— Bruns, je pense, aux épaules, répondit Mag. Mais il porte une sorte de bonnet et il se tient dans l'ombre des arbres, alors c'est difficile à dire.

— Et ses yeux ?

Il baissa le regard vers elle.

— J'ai une excellente vision, jeune femme, dit-il, mais pas assez perçante pour distinguer d'aussi menus détails.

Elle pouffa de rire.

— Peu importe, c'est Sir Ian, Sorley. Nous allons abaisser le pont.

Chapitre 9

Mag observa Sorley et Peter descendre en courant vers la rivière en faisant de grands gestes aux guetteurs. Soudain, les deux hommes bifurquèrent de la piste pour passer à travers les arbres, se dirigeant vers l'ouest en ne suivant aucun sentier que Mag pût discerner. Andrena et lui les suivirent.

Il constata vite que le bosquet n'était pas aussi dense qu'il le paraissait, puisqu'ils circulaient sans hésiter entre les arbres et les buissons. Prenant soin de ne briser aucune branche, ils arrivèrent enfin à un grand sapin dominant la rivière qui grondait furieusement avant d'aller se jeter dans la grande chute un peu plus à l'ouest. Les lourdes branches de l'arbre donnaient presque l'impression de toucher le sol.

Sorley et Peter déposèrent d'abord leur fardeau. En se redressant, ils scrutèrent longuement la rive boisée de l'autre côté de la rivière. Les deux guetteurs qui les avaient aperçus s'étaient maintenant assez rapprochés pour être vus distinctement. Mag avait rencontré Ian Colquhoun fréquemment jadis, avant qu'Ian ne soit fait chevalier. Mais il ne l'avait pas revu depuis des années. Cependant, les talents d'Ian en joute et sur le champ de bataille étaient célèbres.

Si Andrew avait raison de faire confiance à Colquhoun, Mag pensa qu'il devait également se fier à l'intégrité d'Ian et à sa loyauté envers la Couronne. Toutefois, comme ses souvenirs les plus vifs du jeune Ian étaient ceux d'un jeune homme frivole et blagueur, il décida d'attendre avant de se faire une opinion.

Nul ne savait jusqu'où les deux Colquhoun seraient prêts à aller pour les aider, lui et Andrew Dubh. Colquhoun était maître de ses terres, toutefois. Et tout comme Andrew, il exerçait la justice sur son territoire. De plus, il ne rendait pas de comptes à Lennox.

Mag regarda Andrena, qui faisait de grands gestes et souriait aux deux Colquhoun. Son regard croisa celui de la jeune femme.

— Votre père m'a dit que nous pouvions faire confiance aux Colquhoun, dit-il. Il m'a aussi informé que les Colquhoun préfèrent la paix et s'abstiennent d'ennuyer Lennox, se gardant bien de choisir un camp. De plus, j'ai entendu dire à Arrochar que Pharlain ne s'intéressait nullement à ce clan, le considérant comme négligeable, presque comme un allié. Ian est un chevalier du royaume et, à ce titre, devrait être loyal au roi. Malgré tout, je préfère ne leur révéler que le strict nécessaire.

— Je crois que nous pouvons avoir confiance en leur loyauté, sire, dit-elle d'un ton grave. Je n'ai pas vu Ian depuis plus d'un an, ni le laird depuis l'été dernier. Mais ce sont deux hommes honnêtes et francs. S'ils ne peuvent nous aider, ils le diront sans détour et ne nous feront aucun mal. Qui plus est, Gregor Colquhoun, un très proche parent à eux, est capitaine de la garde au château de Dumbarton ; et Dumbarton, comme vous le savez, est une forteresse royale.

— Peut-être bien, répondit Mag, mais ne croyez pas que le fait qu'un Colquhoun soit capitaine là-bas signifie que Sa Majesté lui a octroyé sa confiance. Vous devriez savoir qu'il doit sûrement sa fonction à ses relations avec un homme puissant bien plus qu'à son nom. Et l'homme puissant en question ne peut être que Murdoch ou Lennox, n'est-ce pas ?

Elle hocha la tête en signe de négation.

— Pas ces temps-ci, répondit-elle. Le fils de Murdoch, Lord Walter, était le gardien de Dumbarton. Mais après son arrestation l'an dernier, le roi a nommé son oncle, Sir John Stewart de Burley, à ce poste. Burley lui est loyal et forcément aussi Gregor Colquhoun.

— Vous avez sans doute raison, concéda-t-il. Ce que je peux vous dire, c'est que Pharlain ne s'attend à aucun ennui du côté de Dumbarton. Mais cela pourrait être dû au fait que toute son attention est tournée vers le prochain Parlement à Perth.

Il s'interrompit pour observer Peter grimper dans l'arbre gigantesque.

— Y a-t-il vraiment un pont par ici ? demanda-t-il.

— Oui, dit-elle. Regardez bien.

Quand le garçon cria, Sorley opéra un mécanisme à la base du dense feuillage.

Au grand étonnement de Mag, un pont de rondins, d'une longueur correspondant à environ deux tiers de la hauteur de l'arbre, commença à descendre lentement sur ses câbles vers la rivière. Peter semblait hâler deux gros filins, et Sorley, au-dessous de lui, faisait la même chose. Mag se porta à leur aide, et quand Sorley lui laissa sa place, Mag découvrit tout un système de crochets, de cordes et de poulies qui couraient le long du tronc de l'arbre, servant à régler l'abaissement du pont.

En jetant un nouveau coup d'œil sur la berge opposée, il vit les deux hommes se déplacer rapidement à l'endroit où l'extrémité du pont allait se poser. Ce qu'il vit le convainquit que les Colquhoun n'avaient pas révélé à Pharlain ni à ses hommes l'emplacement de ce pont mobile. Si ses poursuivants de l'autre jour avaient connu son existence, ils l'auraient abaissé pour repasser la rivière.

Il pouvait voir maintenant que des planches étaient attachées aux rondins et qu'il y avait aussi une corde tendue à laquelle le marcheur pouvait se tenir. Lorsque le pont fut abaissé, Mag revint vers Andrena.

— Ce pont ne peut livrer passage ni aux chevaux ni au bétail, constata-t-il.

— C'est exact, acquiesça-t-elle, mais nous avons ce qu'il nous faut. De plus, vous comprenez sans doute maintenant pourquoi nous avons renvoyé Jonas avec Pluff et les chiens.

— Pas tout à fait, dit-il. Mais j'imagine que les deux garçons ignorent l'emplacement du pont et que votre père préfère que cela reste ainsi.

— C'est cela, dit-elle. Ils savent sans doute, ou le soupçonnent, qu'un tel pont existe. Et je crois qu'ils sont dignes de confiance. Mais père veut que le moins de personnes possible connaissent sa situation exacte et sachent comment l'abaisser. En renvoyant les garçons ensemble, ils seront moins tentés de revenir sur leurs pas pour satisfaire leur curiosité. Un homme seul pourrait plus facilement se dissimuler et surveiller ce qui se passe.

Il hocha la tête.

— Je comprends cela, dit-il. Ce que je comprends moins, c'est la raison pour laquelle vous avez refusé de me l'expliquer quand je vous l'ai demandé.

—◦◦—

Andrena hésita. Elle fut de nouveau tentée de faire quelque remarque piquante ou de lui dire la vérité d'une façon qui pourrait le faire sortir de ses gonds. Mais le pont était en place, Peter descendait de l'arbre et Sorley les observait.

Le moment aurait été mal choisi de mettre Magnus en colère, du moins assez pour qu'elle puisse le sentir, alors que tous les autres les observaient et les écoutaient. Elle se contenta de poser la main sur son avant-bras.

— J'aurais dû vous le dire, sire, admit-elle. J'ai l'habitude de garder le silence à ce sujet. Mais, puisque c'est père lui-même qui nous envoie traverser la rivière ici, j'aurais dû vous expliquer. Je m'en excuse. Est-ce que vous me pardonnez?

— Naturellement, dit-il en plaçant sa chaude main sur celle d'Andrena, sans cesser de la regarder. Je pense cependant que vous ne me dites pas tout.

— Nous devrions traverser maintenant, et rapidement, suggéra-t-elle.

À ce moment-là, elle aurait voulu savoir comment il devinait ses pensées et ses motifs plus facilement qu'elle arrivait à comprendre les siens.

— Nous en reparlerons plus tard, si vous voulez, reprit-elle.

— Bien sûr, dit-il en remettant son bras autour de ses épaules.

Quand ils atteignirent le pont, elle s'y engagea la première en essayant, comme elle le faisait toujours, de ne pas
penser aux graves conséquences d'une chute.

Les planches étaient larges et la rampe de cordage, dont
elle éprouvait la solidité de temps à autre, lui donnait un
certain sentiment de sécurité. Elle doutait cependant qu'elle
puisse lui être très utile si elle perdait pied et tentait de s'y
agripper. Tout en se répétant qu'elle l'avait traversé maintes
fois auparavant, et qu'elle le ferait encore souvent, elle n'en
poussa pas moins un soupir de soulagement à l'instant où
elle posa le pied sur un terrain solide.

Sir Ian Colquhoun — dégingandé, mince de taille et
large d'épaules — les attendait au bout du pont en souriant,
le regard brillant.

— Vous êtes encore mieux tournée que la dernière fois
que je vous ai vue, jeune Dree, lança-t-il joyeusement à
Andrena.

— Et vous avez changé aussi, messire, à telle enseigne
que je vous ai à peine reconnu, dit-elle en lui rendant son
sourire. Je ne m'attendais d'ailleurs pas à vous trouver ici.

Sans cesser de sourire, il s'expliqua.

— Il y a quelques jours, dit-il, quelques-uns de nos garçons en barque ont capturé trois hommes de Pharlain sur la
plage au pied de vos falaises et ils les ont ramenés devant
mon père. Cela l'a mis hors de lui, jusqu'à ce qu'ils arrivent
à le persuader qu'ils n'avaient rien fait de mal et que vos
oiseaux diaboliques les avaient pourchassés. Alors, pour me
distraire un peu, j'ai offert de faire le guet ici pendant
quelque temps. Nous vous avons vus franchir la colline et je
suis heureux de vous dire que je vous ai reconnue

facilement, ma mignonne. Nous avons donc quitté notre cachette pour venir vous souhaiter la bienvenue.

— Êtes-vous à la maison pour un long séjour, ou seulement en visite ? demanda Andrena.

— Je pense rester un certain temps, répondit Ian. Et j'espère que vous comptez aussi passer quelques jours ici.

En entendant Magnus se racler la gorge derrière elle, Andrena retrouva ses bonnes manières.

— Je dois vous présenter mon mari, sire, dit-elle. Voici Mag…

— Maggy ! s'exclama Sir Ian joyeusement en donnant une vigoureuse tape dans le dos de Magnus. Dieu du ciel ! Je pensais bien que c'était toi. Non, pour être plus précis, j'espérais que ce soit toi. Imaginer que deux hommes grands comme des montagnes puissent se promener en liberté aurait été trop fantaisiste. Mais après que mon regard se fut posé sur notre ravissante Dree, j'ai totalement oublié…

— Ça me fait plaisir de te revoir, l'interrompit Magnus. Pour ce qui est de courir en liberté, tu seras ravi d'apprendre que Pharlain m'a privé de cette joie au cours des dix-neuf derniers mois.

— Diable, il a osé faire cela ! s'exclama Ian. Je me rappelle avoir vaguement entendu dire que tu avais été fait prisonnier au cours de la bataille où ton frère Will a été tué. Mais je n'aurais jamais pensé qu'ils t'auraient gardé captif plus de dix minutes. Par les Parques ! Je t'aurais cru capable de les terrasser aussi facilement que Samson avait dispersé les Philistins.

Ne recevant aucune réponse à ces paroles lancées légèrement, il continua d'un ton toujours jovial.

— Ainsi, tu as épousé Dree? demanda-t-il. Je jure que mon père n'en sait rien, alors tu devras tout nous dire là-dessus. Mais comment pouvons-nous vous être utiles?

— Andrew Dubh a suggéré que nous pourrions demander l'hospitalité de ton père pour la nuit, dit Magnus.

— Ma foi, nous ne refusons l'hospitalité à personne, répondit Ian. De plus, toi et Dree êtes particulièrement bienvenus sous notre toit. Père sera ravi de vous revoir.

— J'ai assuré Magnus que nous serions bien accueillis, dit Andrena avec un sourire.

Elle en adressa un autre à son mari et ajouta:

— Pourtant, je doute qu'il m'ait crue.

Ian s'esclaffa.

— Selon mon souvenir, dit le fils du laird de Colquhoun, lorsque vous venez à la tour de Craggan, c'est presque toujours en passant pour vous rendre ailleurs. Est-ce le cas aujourd'hui?

— Oui, répondit Andrena, car nous nous rendons à Glasgow. Nous chevaucherons s'il le faut, mais Magnus aimerait que nous y arrivions le plus vite possible. Nous espérions prendre place dans l'une de vos galères, si le laird le permet.

— Bien sûr, dit Ian. Et puis-je me permettre de demander ce qui te presse tant de te rendre à Glasgow maintenant, Mag? demanda-t-il en le regardant.

— Non, répondit Mag, si tu veux m'être agréable, pas maintenant. Si je me souviens bien, tu as toujours été d'un naturel curieux. Alors, s'il te plaît, garde tes questions jusqu'à ce que nous soyons avec ton père. Je préfère ne pas avoir à tout expliquer deux fois.

— Je suis à ton service, Maggy, mon garçon, dit Ian en s'inclinant moqueusement tout en lui lançant un sourire espiègle.

Andrena observa Magnus. Si cet absurde surnom l'indisposait, il n'en laissa rien paraître. Mais se rappelant l'avoir entendu se racler la gorge quand elle parlait avec Ian, elle comprit qu'elle disposait d'un autre moyen, plus simple et plus efficace, de tester son caractère.

———⊸∘⊷———

D'après leur conversation, Ian Colquhoun était si conforme au souvenir que Mag en avait gardé qu'il se demanda si le jeune chevalier était toujours le garçon insolent de jadis. Ian n'avait que deux ans de moins que lui et il était déjà un valeureux chevalier du royaume. Malgré tout, estima Mag, il devait le respect à quelqu'un qui était plus âgé, plus expérimenté et capable de rivaliser avec lui à toutes les armes.

Toutefois, reprendre Ian sur ses manières n'était pas la meilleure approche à adopter alors qu'ils avaient besoin de l'aide des Colquhoun. Pendant qu'ils regardaient Sorley et Peter retraverser le pont afin de le remettre dans sa position originale, Mag préféra ignorer la tentative évidente d'Ian de courtiser Andrena.

Il passa également outre à l'espiègle réciprocité d'Andrena.

Par les regards inquisiteurs qu'elle décocha dans sa direction, Mag sut qu'elle s'amusait bien, et il soupçonna qu'elle lui faisait payer ses reproches précédents au sujet du pont. Fort bien, se dit-il en prenant le panier en bandoulière. Mais le jeune Ian, malgré son pouvoir de leur accorder ou de leur refuser son aide, serait bien avisé d'être prudent.

Ian et son homme portèrent galamment les paniers d'Andrena ; la distance à parcourir jusqu'à la tour de Colquhoun était de moins de quatre kilomètres. Malgré le terrain accidenté, leur groupe progressa rapidement et atteignit la tour dans son vallon ombragé, situé entre les deux hauts versants, avant le crépuscule.

Ian appela des domestiques afin qu'ils s'occupent des paniers. Il conduisit ses invités dans la grande salle. Ils trouvèrent le laird assis avec sa dame auprès d'un grand feu de foyer.

Tous deux se levèrent pour accueillir les visiteurs.

Le laird, un homme athlétique dans la mi-quarantaine, était sans doute l'image de son fils dans une vingtaine d'années. Ian le dépassait de quelques centimètres, mais le laird paraissait encore un guerrier redoutable.

Son épouse était potelée et avait les cheveux châtains, qui commençaient à montrer quelques mèches grises sous un simple voile blanc. Elle laissa son mari faire les frais de la majeure partie de la conversation, ponctuant ses commentaires de sourires, de hochements de tête et de murmures approbateurs.

— Dieu du ciel, mon garçon ! dit Colquhoun en regardant Mag de la tête au pied après l'échange des politesses d'usage, au cours desquelles Mag l'avait informé de son mariage. Je me demandais ce qu'il était advenu de toi. Tu es donc resté prisonnier de Pharlain pendant deux ans ?

— Cela a dû lui paraître aussi long, glissa Ian à son père, car il est demeuré captif dix-neuf mois.

Les manières d'Ian, remarqua Mag, étaient maintenant respectueuses. Peut-être réservait-il son insolence à ses amis.

— Bien trop long, dit Colquhoun amèrement.

En dépit du timbre rude de sa voix, l'expression de son visage était avenante.

— J'imagine que Pharlain n'a pas dû te traiter trop charitablement, ajouta-t-il.

— Je m'en suis assez bien tiré, milord, répondit Mag. C'est-à-dire, après avoir appris à garder la bouche close.

— Ce qui n'est jamais une mauvaise idée, approuva Colquhoun. Mais comment en es-tu arrivé à épouser Andrena ? Je n'avais aucune idée qu'Andrew s'apprêtait à célébrer un mariage. Je savais bien qu'il espérait trouver pour Dree un mari qui accepterait de porter le nom de MacFarlan. Mais ne me dis pas que tu as accepté cela, garçon ? Ton père…

— Sauf votre respect, sire, peut-être pourrions-nous remettre cette discussion à un autre jour, l'interrompit Mag, n'ayant aucune envie de discuter de son mariage, de son père ni de sa famille à ce moment-là. Nous allons à Glasgow et Andrew Dubh a dit qu'il laisse des chevaux chez vous.

Sentant le regard d'Ian posé sur lui, il ne fut pas surpris de voir le jeune homme intervenir dans la conversation.

— En réalité, c'est une galère qu'ils veulent, père, dit-il. Mag estime que ce voyage doit s'accomplir rapidement.

Le regard de Colquhoun se fit plus inquisiteur. Il se tourna vers son épouse et dit :

— Dree voudra certainement se rafraîchir avant de passer à table, madame.

— Bien sûr, dit Lady Colquhoun en adressant à Andrena un sourire aimable.

Cette dernière lança à Mag un regard qu'il interpréta sans peine comme une supplication de suggérer qu'elle restât avec eux.

— Venez avec moi, ma chère, dit Lady Colquhoun. Nous vous donnerons, à toi et à ton nouvel époux, la chambre que tu as partagée avec Lina et Muriella, il y a quelques mois.

— Merci, milady, dit Andrena.

Elle risqua un autre regard vers Mag, qui resta sans réaction.

— Je pense, dit-elle soudain, que le laird et Ian devraient garder à l'esprit que Magnus, ayant été un prisonnier de Pharlain si longtemps, est devenu méfiant, ce qui est compréhensible. En vérité, continua-t-elle en regardant toujours Mag, qui se maîtrisait difficilement, je risque sa colère en disant cela. Mais mon père vous fait entièrement confiance, Lord Colquhoun, sinon il ne nous aurait pas envoyés ici.

Mag savait bien que ces paroles lui étaient davantage destinées qu'à Colquhoun ou à Ian, et cela ne fit qu'accroître sa mauvaise humeur. Il était capable de décider lui-même en qui placer sa confiance. Son épouse ferait mieux de ne plus parler en son nom ni à son sujet sans son consentement — et sûrement pas comme elle venait de le faire.

En prononçant ces derniers mots, Andrena sentit un frisson lui parcourir l'échine, et elle détourna la tête involontairement afin d'éviter le regard de Magnus. Bien qu'il lui fût plus ardu de deviner ses émotions que celles de la plupart des gens, elle l'avait bien vu la foudroyer du regard quand elle avait évoqué sa méfiance.

En jetant un coup d'œil sur Ian, elle vit une lueur s'allumer dans ses yeux. Donc, il avait lui aussi remarqué la colère de Magnus. Néanmoins, le sourire d'Ian était aussi chaleureux et rassurant que celui de sa propre mère.

— Je pense que Mag sait qu'il peut nous faire confiance, jeune fille, dit-il. Il l'a déjà fait dans le passé. Nous le persuaderons qu'il peut le faire à nouveau.

— Va, jeune fille, et laisse-nous parler, dit Colquhoun.

Elle respira profondément et expira lentement. Autant son mari était une énigme pour elle, autant il lui était facile de comprendre les intentions des Colquhoun. Les deux hommes savaient qu'ils devaient regagner la confiance de Mag.

En quittant la pièce, elle regarda de nouveau Magnus. Son regard était droit, son expression calme. Mais elle était certaine qu'il aurait quelque chose à lui dire au sujet de cet incident.

À sa grande surprise, elle avait hâte d'avoir cet entretien avec lui.

~~~

Mag la regarda partir. Puis, en tournant la tête, il croisa le regard de son hôte et fut vaguement contrarié d'y trouver de la bienveillance. Était-ce parce que les dernières paroles d'Andrena l'avaient réduit à l'état de gamin à surprotéger ? Y avait-il un autre motif à cette sympathie soudaine ? Il attendrait que Colquhoun le lui dise, s'il le voulait bien.

Ian, pour une fois — et sagement —, décida de garder le silence.

— Ian, va chercher la cruche de whisky sur la tablette du coin là-bas et rapporte trois chopes aussi, dit Colquhoun.

Ian hocha la tête et traversa la salle, laissant son père et Mag dans une intimité relative. Colquhoun baissa la voix pour n'être entendu que de Mag.

— Je sais bien ce que ton père t'a dit il y a deux ans, garçon, dit-il. Arthur me l'a répété lui-même. Et moi, je lui ai dit ce que je pensais de sa sotte cruauté. Je ne serais pas surpris d'apprendre qu'il soit revenu à de meilleurs sentiments. Je sais aussi que si c'est le cas, ce n'est pas dans sa manière de le crier sur les toits.

— Merci de m'en parler, sire, dit Mag. Cela m'aidera à vous révéler ce qui m'amène ici.

— Je pense que je peux en deviner une partie, dit Colquhoun. Je croyais que tu t'étais enfui et que tu étais resté à l'écart parce qu'Arthur t'avait déshérité. Mais Ian a sans doute dû te dire que nous avons eu des visiteurs il y a quelques jours.

— En effet, confirma Mag.

Colquhoun hocha la tête.

— Ils ont traversé la rivière du côté de Tùr Meiloach avant que nous puissions les attraper, expliqua Colquhoun. Mais nous avons surveillé le rivage à partir de la terre et du loch et nous les avons cueillis à leur retour. Ils ont dit qu'ils cherchaient un prisonnier évadé de Pharlain. Je leur ai répondu que cela ne leur donnait pas le droit de passer sur mes terres et que nous pendrions le prochain homme du clan Pharlain que nous trouverions ici. Mais je suppose que tu es ce prisonnier évadé. Tu as dû parvenir jusqu'à la côte pendant la violente tempête de la nuit de dimanche.

— C'est bien cela, sire, confirma Mag.

— Alors, ton mariage a été un mariage précipité. Comme je l'ai dit plus tôt, j'étais au courant qu'Andrew cherchait un mari pour Dree. Mais cette exigence outrancière de sa part…

— J'ai accepté de prendre le nom de MacFarlan, milord, dit simplement Magnus.

— Je ne te le reproche pas, garçon, répondit Colquhoun. Mais cela offensera sûrement ton père.

— Si c'est à un acte de rébellion auquel vous pensez, je peux vous dire que ce ne fut pas le cas.

— Bien sûr que non. Je me disais simplement que tu avais connu deux années très pénibles. Mais c'est fini maintenant, et nous ne laisserons pas Pharlain te remettre la main au collet, l'assura Colquhoun. De plus, tu as sans doute appris des choses pendant ton emprisonnement qui te seront utiles le moment venu. Je ne vais pas te soutirer plus d'informations que tu n'avais l'intention de m'en dire aujourd'hui. Mais si tu veux t'asseoir et parler de Pharlain et de ces longs mois d'enfer que tu as vécus, je suis prêt à t'écouter.

Ian apporta le whisky et remit à chacun une chope.

Il arrivait au bon moment parce que Mag n'avait aucune idée de ce qu'il devait répondre, ni même s'il pourrait parler. Sa gorge était serrée par une douleur inhabituelle. S'il avait eu dix ans, il aurait peut-être pleuré.

Mais il n'avait plus dix ans et ne pleurait plus maintenant. Il se ressaisit et tâcha de garder son aplomb.

— Merci, milord, dit-il simplement. Je vous en suis reconnaissant.

— Maintenant, parle-nous de ce voyage que tu entreprends, reprit Colquhoun. Où comptes-tu aller ?

— Au sud, vers Glasgow, dit Mag. Je dois trouver le roi.

— Tu pourrais ne pas avoir à te rendre aussi loin que Glasgow, répondit le maître de la tour de Craggan. On saura probablement te renseigner sur ses allées et venues au château de Dumbarton. Je t'y enverrai dans l'une de mes galères et tu prendras Ian avec toi. Tu pourrais avoir besoin de son épée ou de l'aide qu'il pourrait t'apporter.

— Merci, milord, répondit simplement Magnus.

— Tu sais bien que mon château de Dunglass se trouve à cinq kilomètres en aval de Dumbarton et d'autant plus près de Glasgow, expliqua Colquhoun. Alors, à moins que tu n'aies pu trouver Sa Majesté dans les environs de Dumbarton, tu t'arrêteras au port de Dunglass le temps d'apprendre où il est. Si tu chevauches à partir de Dumbarton, Gregor Colquhoun s'occupera de la galère. Il l'enverra avec nos rameurs jusqu'à Dunglass.

— C'est le capitaine de la garde à Dumbarton, n'est-ce pas ?

— En effet, confirma Colquhoun. Maintenant, as-tu assez d'argent pour te rendre aussi loin qu'il faudra pour trouver Jamie ?

— Oui, sire, répondit Mag. Andrew Dubh m'en a fourni suffisamment. Voyez-vous, j'ai de l'information pour le roi et Andrew m'a également chargé de parler en son nom.

— Je sais pourquoi, dit Colquhoun en hochant la tête. S'il parvient à présenter sa charte à Jamie, cela pourrait aider sa cause. Aucun de nos deux ducs d'Albany ne se soucie le moins du monde des chartes, sinon pour les voler afin d'accroître le domaine d'Albany. Mais notre Jamie fait confiance à la loi.

— Oui, c'est ce que l'on dit, confirma Mag.

Dans le silence qui s'ensuivit, il sirota son whisky. Sentant sa chaleur se répandre en lui, il commença à se détendre.

Ce fut Colquhoun qui rompit le silence.

— Je n'ai pas l'intention de t'interroger au sujet d'Andrew, dit-il, et je ne garderai pas un jeune homme éloigné de sa nouvelle épouse plus longtemps que nécessaire. Mais je soupçonne que la déclaration de Dree avant de nous quitter concerne ton message pour Jamie.

— Oui, sire, c'est cela, dit Mag en levant son regard vers lui.

— Tu n'as aucune raison de faire confiance à l'un de nous deux pour un secret de cette importance, dit Colquhoun. Alors, je ne te presserai pas de le révéler. Mais si nous pouvons être utiles, nous le serons, sans questions indiscrètes ni arrière-pensées.

Mag le remercia de nouveau, mais était heureux qu'Ian changeât de sujet pour aborder les affaires politiques plus générales. Il était bon de se remettre au courant des récents événements, du jeu des alliances et des rivalités. C'était encore mieux de pouvoir se détendre, sans devoir répondre à toutes sortes de questions concernant son emprisonnement ou sa famille.

Ian parla des frères de Mag, l'informant que Rory avait servi Lennox avant l'arrestation du comte, et que Patrick avait été au service du plus jeune fils de Murdoch, James Mòr Stewart. Mag avait entendu dire plus tôt que Rory avait servi le comte. Par contre, il n'était pas au courant que Patrick, le plus jeune de ses frères, avait eu le bon sens de servir le seul fils de Murdoch dont les manières plaisantes et le comportement mesuré l'exemptaient de tout soupçon de trahison. Mag fut soulagé de l'entendre.

Colquhoun annonça qu'ils ne changeraient pas de vêtements pour le dîner. Les hommes poursuivirent donc leur conversation et se joignirent aux femmes quand elles descendirent dans la grande salle.

Mag se demanda si le laird avait espéré éviter ainsi à Andrena une réprimande bien méritée de son mari. Il songea que s'il avait vraiment voulu gourmander son épouse, il n'aurait eu qu'à s'excuser auprès de son hôte.

Le regard prudent qu'elle lui lança quand elle monta sur l'estrade laissait entendre qu'elle était incertaine de son humeur. C'était une bonne chose qu'elle le fût. Un homme ne désirait pas voir sa femme expliquer ses états d'âme à autrui, pour quelque raison que ce soit. Pas plus qu'il ne souhaitait la voir séduire un chevalier insolent comme Ian Colquhoun.

À table, Andrena invita les Colquhoun à assister aux festivités organisées à l'occasion de l'anniversaire de Lady Aubrey. Ils acceptèrent avec joie, et le repas se poursuivit sans incident. La conversation demeura générale et porta sur les événements qui étaient survenus dans la région depuis l'été précédent.

Mag savoura son dîner et le whisky qui suivit le départ de Lady Colquhoun, accompagnée d'Andrena, vers le solier. Une heure plus tard, il suivit un domestique dans l'escalier vers la chambre où Andrena l'attendait, tout en réfléchissant à ce qu'il lui dirait.

Andrena avait pris congé de la dame du laird vingt minutes auparavant.

Pendant le dîner, elle avait essayé de déterminer si Magnus était mécontent d'elle ou non, en raison de ce qu'elle avait dit au laird et à Ian.

Elle avait seulement voulu assurer Magnus qu'il pouvait faire confiance aux Colquhoun. L'œillade brève et glaciale qu'il lui avait servie lui avait appris qu'il avait été ennuyé par son intervention. Pourtant, ce regard s'était évanoui aussi vite qu'il était apparu, et elle n'avait pas senti d'autre indice de sa colère. Peu avant le dîner, toutefois, alors qu'elle parlait avec Lady Colquhoun, elle avait senti une profonde tristesse en lui et s'était demandé ce qui avait pu la causer.

Seule dans la chambre qu'elle devait partager avec lui, elle avait retiré ses vêtements, s'était nettoyé les dents, et avait mis une robe de soie verte qu'elle avait apportée, parce qu'elle était chaude et facile à glisser dans ses bagages. Puis elle s'était assise sur un tabouret confortable et elle avait commencé à se brosser les cheveux, sans cesser d'être à l'affût des pas de Magnus de l'autre côté de la porte.

En dépit de ses précautions, elle ne l'entendit arriver que lorsque le loquet de la porte cliqueta. Elle fut si surprise qu'elle en échappa sa brosse. Elle la ramassa par terre d'un geste leste et se leva au moment où la porte s'ouvrait, préférant ne pas être assise quand il entrerait. Sa silhouette imposante se dresserait devant elle et elle se sentait déjà assez vulnérable.

Il entra, la regarda, et referma la porte. Puis il retira sa ceinture et son plaid, qu'il suspendit à un crochet près de la porte, retira ses bottes et, sans dire un seul mot, se rendit à la table de toilette, simplement vêtu de sa tunique.

— Êtes-vous tellement en colère contre moi que vous ne m'adressez plus la parole ? demanda-t-elle.

— Si j'étais en colère au point que vous deviez vous en inquiéter, répondit-il, vous le sauriez.

À ce moment-là, elle le savait.

Il se tourna vers elle.

— Ne croyez-vous pas que j'ai raison d'être mécontent ? demanda-t-il. Que diriez-vous si je vous présentais à des amis et que je prenais la liberté de leur offrir ma version de vos sentiments vis-à-vis d'eux ?

— Si vous le présentez ainsi…, dit-elle en se mordant la lèvre. En vérité, mon mari, se reprit-elle, je ne voulais que vous aider. Je voulais que vous compreniez à quel point Andrew leur fait confiance. Mais je voulais aussi voir comment ils réagiraient afin de pouvoir vous dire si nous pouvons placer notre sort entre leurs mains.

— Vous avez sans doute raison, et les deux hommes sont dignes de confiance, dit-il.

Elle se détendit.

— Toutefois, continua-t-il, ce qui la rendit de nouveau nerveuse, vous ne pouvez savoir cela seulement d'après leur réaction à vos paroles. Mon Dieu, jeune femme, ils n'ont montré que de la surprise au fait que vous pouviez dire une telle chose de votre propre mari.

Être debout ne lui était guère utile. Ni le fait d'être si proche de lui.

Il la regardait de haut, imposant et autoritaire. Même alors, elle ne pouvait savoir ce qu'il ressentait. Il n'irradiait que du calme.

Elle se demanda alors pourquoi elle se sentait aussi vulnérable devant lui.

Elle voulut lui expliquer qu'elle pouvait dire si les gens étaient sincères ; qu'elle était capable de percevoir leurs moindres réactions ; et de sentir elle-même ce qu'ils ressentaient quand ils faisaient des promesses ou contractaient des alliances. Mais elle avait rarement parlé de ses dons ou, ainsi que sa mère en parlait, de son extraordinaire intuition. Cependant, ces derniers étaient inopérants lorsqu'il s'agissait de lui, et Mag avait déjà rejeté du revers de la main le peu qu'elle lui avait révélé. Elle était réticente à s'ouvrir davantage.

Lorsqu'il se tourna vers la table de toilette, elle se sentit immédiatement soulagée et mit son embarras sur le compte de sa culpabilité d'avoir fait un faux pas.

Puis, Mag se tourna et s'approcha d'elle, et elle se raidit de nouveau. D'autres impressions l'envahirent aussi, plus sensuelles et moins familières.

Alors qu'il plaçait ses mains sur les épaules de son épouse, ces sensations décuplèrent. La chaleur de ses mains, dont elle sentait les trépidations, se répandit dans tout son corps.

Elle pouvait à peine respirer.

Il était son mari. Ils se connaissaient à peine. Pourtant, s'il décidait de la punir ou de s'unir à elle, il pouvait faire tout ce qu'il voulait. Comme bon lui semblerait.

Chapitre 10

Dès qu'il l'eut touchée, Mag sut qu'il avait fait une erreur. Ses yeux étaient agrandis et ses pupilles noires masquaient presque ses iris. Son expression était méfiante, ce qui était compréhensible, mais ses lèvres étaient généreuses et invitantes.

Un homme discutant avec une jeune épouse aussi séduisante, se dit-il, devait garder ses mains chez lui jusqu'à ce qu'il ait fini de s'expliquer. Seigneur! Il n'aurait jamais dû accrocher sa ceinture avec son plaid. Un mari plus expérimenté l'aurait gardée en main, comme mise en garde, pour qu'elle comprenne ce qu'un époux en colère pouvait faire à une femme insubordonnée.

Peu fier du cours de ses réflexions, Mag s'ordonna de cesser de raisonner comme un sot. Il ne lèverait jamais sa ceinture sur une jeune femme, surtout pas Andrena. Il avait même arrêté le bras de MacNur, qui s'apprêtait à donner à ce garnement de Pluff une correction méritée.

Elle s'humecta les lèvres comme si elle était nerveuse. Mais elle semblait plus curieuse et mal à l'aise qu'anxieuse. Qu'elle fût mal à l'aise était acceptable. Elle avait raison de l'être.

— Je n'aurais pas dû dire ce que j'ai dit, murmura-t-elle en baissant les yeux avant de les relever vers lui. Je n'ai pas réfléchi avant de parler. Vous aviez raison en disant que je n'aurais pas aimé vous entendre dire de telles choses à mon sujet, devant des personnes que je connais à peine.

Il hocha la tête, ses doigts se contractant sur les épaules d'Andrena. Il se tut, parce qu'il ne voulait plus la punir. Mais ce qu'il voulait lui faire maintenant ne lui montrerait que l'intensité de son désir pour elle, un désir si fort qu'elle pourrait facilement le voir comme une arme ou, à tout le moins, un moyen de le manipuler. Il la regarda dans les yeux et aurait voulu voir à travers ces pupilles sombres les pensées dans son esprit.

— Dites-moi à quoi vous pensez, dit Andrena, ou faites-moi tout ce que vous aviez l'intention de me faire.

Les mains de Magnus serrèrent de nouveau ses épaules. Mais en baissant le regard vers ces yeux bleu-noir aux cils fournis, il ne pensait plus qu'aux sensations qui se déchaînaient dans son corps. Son sexe, qui avait été inactif pendant dix-neuf mois avant de retrouver le goût de ce dont il avait été privé, en voulait plus et le poussait à tout oublier, à l'exception de la jeune femme offerte pour combler ce manque.

«Oublie la punition, semblait-il lui crier. Prends simplement cette jeune femme qui s'offre à toi!»

Il saisit au vol les derniers mots d'Andrena.

— Je ne vous ferai rien de terrible, jeune femme, lui dit-il. Je voulais seulement m'assurer que vous aviez compris ce que vous avez fait et pourquoi je n'ai pas aimé cela. Je voudrais aussi pouvoir compter sur vous pour que vous ne le fassiez plus.

— Cela n'arrivera plus, sire, dit-elle. Ce fut vraiment une étourderie de ma part.

— Alors, oublions cela.

Elle soupira et il sut qu'elle avait été inquiète, peut-être même effrayée, de ce qu'il aurait pu lui faire.

— Il y a autre chose que je voudrais vous demander, dit-il.

— Quelle est-elle ? demanda Andrena, et sa petite langue rouge humecta ses lèvres.

— Sir Ian prend plaisir à taquiner ses amis et à séduire les jolies femmes. Je vous demande de ne pas l'encourager en ce sens.

— Je vous en prie, sire, croyez-vous qu'Ian dépasserait les bornes avec moi ? Je ne le crois pas.

— Quoi qu'il en soit, répondit Magnus, vous ne devez pas le provoquer. Cela me déplairait.

— Eh bien, voilà qui est clair, dit-elle d'un air contrit.

Retirant sa main de l'épaule de la jeune femme, il prit doucement sa nuque dans sa paume, puis pressa ses lèvres sur les siennes.

Tandis qu'elle se serrait contre lui, en réclamant davantage, il murmura :

— Vous êtes mienne maintenant, jeune femme. Si vous voulez séduire un homme, que ce soit moi.

Les lèvres d'Andrena se courbèrent comme si elle souriait. Il la prit dans ses bras et l'amena dans le lit.

⸺◦◦◦⸺

Andrena savoura sa façon de lui faire l'amour, mais elle avait l'impression que quelque chose manquait, comme s'il n'était pas entièrement avec elle. Ses expériences précédentes de la sexualité avaient consisté en amourettes occasionnelles et à quelques connaissances rudimentaires glanées en observant les animaux. Elle ne pouvait donc pas savoir comment il se comparait aux autres hommes sur ce plan.

Elle savait qu'elle sentait facilement la force du désir d'un homme pour elle. En fait, la plupart des hommes qui la désiraient n'avaient pas caché leurs sentiments.

Mais Mag ne lui avait pas dit qu'il éprouvait de tendres sentiments pour elle, ou quelque sentiment que ce fût d'ailleurs, seulement qu'il n'aimait pas qu'Ian lui fasse la cour. Elle avait alors su, par la lueur de désir dans ses yeux, qu'il voulait la prendre. Mais bien qu'il la possédât avec force à cet instant-là, cela semblait purement physique, et elle ne savait pas comment réagir. Incapable de jauger les émotions de Mag, elle se sentit dériver dans un monde qui n'était plus le sien.

Pour autant qu'elle pût en juger, il était encore furieux contre elle.

Après qu'il eut obtenu sa jouissance, il s'étendit près d'elle et l'attira contre lui. La tête blottie sur l'épaule de son époux, elle écoutait son cœur dont le rythme régulier diminuait peu à peu. Elle attendait qu'il lui parle. Puis, tout à coup, elle se rendit compte qu'il dormait.

Elle se sentit agacée. Elle eut envie de le secouer pour le réveiller. Mais elle ne put penser à rien qu'elle aurait pu lui dire si elle le faisait. Pendant qu'elle cherchait les mots pour expliquer ce qu'elle ressentait, elle s'endormit à son tour.

Le samedi matin, ils se levèrent tôt et allèrent rejoindre les Colquhoun sur l'estrade de la grande salle pour rompre leur jeûne. Pendant qu'ils mangeaient, des serviteurs portaient leurs bagages au quai.

À l'extérieur, le ciel était gris, lourd de nuages menaçants. Un vent vif du sud soulevait des vagues couvertes d'écume sur le loch. Andrena portait sa grande cape doublée de fourrure et ses bottes pour la garder au chaud. Mais la traversée serait lente à moins que le vent ne change de direction ou ne tombe complètement.

La galère n'avait qu'un bien maigre confort à offrir aux passagers. Mag guida la jeune femme vers un banc à côté de la petite cabine de la proue. À cet endroit, le mur de la cabine, la grosse poutre verticale à l'avant et les planches inclinées des flancs du navire les protégeraient du vent. Réchauffée par la chaleur du corps de Mag, bercée par le rythme régulier du tambour de l'homme à la barre et le battement cadencé des rames dans l'eau, elle laissa son regard errer au-dessus du dos des rameurs. Elle pouvait voir les hautes montagnes enveloppées de brume entre lesquelles la tête du loch était encaissée. Il n'y avait pas d'autres voiles en vue.

Magnus était silencieux, apparemment perdu dans ses pensées.

Suivant le cours de ses propres rêveries, elle se demanda si, à part le fait de faire les yeux doux à Ian, il existait d'autres moyens de mettre suffisamment Mag en colère pour qu'elle puisse percevoir sa réaction à sa manière habituelle. Quoi qu'il en soit, elle savait qu'il serait plus sage de ne pas le faire sortir de ses gonds pendant qu'ils voyageaient avec Ian et ses hommes. Quelque chose en elle lui disait qu'il ne serait sans doute jamais sage de le faire.

Elle essaya d'imaginer qu'elle lui demandait simplement de parler de ses émotions et le persuadait de les lui décrire. Quand ils faisaient l'amour, elle sentait pour lui un désir profond et constant. Mais son époux était si stoïque qu'en dépit de la force et de la puissance de l'acte, et du plaisir qu'il lui procurait, elle ne pouvait sentir aucune émotion identifiable chez lui. Elle savait qu'elle trouverait difficile d'exprimer son affection croissante pour Mag, à moins de pouvoir sentir de sa part un vif désir de l'accepter.

Une nouvelle pensée surgit. Et s'il ne ressentait rien pour elle ? Seigneur, s'il était même incapable d'amour ? Son expérience de prisonnier aux mains de Parlan aurait pu être suffisante pour tuer de tels sentiments chez tout homme. En outre, elle avait entendu dire que les guerriers ne ressentaient de fortes émotions que pour la guerre et la lutte. De tels hommes n'utilisaient les femmes que lorsqu'ils en éprouvaient le besoin. Et si Magnus était de cette trempe-là ?

Pire encore, s'il ne l'avait épousée que pour acquérir une partie du domaine de MacFarlan ? Comment le saurait-elle ? Il pouvait même être un espion de Parlan. Qui pourrait le savoir ?

Le bon sens lui disait que son imagination l'égarait. Mag montrait son plaisir. Il avait une attitude protectrice à son égard et elle croyait que sa gratitude envers Lina, qui lui avait fourni ses vêtements neufs, était sincère. Consciente qu'il somnolait en l'enlaçant, elle laissa son regard errer sur le paysage et se demanda où ils trouveraient Sa Majesté.

Mag somnolait, mais il restait conscient de la progression du navire. Il regardait régulièrement le loch derrière eux à travers ses paupières mi-closes pour s'assurer que personne ne les suivait.

Ian était resté avec l'homme de barre un certain temps. Puis, il était allé rejoindre Mag et Andrena pour partager le repas du midi qui venait de la cuisine de son père.

Mag nota avec satisfaction que le jeune Colquhoun se comportait convenablement avec Andrena. Manifestement, il le faisait pour donner l'exemple à ses hommes. Mais peu importe le motif, Mag approuvait ce changement dans son comportement.

La galère entra dans l'estuaire de la Clyde en milieu d'après-midi et atteignit le port desservant le bourg royal et le château de Dumbarton peu après.

Le château de Dumbarton était sis sur un rocher basaltique de deux cents pieds de haut, qui se projetait comme un mur au-dessus de l'endroit où la rivière Leven se jetait dans la Clyde, formant une péninsule imposante dans l'angle est du confluent. D'une circonférence d'un bon kilomètre, le roc énorme dominait, austère et solitaire, tout le paysage. L'entrée du château était du côté nord et on y accédait en suivant un chemin ascendant à travers une série de grilles en fer.

Il ne fallut à l'un des rameurs d'Ian, envoyé au port, que quelques minutes pour apprendre que Jamie Stewart logeait au presbytère proche de Paisley, au sud-ouest de Glasgow.

— C'est heureux pour nous qu'il soit si proche, dit Ian. Il faut dire qu'il se rend souvent à Paisley. Son père est enterré devant le grand autel dans l'église de l'abbaye, et Jamie éprouvait beaucoup d'affection pour l'ancien roi.

Ian renvoya le même homme au château pour dire à Gregor Colquhoun que, puisque la marée se retirait, Ian mènerait la galère à Dunglass, la place forte de Colquhoun la plus avancée sur la Clyde.

— Tu seras heureux de te dégourdir les jambes en marchant jusqu'à Dunglass, dit-il à son rameur d'un ton jovial. Nous te retrouverons là-bas.

À l'intention de Mag, il ajouta :

— Dunglass est cinq kilomètres plus proche de Paisley que ne l'est Dumbarton.

— C'est ce que je pensais, dit Mag, qui ne s'opposa pas à ce plan.

Moins d'une heure plus tard, le château de Dunglass apparut à l'horizon. Mag ne l'avait jamais vu du large auparavant, l'ayant toujours approché par la terre.

La place forte près de la rivière arborait un mur rideau de vingt pieds aux armes de Colquhoun, avec une tourelle s'élevant du coin sud-ouest. Un quai et une jetée s'étendaient du portail jusqu'à quelques yards à l'est de cette tour. La palissade au-dessus du quai était défendue par des hommes d'armes qui les regardaient avec suspicion, jusqu'à ce qu'Ian leur envoie la main et brandisse la bannière des Colquhoun, qui retombait mollement par manque de vent.

Le portail s'ouvrit et des hommes se précipitèrent vers le quai pour aider à leur débarquement.

Alors que le capitaine d'Ian accostait la galère au quai avec panache, Mag dit à Ian :

— Andrena et moi chevaucherons à partir d'ici, si tu veux bien nous prêter des montures. Tu nous attendras ici avec ton navire.

— Pas question, Maggy, mon garçon, répondit Ian d'un ton qui n'admettait pas de réplique. D'abord, j'ai des ordres de mon père de te prêter assistance. De plus, partir à cheval d'ici signifie que tu chevaucherais jusqu'à Glasgow, pour ensuite revenir par l'ouest jusqu'à Paisley. Nous gardons des chevaux de l'autre côté de la rivière. Alors, nous traverserons au matin. Comme tu vois, j'ai trente rameurs. Ce sont aussi des hommes d'armes aguerris et d'une loyauté à toute épreuve. Nous en prendrons huit avec nous.

— Pourquoi seulement huit ? demanda Mag en haussant les sourcils.

— Puisque tu servais Pharlain, qui n'obéit à aucune règle incluant les siennes, tu ignores peut-être les restrictions que Jamie a imposées aux escortes des nobles lors du premier Parlement l'année dernière. Un chevalier ne peut avoir que huit hommes à sa suite. Un laird moins important, un curé ou un gentilhomme peuvent en prendre seulement six. Un comte, lui, peut se faire accompagner d'une vingtaine d'hommes, et un lord, un évêque ou un abbé mitré, d'une dizaine. Nous laisserons mes autres hommes ici pour s'occuper du bateau et vaquer à d'autres tâches.

— Comment Jamie a-t-il déterminé combien d'hommes peut compter une escorte ? demanda Mag alors qu'ils s'apprêtaient à débarquer.

Ian haussa les épaules.

— Personne ne le sait vraiment, mais son intention était claire, répondit le fils du laird de Colquhoun. Il veut empêcher les nobles de tout rang de lever des armées personnelles et de semer la pagaille dans le pays, comme tant d'entre eux l'ont fait avant son retour. Il veut aussi mettre un terme aux guerres privées entre nobles et clans. Il espère que de telles restrictions vont l'aider à atteindre ce but.

Andrena se leva :

— Il n'y a pas que Parlan qui ignore ces règles, dit-elle. D'après ce que je sais de Murdoch, de Lennox et de leurs alliés, peu d'entre eux obéissent.

— Ils obéissent aux décrets quand ils savent que le roi est dans les parages, dit Ian. Certains disent qu'il a appris l'art d'être implacable de son oncle, le premier duc d'Albany. Alors, à moins de croiser l'abbé de Paisley, je doute que nous rencontrions un groupe plus nombreux que le nôtre aujourd'hui. Mais ce serait bien triste pour l'abbé de ne pas te rencontrer, Dree, ajouta-t-il avec un sourire.

Andrena sourit, puis risqua une œillade à Mag qui était debout derrière elle.

Mag voulut se persuader qu'elle avait souri par politesse et ne cherchait pas à le provoquer. Mais il était à peu près sûr qu'elle tentait de susciter une réaction chez lui.

À sa grande surprise, toutefois, cette pensée eut plutôt pour effet de l'exciter et de l'amuser.

⬦

Ayant souri sans réfléchir au compliment d'Ian, Andrena se sentit immédiatement coupable, parce qu'elle avait décidé de ne pas l'encourager. L'amusement qu'elle perçut dans les yeux de Mag la rassura, et elle accepta gracieusement sa main lorsqu'il offrit de l'aider à débarquer sur le quai.

Ils passèrent la nuit à Dunglass, et le dimanche matin à l'aube, les deux barques de Colquhoun portèrent les onze membres de l'expédition jusqu'au petit port d'un village riverain. Magnus et Ian louèrent des chevaux et des poneys de bât. Puis, ils se remirent en route, cheminant le long de la rive est de la rivière White Cart, qui serpentait entre les collines qui s'élevaient toujours plus haut.

Mag et Ian discutaient de choses et d'autres en avançant et Andrena les écoutait. La chevauchée se passait sans incident et le soleil se montra au-dessus des sommets à l'est. Au même moment, le clocher de l'église de l'abbaye de Paisley apparut au-delà d'une côte du chemin. Lorsqu'ils l'eurent gravie, ils virent l'abbaye et ses terres qui s'étendaient le long de la berge en contrebas.

Les grilles près de la majestueuse porterie étaient ouvertes. En les franchissant, Andrena se délecta du spectacle qu'offraient les grands jardins qui entouraient les bâtiments de l'abbaye.

Ils mirent pied à terre dans la cour, où un frère convers les dirigea vers une hôtellerie de grande dimension. Pendant qu'Ian prenait des arrangements pour mettre les chevaux à l'écurie et procurer un logement aux hommes, l'un des moines sortit pour les accueillir. Il était enveloppé de la tête aux pieds dans la cape et le capuchon noirs des moines de l'ordre de Cluny, qui servaient l'abbaye. Si la porterie majestueuse et l'élégant mur de pierre entourant l'abbaye n'avaient pas rappelé à Andrena que l'ordre bénédictin de Paisley était celui de Cluny, le langage recherché et les manières aristocratiques de leur hôte s'en seraient chargés rapidement.

Les mains jointes dans ses larges manches, il dit à Magnus :

— Je suis le frère Elias, mon fils. Comment pouvons-nous vous servir ?

— Nous cherchons le gîte pour la nuit, frère Elias, répondit-il. Je suis Magnus Mòr MacFarlan et voici mon épouse. Nous venons de Tùr Meiloach, dans les Highlands entre le loch Lomond et le loch des Longs Bateaux. Nous sollicitons également une audience auprès de Sa Majesté, le roi, auquel nous apportons un message urgent. Nous représentons Andrew Dubh, le chef légitime du clan Farlan et un loyal serviteur du roi.

— Vous et votre escorte êtes les bienvenus, dit le frère Elias. Je transmettrai votre requête à l'intendant de Sa Majesté. En dépit de son caractère d'urgence, je ne puis vous assurer que le roi vous accordera une audience. Il le fait, en général, pour quiconque a fait de grands efforts pour venir à lui, comme vous. Mais il se réserve le dimanche pour la prière et la méditation. Nous célébrons la grand-messe à midi et nous encourageons nos hôtes à y assister. Ensuite, les yeomen[8] serviront le déjeuner dans vos chambres. Nous avons fait vœu de silence, ajouta-t-il. Si vous avez d'autres souhaits ou préoccupations à exprimer, je vous prie de passer par moi. Vous pouvez adresser des demandes d'ordre général à nos frères convers et aux yeomen. Et ils pourront vous répondre. Si Sa Majesté accepte de vous recevoir, elle le fera demain, après la messe du matin.

— Sa Majesté restera ici un certain temps, alors, dit Mag.

— Le roi ne dévoile ni ses déplacements ni ses plans à personne, mon fils, répondit son interlocuteur. Sa Majesté restera ici jusqu'à son départ.

Ils le remercièrent, et quand Ian vint se joindre à eux, un yeoman leur indiqua deux chambres spacieuses séparées par le palier d'un escalier. Le moine leur indiqua où ils

---

8. N.d.T.: Simple serviteur qui ne fait pas partie des ordres.

pourraient trouver ce qui leur serait nécessaire pendant leur séjour, y compris une barrique de vin. Quand il ajouta que la dame pourrait être mieux logée dans une chambre réservée aux nobles visiteuses, puisque l'entourage de Sa Majesté comprenait deux épouses de haut rang, Mag répondit :

— Mon épouse restera avec moi, dit-il. Mais ce lit est trop étroit pour deux personnes. Si vous voulez bien faire monter une paillasse…

— Ce sera fait, sire, et je vous apporterai de l'eau chaude, dit le yeoman. Le déjeuner sera prêt à votre retour de la messe. Déjeunerez-vous ici ensemble, ou séparément ?

Ian et Mag s'entreregardèrent.

— Ensemble, dit Andrena fermement.

Au déplaisir d'Andrena, le yeoman regarda Mag pour qu'il confirme sa réponse.

———— ⟨⊙⟩ ————

Remarquant du coin de l'œil l'expression offensée d'Andrena, Mag hocha la tête avec un sourire en réponse à la question du yeoman.

L'homme resta le temps de s'assurer qu'ils ne désiraient rien de plus. Puis, il partit, laissant les trois voyageurs debout près de la porte.

— On s'attend à ce que nous assistions à la grand-messe, Ian, dit Mag. Retrouvons-nous sur le palier dans une heure.

— Très bien, répondit Ian. Je veux voir où sont logés mes hommes pour m'assurer qu'ils sont satisfaits des arrangements.

Il ajouta en souriant :

— Dois-je frapper si je reviens le premier ?

— Si c'est le cas, souviens-toi que la patience est une vertu, dit Mag.

Ian s'amusa de la boutade, fit un clin d'œil à Andrena et disparut dans l'escalier.

Mag ferma la porte et observa Andrena qui faisait l'inspection des lieux. La lumière entrait par deux fenêtres, qui n'étaient pas plus larges que ses deux mains placées côte à côte. Mais la pièce était meublée confortablement. Elle offrait également un petit foyer et un panier rempli de bois était déposé à côté. La table était drapée d'une toile de lin blanche et entourée de quatre tabourets rembourrés. Des chandeliers d'argent, des chopes, des coupes, des assiettes, des cuillères et des bols étaient déposés sur une petite table de service.

— Le linge de lit embaume l'air d'une fragrance délicate, dit Andrena. Je m'attendais à trouver une cellule monacale. Cette chambre est encore plus jolie que la nôtre à Tùr Meiloach.

— L'abbaye accueille fréquemment des nobles et des rois, lui rappela Mag.

En entendant des voix masculines à la porte, il ajouta :

— Voilà sans doute notre eau chaude et nos bagages qui arrivent.

Il ouvrit la porte à deux garçons portant des pichets d'eau et leurs paniers. Quand ils furent partis, Mag versa l'eau dans la bassine de la table de toilette.

— Faites votre toilette, jeune femme, dit-il. J'aimerais jeter un regard aux alentours pendant que nous sommes ici.

Elle sourit.

— Je croyais que…

— Je sais bien ce que j'ai insinué devant Ian, l'interrompit-il. Mais en présence d'autant d'ecclésiastiques, je me sentirais mal à l'aise d'assouvir mes passions.

— Moi aussi, admit-elle. Et on devrait apporter votre paillasse bientôt.

— La mienne ? demanda-t-il.

Il s'esclaffa en voyant sa mine déconfite.

Elle réagit en hochant la tête.

Après qu'Andrena se fut lavée, ils descendirent dans la cour et déambulèrent tranquillement dans les jardins. Là, ils croisèrent Ian et n'eurent pas à rentrer à l'hôtellerie. Ils assistèrent à la grand-messe dans la splendide église de l'abbaye, appréciant la procession cérémoniale dirigée par l'abbé, le cortège de moines tout de noir vêtus et les détails de l'ensemble de la liturgie.

Le temps passa plus vite que Mag s'y était attendu. Malgré tout, vers la fin de la messe, son estomac lui rappela plusieurs fois qu'il avait mangé trop légèrement au petit-déjeuner. Au moment où ils sortirent de l'église, ils trouvèrent l'abbé qui les attendait.

Il les accueillit tout en apprenant leurs noms, et leur dit cordialement :

— J'espère que vous apprécierez votre séjour, mes enfants.

— Merci, milord, répondit Andrena. Pendant la messe, j'ai vu des dames qui manipulaient des cordelettes filées de perles magnifiques en priant. Où pourrions-nous nous en procurer des semblables ?

— Ce sont des chapelets, jeune femme. On les utilise pour tenir le compte de ses prières, et ce sont nos moines qui les enfilent ici. Je serais honoré de vous en offrir un. Plus tard cet après-midi, je vous reverrai avec plaisir à l'heure des vêpres.

Lorsqu'ils furent hors de portée de voix de l'abbé, Ian dit :

— C'est ainsi que vous forcez la main à votre mari afin qu'il vous achète des joyaux, jeune femme ?

Elle sourit.

— Il peut m'acheter ce que bon lui semble, sire, répondit-elle. Mais les perles sont un présent que je destine à ma mère pour son anniversaire. Je pense qu'elle les aimera. Elle ne se soumet pas à tous les enseignements de l'Église catholique romaine, mais elle s'intéresse aux choses du culte.

Ils assistèrent aux vêpres avant le repas du soir.

Plus tard, dans leur chambre, Andrena admira le chapelet de grains ambrés que l'un des frères convers lui avait remis à la sortie de l'église, avec les hommages de l'abbé.

Mag avait laissé tomber deux pièces d'argent dans le panier de la quête, ce qui lui valut un sourire du moine.

— Merci, sire, dit Andrena en s'éloignant, et Mag hocha la tête.

Pendant qu'il leur servait le dîner dans leur chambre, le yeoman leur suggéra d'assister également aux complies.

— Seigneur, d'autres prières ? demanda Andrena après son départ.

— Très peu pour moi, dit Ian en se servant du pain. L'abbé nous a dit d'apprécier notre séjour. De plus, il fait déjà noir et je suppose qu'ils nous feront lever avant l'aube. Je vais passer voir mes hommes, mais je ne resterai pas longtemps avec eux.

— Nous irons avec toi, dit Mag. La lune sera visible dans le ciel, ce soir.

Ils accompagnèrent Ian jusqu'à l'entrée de l'écurie, puis suivirent en silence un sentier qui contournait l'église de l'abbaye. Bien qu'il fît noir, un mince croissant de lune se montrait par une déclivité dans la chaîne de collines au nord-est. Il y avait assez de lumière pour éclairer leurs pas sous la voûte céleste maintenant tout étoilée. Le silence était agréable, mais Andrena se rendit compte que Mag avait peu parlé depuis leur arrivée.

En regagnant leur chambre, ils constatèrent qu'on avait laissé une paillasse sur le plancher près du lit; celle-ci était déjà recouverte de draps propres et de couvertures. Un chandelier posé sur la table procurait de la lumière, et il y avait un silex et un briquet à amadou déposés à côté.

———∘◦∘———

Andrena observait Mag qui allumait une bougie du chandelier.

— Magnus, j'aimerais que vous me parliez, dit-elle, rompant le silence de la chambre. De toute la journée, vous ne m'avez pas adressé la parole, si ce n'est pour me demander de vous passer la nourriture à table.

Mag laissa quelques gouttes de cire tomber dans l'orifice d'une branche du chandelier — par l'arôme, elle sut que c'était de la cire d'abeille, et non du suif. Il maintint la bougie en place quelques secondes pour laisser figer la cire, puis il leva les yeux en souriant.

— Que voulez-vous m'entendre dire, jeune femme?

— Êtes-vous en colère contre moi ?

— Je vous ai déjà dit que vous le sauriez si c'était le cas.

— Vous me l'avez peut-être dit, mais je n'arrive pas à sentir vos états d'âmes d'une minute à l'autre.

— Mais comment le pourriez-vous ? lui demanda-t-il. Si j'étais en colère contre vous, je vous le dirais. Autrement, je suis tel que je suis. Je me complais dans le silence. Mais si vous désirez discuter de quelque chose en particulier, vous n'avez qu'à me le dire. Au cours des derniers mois, je crains d'avoir perdu l'habitude d'amorcer la conversation. Parlan, voyez-vous, ne les encourageait pas, surtout chez ceux qui ne le servaient pas de leur plein gré.

— Cela a dû être horrible, dit-elle. Étiez-vous enchaîné ?

—◦◦—

Elle aurait voulu qu'il parle de Parlan. Mais n'avait-il pas lui-même ouvert la porte ?

Malgré tout, il n'aimait pas parler de lui. Quand il était plus jeune et moins expérimenté, il aimait se vanter de ses exploits. Il harcelait son père et ses frères afin qu'ils admirent ses talents et lui enseignent tout ce qu'ils savaient. Maintenant, toutefois...

— Alors, le faisait-il ? demanda-t-elle.

— Parfois, admit-il.

— Magnus...

— Je souhaiterais que vous m'appeliez Mag, jeune femme, l'arrêta-t-il, surtout quand nous sommes seuls. Quand vous avez dit Magnus, il y a un moment à peine, j'ai cru reconnaître mon père juste avant qu'il me fasse goûter à son fouet.

Elle se mordit la lèvre, mais il eut le temps de détecter une ébauche de sourire.

— Qu'y a-t-il? demanda-t-il. Riez-vous de moi?

Alors elle rit, mais en secouant vivement la tête pour l'assurer qu'elle n'avait pas voulu se moquer de lui.

— J'ai cru que c'était ce que vous faisiez, dit-il.

— Je vous assure que non, dit-elle, luttant visiblement pour vaincre son hilarité. C'est que j'ai une imagination trop vive. Et de vous imaginer sur les genoux de votre...

S'interrompant de nouveau, le visage rouge et s'étouffant presque à essayer de contenir un nouvel éclat de rire, elle le regarda, impuissante.

— J'étais un gamin à l'époque, dit-il. Mais vous le savez très bien.

Parvenant enfin à reprendre haleine, elle hoqueta :

— Je le sais bien... mais je ne peux... m'imaginer tel que vous étiez alors...

Après une profonde inspiration, elle ajouta :

— Je sais seulement à quoi vous ressemblez aujourd'hui. Quand j'essaie de me représenter le petit garçon que vous étiez, je ne vois que l'adulte... en format réduit.

Il supposa que l'image du géant qu'il était aujourd'hui, étendu sur les genoux de son père, pouvait être amusante pour une jeune femme qui ne connaissait pas Galbraith. Ces souvenirs ne comptaient pas parmi ceux qu'il chérissait le plus, mais cela n'impressionnerait guère sa jeune épouse. Pas maintenant, alors qu'elle était mécontente de lui parce qu'il l'avait ignorée toute la journée.

Il aimait la voir rire, même si c'était à ses dépens.

Elle le regardait maintenant d'une façon différente. Il savait que ses pensées suivaient alors un autre cours, mais qu'elle hésitait à le lui révéler.

Il fit un pas vers elle et plaça ses mains doucement sur ses épaules.

— Qu'y a-t-il, jeune femme ? lui demanda-t-il. En vérité, je ne suis ni en colère ni du tout contrarié. Et puis, même si j'ai éprouvé de la colère, elle s'est depuis longtemps évanouie. C'était aussi vrai quand j'étais plus jeune. Je pouvais m'emporter contre quelque chose ou quelqu'un un moment, et en rire celui d'après.

— Je ne vous ai pas vu rire récemment, dit-elle en fronçant les sourcils comme si elle essayait de se rappeler quand il l'avait fait. J'ai été surprise quand vous avez éclaté de rire l'autre jour.

— Je ne ris plus beaucoup aujourd'hui, admit-il. J'aime vous voir rire, cependant. En cet instant, vous semblez vous inquiéter de quelque chose que vous ne voulez pas me révéler. Si vous voulez que nous parlions davantage, vous devrez vous exprimer librement vous aussi.

— Je n'ai pas peur de vous, dit-elle. C'est seulement que je ne suis pas tout à fait certaine de pouvoir dire tout ce que je pense.

— Mais vous le devez, dit-il avec un sourire.

— Je suppose que oui, acquiesça-t-elle. Vous savez, je crois, que mon père désire que je rencontre le roi avec vous.

— Oui, je le sais très bien, dit-il. Et j'ai accepté cela.

— Vous l'avez fait, dit-elle. Mais vous ne m'avez rien dit au sujet du message que vous avez pour Sa Majesté. Je ne vous ai rien demandé quand vous en avez d'abord parlé, parce qu'il était question de ma présence ou non à vos côtés. Et je ne vous l'ai pas demandé ensuite, parce qu'il n'était peut-être pas utile que je le sache. Mais à moins que vous n'ayez l'intention de vous entretenir en tête-à-tête avec le roi, pour ensuite m'inviter à me joindre à vous, ce qui pourrait lui déplaire…

— J'admets que je n'avais pas envisagé cela, dit Mag quand elle s'interrompit. Je n'ai pas l'habitude de parler de choses confidentielles avec les femmes de ma famille. Mes sœurs les gardent rarement pour elles-mêmes. Mais vous avez promis de mériter ma confiance, et vous ne m'avez donné aucune raison de douter de vous. De plus, il est clair que votre père veut que vous parliez en son nom.

Il fit une pause pour réfléchir.

Elle demeura silencieuse.

Les mains toujours posées sur les épaules de la jeune femme, il contempla son merveilleux visage. Puis, sans préambule, il dit :

— Parlan et ses alliés complotent l'assassinat du roi.

— Qui sont-ils ?

— Murdoch et ses deux fils aînés, sans doute. Et je soupçonne aussi Lennox.

— Alors, c'est la raison pour laquelle vous vous êtes échappé, dit-elle, pour prévenir le roi ?

— Oui, répondit-il, mais vous et votre père continuez de m'attribuer un pouvoir que je n'ai pas. Je me suis évadé parce que l'occasion s'est enfin présentée pour le faire, et je n'ai pas osé l'ignorer.

— Pourtant, dit-elle, Ian a dit qu'il se serait attendu à ce que vous vous évadiez tout de suite.

— Peut-être l'aurais-je fait, si j'en avais eu la chance, dit-il. Mais j'étais blessé, souvent enchaîné. Je me préoccupais alors bien peu de ma situation ou de celui qui m'avait mis aux fers.

— Voulez-vous m'en dire plus à ce sujet ?

— À un autre moment, peut-être, dit-il. Je n'aime pas beaucoup ressasser ces pénibles souvenirs.

Elle hocha la tête.

— Peut-être devrions-nous penser à faire autre chose que parler, dit-elle. Parce que si nous continuons, je vous demanderai certainement de m'en dire plus.

Il sourit.

— Je pense que ce lit devrait être assez grand pour que j'arrive à vous empêcher d'y penser au moins un court moment.

⊰∘⊱

Mag occupa l'esprit d'Andrena sensuellement, et même ardemment, pendant un moment. Mais même s'il était créatif et stimulait ses sens dans tout son corps avec ses lèvres, ses mains chaudes, ses doigts, son sexe et sa langue agile, elle eut ensuite l'impression que quelque chose manquait à leur expérience sensuelle.

Il lui murmura doucement que sa peau était soyeuse, que ses longs cheveux invitaient ses doigts à les caresser et à s'y perdre. Mais la réaction la plus forte de Mag fut un lourd soupir quand il céda à ses propres pulsions et qu'il se mit à s'animer en elle. Après avoir atteint le sommet de son plaisir, il tomba endormi comme d'habitude, malgré le lit étroit.

Elle ne s'attendait pas à discuter davantage après leur étreinte, mais elle aurait espéré qu'il lui parlât un peu plus de lui-même. Ce sujet était d'une plus grande importance pour elle que le contenu de son message pour le roi, même si elle était persuadée qu'il avait bien fait de lui en révéler la portée. S'il avait refusé de le faire, cela aurait pu lui compliquer les choses auprès de Sa Majesté.

Privée de ses dons lorsqu'elle était avec Mag, elle n'arrivait pas à imaginer un moyen de vaincre ses réticences à partager avec elle ses opinions personnelles et ses sentiments.

Il était facile d'aborder avec lui presque tous les sujets. Alors, pourquoi… ?

La réponse vint avant que la question ait pu se former complètement dans son esprit : les émotions de Mag n'étaient pas en cause. Ses dons l'étaient. Elle ne pourrait continuer d'insister pour qu'il lui parlât des pensées et des émotions qui le troublaient, sans expliquer cette faculté étrange qu'elle possédait de sentir de telles choses chez les autres. Elle n'avait jamais eu à le faire auparavant. Ses parents avaient su qu'elle était différente des autres enfants dès la naissance. Et ses sœurs partageaient la plupart de ses talents à divers degrés.

Elle avait failli s'expliquer quand Mag lui avait dit qu'elle le saurait s'il était en colère. Avant de le connaître, s'il lui arrivait d'irriter quelqu'un, elle le savait tout de suite, même si cette personne demeurait aussi impassible que Mag. Si son interlocuteur réagissait négativement, ou se butait lors d'une conversation, elle pouvait s'en apercevoir aussi facilement que s'il le lui avait dit. Mais Mag la battait sur ce terrain sans coup férir.

Elle aurait voulu pouvoir parler davantage de lui avec sa mère. Lady Aubrey comprenait ses dons mieux que la plupart des gens et elle avait aimé Mag d'emblée. Peut-être, pensa Andrena à demi somnolente, qu'elle pourrait discuter avec sa mère à son retour à la maison. Mais un doute surgit dans son esprit, et elle sut qu'elle ne pourrait pas le faire.

Mag n'avait pas parlé de sa mère, seulement de ses sœurs. Mais puisqu'il était répréhensible de révéler à Lina ou à Murie ce qu'il lui avait dit, ce devait l'être tout autant — ce serait de la vile trahison en fait — de parler de ses problèmes intimes avec lui à Lady Aubrey.

Elle s'endormit sur ces réflexions, et s'y livra encore dès son réveil le lendemain matin. Mag se tenait debout, nu, près de l'une des fenêtres étroites aux volets ouverts, regardant dehors. L'expression de son visage, comme d'habitude, ne révélait rien de ses pensées.

Bien qu'elle eût aimé les connaître, elle resta silencieuse, appréciant plutôt le spectacle de son corps magnifique dans la pâleur de l'aube.

Mag sentit le regard d'Andrena posé sur lui et savait qu'elle était réveillée. Mais elle se taisait. Elle devait donc penser à lui ou à ce qui pouvait s'interposer entre eux. Il se retourna, vit son sourire et aurait souhaité avoir le temps de l'étreindre.

— Tout le monde est debout et vaque à ses affaires, à l'extérieur comme à l'intérieur, dit-il. Quelqu'un a frappé à la porte il y a quelques minutes, sans doute pour nous dire qu'il est temps de rompre notre jeûne. Je vous ai laissé de l'eau en abondance, mais prenez garde : elle est glaciale.

Tout en rejetant les couvertures, elle lui demanda :

— Pensez-vous que le roi se lave dans l'eau glacée quand il séjourne ici ?

Il hocha négativement la tête.

— J'en doute, répondit-il. On dit que Jamie aime le confort.

— Pourtant, cela a dû lui manquer quand il était prisonnier du roi d'Angleterre. Vous-même en avez été privé pendant que vous étiez prisonnier de Parlan.

— Oui, mais dix-neuf mois et dix-neuf années ne se comparent pas.

— Malgré tout, cette expérience commune devrait vous rapprocher.

Elle avait raison. Mais aucune réponse ne lui vint, alors il garda le silence.

Chapitre 11

Andrena aurait aimé poursuivre le sujet, mais l'air était frais. Elle acheva ses ablutions à la hâte et mit ensuite sa tunique ambre et sa jupe pendant que Mag arrangeait en kilt son nouveau plaid. Elle plaçait soigneusement ses nattes sous sa coiffe quand un petit coup frappé à la porte annonça l'arrivée du yeoman avec leur petit-déjeuner.

Lorsqu'Ian vint se joindre à eux à table, le yeoman dit à Mag :

— Le frère Elias m'a dit de vous informer que Sa Majesté vous verra tout de suite après la messe du matin. Aussi, si vous êtes d'accord, Sir Ian pourra être présent, de même que votre noble dame. Sa Majesté est toujours désireuse de rencontrer les chevaliers de son royaume quand les circonstances le lui permettent. Êtes-vous d'accord, sire ?

Mag hésita un moment.

— Je suis d'accord, répondit-il enfin.

— Merci, dit le yeoman. Le frère Elias viendra vous voir dans une demi-heure.

Le moine qui les avait accueillis se présenta promptement et les conduisit dans l'élégante salle au plafond élevé où James, roi d'Écosse, tenait ses audiences à Paisley.

Au moment où ils atteignaient le lourd portail de bois sculpté, le frère Elias se tourna vers Mag.

— J'entrerai le premier, sire, dit-il. Puis vous, Sir Ian et votre épouse me suivrez, dans cet ordre. Veuillez ensuite attendre près de la porte jusqu'à ce que Sa Majesté hoche la tête dans votre direction pour vous prier d'approcher.

— C'est entendu, dit Mag.

Lorsque leur hôte les annonça, James hocha la tête.

Andrena savait, comme la plupart des Écossais, que le roi aurait trente et un ans en juillet. Même s'il était assis, elle vit qu'il était plus petit que ses parents de la famille Stewart à l'allure de guerriers vikings. Son corps était ramassé, « carré », comme disent les Écossais ; il avait les épaules larges, un torse épais et robuste. Ses cheveux châtain foncé touchaient ses épaules, épais, ondulés et sans ornement. Malgré son vêtement d'apparat de velours noir porté sur une tunique rouge et des cuissards noirs, ses jambes étaient bien visibles. Ses cuisses musclées lui rappelèrent qu'il avait la réputation d'être adroit dans le maniement de toutes les armes et d'être un athlète accompli. On disait aussi de lui qu'il avait une imagination fertile, qu'il jouait de tous les instruments de musique connus, qu'il écrivait des vers sur divers sujets qui surgissaient dans son esprit royal, et qu'il était un maître joueur d'échecs.

Ses yeux foncés demeurèrent sérieux et attentifs alors qu'Andrena s'approchait de lui avec Mag et Ian, jusqu'à ce qu'elle lui sourît et fît une profonde révérence. James se leva alors et lui sourit à son tour.

— Bienvenue à Paisley, milady, dit-il.

— C'est un honneur de rencontrer Votre Majesté, dit-elle.

— Vous pouvez vous relever, dit James, qui se tourna ensuite vers Mag.

D'un ton plus sérieux, voire sévère, il lui dit :

— Le frère Elias vous a annoncé comme étant Magnus Mòr MacFarlan. Mais mon intendant, Sir William Fletcher, m'a dit que vous êtes né avec un nom différent. Auriez-vous l'obligeance de clarifier cela pour moi ?

———◦◦◦———

Mag sentit un soudain besoin de s'éclaircir la gorge. Il parvint à se contenir et parla avec son calme habituel.

— En vérité, Votre Majesté, je n'avais pas l'intention de vous induire en erreur, expliqua-t-il. J'ai donné à notre hôte le nom que j'ai accepté de prendre, à la demande de Lord MacFarlan, quand j'ai épousé sa fille, Lady Andrena MacFarlan. De plus, j'aurais dû expliquer au frère Elias, avant qu'il nous amène dans cette salle, que je suis né Magnus Galbraith, de l'îlot Galbraith et Culcreuch.

— Alors, Sir Fletcher avait raison, dit James. Il avait entendu dire que MacFarlan, de Tùr Meiloach, proposait cet arrangement à tout homme désireux de mériter la main de sa fille aînée. Il n'avait pas dit, toutefois, que cette dame était d'une telle beauté.

Conscient que le regard d'Andrena était maintenant posé sur lui, Mag sourit et dit :

— En effet, Votre Majesté, pour mon plus grand contentement.

Il fut tenté de louer la reine de Jamie pour lui rendre le compliment. Mais n'ayant jamais posé le regard sur son épouse, un souvenir de la captivité de Jamie en Angleterre pour qui il éprouvait, disait-on, un amour profond et constant, Mag garda le silence.

James pourrait, pensa-t-il, être le seul roi d'Écosse à n'avoir démontré d'intérêt sexuel que pour son épouse. On disait que son père avait été fidèle à la reine Annabelle Drummond... du moins dans les dernières années de sa vie.

— On me dit que vous m'apportez un message urgent, Magnus Galbraith MacFarlan, dit James. Pourriez-vous m'en faire part maintenant ?

— Je peux me retirer, si tu veux, murmura Ian à Mag.

Mag hésita.

— Est-ce que Sir Ian jouit de votre entière confiance ? demanda James.

— Tout à fait, Votre Majesté, répondit Magnus, pourtant il ignore ce que je suis sur le point de vous révéler. Il s'agit d'une information que j'ai glanée pendant que j'étais prisonnier de Pharlain à Arrochar.

— Alors, vous savez aussi ce qu'est la captivité ?

— Oui, Votre Majesté, mais je ne l'ai subie que dix-neuf mois.

— Un emprisonnement demeure un emprisonnement, dit le roi amèrement. Cela transforme un homme à jamais.

— Vous avez raison, acquiesça Mag.

— Alors, je prendrai la décision pour vous, dit le roi. Sir Ian se retirera jusqu'à ce que vous m'ayez confié votre message. Toutefois, avant votre départ, sire, ajouta-t-il en regardant Ian, je veux entendre de vos lèvres si vous, en tant que chevalier de mon royaume, et votre père, à titre de chef du clan Colquhoun, êtes avec moi ou avec ceux qui s'opposent à mon droit au trône d'Écosse.

Ian fit un pas en avant. Retirant ses gants, comme il était requis au moment de jurer fidélité, il s'agenouilla devant James. Le regardant directement dans ses yeux noirs, Ian plaça sa main droite sur son cœur et dit solennellement :

— Moi, Ian Colquhoun, jure sur mon honneur, en tant que chevalier de ce royaume et héritier du titre de chef du clan Colquhoun, en mon nom, au nom de mes héritiers et de tous ceux qui me sont fidèles, à moi et à mon chef, que nous sommes maintenant et pour toujours vos loyaux serviteurs, James, le roi légitime de tous les Écossais.

Puis, présentant sa main nue au roi, il inclina la tête et ajouta :

— Je vous jure que nous rendrons à Votre Majesté les services qui vous sont dus par nos rangs, maintenant, et avec l'aide de Dieu, jusqu'à la fin de nos jours.

Saisissant les mains d'Ian et les plaçant l'une sur l'autre entre les siennes, James demanda :

— Vous m'assurez que vous parlez au nom de votre père et de votre clan ?

— Je vous l'assure, Votre Majesté, dit Ian en soutenant le regard royal. Mon père et moi avons toujours parlé d'une seule voix à ce sujet.

— Alors, j'accepte votre serment, Sir Ian Colquhoun. Est-ce que votre père assistera à notre Parlement, à Perth, le douzième jour du mois de mars ?

— Si c'est votre vœu, il sera présent.

— C'est mon désir et je veux que vous y soyez aussi.

— Nous sommes vos vassaux liges, Votre Majesté, dit Ian.

James libéra les mains d'Ian.

— J'accueille avec joie votre soutien, dit-il. Sans doute, Lady Andrena consentira-t-elle à ce que vous lui teniez le bras en nous quittant.

Mag vit Andrena se raidir. Le mouvement fut si subtil qu'il doutât que Jamie l'eût remarqué. Quoi qu'il en soit, les mots d'Ian et son attitude avaient renforcé sa conviction croissante qu'il pouvait faire entièrement confiance au jeune homme — enfin presque.

Mag dit donc calmement :

— Avec votre permission, Votre Majesté, je n'ai aucune objection à ce que Sir Ian entende le message que j'apporte. Mon épouse et son père le connaissent. Et après avoir entendu Ian jurer sa loyauté avec autant de ferveur, je suis persuadé qu'il doit lui aussi savoir ce que j'ai appris.

Le regard sévère de James passa de Mag à Ian, puis à Andrena ; aucun ne broncha. Puis il revint à Mag.

— Alors, sire, dit-il. Quelle nouvelle m'apportez-vous ?

— Que Parlan MacFarlan, qui a usurpé la tête de son clan à Andrew Dubh MacFarlan, et qui se nomme maintenant Pharlain, un nom emprunté à un ancien chef de ce clan, s'est joint à d'autres pour planifier votre assassinat lors du prochain Parlement. Les conspirateurs veulent nommer Murdoch, ou son fils aîné, Walter, gouverneur du royaume, ou même roi des Écossais, avant la fin du mois de mai.

Le visage de James demeura impassible. Et il ne répondit pas immédiatement. Puis, regardant rapidement Andrena avant de revenir à Mag, il demanda abruptement :

— Lennox ?

— Je ne puis rien dire au sujet du comte, Votre Majesté, dit Mag. En toute logique, il doit faire partie du complot, car Pharlain et lui sont très liés depuis des années.

— Murdoch, aussi, ne serait-ce que parce que sa femme est la fille de Lennox, dit James. Voyez-vous, j'ai convoqué ce Parlement afin que les nobles viennent me rendre compte de leurs actes. Sans doute, plusieurs nieront ce qu'ils ont fait. Certes, mon cousin Murdoch le fera. Il préfère que je ne sache rien de ses agissements ni de ceux de son père, mon oncle Albany, pendant mon absence et, trop souvent, en mon nom. Plusieurs forfaits commis par les deux fils plus âgés de Murdoch et leurs sous-fifres, qui ont été portés à mes oreilles, m'ont paru particulièrement odieux.

— Qu'ont-ils fait, Votre Majesté? demanda Andrena.

James grimaça. Mais pas, pensa Mag, parce que la question venait de la jeune femme.

<hr />

Andrena lança un regard à Mag pour voir si sa question lui avait déplu. Quand ses lèvres ébauchèrent un sourire, elle se sentit parcourue par une vague de chaleur.

Elle reporta ensuite son attention vers Jamie Stewart.

— Bien des choses que j'ai eu le déplaisir d'entendre sont inappropriées pour des oreilles féminines, dit-il. J'en relaterai une qui m'a tant offensé qu'elle s'est gravée dans ma mémoire. L'un des laquais de mon cousin Walter, insulté par la manière dont une femme à son service lui avait adressé la parole, ordonna qu'on lui mît aux pieds des fers à cheval.

— Qu'avez-vous fait? demanda Andrena, qui se sentit défaillir à cette image.

— J'ai ordonné que l'on réserve le même sort au scélérat qui avait ordonné cette punition, et de plus, je l'ai fait pendre. Sa cruauté a rendu la pauvre femme infirme pour le reste de ses jours.

— Miséricorde, murmura Andrena.

— Justement, milady, dit James. De telles horreurs ne doivent jamais être infligées aux plus humbles sujets de mon royaume. Ils dépendent de leurs lairds et de leurs maîtres pour assurer leur subsistance et leur sécurité. Mais, pendant mon absence, mes nobles ont davantage pris goût à exploiter leurs manants qu'à les protéger.

— Pas tous vos nobles, Votre Majesté, dit Ian.

Andrena hocha la tête pour approuver.

— Pas tous, admit James. Mais je veux séparer moi-même le bon grain de l'ivraie.

Il regarda Mag.

— Votre mise en garde opportune a été bien reçue, reprit le roi en s'adressant à lui. Mais je dois en savoir davantage sur cette conspiration. Je vous charge d'apprendre tout ce que vous pourrez, et de le faire rapidement.

— Je le ferai, Votre Majesté, répondit Mag. Je vous en fais le serment.

— Mais entretemps, dit Jamie, il y a d'autres affaires dont vous vouliez me faire part, je pense.

— Oui, Votre Majesté, répondit Mag, et cela concerne la tête du clan Farlan et son autorité sur les terres de MacFarlan. Je parle maintenant au nom d'Andrew Dubh MacFarlan. Son cousin a usurpé son titre et s'est emparé de son patrimoine par la force, après que vous avez été capturé par les Anglais. Il est connu que Votre Majesté exige de ses nobles d'exhiber les chartes prouvant leurs droits. Andrew en possède une, fort ancienne, qui prouve les siens sur le territoire des MacFarlan. Pharlain n'en a aucune.

— Les MacFarlan m'ont démontré bien peu de loyauté, dit James à Andrena.

Elle hocha la tête.

— Parlan et ses hommes obéissent à Lennox, Votre Majesté, expliqua-t-elle. Dans le passé, mon père l'a fait aussi. Il s'est brouillé avec lui quand Lennox a soutenu le premier duc d'Albany dans sa conquête du pouvoir dans le royaume peu après votre capture…

— Je vois, l'interrompit James. Et quels sont les sentiments d'Andrew Dubh aujourd'hui ?

— Il est maintenant, et plus que jamais, farouchement loyal à Votre Majesté, dit Andrena. Je sais bien que je ne puis m'agenouiller pour jurer fidélité comme Sir Ian vient de le faire, mais on dit que vous croyez passionnément dans l'honneur et le devoir. Si vous acceptez ma parole au nom de mon père, je vous l'offre en toute sincérité.

— Est-ce qu'Andrew Dubh assistera à mon Parlement ? demanda le roi.

— En toute franchise, Votre Majesté, répondit Andrena, je doute qu'il le fasse, car il craint que Parlan n'en profite pour se saisir également de Tùr Meiloach, s'il apprenait que mon père s'absentait. Alors, il ne le fait jamais. Qui plus est, certains nobles pourraient s'opposer à sa présence même à Perth, car d'aucuns ne le considèrent plus comme le chef de notre clan.

— J'accepte votre parole qui n'engage toutefois que vous, milady, répondit James. Je sais bien que les femmes peuvent être aussi honorables que les hommes, et aussi honnêtes. En ce qui concerne la loyauté de votre père, je devrai l'entendre de sa propre bouche. Mais je reçois votre assurance qu'il jurera fidélité dès qu'il le pourra. J'aimerais aussi vous croire sur parole en ce qui concerne la charte, mais cela m'est impossible. Jusqu'à ce que j'aie établi la suprématie de la loi dans toute l'Écosse, afin que les gens puissent connaître et comprendre les lois auxquelles ils obéissent, des hommes sans scrupules continueront de détenir des terres par la « loi de l'épée ».

— Je comprends, Votre Majesté, dit Andrena. Mon père comprendra aussi. Il a défendu Tùr Meiloach pendant près de deux décennies après que Parlan eut conquis le reste. Je vous assure qu'il continuera aussi longtemps qu'il le devra.

— L'an prochain, répondit James, je parcourrai les Highlands afin de rencontrer les chefs là-bas et quiconque veut se faire entendre. Andrew pourra me présenter sa charte à ce moment-là.

Se tournant vers Mag, il dit :

— Je vous ai remercié pour l'avertissement que vous m'avez apporté, sire. Je sais qu'étant prisonnier de Pharlain, vous avez tout risqué pour venir me mettre en garde. Il me peine de vous dire que, bien que je me tiendrai sur mes gardes, votre dénonciation est sans valeur s'il n'y a aucune preuve de l'implication d'individus précis dans la conspiration que vous avez découverte. Je soupçonne sans peine les noms de plusieurs conjurés. En fait, je pourrais sans doute en dresser une liste assez fidèle.

— Certains se sont même incriminés d'eux-mêmes, Votre Majesté, fit remarquer Mag.

— Pour établir la primauté de la loi, je dois démontrer que même la Couronne lui obéit. Je ne peux punir, encore moins faire pendre Murdoch, ses fils, Lennox ou Pharlain sans preuve irréfutable de leur participation dans ce complot. Ma foi, Lennox doit bien avoir quatre-vingts ans.

Pensez au scandale que cela causerait au sein de la noblesse, en particulier chez les coupables, si je devais envoyer au gibet un vieillard sans preuve suffisante.

Ce fut au tour d'Ian d'intervenir.

— Le simple fait qu'il est le suzerain d'un grand nombre de clans dont les chefs se sont déclarés contre vous ou ont refusé de vous soutenir publiquement n'est-il pas une preuve suffisante ?

Mag retint son souffle et Andrena jeta un coup d'œil vers lui. Comme d'habitude, elle ne put rien lire sur son visage de marbre.

⸺◦◦◦⸺

Mag était en colère, mais il savait qu'Ian n'avait dit que la vérité. Il avait sans doute oublié, un court moment, que les Galbraith étaient l'un de ces clans.

Jamie secoua la tête.

— Avant de condamner à mort qui que ce soit, déclara-t-il fermement, je dois avoir des preuves assez solides pour convaincre les lords du Parlement d'entériner la peine capitale.

Andrena intervint.

— Quelle sorte de preuves vous faut-il ? demanda-t-elle.

— Des preuves matérielles — des lettres, par exemple — ou des témoins qui pourraient corroborer ce que Magnus a entendu, répondit Jamie. De telles preuves peuvent être très difficiles à réunir. Voyez-vous, milady, pendant des années, les ducs d'Albany et d'autres nobles puissants ont abusé de leur pouvoir pour s'accaparer illégalement de nombreuses terres et les donner à des tiers afin de s'en faire des obligés. Ces nouveaux propriétaires tremblent devant eux, car ils craignent d'être les prochains à être dépossédés. Tout cela doit cesser.

— Votre présence a déjà commencé à faire sentir ses effets, dit Ian.

— Dans une certaine mesure, approuva Jamie. Mais je dois mettre un terme aux autres abus, et certains des pires criminels, comme Murdoch, sont de ma propre parenté écossaise. Voyez-vous, après que les Anglais eurent fait de moi leur prisonnier, mes proches héritiers se sont emparés du royaume, et aucun d'entre eux n'a fait le moindre geste pour obtenir ma libération. Je brûle du désir de tous les pendre. Mais cela doit se faire dans le respect des lois.

Les hommes discutèrent un peu plus des autres preuves dont James avait besoin. Il faudrait que des espions soient introduits dans l'entourage de Murdoch, de Lennox ou de Pharlain. D'après ce que Mag savait de Pharlain, il était conscient des périls associés à de tels plans.

Mag tint compte d'autres idées et en rejeta certaines, n'écoutant que d'une oreille ce que disaient Ian et Jamie. Puis, Andrena intervint.

— Dites-moi, messires, quels sont les clans qui se sont déclarés contre le roi? demanda-t-elle. N'est-ce pas en leur sein que nous avons le plus de chances de trouver les conspirateurs?

Mag figea sur place et eut droit à un regard contrit, empreint d'ironie, de la part d'Ian.

— Il ne s'agit pas de connaître ceux qui se sont déclarés contre moi, précisa James, mais bien de ceux qui agissent contre moi, milady. Mais je peux facilement imaginer que chacun des clans loyaux à Lennox compte au moins quelques conjurés. Par conséquent, les clans à surveiller devraient inclure les Graham, les Lennox, les Buchanan, les Galbraith et peut-être même les Cunningham ou les Campbell-MacGregor.

L'image de son père revint hanter Mag. Sa mémoire évoqua les dures paroles de Galbraith, déclarant que Jamie Stewart était trop jeune pour être roi des Écossais, et qu'il ne serait jamais aussi fort que son oncle Albany. Mag n'osa pas parler.

❦

Andrena regarda Mag, surprise par le léger sursaut de peur qu'elle avait perçu chez lui quand James avait nommé les clans suspects. Assurément, Magnus ne craignait pas pour lui-même, bien qu'il fût certes un Galbraith, ou l'eût été. Vis-à-vis de sa captivité, son attitude, en dépit de sa réticence à en parler, semblait être d'admettre qu'elle avait eu lieu, qu'elle était terminée et qu'il se battait pour ne pas y retourner. Mais il n'avait pas peur de Parlan. Elle en était certaine. Par conséquent, sa peur devait être pour son clan et elle ne pouvait la lui reprocher.

Elle était très consciente de la présence de Mag, qu'elle sentait maintenant dès qu'ils étaient ensemble — sûrement en raison de sa stature. Elle ne lui avait consacré que peu d'attention pendant que les hommes parlaient à James, sauf au moment où elle avait senti sa peur presque paralysante.

Elle s'en était sentie littéralement enveloppée. Pourtant, quand elle l'observait, rien dans son attitude ne trahissait sa crainte. Lui-même regardait Ian quand celui-ci suggéra d'assigner des hommes pour tenir à l'œil les clans suspects. Ian ne semblait pas avoir remarqué la tension chez Mag.

James observait Mag de près.

Lorsque son regard se tourna vers le roi, James s'adressa à lui.

— Comme je l'ai mentionné, dit-il, le laird de Galbraith compte parmi les chefs de clan qui n'ont pas encore pris parti. Jurez-vous fidélité en son nom comme Sir Ian l'a fait tantôt pour les Colquhoun ?

— Je prêterai volontiers serment de fidélité, Votre Majesté, dit Mag. Mais je n'ai pas vu mon père depuis ma capture. Je ne puis me prononcer en son nom ni en celui du clan Galbraith.

— Alors, reprit le roi, je vous demanderai, sire, de vous enquérir des sentiments de Galbraith pour moi aussi vite que possible pour m'en rendre compte. Il est clair que l'ensemble du clan le suivra. Cependant, il peut en savoir davantage sur ce complot. De plus, le Parlement se réunit dans un peu plus d'une quinzaine. S'il sait quelque chose d'important, vous le persuaderez de témoigner contre les conjurés.

— Oui, Votre Majesté, dit Mag avec un hochement de tête.

Sa réponse était laconique, son attitude calme. Mais Andrena pouvait encore sentir les vestiges de sa peur. Cela attestait de son intensité.

— Venez me voir dès que vous connaîtrez les intentions de Galbraith, dit James. Je chevaucherai vers Stirling aujourd'hui et je me rendrai à Perth jeudi cette semaine.

Levant légèrement la main, comme s'il voulait signifier à tous leur congé, il fit une courte pause, avant d'ajouter :

— Écoutez-moi bien, gentilshommes. Nous devons accomplir tout cela en très peu de temps. Votre loyauté ne me sera d'aucune utilité si le complot des félons réussit.

Puis, d'un geste de la main, il mit fin à l'audience.

Ian et Mag saluèrent respectueusement d'un signe de tête, à la manière des gens des Highlands en présence de toute figure d'autorité, et Andrena fit sa révérence. Puis, elle et Mag quittèrent la pièce ensemble, suivis d'Ian.

Dans la cour, Ian envoya un frère convers aviser ses hommes qu'ils partiraient avant le repas du midi ; ils devraient demander au frère Elias de leur fournir de la nourriture à emporter.

Lorsqu'Andrena fut seule avec Mag dans leur chambre à coucher, elle s'assura d'abord que la porte était bien fermée avant de lui parler.

— Vous avez semblé affecté quand Sa Majesté a fait allusion aux Galbraith, dit-elle. Craignez-vous qu'ils puissent tremper dans cette conspiration ?

Il retira sa tunique et son plaid neufs pour les remplacer par d'autres plus confortables.

— Je n'ai rien à redouter, jeune femme, dit-il en levant les yeux vers elle. Je ne sais rien de ce qu'ils ont fait au cours des deux dernières années.

— Cela me semble un motif d'inquiétude suffisant, dit-elle en défaisant sa coiffe. Quoi qu'il en soit, ne devrions-nous pas partir sur-le-champ pour l'îlot Galbraith ?

— J'ai promis à Andrew Dubh que nous retournerions à Tùr Meiloach dès que nous aurions vu Jamie, dit Magnus, afin de lui dire ce qui s'est passé. Vous le savez très bien, puisque vous étiez présente.

— Père comprendrait, répondit Andrena. Après tout, le roi en personne vous a ordonné d'aller vous enquérir des sentiments de votre père, afin de savoir si les Galbraith l'appuieront.

— Malgré tout, répliqua Mag, j'ai dit à Andrew que nous reviendrions le voir tout de suite. C'est ce que nous ferons.

Incapable d'imaginer comment elle pourrait le faire changer d'idée, Andrena finit de se changer et se prépara pour le départ.

———⋄———

Tandis que Mag et Andrena descendirent dans la cour, Ian avait déjà réuni ses hommes et les chevaux étaient sellés. Les poneys de bât étaient chargés et prêts eux aussi.

Ils montèrent à cheval rapidement et en silence, puis franchirent ensemble les hautes grilles, qui se refermèrent bruyamment derrière eux.

Une fois sur la piste longeant le cours sinueux de la rivière en direction du port, Ian rompit le silence.

— Nous traverserons à Dunglass pour aller prendre la galère à Dumbarton, Maggy. Nous pourrons y trouver un gîte et obtenir des chevaux par Gregor, et nous partirons demain pour l'îlot Gal…

— Non, l'interrompit Mag. J'ai promis à Andrew Dubh que nous rentrerions immédiatement.

— Mais il ne t'attend pas avant quelque temps, te croyant à la recherche de Jamie, n'est-ce pas ?

— Ça ne fait rien, dit Mag. J'ai promis de rentrer directement. J'irai voir mon père ensuite. Je peux atteindre l'îlot Galbraith aussi rapidement à partir de Tùr Meiloach.

Ian n'abandonna pas aussi vite qu'Andrena l'avait fait. Mais Mag eut le dernier mot.

Andrena soupçonna que la raison principale du retour précipité à Tùr Meiloach était de l'y laisser. Ensuite, il se rendrait à l'îlot Galbraith seul.

Elle s'assurerait que les choses ne se passent pas ainsi.

Comme aucun incident ne les avait retardés, ils atteignirent le port du village un peu avant midi et trouvèrent les deux barques là où ils les avaient laissées. Après avoir rendu chevaux et bêtes de somme à l'écurie et chargé leurs bagages, les hommes d'Ian ramèrent sur la Clyde pour se rendre à Dunglass. La galère était tranquillement amarrée devant le château.

Ils s'embarquèrent sans perdre une minute et furent bientôt en route.

Andrena avait tenu Mag à l'œil, tout en espérant qu'il ne remarque pas sa surveillance attentive. Ce qui l'avait effrayé avait relâché son emprise sur lui et elle en était presque désolée. Elle avait espéré que cet incident signifiait qu'elle arrivait enfin à entrer en relation avec lui. Si c'était le cas, le processus s'annonçait lent et laborieux.

Elle ne prit pas place sur le même banc qu'à l'aller, d'où elle ne pouvait voir que le paysage fuyant derrière eux. Elle se rendit plutôt auprès du timonier à la poupe. De cet endroit, elle voyait où ils allaient. Elle crut que Mag marchait tout juste derrière elle. Mais en se retournant pour s'asseoir, elle le vit arrêté avec Ian sur la passerelle entre les rameurs, en train de discuter. Puisqu'ils semblaient en avoir pour un moment, ses pensées retournèrent vers Jamie Stewart.

Il lui avait plu, et elle avait ressenti immédiatement entre eux une entente mutuelle, comme s'ils partageaient la même vision des choses. Elle n'aurait pu expliquer ce lien qu'à ses sœurs ou à sa mère. Mais elle avait compris que Jamie parlait avec franchise et sans faux-fuyants. Il ne semblait pas y avoir la moindre malice dans son esprit. Elle savait qu'il avait également apprécié sa compagnie. Même dans son commentaire sur sa beauté, elle n'avait senti qu'une appréciation sincère, dépourvue de cette concupiscence qu'elle sentait chez tant d'hommes.

Elle croyait qu'Ian était également loyal envers Jamie. Il n'avait exprimé que la vérité en disant que son opinion était partagée par le clan Colquhoun. Elle aurait voulu rassurer Mag, lui dire qu'il pouvait faire confiance aux Colquhoun sans réserve, et à Jamie aussi.

Elle était persuadée qu'ils devaient se rendre à l'îlot Galbraith sans délai ni remise, parce qu'il n'était jamais avisé d'ignorer un ordre royal. C'était particulièrement vrai dans ce cas, car il était important pour eux tous que Jamie apprît à leur faire confiance.

La galère passa sous l'imposant rocher de Dumbarton moins d'une heure après. La rivière Clyde commençait à s'élargir à cet endroit, avant d'atteindre l'estuaire proprement dit.

Ian ordonna de lever les voiles pour alléger la tâche de ses rameurs. Puis, lui et Mag disparurent dans la petite cabine à l'avant. Deux heures plus tard, la galère quitta l'estuaire et se dirigea vers le nord et le loch des Longs Bateaux.

Le temps coopérait plus qu'il ne l'avait fait lors de leur voyage vers le sud. Comme le vent soufflait derrière eux, Ian signala à son homme de barre de faire lever les rames. Un plaisant silence s'ensuivit après que les hommes eurent obéi, et l'on n'entendait plus que le bruit du vent gonflant l'immense voile.

Mag franchit la passerelle pour venir s'asseoir à côté d'Andrena.

— Ian m'a montré ses cartes du pays et des routes, dit-il. J'espère que vous ne vous êtes pas sentie trop seule. J'espère aussi que vous comprenez pourquoi nous devons rentrer à Tùr Meiloach.

— Je comprends que le roi vous a placé devant un dilemme, sire, dit-elle. Mais passer outre à un ordre royal…

— J'ai promis à Jamie d'apprendre de ce qu'il veut savoir, et je le ferai. Voyez-vous, jeune femme, votre père se demande toujours s'il peut me faire confiance. Je ne briserai pas la première promesse que je lui ai faite.

— Je comprends cela, dit-elle. Mais dites-moi plutôt : quelle sorte d'homme est votre père ? Je voudrais en savoir un peu plus à son sujet.

Il hésita, fronçant les sourcils. Mais comme l'expression de son visage trahissait une réflexion profonde, et non de la contrariété, elle ne le pressa pas quand son silence se prolongea.

Puis, avec une grimace contrite, il dit :

— Vous méritez d'en savoir plus à son sujet. En fait, nous nous sommes querellés avant que mon frère Will soit tué et que je sois moi-même fait prisonnier.

— Ian a dit que Will était mort lors de votre capture, fit-elle observer. Alors, ce sont les hommes de Parlan qui l'ont tué.

— Nous avons été surpris dans un guet-apens, en effet, confirma Magnus. Will fut l'un des premiers à tomber.

De nouveau, elle sentit son émotion. En le regardant et en voyant son regard absent, elle savait qu'elle ne sentait pas sa douleur comme elle le faisait habituellement, ni dans toute son intensité.

— Ce doit être terrible de se remémorer une telle tragédie, dit-elle, puis d'être capturé et de ne pouvoir être présent à son enterrement ni d'être avec les siens…

— Ils n'auraient pas voulu de ma présence, dit Mag. Pour être franc, jeune femme, je ne suis même pas certain que mon père veuille me voir maintenant.

— Mon Dieu, s'exclama-t-elle, je croirais plutôt qu'il serait au comble du bonheur de vous revoir.

Les lèvres de Mag se contractèrent, et il ne répondit pas.

Elle voulait lui demander bien des choses encore, la première étant s'il envisageait de l'emmener à l'îlot Galbraith. Mais elle ne voulait pas se disputer avec lui, pas maintenant. De plus, il avait fermé les yeux et semblait avoir plus envie de somnoler que de discuter. Elle s'absorba plutôt dans la contemplation du paysage qui défilait.

Après un certain temps, le voyage commença à lui paraître ennuyeux. Elle aurait voulu bouger, s'étirer les jambes et, peut-être, faire un brin de conversation. Elle savait qu'Ian parlerait volontiers avec elle tandis que Mag semblait dormir à présent. Il ne s'opposerait sûrement pas à ce qu'elle parle un peu avec l'héritier de Colquhoun.

Quand elle se leva et secoua ses jupes, il ne remua pas.

Les hommes avaient recommencé à ramer, chaque battement de tambour du timonier signalant le prochain puissant coup de rames. Elle avança avec précaution sur une courte distance, mais le roulis de l'embarcation rendait son pas incertain. Elle jugea plus prudent d'attendre et de laisser Ian venir à elle, plutôt que traverser toute la passerelle pour se rendre jusqu'à lui. Elle alla donc se placer à côté du timonier, où elle pouvait s'appuyer sur la solide poutre de la poupe.

De cet endroit, elle pouvait voir la terre des deux côtés de la galère. Le paysage à l'ouest était plus distant que le panorama qui s'offrait à sa vue à droite, sur la rive est.

En promenant son regard un peu plus loin, elle eut le sentiment, encore vague mais bien réel, d'un danger imminent. Fouillant du regard le rivage vers le nord, elle remarqua une haute pointe de terre taillée à pic qui s'avançait dans le loch.

Son inconfort allait croissant.

Son regard balaya l'avant du bâtiment, à la recherche d'Ian. La porte de la petite cabine à la proue était ouverte et elle pouvait voir sa silhouette élancée à l'intérieur.

Son pressentiment se faisant plus urgent, elle revint vers Magnus, dans l'intention de le secouer.

Il ouvrit les yeux avant que sa main ne se pose sur lui.

— Qu'y a-t-il, jeune femme ? demanda-t-il.

— Magnus, vous devez prévenir Ian que des ennemis se cachent devant nous. Ils nous attendent.

Il se releva et la regarda en fronçant les sourcils.

— Vous devez être une prophétesse, Andrena, dit-il. Comment pourriez-vous savoir une telle chose ?

— Je ne peux expliquer comment je le sais, dit-elle. Mais je le sais, et vous devez le dire à Ian. Dites-lui aussi de modérer l'allure de la galère. Ils ont l'intention de nous prendre par surprise. Je vous en prie, Magnus, croyez-moi. Les hommes doivent se préparer à une attaque.

Chapitre 12

Mag observa l'expression soucieuse d'Andrena et la tension perceptible dans tout son corps. Il sut qu'elle était persuadée de ce qu'elle lui disait. Même si son séjour à Tùr Meiloach avait été très bref, il s'était bien rendu compte que des choses inhabituelles s'y produisaient. La majeure partie de ce qu'il avait entendu, ou même vu de ses propres yeux, il l'avait ensuite chassé de son esprit. Mais Andrena ne lui avait pas donné de motifs de douter d'elle.

— J'irai parler à Ian, dit-il en se remettant sur pied. Restez hors de vue, jeune femme, jusqu'à ce que nous sachions de quoi il s'agit.

En marchant sur la passerelle entre les rameurs avec l'aisance d'un marinier d'expérience, il remarqua qu'Ian l'avait vu et venait à sa rencontre.

— Qu'y a-t-il ? demanda Ian quand il fut à sa hauteur.

— Andrena soupçonne que nous allons vers une embuscade, dit-il. Elle m'a indiqué le promontoire là-bas et pense que l'ennemi pourrait s'y cacher. Je ne sais pas comment elle peut affirmer une telle chose, mais elle insiste pour que nous ralentissions.

— Alors, c'est ce que nous ferons, dit Ian, et nous nous préparerons au cas où elle dit vrai. J'ai entendu dire assez de choses au sujet des sœurs MacFarlan de Tùr Meiloach pour savoir que nous devons tenir compte de sa mise en garde. Si elle se trompe, nous n'aurons rien perdu et, si elle a raison, nous avons tout à gagner à être prêts, car l'ennemi le plus susceptible de nous tendre un piège, c'est Pharlain.

— Cela m'est aussi venu à l'esprit, dit Mag sombrement.

— Laisse-moi prévenir mon homme de barre, dit Ian. Puis nous réfléchirons à nos moyens de défense.

— Qu'il continue de battre son tambour à la même cadence, lui suggéra Mag. S'il y a vraiment quelqu'un là-bas, il nous a déjà entendus.

Hochant la tête pour signifier son accord, Ian siffla afin d'attirer l'attention de son timonier et lui fit un signe avec ses mains. Les rameurs retirèrent leurs rames de l'eau, laissant le vent propulser la galère. Pendant ce temps, le rythme lent et régulier du tambour de l'homme de barre continuait de résonner.

Mag observa le promontoire alors qu'ils ralentissaient et ne décela rien de suspect.

Se tournant vers Ian, il vit que les yeux du jeune homme scrutaient le rivage avec attention.

— Puisque la terre de Colquhoun se trouve à moins de deux kilomètres de cet endroit, nous devons profiter de ce fait. Nous hisserons le pavillon des Colquhoun, alors s'ils nous arrêtent, nous dirons qu'il n'y a que des membres de mon clan à bord. Dree sera ma sœur.

— Et moi, qui serai-je alors? demanda Mag. Je ne veux absolument pas nager jusqu'au rivage et laisser ma femme sous ta protection.

Le regard pétillant, Ian dit :

— Qui tu es, mon garçon, est visible aux yeux de tout homme de Pharlain, même si celui-ci n'est pas avec eux. Je suppose que Dree n'a pas dû préciser combien il y avait de navires qui se dissimulaient derrière ce cap.

— Elle ne l'a pas dit, mais je ne le lui ai pas demandé, répondit Mag, qui aurait préféré qu'Ian utilise le nom Andrena plutôt que son sobriquet. Connais-tu la côte ici? demanda-t-il. Si ma mémoire m'est fidèle, le promontoire permet à deux petits navires de se dissimuler derrière, peut-être trois. De plus, je sais d'expérience que Pharlain ne risquerait pas plus de deux galères à un tel endroit — pas si près du quai de ton père.

— C'est juste, dit Ian. Nos hommes surveillent du haut des sommets et ils ont leur corne avec eux. Mais si un navire vient trouver refuge pendant une courte période et que personne ne débarque, ils ne donneront pas l'alerte.

— La plupart des hommes de Pharlain me reconnaîtront, admit Mag avec réticence.

— Alors, reste hors de vue, Maggy, dit Ian. Peut-être dans la petite cabine. Si tu t'assois sur le plancher dans le coin des cartes et que nous laissons la porte ouverte, on croira qu'elle est vide.

— Andrena devrait se cacher avec moi, dit Mag avec une certaine insistance.

— Non, répliqua Ian immédiatement. Si ces hommes nous tendent effectivement un piège, ils auront posté des éclaireurs pour nous surveiller. Il est possible qu'ils n'aient pas reconnu tous ceux qui sont à bord, mais ils auront assurément décelé la présence d'une femme. Nous leur dirons que c'est une Colquhoun.

— La plupart des gens de Pharlain doivent connaître les sœurs MacFarlan, protesta Mag.

— Pas de vue, rétorqua Ian. Pharlain rencontre à l'occasion Lennox et Murdoch, mais pas Andrew Dubh MacFarlan. Pas plus que Pharlain, à ma connaissance, ne se mêle aux nobles qui soutiennent le roi. Quoi qu'il en soit, je n'ai pas l'intention de les laisser aborder ce navire. Et de plus, j'ai ma corne pour sonner l'alerte le cas échéant. Une chose sur laquelle nous pouvons compter, même à cette distance, c'est que les galères de Colquhoun quitteront le quai si rapidement que les hommes de Pharlain devront fuir.

— Peut-être bien, dit Mag. Mais vos navires ne seront ni assez rapides ni assez nombreux si les intentions de Pharlain sont vraiment mauvaises. Tout compte fait, je ne me réfugierai pas dans cette minuscule cabine. Je prendrai la place d'un rameur et je garderai mon épée près de moi.

— Nom de Dieu, s'exclama Ian, tu auras l'air d'une montagne au milieu de mes hommes !

— Quelques-uns sont presque aussi grands que moi, répliqua Mag. Si je m'assois parmi eux et que je baisse la tête en me voûtant légèrement, les hommes de Pharlain ne me remarqueront pas. Ils seront préoccupés par les soldats de ton père à terre. De plus, la plupart des marins de Pharlain ne connaissent pas les côtes aussi loin dans le sud. Je suggère que nous nous éloignions quelque peu du cap. Donnons-nous un peu de marge de manœuvre et laissons-les venir à nous.

Tandis qu'Ian hocha la tête et fit signe au timonier, Mag se déplaça vers un endroit d'où il pourrait tenir le promontoire à l'œil. Bien qu'il eût conservé des doutes sur les appréhensions d'Andrena, la vue de deux galères, émergeant de derrière le cap quelques minutes après, et arborant le pavillon de Pharlain, le surprit moins qu'il ne le l'aurait cru.

Lorsqu'il vit Andrena près d'Ian, il eut un mouvement d'impatience.

— Jeune femme, vous devriez vous asseoir, dit-il.

— En vérité, sire, c'est vous qui devriez essayer de rester hors de vue, répondit-elle en fronçant les sourcils. Si vous continuez de vous exposer de la sorte, ils ne manqueront pas de vous voir.

— Vous avez raison, dit-il, et il descendit de la passerelle en tâchant de faire en sorte que la proue s'interpose entre lui et les deux navires qui approchaient. Mais ne les laissez pas voir votre joli visage, la mit-il en garde à son tour.

Débouclant sa ceinture, il retira son plaid et dit ensuite, à l'intention d'Ian :

— Le garçon là-bas, sur le troisième banc, n'est pas aussi costaud que moi, mais ses cheveux sont de la même couleur et de la même longueur que les miens. Qu'il mette mon plaid. S'ils m'ont déjà aperçu, ils ne se demanderont pas où je suis passé.

Ian appela le garçon, tandis que Mag reprenait l'épée sous le banc où il avait somnolé auparavant. Puis, il prit la place du rameur qu'il avait désigné.

⌐○⌐

Andrena observa Mag prendre place au milieu des rameurs et elle se demanda à quoi il pensait à ce moment-là. Nul doute que cela devait être un rappel déplaisant du temps où il ramait sur les galères de Pharlain, se dit-elle. Pourtant elle n'en perçut aucun signe.

Il lui vint alors à l'esprit que le fait qu'il avait son épée à portée de main changeait beaucoup de choses. Malgré tout, son cœur se serra pour lui. Aucun fils d'un homme aussi puissant que le chef du clan Galbraith ne devrait s'abaisser à ramer à bord de la galère de qui que ce soit.

Il leva les yeux, surprit son regard, et sourit.

— Ma foi, murmura-t-elle. Il semble vraiment y prendre plaisir !

Près d'elle, Ian éclata de rire.

— Oh oui, dit-il, il y prend plaisir, jeune fille. Les vrais guerriers — et ton Magnus est l'un des plus vaillants — voient venir l'affrontement avec fébrilité.

En regardant Ian, elle vit que lui aussi rayonnait.

— Vous y prenez plaisir aussi ! lui dit-elle d'un ton de reproche.

Ses yeux bleu clair brillaient encore de son éclat de rire précédent.

— Et pourquoi pas ? répondit-il. J'ai ma corne et nos hommes surveillent avec diligence nos frontières. Si je souffle pour demander de l'aide, ils transmettront mon appel à nos hommes d'armes et à la tour. N'ayez pas peur, jeune fille.

— Vous ne devez pas m'appeler ainsi, dit-elle. Magnus n'aime pas que vous soyez trop familier avec moi et me courtisiez.

— Qui conte fleurette ici ? répondit-il, amusé. Puisque nous ne pouvons vous cacher, vous serez ma sœur pour la circonstance.

— Laquelle ? demanda Andrena, car elle savait qu'il en avait trois.

— Il faudra que vous soyez Alvia, répondit-il. Susanna est mariée et Pharlain doit savoir que Birdie lui rend actuellement visite, ainsi qu'à son mari, à leur résidence d'Ayr.

— Mais je ne ressemble pas du tout à Alvia, dit-elle.

— C'est vrai, approuva Ian, mais avec vos nattes qui dansent sous votre voile, vous ressemblez à n'importe quelle jeune fille. De plus, Alvia vit avec la sœur de ma mère à Balloch, et je doute qu'aucun des hommes de Pharlain ne l'ait jamais vue. Alors, vous serez Alvia.

— Ces navires arrivent vite, dit-elle.

— En effet, répondit Ian. Je pense que nous nous rapprocherons d'eux maintenant, afin qu'ils croient que nous allons à leur rencontre de notre plein gré et pour nous assurer qu'ils voient bien la bannière des Colquhoun.

Ian communiqua ses ordres par gestes à son homme de barre, puis il alla s'asseoir avec Andrena sur le banc qu'elle partageait plus tôt avec Mag. Il porta sa corne à ses lèvres de sa main droite et souffla deux coups brefs, tout en passant son bras gauche autour des épaules de la jeune femme.

— Seulement pour que l'on sache à la maison que nous approchons, dit-il en la serrant légèrement contre lui de son bras protecteur.

Elle pouvait sentir Magnus qui les observait. Quand elle regarda derrière et vit l'expression figée de son visage, un frisson d'inquiétude la parcourut.

« Mais que diable fabriquait cet homme maintenant ? se dit Magnus. Et pourquoi Andrena lui souriait-elle et le laissait-elle poser ses mains sur elle ? »

Sachant qu'il ne devait pas montrer de telles émotions à quiconque sur les galères qui approchaient, Mag baissa le regard vers sa rame immobile. Mais lorsqu'il s'imagina comment son père aurait réagi si un garçon insolent avait osé poser un bras sur l'épaule de Lady Galbraith, il laissa cette image imprégner son esprit.

Le cas peu probable qu'un chevalier connaissant Lord Galbraith aurait seulement osé prendre une telle liberté avec son épouse le fit sourire. Ce court moment amusant mit un baume sur son irritation. Il avait appris les avantages de trouver le côté risible des situations déplaisantes pendant qu'il était sous le joug de Pharlain, et ce stratagème l'avait aidé à survivre à Arrochar.

La colère et l'amusement ne peuvent simplement pas coexister. Alors, si on arrivait à voir le côté comique d'une situation pénible, avait-il découvert, il était presque toujours possible de se dominer.

Toutefois, il pouvait être dangereux de laisser ses gardiens voir son amusement. Malgré tout, une telle erreur ajoutait moins de risques à la situation que le fait de découvrir qu'un homme était plus redoutable qu'on ne l'avait d'abord cru.

Il aurait aimé voir les galères approcher, mais c'était impossible en ayant le dos tourné à la proue. En jetant un coup d'œil sur la rive la plus proche, il vit qu'ils s'en étaient encore rapprochés. Cela voulait dire qu'Ian avait commencé à réduire l'écart entre eux et les bateaux ennemis.

Voulant savoir à quelle distance ils étaient du promontoire, Mag risqua un coup d'œil par-dessus son épaule. Il vit un homme au sommet agitant une bannière jaune. Puisqu'il était peu probable que des hommes de Pharlain aient remis les pieds sur le territoire de Colquhoun, le porteur de ce drapeau devait être un Colquhoun, qui répondait à l'appel d'Ian.

Mag remarqua aussi qu'Ian avait attiré les deux galères ennemies assez loin de la rive afin de pouvoir se faufiler entre elles et la terre ferme au moment où ils les croiseraient.

Le quai des Colquhoun n'était pas encore en vue, mais il le serait bientôt.

— Maintenant, garçons! cria Ian. Souquez dur. Qu'ils nous poursuivent!

Faisant le vide dans son esprit, Mag s'arc-bouta sur sa rame.

◦⚬◦

Andrena vit ce qu'Ian avait fait et elle ne se sentait pas tout à fait rassurée.

— Nous sommes très près de la rive, sire, dit-elle, et nous nous rapprochons rapidement de ces deux navires.

— Oui, jeune fille, répondit-il, mais je connais tous les récifs cachés et chaque remous dans ces parages. Je parierais qu'aucun des timoniers de Pharlain ne connaît nos côtes aussi bien que moi.

— Mais ils font demi-tour, et ils n'auront qu'à nous suivre pour éviter les écueils.

— Peut-être bien, dit Ian, mais c'est moi qui dicterai où nous allons.

Elle vit qu'il tenait sa corne dans sa main droite près de sa cuisse. Son épée était dans son baudrier attaché à son dos, et son poignard, tout près d'elle, était appuyé sur sa hanche gauche, la garde tournée vers le haut, un peu inclinée à droite. Ses yeux étaient brillants d'anticipation.

Les navires de Parlan restaient au large par rapport à la galère de Colquhoun, qui se rapprochait de la côte. Avec ses rameurs de nouveau en action, sa voile et son foc déployés, cette dernière se déplaçait rapidement.

Les navires de Parlan avançaient face au vent, ce qui avait dû jouer un rôle dans le choix de tactique d'Ian. En passant près d'eux, les poursuivants opérèrent un virage serré, mais la galère d'Ian maintint facilement son avantage de la vitesse.

En croisant les deux galères, Andrena vit qu'elles étaient plus longues que la leur et qu'elles avaient aussi plus de rameurs. La galère d'Ian comptait trente hommes d'équipage. Mais comme ses cinq bancs de chaque côté ne pouvaient accueillir que deux rameurs chacun, seulement vingt hommes pouvaient ramer à la fois. Elle estimait que chaque navire de Parlan en avait deux fois plus. Ses bateaux étaient plus lourds, mais, dès qu'ils auraient acquis leur vitesse de croisière, la puissance de tous ces bras compenserait amplement le poids supplémentaire.

— Ils iront plus vite que nous quand ils auront repris leur élan, prévint-elle Ian.

Il sourit.

— Bien sûr, répondit-il, ils iront plus vite, mais cela ne leur servira pas à grand-chose. J'ai mon plan, jeune fille… pardon, je voulais dire Dree.

— Vous devez savoir, sire, que cela déplaît à Magnus que vous m'appeliez «jeune fille». Et cela le contrarie-rait autant, sinon plus, s'il vous surprenait à m'appeler Dree.

— Je n'en doute pas un seul instant, dit-il sans cesser de sourire.

— Êtes-vous fou, Ian? Vous ne voulez sûrement pas attirer sa colère contre vous.

Il haussa les épaules d'un air goguenard.

— Quand nous étions gamins, dit-il, nous nous taqui-nions constamment avant d'en venir aux mains. J'imagine que nous n'avons pas beaucoup changé ni l'un ni l'autre depuis ce temps-là.

— Est-ce pour cela que vous l'appelez Maggy? demanda-t-elle.

— Cela va de soi.

Alors qu'elle hochait la tête avec dépit, ils entendirent tonner une voix, qui provenait de l'une des galères ennemies :

— Hé, navire de Colquhoun! Soyez damnés pour votre impudence! Arrêtez-vous, ou apprêtez-vous à en subir les conséquences.

Les sens de Mag étaient en alerte alors que se succédaient les ordres criés de la galère de Pharlain et ceux d'Ian à son équipage.

— Plongez les rames! dit ce dernier.

Mag avait reconnu immédiatement la première voix, celle de Dougal, le fils aîné de Pharlain. Il se demanda si Ian la connaissait aussi.

— Prête-moi ton bonnet, murmura Mag à l'homme à ses côtés alors qu'ils enfonçaient leurs longues rames dans l'eau et les y maintenaient fortement.

Sans discuter, l'homme le retira et le remit à Mag.

Un coup d'œil lui permit de constater que l'étambot et la rambarde à bâbord le cachaient toujours à la vue des deux galères ennemies. Personne à leur bord ne pouvait donc l'avoir vu. Agrippant la rame d'une main, il plaça le bonnet de laine sur sa tête de sorte que des mèches de cheveux dissimulent en partie son visage.

Il s'était rasé la barbe, et ses cheveux étaient plus clairs qu'au cours des longs mois de captivité, où les occasions de se laver étaient rares. De plus, Douglas MacPharlain n'accordait que peu d'attention à ses esclaves, déléguant cette responsabilité aux chefs des rameurs de son père. Malgré tout, il savait que sa stature le desservirait si les navires de leurs poursuivants s'approchaient assez près du leur.

Se recroquevillant sur son banc, il pria pour que Dougal n'abordât pas la galère d'Ian.

L'homme près de lui s'était redressé, essayant de toute évidence de paraître plus grand.

Tandis que la galère de Colquhoun ralentissait pour laisser les navires de Pharlain s'approcher, Ian monta sur la passerelle, d'où il était clairement visible aux yeux de tous.

— Je suis Ian Colquhoun, le fils et héritier du laird de Colquhoun et chevalier de ce royaume, cria-t-il, et je me déplace pour m'occuper de mes affaires. De quel droit voulez-vous arrêter un navire de Colquhoun dans ses propres eaux ?

— Par celui de récupérer de ce qui appartient légalement à Arrochar, répliqua Dougal MacPharlain. Nous recherchons un prisonnier évadé et nous voulons fouiller votre navire pour nous assurer qu'il n'a pas trouvé refuge à votre bord.

Pendant que Dougal hurlait, le timonier d'Ian signalait discrètement aux hommes de lever les rames. Ils obéirent, tournant chaque lame parallèlement à la surface de l'eau.

Le vent poussait déjà doucement la galère quand Ian cria à son tour :

— Vous êtes un sot, Dougal ! Nous, les Colquhoun, n'employons pas d'esclaves comme rameurs. Tel que je le vois d'où je suis, il n'y a à bord de cette galère que de loyaux hommes d'armes de Colquhoun, et un garçon qui sera bientôt membre de notre clan. Vous n'avez aucun droit de venir vous interposer, encore moins alors que nous sommes en vue de notre quai.

— Allez au diable ! cria Dougal. Nous vous avons ordonné de mettre votre navire en panne !

— Un chevalier du royaume ne reçoit pas d'ordres de quelqu'un de votre acabit, Dougal MacPharlain. À moins que votre père n'ait décidé de déclarer la guerre aux femmes innocentes et de nuire aux hommes qui vaquent à leurs affaires, vos hommes resteront sur vos galères. Allez, bon vent !

— Nous avons vu une femme à votre bord, répondit Dougal. Qui est-ce ?

— Ma sœur, qui d'autre ? répondit Ian. Son futur époux est ici aussi. Si vous voulez assister à la noce, je demanderai à mon père de vous inviter. Pour l'instant, je vous suggère de partir en paix.

— J'ai le droit de fouiller votre navire, cria Dougal.

— D'accord, si vous insistez, répondit Ian. Mais vous devrez venir jusqu'à notre quai. Je vous invite à prendre un verre de whisky avec moi, mon père, ce gros gaillard qui sera bientôt marié à ma sœur, et tous ceux là-bas qui nous attendent.

Du geste, Ian invita son interlocuteur à le suivre.

— Non, non, nous chercherons ici, dit Dougal.

— Vous m'avez entendu souffler dans ma corne pour les prévenir de notre arrivée, dit Ian. C'est pourquoi ils sont tous rassemblés sur la rive. De plus, il y a trois bateaux amarrés à ce quai et des hommes prêts à en découdre avec vous. Si je souffle dans cette corne une autre fois, vous n'aimerez pas ce qui va arriver.

Mag prêta l'oreille, mais n'entendit plus Dougal. Cela le frustrait de devoir s'en remettre entièrement à Ian. Mais il devait admettre que, jusqu'à maintenant, le jeune homme s'était bien tiré d'affaire. Il avait toutefois intérêt à laisser ses mains impudentes loin d'Andrena.

∞

Andrena retenait son souffle, espérant que les autres navires partiraient. Elle s'était faite toute petite quand Ian était monté sur la passerelle. Elle avait ensuite grimacé en l'entendant inviter Dougal MacPharlain à venir prendre un whisky chez le laird de Colquhoun.

Elle pouvait voir que le groupe de personnes rassemblées sur le quai avait grossi. Des hommes commençaient à s'embarquer sur des navires et seraient bientôt prêts à se porter à leur secours, si nécessaire.

Dougal était le fil aîné de Parlan et son héritier. Elle savait qu'il espérait devenir le chef du clan Farlan un jour. Mais oserait-il rechercher l'affrontement... ?

Puis, elle l'entendit crier à Ian :

— Si vous trouvez notre prisonnier ou si vous apprenez où il est, je m'attends à ce que vous fassiez suivre la nouvelle immédiatement à Arrochar.

— Je n'y manquerai pas, répondit Ian.

En regardant Andrena, il leva les yeux au ciel.

— Vous devriez être fouetté pour tous ces mensonges, dit-elle, alors qu'il descendait de la passerelle pour venir près d'elle.

Tandis qu'ils observaient les navires qui s'éloignaient, il dit :

— On m'a bien souvent puni pour cela quand j'étais enfant. Mais qu'aurais-je dû dire à ce Dougal, sinon ce qui avait le plus de chances de le renvoyer chez lui ?

— S'il apprend que vous lui avez menti aujourd'hui, dit Andrena, il ne vous croira pas la prochaine fois.

— Sottise, dit Ian rudement. Ce garçon croit ce qu'il veut bien croire. Par conséquent, je lui ai dit ce qu'il voulait entendre.

— Il voulait savoir où était Magnus, fit-elle remarquer. Vous ne le lui avez pas dit.

— Non, jeune fille, je ne l'ai pas fait. L'avez-vous craint ?

— Pas du tout, dit-elle.

Il passa un bras autour de son épaule et la serra contre lui un bref moment.

— Alors, tout est bien qui finit bien, dit Ian.

— Mais cela ne durera pas longtemps, mon garçon, si tu continues de prendre des libertés avec ma femme, dit Magnus, qui était maintenant tout juste derrière eux, les faisant sursauter.

—∞—

Mag avait rendu son bonnet à son voisin, puis avait repris son plaid et sa ceinture de l'homme qui avait momentanément joué le rôle du fiancé d'Andrena. Mais il ne l'avait pas encore remis. Sa mauvaise humeur à l'endroit d'Ian augmentait depuis qu'il l'avait vu entourer l'épaule d'Andrena. Mais il les avait fait sursauter, et le regard de sa femme commençait à trahir son exaspération.

— Sir Ian ne faisait qu'exprimer son soulagement et son plaisir d'être débarrassé de Dougal, dit-elle doucement. Vous vous êtes sans doute rendu compte, maintenant, que je considère Ian comme le frère que je n'ai jamais eu.

— Peut-être, dit Mag en regardant toujours Ian avec suspicion. Mais j'ai déjà dit que je n'aimais pas une telle familiarité. Et jusqu'à ce que je lui fasse confiance comme à un frère, je préfèrerais qu'il garde ses mains chez lui.

— Voilà ce que c'est que la reconnaissance, dit Ian en s'esclaffant. Mais plus vite nous atteindrons le quai, mieux cela vaudra. Alors, emmenez votre mari ingrat plus loin et tâchez de le calmer un peu avant notre arrivée.

Il regarda ensuite son maître d'équipage.

— Nous y voilà presque, garçons! dit-il. Abaissez le foc et nous leur ferons la démonstration du grand style avec lequel nous accostons cette agile embarcation.

Mag grommela quelque chose.

— Qu'avez-vous dit, monsieur? demanda Andrena doucement.

— Rien.

— J'ai cru que vous alliez dire quelque chose, dit-elle.

— Si vous tenez au bien-être de ce garçon, lança Mag, veillez à ce qu'il ne pose plus les mains sur vous.

— Je crois que sa ruse était très adroite, dit-elle. Je lui ai toutefois reproché d'avoir effrontément menti à Dougal.

Préférant s'abstenir de répondre, Mag fit un geste vers le banc à l'arrière.

Elle alla s'y asseoir docilement.

— Ne croyez-vous pas qu'il a été astucieux? demanda-t-elle.

— Puisque sa ruse a fonctionné, elle suffisait dans les circonstances, dit-il.

Puis, espérant changer de sujet, il ajouta :

— En dépit du comportement insolent d'Ian et de son hilarité agaçante, je crois que nous pouvons nous fier à lui. Malgré tout, je persiste à croire que vous faites confiance aux gens trop facilement.

— Et moi, je crois que vous vous méfiez de tout le monde.

— Je suis prudent, c'est tout, rétorqua Mag. De plus, je suis curieux. Comment saviez-vous que des navires à l'affût nous attendaient?

Sa tentative de diversion réussit. Mais bien que la question fût prévisible, la jeune femme parut étonnée. Ses lèvres s'entrouvrirent. Elle y passa la langue pour les humecter et s'éclaircit la voix avant de parler.

— Pour tout vous dire, sire, je l'ignore, répondit-elle. Ma mère pense que je suis beaucoup plus intuitive que la plupart des gens. Mais je ne saurais nommer ce qui est entré en jeu chez moi quand j'ai regardé ce promontoire. Je savais seulement que, d'une façon ou d'une autre, un danger nous guettait là-bas.

— C'est une réponse honnête, répondit Magnus. J'aimerais en reparler plus tard. Mais nous nous précipitons sur ce quai maintenant. J'espère qu'Ian sait ce qu'il fait.

Le soulagement d'Andrena était presque palpable.

— Ouvrez bien les yeux, dit-elle, car je l'ai déjà vu accomplir cette manœuvre. Les hommes de Parlan ne sont-ils pas orgueilleux de leurs prouesses ?

— Non, répondit-il sombrement, la fierté ne règne pas à bord de ses galères.

— Peut-être pourrons-nous utiliser cela en notre faveur un jour, dit Andrena d'un ton pensif.

Comme il ne répondit pas, elle enchaîna :

— Êtes-vous toujours en colère contre Ian et moi, sire ?

Passant un bras autour de son épaule, il l'attira contre lui.

— Non, jeune femme, dit-il, mais je suis encore curieux. Si Colquhoun ne le considère pas comme un affront à son hospitalité, j'aimerais vous emmener dans notre chambre sans attendre et avoir une longue conversation avec vous. Immédiatement.

———◦◦———

Andrena eut le sentiment qu'elle devait remercier le sens traditionnel de l'hospitalité de Colquhoun et ses bonnes manières d'hôte. Autant elle aurait voulu discuter de ses dons avec Mag, autant elle préférait attendre que son humeur se fût calmée. Elle voulait être certaine qu'il n'était plus furieux parce qu'elle avait laissé Ian l'enlacer fraternellement.

Le laird et plusieurs de ses hommes se tenaient sur la berge, observant Ian diriger sa galère droit sur le quai. Au dernier moment, la grande toile carrée tomba, les hommes d'un côté levèrent leurs rames très haut, tandis que ceux de l'autre bord les plongeaient à l'eau, faisant pivoter le navire, qui vint élégamment accoster au port.

Les hommes sur le quai crièrent pour qu'on envoie les amarres et, peu après, la galère était immobile.

Ian bondit hors du navire et tendit la main à Andrena alors qu'elle et Mag marchaient sur la passerelle. Lorsqu'elle déposa sa main dans celle d'Ian, celui-ci s'inclina pour la baiser, avant de lui sourire.

— Merci de votre mise en garde opportune, jeune fille, dit-il.

Mag descendit de la passerelle, passa derrière Ian et, au grand effroi d'Andrena, il le saisit et le jeta dans le loch glacial.

Après un moment de silence étonné, les hommes d'Ian entourèrent Mag en lui proférant des menaces.

Andrena en avait le souffle coupé.

Mag restait planté où il était, les bras croisés sur sa large poitrine. Ses yeux se posèrent sur chaque homme à tour de rôle, comme s'il les défiait de s'en prendre à lui.

Ian gargouilla quelque chose d'inintelligible, la bouche sans doute remplie d'eau. Puis, une voix forte sur le rivage, qu'elle reconnut comme étant celle de Colquhoun, se fit entendre :

— Oyez, là-bas, vous tous ! Cet homme est mon invité !
Laissez-le et repêchez mon fils dans le loch !

Quelqu'un lança un filin à Ian, tandis que Mag, jetant
sur Andrena un regard à la fois coupable et satisfait, amena
galamment sa jeune épouse loin du quai pour rejoindre leur
hôte.

À la surprise d'Andrena, Colquhoun secoua la tête en
direction de Mag.

— Vous, les garçons, n'avez pas changé d'un iota, lança-
t-il joyeusement. Puis-je savoir ce qu'il a fait cette fois-ci
pour attiser ta fureur ?

— Non, sire, répliqua Mag.

— Alors, nous marcherons pendant qu'il s'assèche, dit
Colquhoun. Le dîner sera prêt bientôt.

Se tournant vers le chemin, il ajouta :

— Je devine, à ton prompt retour, mon garçon, que tu
as trouvé Jamie à l'abbaye de Paisley.

— Il y était, en effet. Prenez mon bras sur ce sentier,
jeune femme, ajouta-t-il à l'adresse d'Andrena.

Elle obéit, et les hommes continuèrent à parler tout en
marchant vers la tour de Craggan. Comme Colquhoun
l'avait prédit, un dîner les attendait à leur arrivée.

Lorsqu'Ian vint les rejoindre, il s'assit près de son père à
table et lui adressa tout de suite la parole. Andrena remarqua
qu'Ian était sur la défensive et qu'il parlait d'une voix
contrite.

Avant qu'une courte interjection de Colquhoun coupât
le flot de paroles de son fils, elle comprit que le laird n'avait
aucune sympathie à lui offrir pour sa baignade inattendue.

— C'est une bonne chose que votre voyage ait pris
moins de temps que vous le craigniez, dit Lady Colquhoun

doucement, attirant l'attention d'Andrena et la rappelant à ses bonnes manières. Peut-on savoir pourquoi ces navires de Pharlain vous ont approchés?

— Dougal a dit qu'un prisonnier s'était échappé, expliqua Andrena.

— Votre Magnus Mòr, en l'occurrence, dit Lady Colquhoun.

Andrena sourit.

— Le laird vous l'a donc dit, répondit-elle. Je pensais bien qu'il le ferait. Mais Magnus pourrait ne pas en être heureux. Il est très discret.

— Les jeunes hommes sont ainsi, enfin plusieurs, dit Lady Colquhoun. Notre Ian aussi, à l'occasion. Mais le plus souvent, il livre le fond de sa pensée.

— Magnus le trouve parfois insolent.

Le regard de la dame du laird s'anima comme celui d'Ian l'avait fait.

— Il lui arrive de l'être, certes, répondit Lady Colquhoun. Mais il est préférable pour lui de ne pas indisposer trop souvent des hommes de la taille de Magnus.

— On vous a donc dit que Magnus l'avait lancé dans le lac? lui demanda la jeune femme.

Comme son hôtesse hochait affirmativement la tête, Andrena ajouta :

— Mag n'était que mécontent. Il ne se met jamais tout à fait en colère.

— Oh, ma chère, tous les hommes se mettent en colère, répondit Lady Colquhoun. Ils portent tous en eux une certaine violence. Il n'est pas plus sage de provoquer un homme avec des mots que de taquiner un chat sauvage avec un bâton.

Elles continuèrent de converser aimablement jusqu'au moment où ils eurent tous fini de manger.

Mag se leva et passa près d'Ian, apparemment non repenti, pour se rendre jusqu'à Colquhoun père.

Quand le laird hocha la tête, Mag s'inclina vers Lady Colquhoun.

— Mon épouse a supporté trois longs jours de voyage, madame, lui dit-il. Elle doit mourir de fatigue. Si vous voulez bien l'excuser, je vais veiller à ce qu'elle ait une bonne nuit de sommeil.

— J'admire votre prévenance, monsieur, dit Lady Colquhoun en souriant. Je dois avouer que je n'avais pas remarqué l'épuisement de Dree. Votre souci de son bien-être vous honore.

— Je vous remercie, madame. Venez, jeune femme.

— Alors, bonne nuit, ma chère, faites de beaux rêves, lui souhaita Lady Colquhoun.

Le clin d'œil entendu qu'elle adressa à Andrena indiquait qu'elle doutait du prétexte donné par Mag pour l'enlever si tôt.

Au moment où il lui offrit son bras, Andrena se leva, mais ne dit rien. Elle n'aurait pas voulu peiner Lady Colquhoun en lui révélant que c'était le comportement de son fils, et non quelque fantaisie amoureuse, que Magnus avait probablement en tête.

Chapitre 13

Mag remarqua le regard plein de sous-entendus de Lady Colquhoun et les lèvres closes d'Andrena. Il apprécia la retenue de la jeune femme. Il ignora ostensiblement Ian, se disant que s'il percevait la moindre lueur moqueuse dans le regard de Colquhoun, de déplorables conséquences pourraient s'ensuivre.

Andrena le précéda dans l'escalier. Mag la suivit jusqu'à ce qu'ils eurent atteint leur chambre et refermé la porte derrière eux. On avait tiré les rideaux et allumé trois bougies, qui projetaient une chaude et invitante lueur autour du lit.

Le maintien et les épaules rigides d'Andrena, alors qu'elle se dirigeait vers le centre de la petite pièce où elle s'arrêta sans se retourner, lui apprirent qu'elle était mécontente. La lumière des bougies donnait à ses nattes fauves un reflet doré.

— Nous devons parler, jeune femme, dit-il fermement. Si vous voulez me faire des reproches pour vous avoir fait quitter la table rapidement, à votre aise. Mais je vous préviens que je ne m'excuserai pas à moins d'avoir fait quelque chose de répréhensible.

Elle se tourna vers lui, inclina la tête et le regarda. L'expression de son visage était indéchiffrable.

Était-elle sur le point de faire une scène, ou pensait-elle à autre chose ? Quoi qu'il en soit, il l'avait invitée à parler la première.

Finalement, elle le fit :

— Dites-moi simplement ce que vous voulez me dire.

— Seigneur, je vous croyais en colère contre moi, dit-il. Je vous ai déjà dit ce que je veux discuter avec vous. Je craignais que nous ayons été trop fatigués, si nous attendions que Lord et Lady Colquhoun se retirent. Et nous aurions pu dire des choses que nous aurions regrettées ensuite.

— Je sais que vous êtes mécontent parce que j'ai laissé Ian prendre des libertés avec moi, dit-elle.

— Je n'ai pas de raison de l'être, car je ne vous ai rien vu faire pour l'encourager, dit-il. Ian est le seul responsable de sa conduite. Mais je persiste à croire que les gens trouvent trop facilement créance à vos yeux, jeune femme. Et si Ian abuse de votre bonne foi, alors c'est qu'elle est peut-être déplacée, mais c'est tout. Et vous avez fait trop rapidement confiance aux Colquhoun, et à Sa Majesté également.

— Mon Dieu, mais où donc ai-je pu errer devant le roi ? demanda-t-elle, visiblement décontenancée.

— Vous lui avez dit plus de choses qu'il n'était prudent de le faire, répondit-il. De plus, vous avez parlé de son honneur et de son sens du devoir comme si vous le connaissiez de longue date, alors que vous veniez à peine de lui être présentée. Vous l'avez ensuite assuré du soutien de votre père. Et que se passera-t-il si Andrew n'agit pas comme vous le supposez ?

— Mais il fera ce que j'ai dit, répondit-elle. Et j'aime bien James. J'ai pu sentir qu'il était digne de confiance. Il sait écouter et ne condamne pas les gens pour les propos qu'ils tiennent devant lui. Il désire vraiment savoir ce qu'ils pensent, insista-t-elle. Et il devait savoir que mon père est prêt à l'appuyer.

— Vous semblez croire que vous pouvez lire dans les pensées des hommes, Andrena. Pouvez-vous me dire à quoi je pense actuellement ?

Elle hésita, le regardant d'une manière étrange et circonspecte.

Puis, elle respira profondément, expira, puis hocha la tête comme si elle venait de régler quelque chose avec elle-même. Elle parla d'un ton égal.

— Pourrions-nous nous asseoir, sire ? demanda-t-elle. Quand vous me toisez ainsi, j'arrive à peine à penser. De plus, puisqu'il s'agit de quelque chose que je comprends mal moi-même, il m'est difficile de le décrire à quelqu'un d'autre. Je ferai de mon mieux, mais je préférerais que nous soyons assis face à face.

— Venez ici, dit-il doucement.

Ses merveilleux yeux sombres se voilèrent d'inquiétude, mais elle lui obéit.

⬥

Andrena se demanda ce qu'il voulait faire. Si seulement elle arrivait à lire dans ses pensées !

Il mit ses mains sur ses épaules comme il l'avait fait plus tôt ce jour-là.

Involontairement, elle se raidit. Sa bouche s'assécha.

La voix de Mag était toujours rassurante quand il se mit à parler.

— Vous essayez de temporiser afin d'éviter de répondre, dit-il. Mais vous devez savoir que vous ne le pouvez pas. Dites ce qui vous plaira, jeune femme, mais je vous ai dit ce que je veux savoir. À quoi est-ce que je pense maintenant ?

— Je ne puis vous le dire, dit-elle en soutenant son regard.

— Vous ne pouvez pas, ou ne le voulez pas ?

— J'en suis incapable, dit-elle fermement. J'aimerais pouvoir le faire. J'ai essayé de vous l'expliquer peu après notre rencontre. Je vous ai dit que je sentais généralement le danger ou toute présence dans la forêt. Mais vous avez rejeté ce que j'ai dit. Vous avez dit que les guerriers et les chasseurs possèdent une telle intuition, mais que je n'étais ni l'un ni l'autre, seulement une jeune fille. Vous avez même affirmé que mon père était inconscient, parce qu'il m'avait donné un poignard et m'avait montré à m'en servir. Sans doute, poursuivit-elle, vous avez pensé qu'il m'avait aussi enseigné — ou tenté de le faire — à percevoir les choses comme les chasseurs et les guerriers le font.

— C'est ce que j'ai pensé, oui, dit-il, puis il saisit les cordons de la tunique d'Andrena et les dénoua.

— Que faites-vous ? demanda-t-elle, surprise.

— Cette discussion sera plus facile si nous nous mettons à l'aise, dit-il. Voilà à quoi je pensais. Et comme il n'y a pas d'endroit convenable dans cette chambre où nous asseoir comme vous l'avez suggéré, à l'exception du lit, je pense que nous devrions poursuivre notre conversation là-bas. Je vous en prie, lui demanda-t-il, n'éternisez pas vos préparatifs.

Elle hâta ses ablutions et remarqua qu'il fit de même. D'après les regards fréquents qu'il lui lançait, elle commençait à croire que ses pensées empruntaient les sentiers sensuels qu'avaient pris plus tôt celles de Lady Colquhoun, et celles d'Ian aussi sans doute.

Maintenant qu'il était prêt à écouter, se disait-elle, elle voulait parler, s'expliquer aussi clairement qu'elle en serait capable, afin qu'il commençât à faire confiance à ses dons. Elle conserva donc son jupon et grimpa dans le lit la première.

Mag, lui, ne garda rien.

Il prit place dans le lit, tassa les oreillers, puis attira Andrena contre lui en remontant les couvertures, afin qu'elle puisse appuyer sa tête dans le creux de son épaule.

— Maintenant, Andrena, parlez-moi un peu plus de cela, dit-il. Je comprends déjà que j'aurais dû vous écouter plus attentivement et parler moins quand vous y avez fait allusion la première fois.

— Oui, vous auriez dû m'écouter, acquiesça-t-elle en se blottissant contre lui. Mais je ne vous le reproche pas. Je n'avais jamais essayé de décrire mes dons à qui que ce soit auparavant. Ma foi, pendant des années, je n'ai jamais eu conscience de leur singularité. Ils étaient là, et je ne m'interrogeais pas davantage. Je vous ai mentionné que mes sœurs et moi sommes très liées.

— Oui, vous me l'avez dit, répondit Mag. Et d'autres aussi l'ont mentionné.

— Lina et Murie venaient à ma recherche ce jour-là parce qu'elles savaient que je soupçonnais la présence d'intrus. Elles avaient perçu le choc que j'avais ressenti quand vous m'avez surprise. Elles savaient que je n'avais pas peur, mais vous connaissez Murie et vous savez à quel point elle peut être curieuse.

— Cela n'a toutefois pas de rapports avec les événements d'aujourd'hui. Ai-je raison ?

— En vérité, sire, je ne sais que répondre. Je sens un lien privilégié avec les animaux de la forêt, que mes sœurs ne partagent pas. De plus, mon aptitude à ressentir les émotions d'autrui est plus développée que la leur.

— Pouvez-vous savoir lorsque l'on vous ment ?

— Souvent, répondit-elle, mais pas toujours. Certaines personnes sont dépourvues de ce fort sentiment de culpabilité, d'avoir mal agi, qui accompagne le mensonge chez la plupart. Mais je peux dire si une personne est digne de confiance.

— Mais certainement pas toujours.

— Pas aussi rapidement que je l'ai fait avec Jamie Stewart, murmura-t-elle. Il me suffit le plus souvent de glisser une question sur le thème de la loyauté. La réponse — ou le refus de répondre — me renseigne immédiatement. Je peux dire que le roi parlait du fond du cœur et qu'il avait désespérément besoin de savoir à qui il pouvait faire confiance. Et aussi qu'il attache une grande importance à la fidélité.

— Comme la plupart des gens, dit Mag.

— C'est du moins ce qu'ils prétendent. La nuance est importante, expliqua-t-elle. Les hommes qui accordent de l'importance à la parole donnée n'en ont souvent qu'une eux-mêmes. Et ceux qui se méfient de tout le monde sont rarement dignes de confiance. On a qu'à penser aux menteurs que l'on connaît. Ils accusent tout un chacun de mentir. Et ceux qui ne mentent jamais sont souvent faciles à duper, car ils croient en la franchise des autres.

Il resta silencieux un moment.

— Et vous croyez que Jamie attache de l'importance à la loyauté ?

— Je le crois, oui, répondit Andrena. Et il sait d'instinct qui lui est fidèle. Il a immédiatement fait confiance à Ian. Et il croit que vous lui avez dit la vérité.

— Qu'en est-il de vous, jeune femme ? lui demanda-t-il. Vous m'avez dit que j'étais méfiant. Vous avez également dit que les hommes tels que moi étaient souvent indignes de confiance. Me croyez-vous franc avec vous ?

— Vous ne m'avez pas donné de motifs de ne pas vous croire, dit-elle prudemment. De plus, je parlais des hommes qui se méfient de tous, à tort ou à raison. Mais je n'arrive pas à deviner vos émotions comme j'y arrive avec les autres. Cela m'a frustrée dès notre première rencontre. En général, je sais si j'ai indisposé une personne, avant même qu'elle ait pu exprimer son déplaisir. Je peux m'amender tout de suite, lui faire comprendre que je n'avais pas l'intention de lui manquer de respect, que je ne faisais qu'exprimer une opinion, et que celles des autres m'importent aussi. Vous me suivez ?

— Je pense que oui, répondit Mag.

Tournant la tête pour le regarder, elle sourit mélancoliquement.

— Avez-vous des émotions, Magnus Mòr ? demanda-t-elle.

Devant son hésitation, elle parla la première.

— Bien sûr, vous en avez, car j'en ai perçues quelques-unes. J'ai senti votre peur quand Sa Majesté a mentionné le clan Galbraith comme lui étant hostile. Et je ne crois pas que c'était pour vous que vous aviez peur.

Il ne dit rien.

— Ai-je tort, sire ?

— Non, répondit-il, mais nous ne parlerons pas du clan Galbraith ce soir.

— Alors, vous êtes peut-être inquiet au sujet de son chef et de ses autres fils, n'est-ce pas ?

— Je ne peux vous dire que ce que j'ai dit à Sa Majesté, dit-il. Je ne sais rien de leurs activités après ma capture. Mais j'admets qu'ils sont probablement plongés jusqu'au cou dans ce complot que j'ai découvert.

— J'espère que ce n'est pas le cas, dit-elle d'une voix sincère.

— C'est aussi mon souhait, dit-il. Mais en vérité, Ian m'a dit que Rory aurait servi Lennox et que Patrick suivait le troisième fils de Murdoch, James Mòr Stewart.

— James Mòr ? s'étonna-t-elle. J'en sais très peu à son sujet. Est-il un géant lui aussi ?

— Rien de la sorte, dit-il. Il n'est pas gros et n'est pas non plus un grand seigneur. Les hommes ne parlent que rarement de lui. Je crois qu'il se fait appeler ainsi pour se donner de l'importance. Mais…

— Je sais, dit-elle. Nous n'allons pas parler de lui non plus. Au moins, vous m'avez parlé un peu de vos frères. Qu'en est-il de votre père ?

À sa surprise, il répondit à cette question-là.

— Tout comme vous croyez connaître votre père, je pense connaître le mien, dit-il. Même s'il se garde d'afficher trop clairement ses couleurs, je le tiens pour un homme d'honneur. J'ignore toutefois ce qu'il fait maintenant. Et je ne peux jurer de ce que je ne connais pas. C'est pourquoi j'ai certaines craintes, dont vous avez fait mention.

— Mais c'est la mort de votre frère Will qui vous afflige par-dessus tout, dit-elle en lui serrant légèrement la main. Je l'ai aussi senti, quand vous avez parlé de lui.

Il soupira fortement, puis il se tourna sur le côté pour la regarder dans les yeux.

— Vous avez raison, encore une fois, dit-il. Mais parlez-moi encore de ces talents étonnants que vous possédez. Nous pourrons parler de mes sentiments une autre fois.

Elle se sentait plus proche de lui que jamais, mais aussi coupable de le presser de questions et d'avoir fait allusion à la mort de son frère Will.

— Ce que je peux vous dire, dit-elle, c'est que Jamie Stewart est déterminé à faire régner la primauté de la loi dans notre nation indisciplinée, dit-elle. À n'importe quel prix. En fait, sa volonté est si grande que je crains qu'elle ne l'aveugle sur les intentions de certains, s'il n'y prend garde. Mais je crois aussi que son jugement est sûr.

— Il a dit que vous étiez ravissante, répondit Mag, mais il ne faut pour cela que de bons yeux.

— Vous plaisantez, Magnus, lui dit-elle. Mais je crois que vous ne le faites que pour m'empêcher de parler de votre famille, car vous savez que j'ai aussi pensé à votre père quand j'ai parlé de Jamie. Je crois sincèrement que Galbraith débordera de joie quand il saura que vous avez échappé à Parlan. Et quand vous lui direz que vous avez parlé au roi et que Jamie a exprimé des doutes concernant sa loyauté, votre père vous assurera qu'il est loyal — et honorable aussi. Alors, vous pourrez aller rassurer Sa Majesté.

— Par les Parques, jeune femme! Possédez-vous aussi le don de prévoir l'avenir?

— Non, sire, je ne puis faire cela. Mais il arrive que les pères et les fils soient en désaccord. Malgré tout, s'ils s'estiment réciproquement, ils arriveront à trouver un terrain d'entente.

—◦—

Mag fut heureux qu'elle ne puisse lire dans ses pensées à ce moment-là. Il ne doutait pas de sa foi en son propre père, mais craignait qu'elle ne mît Galbraith et Andrew sur un pied d'égalité. En toute franchise, même si Galbraith affirmait être fidèle au roi, Mag n'était pas certain s'il devait le croire.

Puisqu'il n'était pas prêt à partager cette pensée avec elle, il lui serra brièvement les épaules.

— Je ne saurai pas ce que mon père pense avant de lui avoir parlé, n'est-ce pas? dit-il. Alors, parlez-moi des animaux, maintenant. J'ai vu de quelle manière vous avez sifflé pour appeler les autours et le balbuzard à votre aide. Mais je ne sais pas comment vous avez pu les entraîner à attaquer à votre commandement.

Avec un soupir, elle déposa sa main chaude sur la poitrine de Mag.

— Je n'entraîne pas les oiseaux, sire, dit-elle. C'est ce que j'ai dit aux hommes de Parlan l'autre jour et vous m'avez entendue. Mais je ne vous reproche pas de ne pas me croire. Je sais quand les animaux sont en détresse ou quand ils sont sur le point d'attaquer, comme je le sens aussi chez les gens. Je perçois même les émotions à distance, mais je ne sais ni comment ni pourquoi. Ma mère accepte la réalité de mes dons. Mon père, pour sa part, prétend que tout cela n'est que balivernes et qu'il ne les a jamais vus en action de ses propres yeux. Mais il fait confiance à mon jugement à propos des gens. Mère prétend qu'il en a déjà vu certaines manifestations. Ou bien il ne les a pas comprises, ou bien il refuse d'y croire.

— Que croyez-vous qu'elle ait voulu dire par cela ? demanda Mag.

— Je n'en suis pas certaine, répondit Andrena. Je crois qu'il s'agit de quelque chose qui s'est produit quand nous avons réussi à échapper à Parlan. Peut-être devriez-vous le lui demander.

Mag essaya d'imaginer une telle conversation avec Lady Aubrey, mais il décida de chercher un autre moyen de s'informer des étonnants talents de la jeune femme.

La voix d'Andrena commençait à s'alourdir de sommeil, mais les doigts de sa main qui reposait sur la poitrine de son époux le caressaient machinalement. Mag était persuadé que s'il gardait le silence encore un peu, elle reviendrait sur le sujet de sa famille. Il décida alors de lui changer les idées de la manière qu'il connaissait le mieux et commença à dénouer doucement les rubans de sa blouse.

Quand elle répondit avec un murmure de plaisir, il changea de position pour l'aider à retirer son vêtement, tout en baisant et en stimulant le bout de ses seins. Puis, il fit flotter ses lèvres sur ses côtes, son ventre, et descendit encore un peu plus bas. Il la sentit se raidir quand ses doigts frôlèrent les douces boucles entre ses cuisses soyeuses.

Laissant reposer sa main au même endroit un moment, il se dirigea vers ses lèvres accueillantes et explora sa bouche avec sa langue. Quand il sut qu'elle était prête à le recevoir en elle, il se repositionna pour l'étreindre. Puis, il s'immobilisa un moment et la regarda.

Les trois bougies commençaient à vaciller. L'une s'éteignit avec un léger crachotement. La lueur orange et or dans la chambre s'estompa légèrement.

Avec un sourd gémissement, elle se pressa contre lui — d'abord presque hésitante, ensuite avec plus d'avidité, lui pinçant le sein droit au passage — et l'invita à suivre ses mouvements, souriant quand il obtempéra sans se faire prier. Bien que leur étreinte fût brève, il savait qu'elle était maintenant fatiguée et fut satisfait de la diversion qu'il avait créée.

Ils s'endormirent et, le jour suivant, après avoir rompu leur jeûne et fait leurs adieux à leurs hôtes, ils rentrèrent à Tùr Meiloach en suivant la même route par laquelle ils étaient venus. Colquhoun leur avait offert une galère. En raison de la brièveté de leur voyage, disait-il, il n'y aurait sans doute personne pour les attendre à la rivière du côté des MacFarlan. Mais Andrena l'assura qu'il y aurait quelqu'un.

Alors que Mag lui rappela que les hommes de Parlan seraient peut-être encore à l'affût, le laird admit qu'il était sans doute plus sage d'éviter d'attirer l'attention sur eux.

—∼∞∼—

Andrena espérait avoir une plus longue conversation avec Mag durant le trajet. Non seulement avait-elle été heureuse d'en apprendre plus au sujet de sa famille, mais elle aimait aussi échanger des idées avec lui, ou simplement entendre le son de sa voix.

Ian et deux de ses hommes marchèrent avec eux jusqu'à la rivière, où Sorley et Peter attendaient. Le pont fut abaissé et, au moment des adieux, Ian rappela à Mag de ne pas hésiter à faire appel à lui en cas de besoin.

— J'espère que tu m'as pardonné, Mag, ajouta-t-il.

— Naturellement, dit Mag en lui donnant une tape dans le dos. Mille fois merci, garçon. Nous nous reverrons bientôt pour l'anniversaire de Lady Aubrey, peut-être même avant.

Après avoir traversé le pont, Ian et ses hommes retournèrent en direction de la tour de Craggan.

Avec l'aide de Mag, Sorley et Peter hissèrent le pont le long de son arbre.

Au moment de gravir la colline, Andrena suggéra que Mag demandât aux deux autres de rester derrière afin qu'ils puissent parler seule à seul.

— Non, jeune femme, dit-il en jetant un regard vers les deux hommes. Nous aurons bientôt l'occasion de parler de ce qui vous tient à cœur. Pour l'instant, je voudrais que nous nous hâtions. Plus vite nous relaterons à Andrew Dubh ce qui est arrivé à Paisley, plus vite nous pourrons obtenir son conseil et décider de la meilleure marche à suivre.

— En ce qui vous concerne, répondit Andrena, il s'impose que vous alliez à l'îlot Galbraith pour parler à votre père et lui présenter votre épouse.

Comme il hésitait, elle le regarda et vit qu'il avait plissé les lèvres.

— Sire, reprit-elle gentiment, j'espère que votre hâte n'est pas motivée par le désir de me laisser à Tùr Meiloach, pour continuer ensuite seul votre route vers l'îlot Galbraith.

Il la regarda comme un enfant pris en flagrant délit en train de se servir dans la jarre à biscuits. Mais il se ressaisit tout de suite.

— Je dois admettre que j'y pensais avant notre conversation d'hier soir, dit-il. Et je n'affirmerai pas que je crois tout à fait à ces dons que vous prétendez posséder. Mais je ne rejette pas ce que vous m'avez dit, s'empressa-t-il d'ajouter. Je partage avec votre mère l'opinion que vous jouissez d'une intuition extrêmement fine à certains égards. Mais je reste réticent à accepter que vous puissiez dire, au premier abord, si une personne est digne ou non de votre confiance.

— Je n'ai jamais prétendu cela, dit-elle en jetant un coup d'œil par-dessus son épaule pour voir où étaient Peter et Sorley.

Estimant qu'ils étaient toujours assez proches de la rivière et que leurs paroles seraient assourdies par le vacarme du courant, elle ajouta :

— J'ai dit que je sens habituellement si je peux faire confiance à quelqu'un ou si une personne s'exprime avec franchise.

— C'est ce que je me rappelle, dit-il. En fait, j'aimerais que vous m'accompagniez à l'îlot Galbraith, et pour plus d'une raison.

Avec un regard contrit, il ajouta :

— D'abord, mon père agira plus civilement avec moi si vous êtes là. De plus, j'aimerais savoir ce que vous pensez de ce qu'il me dira. Même si je crois qu'il voudra sans doute s'entretenir avec moi en tête-à-tête.

— J'en suis persuadée, sire, dit-elle. Mon père voudrait certainement faire la même chose, s'il ne m'avait pas vue depuis deux ans.

— Nous reparlerons de tout cela, dit-il. Il y a des choses que vous devez savoir avant de le rencontrer, que je… que je ne vous ai pas dites. Malgré tout, je préfère arriver à Tùr Meiloach le plus vite possible et parler à notre aise après nous être reposés tous les deux.

— Ainsi, répondit-elle en souriant, vous anticipez sûrement des objections à vos projets, une discussion animée ou même des reproches de ma part.

Il sourit et passa un bras autour de ses épaules, la serrant affectueusement contre lui.

— J'ignore ce à quoi je dois m'attendre, admit-il. Mais je préfère me préparer avant de me livrer à vous, pieds et poings liés.

— Je dois vous terrifier, avec mes colères et mon humeur imprévisible, dit-elle avec un sourire moqueur.

— Oui, dit-il, vous êtes une critique implacable et, sachez-le, je tremble à l'idée de devoir vous affronter. Mais si j'arrive à imaginer un plan de défense pendant que nous marchons, je réussirai peut-être à survivre à la scène.

Elle hocha la tête en le regardant, mais comprit qu'il avait besoin de temps pour penser.

Ils continuèrent à parler tout en marchant, mais leur conversation fut sporadique et décousue. Il restait encore un kilomètre et demi à parcourir avant la tour quand Andrena vit que sa famille les attendait.

— Regardez là-bas, dit-elle indiquant la tour du geste.

⊸∘⊷

Sorti brusquement de ses pensées qui avaient à peine commencé à s'organiser, Mag observa le dense feuillage devant lui et ne vit rien. Ses sens affûtés entrèrent en jeu et il perçut la présence de deux ou trois êtres vivants.

Sa main droite se posa sur la garde de son épée pendant qu'il écartait légèrement Dree du chemin avec sa gauche.

Le sourire sur son visage, au moment où elle se tourna vers lui, l'avertit à temps de baisser sa garde. Une ou deux secondes après, il vit surgir deux colleys d'entre les feuilles. Ses sœurs et Pluff suivirent, lançant des mots de bienvenue.

— Vous avez dû faire un voyage fructueux, dit Lina. Nous avons été surpris de vous voir rentrer si vite. Mais nous sommes très heureux de vous revoir. Se peut-il — et elle décocha une œillade à Pluff — que vous ayez si rapidement trouvé l'homme que vous cherchiez et qu'il vous ait reçu en audi... je veux dire... qu'il vous ait parlé ?

Lançant à Andrena un regard, qui, l'espéra-t-il, ferait comprendre à Andrena qu'il valait mieux ne rien dire de leur rencontre avec Jamie Stewart, Mag retint son souffle.

— Nous l'avons rencontré, en effet, répondit-elle. Il est charmant et vous l'aimeriez toutes les deux. Mais nous devons parler à père avant tout. Lui et Magnus décideront de ce qu'il convient de dire aux autres. Une partie de l'échange entre Magnus et... lui doit demeurer strictement confidentielle. Sir Ian Colquhoun nous a accompagnés. Et de cela je puis vous parler.

— Mais d'abord, intervint Mag, nous devrions envoyer Pluff devant, afin d'annoncer à tous que nous arriverons pour le dîner.

Andrena lui lança un regard désapprobateur qui ne dura qu'un battement de cils.

◁◦▷

Andrena faillit lui dire qu'il n'était pas nécessaire de renvoyer Pluff, mais comprit que Mag était à la fois prudent et réfléchi. Il ne voulait pas que trop de gens apprennent la vérité au sujet de leur voyage en compagnie d'Ian ainsi que de leur affrontement avec les galères de Dougal.

— C'est bon, Pluff, dit-elle. Cours devant nous et va dire à Malcolm Wylie que nous sommes presque à la porte et que nous mourons de faim.

Après que le garçon eut obéi, emmenant les chiens, Andrena parla à ses sœurs :

— Deux navires de Parlan, sous le commandement de Dougal MacPharlain, dit-elle, ont essayé de nous aborder sur le loch des Longs Bateaux, peu avant que nous n'atteignions la tour de Craggan.

— Miséricorde, dit Lina. La galère de Colquhoun ne s'est certainement pas arrêtée.

— Elle l'a fait, mais seulement le temps qu'Ian prétende que j'étais sa sœur.

— Sa sœur ! s'exclama Murie.

Andrena ajouta sèchement :

— Ian a beau être maintenant Sir Ian, il n'a pas beaucoup changé, dit-elle. Il a raconté à Dougal une fable qui valait toutes les tiennes, Murie.

— Ian me donne l'impression d'avoir encore dix ans, aussi facétieux qu'il était alors, et aussi insouciant, intervint Lina. Quelqu'un devrait lui conseiller d'être plus prudent.

— Je lui ai dit qu'il ne devrait pas mentir aussi effrontément, dit Andrena. Mais il a éclaté de rire en disant que Dougal n'avait eu que ce qu'il méritait.

— Peut-être…, commença Murie pensivement, mais Lina l'interrompit.

— Sir Ian Colquhoun est un chevalier du royaume, affirma-t-elle. Il ne devrait jamais mentir !

— Alors, tu le lui diras, dit Andrena. Il pourrait t'écouter. Pour faire bonne mesure, ajouta-t-elle avec désinvolture, Magnus l'a jeté dans le loch.

Ses sœurs éclatèrent de rire.

— Je vous remercie, sire, lui dit Lina. Il m'est arrivé souvent de vouloir le faire moi-même. Mais pour ce qui est de lui parler, Dree, tu devrais savoir qu'il m'ignore complètement.

— Allons, ne restons pas ici à bavarder, dit Andrena à ses sœurs. Passez en avant, vous deux.

Murie et Lina dirigèrent leurs pas vers la tour tandis qu'Andrena levait le regard vers Mag, qui semblait perplexe.

— Vous voyez, murmura-t-elle. Elles savaient que nous arrivions.

— Comment pouvez-vous être certaine que ce ne sont pas les hommes de votre père qui les ont prévenues ?

— Vous savez bien que Sorley et Peter marchent encore derrière nous, sire.

— Évidemment, répondit Mag, mais il pourrait y avoir d'autres guetteurs d'Andrew Dubh dans la forêt.

— C'est possible, dit Andrena. Mais personne n'aurait quitté son poste simplement pour lui dire que je rentrais avec Sorley et Peter. Leur présence même leur aurait appris que tout allait bien.

Il garda le silence, mais soutint son regard. Il avait évidemment de bonnes raisons de douter de l'efficacité des guetteurs de Tùr Meiloach.

— Vous êtes entré dans nos bois ce jour-là, suivi des hommes de Parlan, commença-t-elle. Mais si vous avez pu le faire sans être vus, c'était en raison de la terrible tempête de la veille et de l'épais brouillard qui recouvrait le pays au matin. Vos poursuivants ont également traversé le territoire de Colquhoun avant de franchir la rivière en se balançant à un filin. Vous avez dû remarquer qu'il a maintenant disparu, ainsi que la branche à laquelle ils se sont suspendus.

— Je l'ai remarqué, acquiesça-t-il simplement.

Murie se tourna alors et leur demanda de décrire le roi et ce qu'il portait. La conversation se résuma à des sujets anodins jusqu'à ce qu'ils atteignent la tour.

⬩⬩⬩

Mag savait qu'Andrew l'exhorterait à se rendre sans attendre à l'îlot Galbraith. Mais les enjeux d'une confrontation avec son père étaient élevés, car il avait beaucoup à perdre... s'il lui restait encore quelque chose à perdre.

Il soupçonnait aussi qu'Andrena ne réprimerait pas très longtemps sa curiosité. Alors qu'elle discutait avec ses sœurs, il enviait l'aisance avec laquelle elles communiquaient, souvent à l'aide d'un regard ou d'un simple geste.

Il était clair que cette complicité était née du fait qu'elles s'étaient côtoyées presque quotidiennement depuis leur naissance. Il n'était que naturel que chacune fût capable d'anticiper ce que les autres diraient. Bien qu'il fût encore sceptique en ce qui concernait leurs dons inhabituels, il aurait aimé avoir des rapports aussi naturels avec son père et ses frères.

Son esprit réaliste lui disait que de telles relations n'auraient pas été possibles. Ses frères étaient plus âgés, souvent partis au loin pour s'entraîner ou combattre. Même s'il avait commencé à suivre leurs traces, ils étaient bien plus avancés que lui et ne dissimulaient pas leur impatience envers leur cadet. Son père aussi avait ses préoccupations, et il ne tolérait ni l'erreur ni la désobéissance. Qu'il ait lui-même fait peu d'efforts pour tempérer son caractère bouillant ou son désir naïf de changer le monde n'avait pas aidé à améliorer leurs rapports.

Il se rendit compte que les trois jeunes femmes s'étaient tues et qu'Andrena le regardait pensivement. Néanmoins, elle ne passa aucune remarque.

Le mur de la tour apparut devant eux. Quelques minutes après, ils l'atteignirent, et Andrew surgit par la porte ouverte du mur d'enceinte ; il venait les accueillir comme il l'avait fait précédemment.

— Quel garçon efficace ! s'exclama-t-il en saisissant la main de Mag. Viens et raconte-moi tout, pendant que Lina et Murie aident Dree à se changer pour le dîner.

Il remarqua le regard contrarié d'Andrena, mais l'ignora.

— Très bien, sire, dit-il simplement. Je vous retrouve dans votre pièce privée dans un instant. Je préfère me rafraîchir un peu auparavant et je pourrai aider Andrena si elle en a besoin. Elle et ses sœurs auront le temps de parler plus tard.

Le regard d'Andrew passa de Mag à Andrena.

— Fort bien, dit-il. Mais ne prenez pas toute la nuit. Je demanderai à Malcolm de servir le repas un peu plus tard.

❦

Au moment où Mag ferma la porte de leur chambre, Andrena le regarda, essayant de nouveau de deviner ses pensées. Bien qu'elle fût contrariée que son père ait tenu à parler à Magnus seul à seul, elle ne s'y était pas opposée. Puisqu'elle n'arrivait pas non plus à imaginer ce qu'elle avait pu faire pour le froisser, elle resta sur son quant-à-soi.

Quand il se tourna enfin vers elle, elle vit avec étonnement qu'il avait l'air préoccupé, comme si c'était lui qui craignait de l'avoir blessée.

Elle en fut amusée.

Bien qu'elle fût parvenue à réprimer un sourire, Mag leva un sourcil, révélant qu'il avait remarqué son changement d'humeur.

— Comment arrivez-vous à faire cela ? demanda-t-elle.

— À ne lever qu'un seul sourcil à la fois ?

— Non, répondit-elle, mais j'ai pu voir que quelque chose vous préoccupait et je me suis demandé si vous craigniez de m'avoir encore impatientée. Quand j'ai compris qu'il était futile d'imaginer cela, votre air soucieux s'est évanoui. Pourtant, vous m'avez dit que vous redoutiez ma colère, ajouta-t-elle.

— Mais je la redoute, votre colère, dit-il, paraissant à la fois franc et candide. Même ce garnement de Pluff m'a mis en garde contre votre langue acérée, jeune femme.

La lueur mutine était revenue dans ses yeux.

Elle secoua la tête et lui dit :

— Vous êtes désinvolte, mon ami, mais vous n'avez pas répondu à ma question. Je n'ai ni souri ni révélé mes pensées en aucune manière. Pourtant vous avez remarqué mon changement d'humeur. Comment avez-vous fait cela ?

Chapitre 14

Mag avait très envie de l'embrasser, et même plus, mais il fallait qu'ils se parlent.

— Jeune femme, dit-il, tout ce que vous pensez ou ressentez est écrit en toutes lettres sur votre visage. Je n'ai pas besoin de dons spéciaux pour savoir quand votre humeur change. Toutefois, ajouta-t-il avant qu'elle ne puisse protester, tout comme j'ai appris à dompter mon caractère pendant que je bénéficiais de l'hospitalité particulière de Pharlain, j'ai appris une ou deux autres choses aussi. Et mes sens se sont affinés.

— Vous percevez donc les choses d'une manière qui vous est propre, dit-elle.

— J'ai toujours été à l'aise dans les bois et j'ai beaucoup appris en m'entraînant pour le combat. Mais mon ouïe est devenue plus fine et je vois plus de choses qu'auparavant.

— Comment? De quelle manière?

— De bien des façons, répondit-il. Avant, je ne tenais compte que de ce qu'il y avait devant moi dans la forêt. À Arrochar, j'ai appris à être à l'affût de tout ce qui se passait autour de moi, comme je le fais dans la bataille. C'est devenu une seconde nature chez moi de remarquer le moindre regard ou le moindre geste, car le danger pouvait venir de toutes les directions. Mon champ de vision s'est étendu. Ma vision périphérique est devenue peu à peu presque aussi claire que ma vision directe.

— Mais la mienne l'est aussi, répondit-elle.

— Plusieurs femmes semblent jouir de cette capacité, dit-il, sans doute parce qu'elles doivent constamment veiller à leur propre sécurité. Je n'étais pas dépourvu de vision périphérique avant ma capture, simplement moins conscient de tout ce que je voyais autour de moi.

— Que pouvez-vous faire d'autre?

Il réfléchit un moment.

— Je peux maintenant saisir l'essentiel de plus d'une conversation à la fois. Auparavant, si plusieurs personnes se mettaient à parler autour de moi pendant que j'écoutais quelqu'un, j'étais souvent forcé de lui demander de répéter.

— J'arrive aussi à suivre plusieurs conversations en même temps, dit-elle. Mais ce qui me trouble, c'est que vous puissiez deviner ce que je pense ou ce que je ressens. Pourtant, bien que j'en aie habituellement la capacité, j'arrive rarement à discerner vos émotions ou vos pensées.

L'expression de son visage s'attrista, puis il lui expliqua:

— Dissimuler mes pensées et mes émotions fut pour moi une question de survie. Il était dangereux de les révéler, ne fût-ce que par un regard, un geste ou un soupir. Pharlain pouvait décider sur un coup de tête de pendre un homme ou de l'amputer d'un pied ou d'une main. Nous tâchions tous de paraître aussi inoffensifs que possible.

— Je conçois que cela ait pu avoir un tel effet, dit-elle pensivement. Mais vous n'êtes plus prisonnier.

— Les habitudes, une fois acquises, sont longues à briser, jeune femme. Mais je vous promets d'essayer.

— Cependant, ce n'est pas de cela que vous vouliez me parler, n'est-ce pas ?

Il la prit dans ses bras, l'attira contre lui et la regarda dans les yeux.

— C'est vrai, il y a autre chose, dit-il. J'ai observé votre mécontentement quand Andrew a dit qu'il me parlerait seul à seul. C'est pourtant préférable pour le moment. Je lui ferai le compte rendu de nos entretiens avec Colquhoun et Sa Majesté, et je lui parlerai de notre rencontre avec les navires de Dougal MacPharlain. Je lui apprendrai également que je dois me rendre sans délai à l'îlot Galbraith afin de savoir à quelle enseigne loge mon père.

— Et que je viens avec vous, compléta-t-elle pour lui.

— Oui, cela aussi, acquiesça-t-il. Mais Andrew sait quelque chose que vous ignorez. Je suis venu ici, plutôt que de me rendre le voir tout de suite, parce que je préfère qu'il ne laisse pas échapper cette information, au dîner ou ailleurs, avant que j'aie eu le temps de tout vous expliquer.

— De quoi s'agit-il ? fit-elle en inclinant la tête.

Il se sentit de nouveau comme un enfant sur le point de confesser un méfait qui lui vaudrait une remontrance.

— Je vous ai dit que mon père et moi nous étions disputés.

— Avant votre capture, oui, vous me l'avez dit, répondit-elle.

— Je vous ai aussi dit que je n'avais rien à apporter à notre mariage.

Elle fronça les sourcils.

— Oui, dit-elle laconiquement.

Il se passa une main dans les cheveux. Il aurait voulu pouvoir lire en elle aussi facilement qu'elle l'en croyait capable et connaître sa réaction avant de parler.

— Ce que je ne vous ai pas mentionné, c'est que mon père m'a déshérité, dit-il sans détour. Alors, je doute qu'il veuille me voir, en dépit de l'ordre de Sa Majesté. En vérité, il pourrait très bien nous fermer sa porte à tous les deux.

— Et pourquoi vous a-t-il désavoué ?

— J'ai osé remettre en question sa soi-disant neutralité, dit Magnus. Il ne faisait que louvoyer au gré du vent, ménageant la chèvre et le chou. Ce faisant, lui ai-je dit, il se faisait l'allié de Murdoch et de Lennox contre le retour de Jamie.

— Ce qui n'est que la vérité, dit-elle.

— Selon lui, comme Lennox est son suzerain, il ne pouvait le défier, expliqua Magnus. Mais c'est lui qui m'a enseigné que c'est au roi que nous devons d'abord et avant tout fidélité. Murdoch et Lennox affirmaient d'une seule voix que la capture de Jamie dans sa jeunesse avait épargné à l'Écosse une autre longue régence. Comme si son emprisonnement avait été un bienfait pour le pays ! Quand les gens ont commencé à réclamer son retour, poursuivit-il, d'autres ont rétorqué que son long exil en avait fait un « Anglais » et qu'il ne pouvait prétendre au trône d'Écosse. Ils ont ajouté du même souffle que c'était le devoir de Murdoch de garder les rênes du gouvernement entre ses mains.

— Le père de Murdoch a gouverné l'Écosse pendant plusieurs années avant sa mort, fit observer Andrena.

— Assurément, admit Magnus, mais Murdoch n'a rien en commun avec son père. Le premier duc d'Albany était impitoyable, certes, mais c'était aussi un homme d'État astucieux. Murdoch n'entend rien à la politique et il est fermé à toute raison. Ceux qui le soutiennent ne sont motivés que par la peur et l'absence d'autres possibilités.

— Croyez-vous que votre père craint Murdoch ?
demanda-t-elle.

— Non, jamais je ne l'accuserais d'une telle chose,
répondit fermement Mag. Ce que je soutenais, c'était
qu'Albany, Murdoch et leurs alliés auraient dû tout faire
pour libérer Jamie des Anglais. Ils se sont plutôt employés à
le garder en Angleterre.

Elle frôla délicatement son bras.

— Mais tout cela est vrai aussi, n'est-ce pas ?

— Néanmoins, je m'exprimai avec âpreté, répondit
Mag. Et j'ai aussi menacé de tout faire pour ramener Jamie
au pays. Mais ce que mon père ne m'a jamais pardonné, c'est
d'avoir persuadé Will de venir avec moi, à la recherche
d'hommes qui croyaient que Murdoch était un félon et que
Lennox était idiot de le suivre. Avant cela, Will se rangeait
toujours de l'avis de père. Mais mon frère était un homme
juste, capable d'écouter les autres et d'apprendre d'eux.

— Est-ce que votre père croyait que le retour de Jamie
serait néfaste pour le pays ?

— Je n'en sais rien, dit-il en couvrant la main qu'elle
avait placée sur son avant-bras avec la sienne, la serrant avant
de poursuivre. Il était trop en colère pour peser les choses
froidement. Il a toujours cru en l'honneur, toutefois, et je
crois que cela n'a pas changé.

— Vous êtes son fils, peu importe ce qu'il a pu penser
de vous alors, dit-elle. S'il est honorable, il ne vous abandon-
nera pas. Ni son roi.

— Vous pouvez dire cela de votre père, répondit triste-
ment Mag. Mais vous ne connaissez pas le mien.

— C'est juste, répondit-elle. Mais mon père le connaît.
Et quel est son avis ?

Mag hésita avant de répondre.

— Andrew ne l'a pas revu depuis des années, dit-il enfin. Il ne peut le connaître mieux que moi. Il y a d'autres obstacles qui se dressent entre nous. Mais qu'il m'ait renié est le plus grave. Je tenais à vous l'apprendre moi-même.

— Et vous l'avez fait, dit-elle en déposant doucement sa main libre sur la poitrine de Mag. Vous croyez qu'il vous tient responsable de la mort de Will, c'est cela ?

— J'en suis persuadé, dit Mag, incapable, cette fois, de supprimer la douleur dans son âme aussi rapidement qu'à l'accoutumée.

Elle lui caressa la joue.

— Non, murmura-t-elle. Vous ne pouvez pas savoir cela. Ne m'avez-vous pas dit que Parlan vous avait capturé dans la bataille où votre frère fut tué ?

— Oui, mais je connais aussi mon père, dit Mag. Voyez-vous, l'un des reproches qu'il m'avait hurlés avec véhémence était que j'allais entraîner Will à sa mort.

Elle soupira, et sa main retomba ; il sentit alors le chagrin qui transperçait son cœur grandir encore.

———◦◦◦———

Andrena sut qu'elle lui avait montré le choc qu'elle avait ressenti. Elle pouvait voir la douleur inscrite sur les traits de Mag. Elle sentit également en lui la tension vibrante d'émotions fortes et peut-être contradictoires. Pour une fois, elle fut heureuse qu'il fût capable de les contenir. Voir sa douleur et son chagrin lui suffisait.

Si elle avait été capable de sentir toute l'intensité de ses émotions, elle aurait peut-être éclaté en sanglots pour lui.

Elle savait pourtant qu'une telle réaction ne lui serait d'aucune utilité.

Elle chercha la façon la plus délicate de s'exprimer — elle était consciente qu'il s'attendait à de la pitié, plutôt qu'à la sympathie qu'elle éprouvait pour la profonde douleur que les paroles regrettables de son père avaient gravée en lui.

— Comme c'est terrible de vivre avec de pareils souvenirs, dit-elle le plus naturellement qu'elle put. Mais je vois que vous avez réussi à dompter cette nature emportée que vous m'avez déjà décrite. En raison de votre propre caractère, vous devez comprendre que tous les hommes — et toutes les femmes aussi — disent sous le coup de la colère des paroles qu'ils regrettent ensuite. Tant que vous ne lui aurez pas parlé, vous ne saurez pas ce qu'il éprouve aujourd'hui.

— Êtes-vous toujours convaincue de vouloir m'accompagner?

— Si vous essayez de m'abandonner ici maintenant, je dépose votre tête sur vos genoux, dit-elle du même ton naturel qu'elle avait employé auparavant.

Les lèvres de Mag ébauchèrent un sourire qu'elle fut heureuse de voir. Elle voulait l'étonner, mais c'était encore mieux.

— Comment osez-vous employer de telles images?

— En imitant Annie Wylie avec Malcolm quand celui-ci la mécontente, dit-elle. Et je pense qu'il la croit aussi.

— Je ne pense pas avoir eu le plaisir d'être présenté à Annie Wylie.

— Non, car vous vous souviendriez d'elle, dit Andrena. Elle ne fait que la moitié de la taille de Malcolm et est toute menue. Ses cheveux grisonnants ont certainement dû être un jour aussi roux et frisés que ceux de Pluff. Mais cette menace réussit toujours à assagir notre Malcolm. Annie est également une barde, et c'est pourquoi Murie lui rend visite aussi souvent que possible. Elle connaît toutes les vieilles histoires. Le but de Murie est d'en apprendre le plus possible de son aînée, et également de toutes les autres sénachies.

Mag ne put cacher son amusement.

— Muriella ne correspond pas du tout à l'idée que je me fais d'un sénachie ou d'un barde. Ceux que j'ai vus étaient soit de vénérables vieillards à la longue barbe, soit de jeunes troubadours jouant du luth ou de la harpe.

— Si vous tenez à votre réputation, sire, n'en dites rien à Murie, le mit en garde Andrena. Elle ne se contente pas de mémoriser les légendes anciennes, mais sait fort bien tisser les siennes. Elle ne nomme jamais personne à moins que l'histoire soit flatteuse et véridique. Mais ses descriptions sont d'une telle justesse que ceux qui l'écoutent ne manquent jamais de reconnaître la personne visée ou de se retrouver eux-mêmes dans l'histoire, si elle le juge bon.

Le regard amusé de Mag disparut.

— Cela, ma chère épouse, est une occupation périlleuse, dit-il d'un ton sévère. Vous direz à Lady Muriella que je préfèrerais ne pas apprendre qu'elle l'ait fait. Est-ce qu'Andrew est au courant ?

Andrena s'apprêta à hocher la tête de bas en haut, puis se ravisa.

— Je l'ignore, dit-elle. À moins que mère ne lui ait parlé d'une certaine occasion, au cours de laquelle Murie avait diverti les membres de sa famille à qui nous rendions visite.

Sinon, il ignore qu'elle le fait ailleurs qu'ici. Et tout le monde à Tùr Meiloach connaît et aime Murie.

— La connaître et l'aimer, fit-il remarquer, n'est pas une excuse pour répandre des médisances qui jettent le discrédit sur autrui.

— Mais Murie n'est pas malicieuse, sire, dit-elle. Elle n'est qu'espiègle. Les gens rient presque toujours, y compris d'eux-mêmes, quand elle raconte de telles histoires.

— Un homme peut rire et n'en être pas moins furieux, et une femme pire encore, répondit-il. Si Murie pique au vif quelque victime ou révèle ses secrets sans le vouloir…

— Je comprends ce que vous voulez dire, sire, le rassura-t-elle, mais je doute que cela puisse arriver ici. Nous nous connaissons tous trop bien.

— Vous avez sans doute raison, concéda-t-il. Mais vous devriez lui parler.

— J'en parlerai à Lina, dit Andrena. Murie tient compte de son avis quand il s'agit de choses sérieuses. Elle m'écoute rarement, sauf si elle trouve dans mes propos un sujet pour une histoire. Quoi qu'il en soit, mon père doit faire les cent pas maintenant et se demander ce qui vous retarde. Et nous ne sommes pas plus prêts que nous ne l'étions pour le dîner.

— Je lui dirai simplement que ma jeune épouse m'a retenu, dit-il. Je parie qu'il comprendra cela.

— Peut-être, mais il vous reprochera tout de même de l'avoir fait attendre, dit-elle avec un sourire. Partons-nous demain matin pour l'îlot Galbraith ?

— Je dois en parler avec Andrew avant de prendre une décision, dit-il.

— Alors, je vous en prie, allez-y et discutez-en, sire, dit-elle.

Elle fit une petite moue en le regardant, avant d'ajouter :

— Mais avant, vous devriez vous donner un coup de peigne et rajuster votre plaid.

Il lui obéit en souriant, et elle eut bon espoir qu'elle était parvenue à le distraire de ses inquiétudes — pour un temps, du moins — au sujet de l'accueil que Galbraith leur ferait.

∽◦∽

Mag trouva Andrew dans sa pièce privée. Si le laird attendait son arrivée plus tôt, il n'en dit rien. Il invita du geste Mag à prendre un siège.

— Raconte-moi tout, jeune homme, dit Andrew sans perdre une seconde. Qu'est-ce que Jamie a dit au sujet de ma charte ?

Mag avait prévu le sujet qui serait le plus important pour son beau-père. Toutefois, il espérait éviter de discuter d'entrée de jeu du soutien éventuel de Jamie à sa cause.

— Sa Majesté a offert la même réponse, que ce soit vis-à-vis de votre charte ou du complot ourdi contre lui, sire, dit Mag. Parce qu'il désire établir la primauté de la loi dans son royaume, il exige de voir votre charte ainsi que des preuves tangibles de l'existence du complot. Il refuse de me croire sur parole dans les deux cas.

— Pardieu, tu n'es pas en train de me dire qu'il ne t'a pas cru ! lança Andrew. Le roi n'est pourtant pas un sot.

— Il me croit, répondit Mag, mais avant d'inculper les conspirateurs devant le Parlement, il doit voir des actes écrits ou une preuve convaincante. Il voudrait que des témoins acceptent de comparaître devant les lords et désignent nommément les insurgés.

— Mais nous savons parfaitement de qui il s'agit, dit Andrew d'un ton impatient.

— Vous devez voir les choses du point de vue de Sa Majesté, sire, répondit Magnus. Après des années du régime d'Albany et de Murdoch, les gens croient que les hommes au pouvoir n'ont qu'à accuser un individu pour le pendre aussitôt. Jamie veut changer cela. Il doit donc produire des preuves que les lords trouveront aussi irréfutables qu'il le fait lui-même.

Il marqua une pause avant de poursuivre :

— En dépit des nombreuses accusations portées contre Lord Walter Stewart, et malgré le désir de Jamie de les faire pendre, lui et son père, pour avoir tenté de lui ravir sa couronne, il ne l'a pas fait. Il s'est contenté d'emprisonner Walter. Il n'a rien entrepris contre Murdoch, même s'il continue de prétendre qu'il est toujours le gouverneur du royaume, malgré le couronnement de Jamie et de sa reine.

— Murdoch est un idiot, lança Andrew avec dédain.

— Oui, acquiesça Mag, mais un idiot dangereux.

— Sa Majesté n'a pas besoin de témoins pour croire à la validité de ma charte.

— Malgré tout, il doit la voir de ses propres yeux, répondit Mag. Il croit qu'elle prouvera vos prétentions. Il m'a aussi fait remarquer que la propriété par la loi de l'épée était encore bien vivante, tout particulièrement dans les Highlands. Il désire réunir les chefs des Highlands à Inverness l'an prochain afin de discuter de son intention d'instaurer la primauté de la loi dans toute l'Écosse.

— Je lui souhaite bonne chance, dit Andrew avec humeur.

— S'il y parvient dans la région des Borders et celle du loch Lomond, dit Mag, il pourrait fort bien réussir ailleurs aussi.

— Oui, peut-être, répliqua Andrew. Mais cela reste un vœu pieux.

Incapable de nier cette affirmation, Mag aborda le sujet de Galbraith. Il ne savait pas s'il devait être soulagé ou inquiet lorsqu'Andrew lui affirma être persuadé qu'il se réconcilierait avec son père, et qu'il devait aller le voir sans délai.

— Vous ne me suggérez sans doute pas de traverser la rivière au sud et les terres de Colquhoun pour me rendre à l'îlot Galbraith, s'inquiéta Mag. Je suis sûr qu'il doit exister un chemin plus direct à travers les montagnes.

— Il y en a un, dit Andrew avec un sourire. Ce col est toutefois étroitement gardé par des géants, des bêtes féroces et des farfadets.

— Et protégé par des marais sans fond, des glissements de terrain et des avalanches selon les saisons, dit Mag en soutenant son regard. Dieu sait ce que vous avez pu imaginer d'autre.

Imperturbable, Andrew hocha la tête et dit :

— Oui, oui, mais notre Dree connaît chaque obstacle et chaque péril. Elle te guidera au-delà des montagnes en toute sécurité.

— On m'a dit qu'elle connaissait plus que des obstacles et des sentiers mystérieux, dit Mag.

En espérant qu'il ne commettait pas une erreur en abordant un sujet qu'Andrena lui avait conseillé de discuter avec sa mère, il ajouta :

— Je vous ai décrit notre audience avec Sa Majesté, sire. Je dois aussi vous dire qu'au retour, Douglas MacPharlain a essayé d'arrêter la galère de Colquhoun avant notre arrivée à leur quai.

— Il a fait cela, ce démon ! Est-ce que Dougal t'a vu ?

— Non, il ne m'a pas vu, grâce à l'avertissement opportun d'Andrena. J'ai pu prendre la place d'un rameur avant d'atteindre le promontoire dont nous approchions. J'admets que je fus stupéfait quand deux galères ont surgi pour nous barrer la route.

— Deux ! Comment avez-vous fait pour leur échapper ?

— Ian Colquhoun leur a dit qu'Andrena était sa sœur et que l'un des rameurs, qui avait déjà revêtu mon plaid, était son fiancé. La ruse a fonctionné, mais je suis curieux de savoir comment Andrena a pu deviner la présence de Dougal MacPharlain. Elle m'a dit qu'elle sentait de telles choses, mais sans pouvoir l'expliquer. Je pensais que vous pourriez m'en dire plus à ce sujet.

— Par les Parques ! Comment le pourrais-je ? s'exclama Andrew. Je sais bien qu'elle possède une intuition hors du commun. J'ai appris à m'en remettre à son jugement sur les gens qu'elle rencontre. Elle se trompe rarement.

— Elle semble également être capable d'entrer en contact avec les oiseaux de la forêt, dit Mag en le regardant attentivement. Peut-être même avec certains animaux, comme les blaireaux.

Andrew fit un geste évasif de la main.

— Je te l'ai dit, ce territoire est bien gardé, dit-il. La jeune fille sillonne la forêt et le domaine de Tùr Meiloach depuis qu'elle sait marcher, alors les oiseaux — ah oui, et les bêtes aussi — se sont habitués à sa présence, c'est tout. Maintenant...

— J'aimerais savoir jusqu'à quel point elle les a apprivoisés, sire, l'interrompit Mag. Vous dites que vous n'avez jamais rien constaté de particulier, mais sa mère croit que vous en savez plus que vous ne voulez l'admettre.

— Je peux te dire que tu ne dois pas t'inquiéter du sort d'Andrena dans nos forêts. Les animaux semblent veiller sur elle. Mais, Seigneur, où le temps a-t-il filé ? Si nous ne descendons pas rejoindre les autres, nous nous passerons de dîner. Nous en reparlerons quand tu reviendras de l'îlot Galbraith, si tu crois qu'il reste encore quelque chose à dire là-dessus.

Mag était persuadé que ce serait le cas. Il croyait également qu'Andrew essaierait encore d'éviter le sujet. Et il se demandait bien pourquoi.

———⊷⊶———

Andrena avait rejoint ses sœurs et Lady Aubrey sur l'estrade peu avant l'arrivée de Mag et d'Andrew, mais ses pensées accompagnaient toujours Mag. Elle savait qu'Andrew serait déçu que le roi n'ait pas décidé de reconnaître d'emblée la légitimité de sa charte. Malgré tout, elle espérait qu'il n'en tiendrait pas Mag responsable et qu'il ne penserait pas qu'ils auraient dû obtenir davantage de Sa Majesté.

Alors que les deux hommes entrèrent dans la salle et marchèrent vers l'estrade, le sourire qu'Andrew adressa à Lady Aubrey informa Andrena qu'il était au moins satisfait.

Mag avait son air habituel. Puis, son regard croisa celui de la jeune femme et s'y accrocha ; elle détecta alors une lueur espiègle dans ses yeux. Elle était convaincue qu'il avait deviné sa curiosité, mais elle savait aussi qu'il ne ferait rien pour la satisfaire avant la fin du dîner.

Muriella, toujours exubérante, parvint néanmoins à tenir sa langue jusqu'après la prière précédant le repas. Puis, s'inclinant au-dessus de la table, elle s'adressa à Andrew, assis en face de ses deux sœurs et de sa mère :

— Je vous en prie, père, dites-nous ce que Magnus et Andrena ont appris ! Ou cela doit-il demeurer un secret ?

Andrew attira d'abord l'attention du serviteur le plus proche, avant de répondre à sa fille.

— Nous ne discuterons pas de cela maintenant, jeune fille, dit-il. Après le dîner, peut-être, ta sœur et Magnus voudront-ils t'en apprendre plus là-dessus. Ce que je peux te dire à présent, c'est que rien ne surviendra tout de suite. Mais je sais que tu veux savoir ce que tous ont pu dire lors de ces rencontres.

Au moins, pensa Andrena, Murie était plus discrète que d'habitude. Elle s'abstint de lui répondre qu'elle les avait déjà interrogés et avait appris beaucoup de choses au sujet de Sa Majesté et de l'abbaye de Paisley. Mais ils n'avaient pas discuté de la charte, ni des conspirateurs, ni des preuves dont Jamie avait besoin pour les châtier.

Cela pourrait changer si Mag interprétait les paroles d'Andrew comme une invitation à dire aux autres ce qu'ils avaient appris.

Lorsque Lady Aubrey signala aux dames de quitter la table, Mag se leva aussi et intercepta Andrena. L'attirant derrière l'estrade, il lui dit doucement :

— Il est temps de nous excuser auprès de votre famille, jeune femme. Nous partons tôt demain matin.

— Vous êtes un poltron, sire, murmura-t-elle. Vous craignez l'inquisition de Murie.

— Je l'admets volontiers, dit-il. Mais il ne me semblerait pas judicieux de satisfaire entièrement sa curiosité. Vous m'avez bien fait comprendre qu'elle retiendra chaque détail des audiences afin d'en faire part aux autres. Nous ne pouvons donc pas lui parler des conspirateurs. Je ne pense pas qu'Andrew le veuille non plus. Et évoquer la charte d'Arrochar avant que Jamie n'ait convoqué la réunion d'Inverness serait aussi une erreur.

Elle savait qu'il avait raison, mais elle connaissait bien Muriella.

— Elle a le don de tout découvrir, dit Andrena, mais rien de ce qu'elle pourrait dire ne franchira nos frontières.

Sans rien ajouter, il lui prit la main, la plaça fermement sur l'avant-bras qu'il lui présentait, et s'avança pour souhaiter courtoisement bonne nuit à Lady Aubrey.

— Nous devons partir très tôt demain matin, madame, car nous allons à l'îlot Galbraith, lui dit-il. Ayant beaucoup voyagé ces derniers jours, nous sommes, comme vous pouvez l'imaginer, complètement fourbus.

— Mais vous ne pouvez aller vous coucher maintenant, protesta Murie.

— Allons, Muriella, dit Lady Aubrey. Andrena et Magnus doivent être épuisés. Tu devras attendre encore un peu pour satisfaire ta curiosité.

— Mais ils vont jusqu'au loch Lomond, dit Murie, d'un ton plaintif. Dieu seul sait combien de temps ils seront partis !

— Et tu prendras ton mal en patience jusqu'à leur retour, dit Lady Aubrey.

— Oui, mère, dit Murie, luttant sans succès pour cacher sa déception.

Andrena se mordit la lèvre inférieure.

— Souhaitez-leur bonne nuit, jeune femme, dit Mag.

Obéissante, elle se tourna dans l'intention d'embrasser son père. Mais l'autre main de Mag retint fortement celle qu'elle avait posée sur son avant-bras, lui faisant comprendre qu'il ne la libérerait pas. Quand il l'attira vivement au pied de l'estrade pour se diriger vers l'escalier, elle n'émit aucune protestation. Cependant, alors qu'il la faisait entrer dans leur chambre à coucher avant de refermer vivement la porte derrière eux, elle se retourna en posant les mains sur ses hanches.

— Vraiment, sire, je pense…

— Si vous croyez réellement que rien de ce que vous, vos sœurs ou les autres personnes disent ici ne franchit les frontières de Tùr Meiloach, vous vous trompez.

Elle retrouva rapidement sa contenance.

— Je ne pensais qu'à Murie à ce moment-là, répondit-il. Elle est très tenace et elle vous talonnera jusqu'à ce qu'elle obtienne une histoire à raconter.

— Elle ne fera rien de tel, répondit-il avec humeur, car je lui dirai ce que je pense d'une telle impolitesse.

— Mais c'est dans sa nature d'exprimer sa curiosité, dit Andrena. Et puis, Annie et les autres bardes et sénachies l'ont incitée à recueillir le plus de faits possibles entourant de tels événements. C'est le devoir du conteur du clan de réciter avec fidélité les détails afin que les autres puissent apprendre de ces expériences.

— Je comprends les devoirs d'un sénachie, dit-il. Mais votre sœur n'en est pas encore une, et je doute qu'elle comprenne les responsabilités que cela comporte, si jamais elle le devient. Entretemps, ni vous ni moi ne lui révélerons quoi que ce soit qui est censé demeurer entre nous et Sa Majesté.

Quand elle fut certaine qu'il avait terminé, elle respira profondément. Puis, elle le regarda droit dans les yeux.

— En vérité, sire, je n'aurais rien partagé de tel avec elle, dit-elle. Je vous ai promis que je n'en soufflerais pas mot à personne, et je pensais particulièrement à Lina et à Murie. Je tiendrai cette promesse. De plus, maintenant que nous sommes mariés, je ne leur révélerai rien de ce qui se passe entre nous. Mère m'a dit que je ne devais pas le faire, mais je le savais déjà avant qu'elle ne m'en parle.

— Alors, pourquoi avez-vous dit que de telles nouvelles ne franchiraient pas nos frontières ?

La culpabilité colora les joues d'Andrena, mais elle savait que seule la vérité le satisferait. Elle humecta ses lèvres sèches avant de répondre.

— Je... je ne pensais qu'à la ténacité de Murie et à la distance qui nous sépare de Parlan, et comme il est peu probable... Je ne pensais pas à tout ce que vous supposiez que je pourrais lui dire. Et... j'aurais dû.

Elle le regarda piteusement, sachant qu'il s'attendait à autre chose. Elle soupira.

— C'était une façon de montrer que ce serait sans importance si elle découvrait la vérité d'une manière ou d'une autre. J'étais aussi curieuse de savoir comment vous alliez réagir. C'était irréfléchi de ma part. Je le comprends maintenant. Mais...

— Pourquoi ?

Ce simple mot l'arrêta net. Ses joues étaient maintenant brûlantes, et elle détourna le regard, souhaitant pour la première fois que son tempérament ne fût pas aussi vif que celui d'Andrew.

— Eh bien? insista-t-il.

— Vous ne me demandez pas pourquoi c'était irréfléchi de ma part, je suppose?

— Non.

Elle déglutit.

— Je commence à deviner quelques-unes de vos émotions, dit-elle. Je... je pense que, d'une façon ou d'une autre, j'essaie de les provoquer, afin d'éprouver ma capacité à les sentir.

Mag contracta sa mâchoire jusqu'à ce qu'elle vît la fossette se creuser de nouveau dans sa joue. Et cela fit courir un frisson le long de son échine.

Chapitre 15

Mag eut envie de la secouer, mais il savait qu'il n'oserait pas. Lui toucher lui ferait perdre ses moyens, comme toujours, et il voulait conserver toute sa présence d'esprit. Un autre instinct le pressait de la rassurer. Mais il voulait qu'elle cesse de jouer avec ses états d'âme.

— Vous m'avez sondé souvent, je pense, dit-il d'une voix sévère mais posée.

Lorsqu'elle hocha la tête, il demanda d'un ton un peu plus grave.

— Est-ce que cela a fonctionné auparavant ?

— Non, dit-elle, pas plus que maintenant.

— Vous savez bien que cela me déplaît, lui dit-il.

Sa bouche se plissa ironiquement devant cette litote.

— Cela fait plus que vous déplaire, dit-elle. Je pense que vous étiez — oui, et que vous êtes encore — furieux contre moi. Je voudrais que vous me le disiez simplement.

— Vous ne semblez pas comprendre pourquoi cela me déplaît, dit-il. Vous avez déclaré que votre cousin Parlan vit très loin, comme si une telle distance le tenait dans l'ignorance de ce qui se passe ici. Je peux vous dire, d'après ma propre expérience, qu'il n'en est rien. Il sait combien de personnes vivent ici, qui elles sont, et combien il y a de guerriers. Il sait aussi quand les gens s'absentent d'ici et peut même dire parfois où ils sont allés.

— Croyez-vous qu'il sait que nous sommes allés à Paisley ? Comment aurait-il pu l'apprendre ?

— Dougal n'a rien dit à ce sujet, sinon qu'il était à la recherche d'un prisonnier évadé, mais réfléchissez, jeune femme, répondit Mag. Votre père ne m'a informé que ce soir que vous saviez comment atteindre le loch Lomond sans passer par le territoire de Colquhoun. Cela laisse entendre que le passage vers Glen Luss existe encore. Pensez-vous que Pharlain l'ignore ? De plus, si ma mémoire est fidèle, un col existe également à l'extrémité nord de ces montagnes.

— Des glissements de terrain ont bloqué cette issue il y a des années, répondit Andrena, mais je suis surprise que père vous en ait révélé autant. Je peux vous assurer, sire, que tous les cols sont bien surveillés et infranchissables pour quiconque, sauf les gens de notre clan.

— Si nous pouvons traverser les montagnes pour nous rendre à l'îlot Galbraith, Parlan peut faire la même chose pour venir ici, insista-t-il. Ainsi que toute personne qu'il voudrait envoyer pour vous espionner. Seigneur, presque tout le monde ici pourrait lui procurer de l'information.

— Mais aucun de nos gens…, commença-t-elle, avant de s'arrêter, atterrée. S'il a des espions ici…

— De toute évidence, c'est le cas, dit Mag. De plus, vous devez savoir comme moi — et comme Pharlain doit l'avoir deviné — que les bêtes sauvages d'Andrew, les marais avalant des êtres humains et ses autres inventions fantastiques qui sont censées protéger le domaine ne sont rien d'autre que cela. Les rivières sont réelles, oui, mais…

— Il n'y a pas que les rivières qui sont réelles, dit-elle. Vous avez vu de vos propres yeux comment les oiseaux se comportent, les oiseaux prédateurs, en tout cas.

— J'ai vu des autours et un balbuzard répondre à votre coup de sifflet, répondit Mag. Vous m'avez dit que vous ne les aviez pas entraînés et je vous crois. Mais vous ne m'avez jamais expliqué pourquoi ils avaient répondu à votre appel, ni pourquoi vous aviez sifflé en premier lieu, si vous ne vous attendiez pas à ce qu'ils attaquent.

— Vous allez croire que je suis sotte, sire, mais je pense que, tout comme je suis consciente de leur détresse, de leur colère ou de leur peur, ils le savent aussi quand je suis bouleversée. Et les animaux…

— Je ne pense pas que vous soyez sotte, dit-il. Mais je ne crois pas que les oiseaux sentent les émotions humaines ni qu'ils peuvent y réagir. En ce qui concerne les bêtes, la seule chose que j'ai vraiment vue moi-même est un blaireau qui s'est calmé après que vous avez rappelé vos chiens.

— Mais… fit-elle, avant de s'arrêter.

— Jeune femme, dit Mag. Andrew m'a dit que les bêtes sont dociles parce que vous vous êtes promenée parmi elles si longtemps qu'elles vous font confiance. Cela contredit certainement le mythe qui les dépeint comme étant d'une extrême férocité. Il a laissé entendre qu'elles semblaient vous protéger, en quelque sorte, ajouta-t-il. Mais je pense que vous l'avez bien expliqué vous-même. N'avez-vous pas dit à vos attaquants que les oiseaux, à tout le moins, avaient un sens particulièrement aigu de leur territoire?

Un voile de frustration assombrit le visage d'Andrena, mais il s'évanouit avant que Magnus ait pu l'interpréter.

— Croyez ce que bon vous semble, alors, dit-elle. Je vous guiderai lorsque nous franchirons le col vers Glen Luss. Cette piste est très escarpée, mais habituellement ouverte à cette période de l'année. Mon père poste des hommes à cet endroit, toutefois, et ils la protègent bien.

— C'est ce que je croyais, dit-il, avant de faire un pas vers elle, et il fut heureux de voir qu'elle ne fuyait pas son regard et semblait détendue. Mais voyez-vous, jeune femme, j'ai un autre souci, dit-il en s'arrêtant tout près d'elle, sans la toucher. Je ne veux pas me demander constamment si vous m'aiguillonnez pour sonder mon âme ou me chercher querelle. Je ne comprends toujours pas ce que vous êtes censée sentir, ni comment vous pourriez savoir ce que je pense ou ce que je ressens, sans passer par les moyens que les gens emploient normalement.

— Vous ne vous révélez pas beaucoup de toute manière, dit-elle. Je ne vous testerai plus, sire. Mais je ne suis pas votre geôlière, alors je ne comprends pas pourquoi vous êtes toujours sur vos gardes. Les gens brisent de vieilles habitudes tous les jours.

— C'est juste, acquiesça-t-il. Alors, nous essayerons de parler davantage, de nous dire ce que nous pensons et ce que nous ressentons. Nous pourrions commencer dès demain en marchant. Il doit y avoir seize kilomètres d'ici jusqu'à notre point d'arrivée au sud de Luss.

— C'est exact, répondit Andrena. La piste qui permet d'atteindre la crête est abrupte et le col doit être enneigé ; il nous faudra donc plus de temps qu'il nous en a fallu pour atteindre la tour de Craggan. En partant tôt, toutefois, nous devrions atteindre l'îlot Galbraith avant la tombée du jour.

Elle baissa ensuite les yeux et le regarda timidement.

— Êtes-vous toujours fâché contre moi ? demanda-t-elle.

Il hocha la tête de droite à gauche.

— Non, dit-il, il m'est impossible de rester en colère contre vous. Je sais bien que nous apprenons tous les deux à nous connaître.

Il plaça un doigt sous son menton avant qu'elle ne puisse détourner le regard.

— Vous devez savoir, toutefois, ajouta-t-il, que vous pouvez enflammer mon caractère emporté plus vite que mes frères ou Pharlain n'y sont jamais parvenus.

— Plus vite j'arriverai à le sentir, Magnus, dit-elle en retirant le doigt qu'il avait placé sous son menton sans cesser de le regarder, mieux cela vaudra pour nous deux.

— Laissez-moi vous dire ce qui serait bon pour nous deux, murmura-t-il en l'attirant dans ses bras. Il me reste encore à vous enseigner d'autres choses que vous apprécierez, je pense. Et nous en découvrirons de nouvelles pour notre plaisir mutuel, j'en suis sûr.

Elle sourit, se blottit contre lui, et il sentit la tension qui subsistait en elle se dissiper peu à peu.

———◦◦◦———

La chaleur du corps de Mag la surprenait encore après une quinzaine de nuits passées ensemble. Elle n'avait jamais partagé le lit d'un homme auparavant, mais elle était certaine que la plupart des hommes n'irradiaient pas autant de chaleur que Mag. Elle devait rejeter la plupart de ses couvertures quand elle dormait avec lui.

Cette nuit-là, au lit, ses plus infimes effleurements excitaient ses passions si profondément que, pendant un moment, elle oublia tout, à l'exception de la vague de chaleur qui déferlait dans son corps. Jamais elle ne s'était sentie plus proche de lui, car elle savait qu'il essaierait de lui communiquer ses pensées et ses impressions les plus intimes. Qu'il ne comprît pas encore ce qui lui manquait à elle semblait moins important ; s'il s'y appliquait, nul doute qu'il y parviendrait un jour.

Leur étreinte fut passionnée, physiquement épuisante et l'éleva à une nouvelle dimension de l'extase sexuelle, juste au moment où Mag cédait à son plaisir, haletant et gémissant. Elle se demanda pourquoi il semblait apprécier le moment final de leurs relations intimes plus qu'elle-même ne le faisait.

Le meilleur aspect pour elle fut que les derniers vestiges de sa tension précédente s'étaient évanouis quand elle s'était blottie contre son corps. Elle déposa sa tête sur sa poitrine près de son épaule, et s'endormit.

Le lendemain matin, Mag se leva avant l'aube, et ils se mirent en route dès qu'ils eurent rompu leur jeûne. À la dernière minute, Andrena enfouit sa culotte en daim, sa veste de cuir et son poignard dans son panier de voyage. Elle enfila ses bottes de chasseresse.

Peter, le fils de Malcolm, et le porteur Jonas seraient de nouveau avec eux. Malcolm avait pris suffisamment de vivres aux cuisines pour leur expédition.

— J'ai dit à Peter d'prendre un des poneys, maître Magnus, dit le majordome. Vous n'voudrez sans doute pas transporter trop d'choses, sauf vos armes, dans les montagnes. Et un poney des Highlands est une bête très agile sur un terrain rocailleux.

Le matin était brumeux, mais le soleil aurait bientôt dissipé l'humidité.

Peter et Jonas attendaient dans la cour avec un robuste poney des Highlands, l'un des représentants de la petite race chevaline élevée pour évoluer sur le terrain qui les attendait. Malgré tout, Andrena doutait que le brave animal puisse parcourir le col s'il était encore recouvert d'un tapis de neige. Le Ben Vorlich, la grande montagne au nord, arborait encore un sommet enneigé, et les autres cimes en vue ne lui cédaient en rien sur ce point.

Sorley avait fait les bagages de Magnus. Celui-ci portait son vieux plaid, celui que Lina avait reprisé, par-dessus sa tunique et sa culotte. Il était chaussé de ses bottes couvertes de poils.

Pluff n'était nulle part en vue. Mais Euan MacNur les assura qu'il garderait les chiens à l'intérieur des murs jusqu'à ce que les voyageurs fussent rendus assez loin.

— Pluff était ici y a moins d'une heure, dit-il.

Puis, à l'intention de Mag, il ajouta tout de suite :

— J'suis plus à couteaux tirés avec lui, m'sieur. C't'un garçon différent depuis qu'vous lui avez parlé et qu'vous l'avez choisi pour être vot' garçon d'honneur. J'n'étais pas tellement d'accord, j'dois dire. Mais le garçon a en appris que'qu' chose et j'suis heureux d'ça. Y s'montrera bientôt, c'est certain et y sera déçu de n'pas avoir pu vous souhaiter au revoir.

— Dites-lui que nous le reverrons dans quelques jours, dit Andrena.

Ils se mirent en route, suivis de Peter et de Jonas qui tiraient le poney à quelques pas derrière eux pour leur laisser un peu d'intimité. Après qu'ils se furent un peu éloignés de la tour, elle lui demanda :

— Qu'a voulu dire Euan MacNur quand il a dit que vous aviez parlé à Pluff ? Que s'est-il passé ?

— À peine un léger malentendu entre eux, répondit-il.

— De quelle nature ?

— Eh bien, commença-t-il, vous et vos sœurs avez placé le garçon devant un dilemme en lui disant de nourrir les chiens en premier lieu chaque matin. Car, voyez-vous, MacNur lui avait déjà dit de nettoyer la grange d'abord.

— Mais ils doivent manger avant que je puisse les emmener en promenade, dit-elle.

— Je pense que vous découvrirez que la situation a été résolue.

Elle leva les yeux et vit qu'il souriait. Elle s'approcha de lui pour lui donner une petite poussée sur l'épaule en marchant.

⊸∘⊷

En souriant, Mag la serra rapidement contre lui, puis la libéra.

Il la laissa régler le rythme de la marche et fut heureux de constater qu'elle avançait d'un bon pas.

Un silence inquiétant régnait dans les bois. Le brouillard rampait sous le feuillage et s'accrochait ici et là aux arbres et aux buissons. Une humidité froide et salée remplissait l'air, de sorte que le simple acte de respirer donnait l'impression d'inhaler un élixir magique.

Le silence les enveloppa. Leurs pas ne produisaient plus un son sur le sol humide couvert d'aiguilles et de feuilles. Même les sabots du poney ne produisaient qu'un léger bruissement.

Les pensées de Mag dévièrent vers son père. Les enjeux entre eux étaient élevés, Dieu le savait. Certes, il avait beaucoup à perdre. En tout état de cause, il avait sans doute déjà perdu sa famille, et même son clan, irrévocablement.

— À quoi pensez-vous ? demanda doucement Andrena.

Il secoua la tête, comme pour annoncer que le cours actuel de ses pensées était trop personnel. Mais il avait promis de s'ouvrir, alors il affronta le regard interrogateur de la jeune femme.

— Qu'il me serait probablement impossible de me réconcilier avec mon père et mes frères, dit-il sombrement.

— Rory et Patrick, dit-elle. Je me souviens de leurs noms. Mais vous m'avez dit que Rory servait Lennox et que Patrick était allé rejoindre James Mòr Stewart. Au moins, ni l'un ni l'autre n'ont mis leur épée au service de Lord Walter ni de Lord Alexander. Ce sont les plus malfaisants de tous.

— Je ne sais pas grand-chose de mes frères maintenant, dit-il.

— En dépit de cela, vous continuez à croire que si Lennox trempe dans la conspiration avec Murdoch et ses deux fils les plus âgés, il est probable que vos frères fassent également partie des conjurés.

D'entendre ses propres craintes si clairement exprimées le força à respirer profondément avant de répondre.

— Vous avez raison, dit-il enfin. Nous ne pouvons pas en être sûrs encore. Il est aussi possible, et même plus probable, qu'ils ne sachent rien de ce complot.

— Cela pourrait être vrai, acquiesça-t-elle.

— Assurément, répondit-il. Voyez-vous, mes frères, tout comme vos sœurs, sont très différents les uns des autres. Will était le plus responsable, celui que nous admirions et aspirions à imiter. C'était un guerrier valeureux, qui se portait à la défense de ses hommes quand ses supérieurs ignoraient leurs griefs. Il serait sûrement devenu chevalier, mais il n'en a pas eu le temps. En vérité, c'est lorsque Lennox m'a offert ce titre que j'ai finalement pu convaincre Will qu'il ne suivait peut-être pas les bons chefs.

— Vous avez décliné une offre de devenir chevalier ?

— Oui, répondit-il, car la condition qui l'accompagnait était que j'accepte de les servir, lui et Pharlain.

— Et vous ne pouviez pas vous y résoudre, dit-elle. Et de quelle étoffe est fait Rory ?

— C'est un garçon aimable, prudent et très observateur, dit Mag. Il obéit aux ordres, mais ne cherche pas à se faire remarquer. Il suivait Will dans presque tout. Mais si Will posait un geste qui lui attirait le courroux paternel, Rory se gardait prudemment de l'imiter.

— Et Patrick ?

Mag secoua la tête.

— Je n'ai jamais compris Patrick. Mes trois frères me taquinaient et se moquaient de moi, mais Patrick était le plus féroce. Il était âgé d'un an de plus que moi et, d'aussi loin que je me souvienne, il n'a jamais eu d'affection pour moi.

— Est-il plus petit que les autres ? demanda-t-elle. Est-il jaloux de votre stature ?

— Il est peut-être jaloux de ma taille, mais il est plus grand que Rory.

— Peut-être vos parents le favorisaient-ils avant votre naissance, suggéra Andrena. Je me souviens d'avoir eu l'impression que Murie réclamait l'attention de tous quand elle était toute petite. Je me sentais invisible, comme si j'avais perdu toute importance. Ma foi, je ne parlais plus à personne, pas même à Lina. Ce sentiment a passé quand Murie m'a fait rire pour la première fois. Mais il était très fort à l'époque, car mes deux parents paraissaient très entichés d'elle. Patrick a peut-être ressenti quelque chose de comparable.

— C'est possible, répondit Mag, mais il était adulte quand je l'ai vu pour la dernière fois, et il n'avait pas changé. Pour être honnête, j'ai essayé de le persuader, en même temps que Will, que nous devrions soutenir le retour de Sa Majesté en Écosse. Mais Patrick croyait, et sans doute le pense-t-il encore, que Jamie était devenu trop anglais. Il a dit que les rumeurs sur son intention d'épouser une noble d'Angleterre étaient la preuve qu'il était indigne d'être roi des Écossais.

— Mais ma mère dit que la reine Joanna est aussi amoureuse de l'Écosse qu'elle l'est de Sa Majesté, répondit Andrena. Et qu'elle fait également tout en son pouvoir pour aider les gens du peuple.

— Je doute que Patrick se soucie beaucoup des paysans, dit Mag.

— Ce que vous êtes en train de me dire, c'est que je n'aimerai pas beaucoup Patrick.

Mag pouffa de rire.

— En vérité, il a été plus un irritant qu'un frère pour moi, dit-il. Malgré tout, il demeure un membre de ma famille et j'aimerais bien le voir abandonner James Mòr.

— Vous arrive-t-il de regretter de ne pas avoir accepté ce titre de chevalier?

— Avant ma capture, j'étais déçu de ne pas l'avoir mérité, répondit Mag. Mon but était de prouver ma valeur, d'amasser une fortune et de trouver une épouse de mon rang. L'emprisonnement a bouleversé tout cela. Quand je me suis enfui, je voulais seulement échapper à mes poursuivants assez longtemps pour trouver Sa Majesté et l'avertir du danger qui le menaçait.

— C'est tout?

Mag haussa les épaules.

— J'espérais qu'on ne me reprendrait pas.

Elle le regarda avant de lui demander :

— Je vous ai déjà demandé quels avaient été les effets de la captivité sur vous. Je pense que j'aurais dû vous demander comment l'on se sent quand on est fait prisonnier.

— J'étais furieux contre moi-même et infiniment triste de la mort de Will. Lorsque j'ai appris que les MacFarlan l'avaient tué, je voulais supprimer tous les MacFarlan de l'Écosse.

Elle haussa les sourcils.

— Il est à souhaiter que vous ayez surmonté ce désir-là, dit-elle.

— Je l'ai fait, dit-il avec un sourire ironique. Je m'en veux toujours amèrement d'être tombé dans les griffes de Pharlain, et plus encore de ne pas être parvenu à m'échapper avant. Je me sens incapable d'oublier le passé.

— Aviez-vous peur de tenter une évasion?

— Ce n'était pas de la peur, même si je comprenais les conséquences d'un échec. J'étais simplement devenu indifférent à tout. Rien n'importait pour moi après la mort de Will. Je savais que mon père devait ressentir quelque chose de comparable, et qu'il m'avait déjà déshérité. Je savais qu'il ne ferait rien pour m'aider.

— Ce fut son plus grand crime, je pense, dit Andrena d'un ton triste.

— Oui, peut-être, dit Mag. Je dois trouver un moyen de le persuader d'aider Jamie, mais je dois d'abord régler au moins trois choses avec lui.

— Trois ? demanda-t-elle.

— Oui, dit Mag. Premièrement, je n'ai pu empêcher les hommes de Pharlain d'assassiner Will. Deuxièmement, je n'ai pas essayé de fuir plus tôt. La mort de Will et ma capture lui auront simplement prouvé que j'avais tort de m'opposer à Lennox et à Murdoch. Que je n'aie pas cherché à m'évader a simplement empiré les choses. Et troisièmement…

Il s'arrêta et la regarda, se demandant s'il devait continuer.

Le visage d'Andrena se contracta légèrement.

— Troisièmement, vous m'avez épousée, reprit-elle pour lui. Non seulement vous ne lui en avez pas demandé la permission, mais vous avez accepté d'adopter le nom de MacFarlan.

— Ce qui porte le compte à quatre.

⟞⟝

Andrena chercha le regard de Mag et fut surprise de voir qu'en dépit du ton sombre de sa voix, ses yeux brillaient d'un éclat amusé.

— Vous devez, sire, vous préparer à affronter ce problème en face, dit-elle sombrement. Et non pas essayer d'en minimiser l'importance.

— Sans l'exagérer non plus, dit-il en l'entourant de son bras. Mon père m'a dit un jour qu'il me laisserait l'îlot Galbraith à sa mort, car il construisait un château neuf plus grand à Culcreuch, à l'est du loch Lomond. Nous n'avons en ce moment qu'une très vieille tour carrée à cet endroit.

— Comme Tùr Meiloach, dit-elle, un peu blessée dans son amour-propre.

— Tout juste, dit-il. Quoi qu'il en soit, l'îlot Galbraith est tout ce dont j'aurais hérité et la seule propriété perdue pour moi. Ce qui restera après avoir doté mes trois sœurs, il le laissera à Rory, avec sans doute un petit legs à Patrick, qui ne veut pas de l'îlot Galbraith. À titre de benjamin, les perspectives qui s'offraient à moi étaient sombres avant d'arriver à Tùr Meiloach. La vie s'est montrée plus généreuse depuis ce jour.

Ils continuèrent à parler alors qu'ils gravissaient un sentier rocailleux à peine tracé dans le col, connu sous le nom de *Bealach an Duin*[9]. Les vents avaient éclairci le ciel à ce moment-là, et de cette hauteur, leurs regards plongeaient mille pieds plus bas dans les eaux bleues du loch Lomond avec ses nombreuses îles boisées.

De l'autre côté du loch, au nord, la magnifique montagne connue sous le nom de Ben Lomond s'élançait pour percer le ciel avec son étincelant sommet enneigé.

Le vent commença à souffler plus fort, comme s'il avait voulu les pousser de l'autre côté du col. Après avoir trouvé

---

9. N.d.T.: Voir le guide à la page xix.

un abri sur la pente descendante, ils s'arrêtèrent pour déjeuner.

Tant qu'il y avait de la neige, la descente leur paraissait plus difficile que ne l'avait été l'escalade. Il leur fallait faire très attention de ne pas glisser.

Le soleil avait disparu derrière la crête depuis une heure quand ils émergèrent à l'entrée de Glen Luss. Ils bifurquèrent ensuite au sud pour marcher le long de la rive ouest légèrement vallonnée du loch Lomond. Alors qu'ils traversaient le site sacré de Luss, Andrena fit remarquer que plusieurs de ses ancêtres y étaient enterrés ; elle apprit que plusieurs aïeuls de Mag y reposaient également.

La terre au sud, aussi loin que Glen Fruin, appartenait aux Galbraith.

Vu de Luss, le loch Lomond semblait petit, parce que sa rive est était plus proche à cet endroit, et que le panorama consistait surtout en îles recouvertes de forêts. Un quart d'heure après, ils eurent leur premier aperçu distinct de l'îlot Galbraith, à moins d'un kilomètre au large. Le loch s'élargissait aussi à cet endroit, de sorte que l'îlot se détachait devant une vaste étendue d'eau. Mais c'est à un hameau riverain que les voyageurs arrivèrent d'abord. Mag cria le nom d'un certain Lippin Geordie.

Un homme âgé se présenta. Son visage, d'abord maussade, s'illumina à la vue de Mag, qui fit un pas vers lui la main tendue.

— Que Dieu soit loué, Magnus Mòr ! dit le vieil homme avec bonheur, agrippant la main de Mag dans les siennes.

Il le regarda ensuite des pieds à la tête, puis ajouta :

— J'avais peur d'plus jamais poser les yeux sur toi. Si l'maître t'attend, toutefois, j'saurais pas l'dire.

— Il ne nous attend pas, Geordie, répondit Mag. J'aurai besoin d'un bateau pour nous faire traverser. Il faudrait aussi quelqu'un pour veiller sur ce poney et nos deux garçons pendant la durée de notre séjour là-bas.

— Sûr, Magnus. Et qui c'est qu'c'te charmante personne avec toi ?

— C'est ma femme, Geordie, dit Mag.

Andrena attendait qu'il décline son nom et son clan d'origine, mais il n'en fit rien.

Les yeux chassieux passèrent de Mag à Andrena, puis revinrent à Mag. Une lueur amusée y brillait.

— C'est vrai ? demanda-t-il. J'pense qu'le maître te servira un sermon et une correction, comme quand t'avait mis l'feu au manteau d'Will. Si le laird a entendu parler d'ce mariage, j'le sais pas plus.

— J'ai l'intention d'aller moi-même implorer sa merci, dit Mag d'un ton léger. La beauté de mon épouse, son charme et son bon sens devraient l'aider à oublier sa fureur contre moi.

— Bon, eh bien, si ça règle l'affaire, oublie pas d'me l'dire, garçon, répondit Geordie. J'passerai l'truc à d'autres qui pourraient vouloir apaiser la colère du maître. Mais tu n'veux sans doute pas rester ici à m'parler, quand t'es venu pour rentrer à la maison. J'appelle Dolf pour qu'il te fasse passer de l'aut' côté.

— Pourquoi ne pas lui avoir expliqué qui je suis, mis à part que j'étais votre épouse ? demanda Andrena quand Lippin Geordie se fut éloigné pour héler Dolf.

— Parce que j'espère être le premier à le dire à mon père, dit Mag. Les nouvelles voyagent rapidement ici. Si je le disais à voix haute, le vent pourrait porter mes paroles jusqu'à lui.

Andrena avait vécu des expériences comparables, qui lui avaient fait croire la même chose au sujet de son père. Elle accepta donc la justification de Mag sans faire de commentaire.

Geordie revint accompagné d'un homme maigre, dont la silhouette et l'allure générale étaient si ressemblantes qu'elle était sûre d'être en présence de son fils. Ils déchargèrent le poney et placèrent les paniers dans une petite chaloupe qui comptait quatre rameurs. Mag aida Andrena à embarquer et sauta dans l'embarcation à son tour. Puis, les rameurs pagayèrent vigoureusement en direction de l'îlot Galbraith.

Elle pouvait voir la tour carrée s'élever au-dessus des arbres. Elle remarqua Mag qui l'observait et qui paraissait de plus en plus inquiet.

— Est-ce que quelqu'un sur les remparts pourrait vous reconnaître ? demanda-t-elle.

— C'est possible, dit-il, mais il est plus probable qu'ils préviennent simplement mon père de l'approche d'une embarcation. Il viendra voir lui-même de qui il s'agit.

— Il fait plus sombre à présent, fit remarquer Andrena, et la nuit tombera bientôt. Vous reconnaîtra-t-il dans cette pénombre ?

Comme il omit de répondre, elle comprit qu'il importait peu que le laird de Galbraith soit prévenu ou non de leur arrivée. Ils sauraient ce qu'il pense bien assez vite.

Mag sentait sa nervosité augmenter, mais il comprit rapidement qu'il ne s'inquiétait pas pour lui-même. Il redoutait plutôt que son père puisse dire quelque chose qui pourrait blesser Andrena.

Cette pensée le rasséréna. Quand ils atteignirent le quai de l'îlot, il avait retrouvé ses moyens.

Ce ne fut pas Galbraith qui descendit l'escalier pour venir à sa rencontre, toutefois, mais le vieux Hector. Et Hector souriait. Malgré tout, quand le vieil homme lui serra la main, il dit précipitamment :

— Nous n'devons pas nous attarder, mon garçon. L'maître attend dans la grande salle. Et il a dit à tout l'monde de partir, afin qu'tu sois seul avec lui.

— Merci, Hector, dit Mag en faisant passer Andrena devant lui. Madame, voici le majordome de mon père, Hector Galbraith. Et cette dame, Hector, est ma femme, Andrena.

— C't'un honneur, milady, dit Hector en inclinant la tête poliment. J'espère qu'vous aimerez votre séjour ici. Et si que'qu' chose vous déplaît, n'hésitez pas à m'le dire.

— Merci, Hector, dit Andrena. C'est magnifique ici.

Le vieil homme sourit, puis héla Dolf pour qu'il l'aide à monter leurs bagages dans la tour.

Mag guida Andrena jusqu'au bout du quai et sur un chemin de galets.

— Nous irons voir mon père directement, dit-il. Hector restera à l'écart jusqu'à ce que mon père l'appelle.

La tour était plus petite que celle de Tùr Meiloach et comportait quatre étages. Puisqu'elle était bâtie sur un îlot, elle était dépourvue d'un mur de protection et les arbres poussaient au pied de la tour. Dans le silence du soir, elle entendit des poules qui caquetaient et le sourd beuglement d'une vache.

— Vous avez des animaux sur cet îlot ? s'étonna-t-elle. Il semble si minuscule.

— Il est petit si on le compare à Inchconnal et à d'autres. Mais nous avons des chiens, une vache, des poulets, des canards et deux porcs qui donnent régulièrement des porcelets. Mais venez maintenant. À moins que vous préfériez faire votre toilette et vous rafraîchir avant d'aller le voir ?

— Nous ne serons pas mieux accueillis en faisant attendre votre père, sire.

— Alors, prenez mon bras, dit-il en lui présentant le sien. Pincez-le fortement s'il commence à hurler comme Lippin Geordie l'a prédit.

Elle le pinça.

— Et qu'est-ce que cela voulait dire ?

— Un simple essai, dit-elle. J'aime éprouver les choses avant d'avoir besoin de les utiliser.

— Prenez garde de ne pas vous mériter un soufflet, dit-il, afin que je puisse voir si cela produit sur vous un effet salutaire. Nous avons convenu que vous cesseriez de me sonder.

Elle lui sourit, et il lui rendit son sourire. Mais ils redevinrent sérieux en franchissant le seuil de la porte et virent le père de Magnus qui attendait debout près du foyer.

Le laird de Galbraith n'avait pas changé en deux ans. Il se tenait toujours très droit, grand et imposant. Ses cheveux noirs et sa barbe soigneusement taillée montraient quelques traces supplémentaires de gris, mais c'était les seuls changements perceptibles. Il portait une tunique noire, brodée de ganses argentées aux poignets et au col, tombant à la taille par-dessus un pantalon noir moulant et de courtes bottes de la même couleur.

— Alors, tu es enfin revenu, Magnus, dit-il d'un ton neutre.

Mag fut un moment tenté de rappeler à son père qu'il lui avait dit ne plus vouloir le revoir, mais Mag pensa plutôt à la main délicate déposée sur son avant-bras. Il respira profondément avant de parler.

— Comme vous le voyez, milord, dit Magnus. Et j'espère que vous ne nous fermerez pas votre porte.

⚬

Andrena retint son souffle en attendant la réponse de Galbraith.

— Vous pouvez rester ici cette nuit, dit le laird. Ensuite, nous verrons.

Elle se demanda si le laird exploserait, ou s'il s'en tiendrait à son attitude austère et distante. C'était un homme qui gardait une stricte maîtrise de soi. Mais il n'avait jamais dû réprimer ses sentiments pour survivre, comme Mag l'avait fait. En dépit du regard sévère de Galbraith, elle sentait les émotions qui bouillonnaient en lui.

La posture de Mag et la tension visible qui l'habitait la renseignaient beaucoup sur ce qu'il ressentait. Elle en était venue à comprendre qu'il aimait beaucoup sa famille, y compris ce démon de Patrick. Mais elle voyait maintenant que son père comptait plus pour Mag qu'elle ne l'avait supposé, et qu'il cherchait désespérément son approbation.

— Je ne croyais pas que vous nous recevriez, sire, dit Mag. Je vous en suis reconnaissant.

— J'espérais ta visite bien avant aujourd'hui, répondit Galbraith d'un ton bourru. Ne me dis pas que tu as été retenu captif de ce vaurien de Pharlain tout ce temps.

— J'ai bien peur que si, dit Mag. Mais je suis libre, maintenant. Je suis venu parce que j'ai des affaires urgentes à discuter avec vous.

— Vraiment ?

— Oui, sire, dit Mag. Mais d'abord, je désire vous présenter mon épouse, Lady Andrena.

Elle relâcha l'avant-bras de Mag, puis fit une révérence aussi profonde que celle qu'elle avait faite devant le roi des Écossais. Elle attendit la tête baissée que Galbraith parlât.

Comme il restait muet, elle leva les yeux et vit qu'il regardait fixement Mag.

Ayant démontré suffisamment d'humilité, elle se releva et garda le silence, attendant que Galbraith prenne acte de sa présence.

Il paraissait plutôt étonné.

— Je vous demande pardon, madame, dit-il, mais si je ne m'abuse… il n'y a qu'une dame dans ces parages qui porte ce nom.

— Je suis Andrena MacFarlan, milord, lui confirma Andrena. Mon père est Andrew Dubh MacFarlan, de Tùr Meiloach, le chef légitime du clan Farlan. Ma mère est Lady Aubrey Comyn, une parente de votre défunte épouse. Quand Magnus s'est jeté par-dessus bord d'une galère du cousin Farlan, à la faveur d'une violente tempête…

La main de Mag effleura son bras, l'incitant à le laisser continuer à sa place.

— Il suffit de dire, dit-il, que je me suis évadé, milord, et que j'ai trouvé refuge chez Andrew Dubh et sa famille. Il

m'a persuadé d'épouser Andrena pour des raisons personnelles, dont nous pourrons discuter plus tard, vous et moi.
Je l'ai épousée de ma propre volonté, toutefois, et j'espère
que ce mariage sera aussi heureux pour moi que le vôtre l'a
été avec ma chère mère.

— Je te le souhaite, dit Galbraith, d'un ton poli, sans
plus.

Mais Andrena sentit de nouveau une émotion plus profonde chez lui. Elle ne pouvait l'identifier précisément, mais
elle était persuadée que ce n'était pas de la colère, et que
Galbraith n'était pas indifférent envers son fils.

— Cela me surprend que tu aies mis tant de temps à
t'échapper, dit Galbraith.

Sans hésiter, Andrena intervint dans la conversation.

— S'il n'avait pas attendu, dit-elle, les résultats auraient
pu être catastrophiques. En vérité, ce pourrait encore être le
cas.

Pour la première fois, elle capta toute son attention.

— Et comment cela, madame ? lui demanda-t-il.

Le regard d'Andrena croisa celui de Magnus.

— Vous devez le lui dire, sire, dit-elle. Il vous écoutera.

— Voilà des paroles bien étranges, jeune dame, dit
Galbraith. Je suis ici et je vous entends aussi bien que je l'ai
toujours fait.

— Elle ne voulait pas vous manquer de respect, sire, dit
Mag. Mais elle a raison de dire que je dois m'expliquer.
Oserais-je espérer, toutefois, que nous sommes arrivés à
temps pour le repas du soir ?

L'ébauche d'une lueur qu'elle voyait si souvent dans les
yeux de Mag apparut alors dans ceux de son père, et
Andrena se détendit un peu plus.

Chapitre 16

Se tournant vers la porte voûtée par laquelle ils étaient entrés dans la grande salle, Galbraith hurla :

— Hector !

— Oui, m'lord, dit le majordome.

Il apparut dans l'ouverture si rapidement que Mag ne doutât pas un seul instant qu'Hector était resté à l'entrée et avait entendu chaque parole prononcée dans la salle.

— Apportez de la nourriture pour nos invités, dit Galbraith. Ils ont parcouru une longue et pénible route aujourd'hui. Faites aussi préparer la chambre de Rory pour eux.

À l'intention de Mag, il ajouta :

— Rory occupe maintenant la chambre de Will, mais Alana l'accompagne rarement, car elle se plaint de l'humidité. Alana est la femme de Rory, expliqua-t-il à Andrena, qui hocha simplement la tête.

— Où Alana habite-t-elle, alors ? demanda Mag.

— À Culcreuch, évidemment, dans la vieille tour, répondit Galbraith. Elle s'intéresse à notre vieux château.

— C'est heureux, puisque Culcreuch sera bientôt sa demeure, dit Mag. Il y fait plus chaud aussi, je pense, et l'air est sans doute plus sec.

— Passons-nous à table ? dit Galbraith en faisant un geste vers l'estrade.

Ils s'assirent confortablement à l'extrémité de la table d'honneur, le plus proche possible du foyer. Galbraith était tourné vers la salle basse tandis que Mag et Andrena, côte à côte, lui faisaient face.

Tandis que les serviteurs allaient et venaient, déposant la nourriture et le vin sur la table sous la supervision d'Hector, Mag et son père causaient du temps qu'il faisait. Ils étaient d'avis qu'il y aurait de la pluie et que les après-midi venteux étaient annonciateurs d'orages.

Andrena ne se mêlait pas à la conversation, mais Mag était conscient de sa présence et se demandait ce qu'elle pensait de son père.

Enfin, Galbraith congédia Hector et ses valets, avec l'ordre de ne pas revenir dans la salle à moins d'être appelés. Puis, il se tourna vers Andrena et s'adressa à elle :

— Comment se porte votre père, jeune femme ? Et madame votre mère ?

— Ils vont bien, je vous remercie, milord, répondit-elle poliment.

— J'espère que vous ne serez pas offensée par ce que je vais dire, jeune femme. Mais je me demande comment Andrew Dubh est parvenu à persuader mon fils de vous épouser.

— Vraiment, sire ? demanda-t-elle en le regardant en face. J'ose croire que toute épouse aurait bien du mal à ne pas être outrée par une telle remarque. Mais je vous sur-prendrai peut-être en vous disant que je ne le suis pas. Je comprends que notre mariage puisse vous mettre en colère, car Magnus n'était pas en mesure d'obtenir votre consentement.

À la surprise de Mag, son père ne lui répondit pas immédiatement, et quand il le fit, ce fut bien moins brusquement qu'il s'y attendait. Il fut encore plus surpris quand le visage de l'orgueilleux chef du clan Galbraith sembla exprimer du regret.

— Je n'aurais pas dû dire cela, milady, dit-il. Et vous avez parfaitement raison : le fait d'avoir dit que je ne souhaitais pas vous offenser n'a pas empêché des mots blessants de sortir de ma bouche. J'espère que vous accepterez mes excuses.

— Très volontiers, sire, dit Andrena. Je suis consciente que ces retrouvailles sont difficiles pour vous deux. Magnus m'a confié dans quelles circonstances vous vous étiez quittés. Je suppose que cette dispute vous a blessé autant qu'elle l'a blessé.

Mag aurait voulu lui intimer de se taire, mais il ne voyait pas comment le faire sans aggraver les choses. Et puis, son père semblait d'accord avec elle puisqu'il hochait la tête approbativement.

Galbraith reprit la parole :

— Ce qui me déconcerte, toutefois, c'est que Mag soit resté à Arrochar si longtemps. J'imagine mal que l'un de mes fils n'ait pas su déjouer un homme comme Pharlain bien avant.

Mag serra les lèvres, mais Andrena releva le défi.

— Vraiment, sire? dit-elle en le regardant dans les yeux. Peut-être n'avez-vous jamais été prisonnier d'un homme aussi impitoyable que Pharlain. On m'a dit qu'un pauvre hère, ayant voulu s'échapper, a été amputé d'un pied en guise de châtiment. Pharlain en a aussi fait pendre d'autres pour le plaisir de satisfaire ses cruels penchants. De plus, il enchaîne ses rameurs, spécialement les plus grands et les plus forts.

Le regard de Galbraith passa d'Andrena à Mag, mais celui-ci ne broncha pas. Il y avait longtemps que quelqu'un s'était porté à sa défense. Et bien qu'il fût capable de s'en charger lui-même...

— En outre, continua Andrena, si Magnus s'était échappé plus tôt, il n'aurait pas appris l'existence de la conspiration contre Sa Majesté.

— Quoi ? demanda Galbraith d'un ton brusque en les regardant tous les deux. Quelle est cette absurdité ? Quelle conspiration ?

— Des bruits courent à cet effet, sire, dit prudemment Magnus.

Il aurait préféré procéder plus graduellement, en essayant d'abord de savoir ce que son père pensait de Jamie Stewart, avant d'utiliser les mots «complot» ou «conspiration». Mais il était trop tard maintenant.

Le front de Galbraith se creusa d'une ride profonde.

— Qui, exactement, trame ce prétendu complot ? demanda-t-il.

Mag le regarda en silence, déterminé à ne pas répondre tout de suite. Il était certain que son père à l'esprit vif avait déjà deviné — s'il ne les connaissait pas déjà — les noms des conspirateurs probables. Son silence, ou quelque faux-fuyant, serait encore plus éloquent que s'il nommait simplement le duc Murdoch, ses fils et Lennox.

Dans le silence de plus en plus lourd qui s'ensuivit, le laird posa de nouveau son regard sur Andrena. Mag continua de fixer son père tandis qu'Andrena demeurait silencieuse.

Elle ne lança même pas un regard rapide à Mag, nota celui-ci du coin de l'œil.

— Pardieu, Mag! dit enfin Galbraith. J'imagine facilement que tu puisses croire à un complot contre le jeune Jamie. Tu as toujours eu un préjugé favorable en faveur de ce garçon-là.

Mag répliqua tranquillement.

— Sauf votre respect, milord, ce n'est plus un garçon aujourd'hui. Il a trente ans et il est le roi des Écossais. De plus, sire, au cours de la dernière année, il a prouvé qu'il était capable de régner sur le royaume et bien déterminé à le faire.

— Il a tenu les rênes pendant un certain temps et il pourrait continuer à le faire, dit Galbraith. En vérité, je lui souhaite de réussir. Mais il est jeune et inexpérimenté. De plus, il a vécu en Angleterre avec l'Anglais Harry et son fils beaucoup trop longtemps pour bien connaître l'Écosse.

— Il semble savoir ce qu'il fait, toutefois, dit Mag. Et les conspirateurs...

— Ne tourne pas autour du pot, Mag, l'interrompit son père. Si tu as entendu parler de cette conspiration à Arrochar, tu dois forcément soupçonner Pharlain d'en être l'instigateur. Allons donc, Pharlain!

L'expression de son visage et le ton de sa voix exprimaient la plus complète incrédulité.

— Cela va bien plus haut que Pharlain, père, répliqua Mag calmement. Je suis persuadé de cela. Ce que je voudrais savoir, s'il m'est encore permis de vous le demander, c'est quelle sera la position du clan Galbraith s'ils se décident à mettre leur complot à exécution.

— Je suis loyal au roi d'Écosse en tant que chef suprême, répondit sèchement Galbraith. J'aurais cru que tu saurais au moins cela de moi, mon garçon. Je suis également le fidèle vassal lige du comte de Lennox, ce que tu devrais savoir aussi, mais que tu choisis d'ignorer quand cela te convient.

— Je ne l'oublie pas, milord, répondit Mag. Cependant, je ne suis pas n'importe quel homme aveuglément, en particulier un félon, dont la politique consiste à faire passer sa propre cupidité avant le bien-être du royaume.

— Si tu crois que ta conspiration se trame à un niveau plus élevé que Pharlain, tu dois aussi inclure Lennox dans les conjurés, observa Galbraith.

— C'est ce que je fais, affirma Mag. Je compte aussi Murdoch et ses fils dans le complot. Je reconnais que je n'ai pas été très présent ces derniers mois. Mais il est clair que Lennox a suivi Murdoch avec constance. Et Murdoch est assez bête pour penser que Jamie lui laissera régenter le royaume dès qu'il décidera de le faire. Il est sans doute en étroits rapports avec ses fils. De plus, il laisse Alexander et ses hommes terroriser le pays au mépris de toutes les lois, comme lui et Walter le faisaient avant l'arrestation de Walter.

— Je n'ai entendu parler d'aucun complot. Mais…

Galbraith hésita.

Cette fois, le regard qu'il lança en direction d'Andrena apprit à Mag que Galbraith aurait aimé qu'elle ne soit pas là. Mais Mag n'allait pas la renvoyer et, s'il pouvait l'en empêcher, il ne laisserait pas son père le faire. Sa présence avait un effet apaisant sur leur humeur à tous les deux, plus que n'importe quoi d'autre. La dernière chose qu'il voulait était de s'emporter ou de faire sortir Galbraith de ses gonds.

Le silence s'alourdissait de seconde en seconde.

Les domestiques étaient sortis et resteraient prudemment à l'écart. Hector lui-même ne réapparaîtrait pas avant qu'on l'appelât. Entretemps, le pichet de vin rouge restait intouché entre les convives. Mag se décida à le prendre et versa un peu de vin à Andrena.

Lançant un regard interrogateur à Galbraith, il reçut un petit hochement de tête en guise de réponse, et il remplit aussi sa coupe. Il remplit ensuite le sien presque jusqu'au bord. Puis, il déposa doucement le pichet, leva sa coupe et en but une gorgée.

— Ce vin rouge est remarquable, sire, dit Mag, pour ensuite déposer la coupe, tout en la gardant à la main. Vous êtes toujours un connaisseur en matière de vin.

— Il est excellent, acquiesça Galbraith. Tu sembles avoir une haute opinion de Jamie pour un homme qui a été enchaîné depuis son retour. J'aurais cru…

Il s'arrêta quand Mag hocha la tête.

— J'ai rencontré Sa Majesté à l'abbaye de Paisley il y a deux jours, père, dit Mag. Après avoir appris l'existence du complot contre lui, je me suis enfui en profitant du violent orage de dimanche dernier et j'ai nagé jusqu'au rivage de Tùr Meiloach. Quand je l'ai dit à Andrew, il a été d'accord pour que je prévienne le roi. Nous avons été heureux de le trouver aussi rapidement.

— Jamie se rend souvent à Paisley, dit Galbraith. Son père est enterré dans l'église de l'abbaye.

— Devant l'autel, en vérité, dit Mag. J'ai vu Jamie rayonner de confiance, sire, et j'ai pu constater à quel point il est déterminé à apporter à toute l'Écosse la primauté de la loi. Cela peut sembler une notion très anglaise, mais nous avons depuis longtemps des lois et des règlements auxquels nous devrions tous obéir — ce qui est loin d'être le cas. Les gens des Borders et des Highlands, en particulier, n'en font qu'à leur tête.

Galbraith esquissa une moue ironique.

— Tu n'insinues quand même pas que le premier duc d'Albany ait observé les lois, n'est-ce pas?

— Non, répondit Magnus, mais il en a admis l'existence — et il les appliquait aussi, quand cela lui agréait. J'espère que vous ne nierez pas que le mépris du droit s'est grandement aggravé depuis que Murdoch a succédé à son père comme gouverneur du royaume.

— Non, répondit l'aîné des deux hommes, parce que c'est vrai. En vérité, j'accueillerais volontiers des lois appropriées qui s'appliqueraient à tous, ainsi que la restauration d'un semblant d'ordre dans ce royaume. Si Jamie peut accomplir cela, j'acclamerai son retour et je le soutiendrai avec force. Mais seulement si je peux le faire sans mettre en danger notre clan, nos terres ou la sécurité de nos familles.

— Alors, dit Magnus, vous attendez que Jamie l'emporte avant de l'appuyer. Est-ce cela que vous me dites?

— Je te dis que je lui accorderai mon soutien si je peux le faire sans danger, répondit Galbraith. Mais je ne courrai pas le risque d'attiser la fureur de Lennox, de Murdoch ni celle de ses fils impitoyables, si je peux l'éviter. En vérité, mon garçon, je crains que nos nobles insoumis ne soient trop puissants pour Jamie. S'ils complotent son assassinat, ils arriveront sans doute à leurs fins.

— Mais ils ne doivent pas y arriver ! s'exclama Andrena, ce qui lui attira les regards sévères de Mag et de Galbraith. Je vous prie de m'excuser, reprit-elle, mais je ne peux rester assise sans rien dire. Je crois en Jamie Stewart. Il est sincère et désire rétablir la loi et l'ordre dans le royaume. Dieu sait que nous avons tous besoin de paix et d'être protégés contre ceux qui nous terrorisent. Mais Jamie a besoin de l'aide d'autres chefs puissants, comme mon père, s'il parvient à reconquérir ses terres et ses titres. Car je crois aussi en mon père. Je sais qu'il ne mettra pas dans la balance les chances de réussir ou d'échouer. Pas plus qu'il ne s'inquiétera de contrarier Lennox, Murdoch, et encore moins Pharlain. Mon père ne manque pas de courage. Cependant, il ne peut gagner cette bataille seul, pas plus que Sa Majesté, et il comprend cela. Mais il appuiera le roi, car il est notre suzerain à tous, même au comte de Lennox et à Murdoch Stewart.

Le silence retomba de nouveau, lourd comme une pierre. Mag pouvait sentir la furie que les mots d'Andrena avaient attisée chez son père. Plus jeune, Mag aurait tremblé, non seulement pour Andrena, mais aussi pour lui-même, de l'avoir laissée s'exprimer avec autant de candeur. Mais il ne tremblait plus maintenant. Il observa son père attentivement quelques instants, avant de laisser son regard glisser vers sa jeune épouse si franche.

Elle, cependant, regardait toujours calmement Galbraith.

Cela stupéfia Mag. Il était sûr qu'elle serait inquiète de la réaction de son père à son discours direct, et tremblerait de l'avoir mis en colère. Elle semblait plutôt inconsciente d'avoir piqué l'orgueil même de ce vieux tigre de Galbraith.

—◦◦◦—

Andrena s'émerveillait de la facilité avec laquelle elle pouvait lire les émotions de Galbraith, par comparaison avec celles de son fils.

Elle en avait suffisamment entendu de la part de Mag, et vu elle-même, pour déduire que le père et le fils se ressemblaient beaucoup. Mais la maîtrise de soi de Mag était plus grande que celle de son père. Et elle se rendait compte maintenant que c'était la raison pour laquelle les émotions de Mag se reflétaient rarement sur son visage ou dans son langage corporel.

La tension de Galbraith était palpable, tout comme l'était son amour-propre, et elle soupçonna que ses paroles avaient heurté son sens de l'honneur. Elle pouvait sentir le regard constant de Mag sur elle et pouvait même percevoir son inquiétude. Sans doute qu'il craignait que son père se déchaînât contre elle. Mais elle savait que Galbraith n'en ferait rien.

Quand le laird respira profondément et expira lentement, elle tourna son regard vers Mag.

— Je pense que vous devriez lui transmettre la demande de Sa Majesté, sire.

Mag continua de la regarder, assez longtemps pour la rendre un peu mal à l'aise, avant de répondre :

— Et moi, je pense que la première chose à faire, dit-il, est de vous excuser du langage que vous avez tenu à mon père.

— Ce n'est pas nécessaire, dit Galbraith d'un ton bourru.

Le regard de Mag resta fixé sur Andrena.

— Magnus a raison, milord, dit-elle à Galbraith. J'ai laissé libre cours à ma passion, et je n'aurais pas dû. Mon père dirait que je n'avais aucune raison de vous jeter mes opinions à la figure comme je l'ai fait. Vous avez eu la courtoisie de vous excuser auprès de moi pour ce que vous aviez dit. Je ne peux faire rien de moins, car je suis désolée d'avoir parlé avec emportement. J'espère que vous me pardonnerez aussi, car je ne tiens pas à envenimer la situation.

— Je vous pardonne, jeune femme, dit Galbraith. En vérité, j'admire le courage quand je le rencontre et je dois parfois faire de grands efforts pour en trouver en moi-même. Vous m'avez fait réfléchir, dit-il avant de se tourner vers Mag. Quelle est cette mission dont Sa Majesté t'a chargé auprès de moi ?

⎯⎯∞⎯⎯

Comme il ne voyait aucune raison de s'embarrasser de plus de précautions, Mag alla droit au but :

— Sa Majesté désire savoir dans quel camp vous vous rangez, sire. Jamie veut connaître ceux qui l'appuient, et ses ennemis aussi. Il est surtout préoccupé par les lairds du loch Lomond.

— De tous ceux qui dépendent de Lennox, en fait, dit Galbraith.

— C'est cela, père, dit Mag. Il est certain que Lennox est du côté de Murdoch et de ses fils. Parce que la fille de Lennox, Isabella…

— … est mariée à un Murdoch, dit Galbraith avec humeur. Je le sais très bien, garçon. Qui n'est pas au courant ? Un homme ne doit-il pas soutenir ses beaux-fils ?

— On pourrait espérer qu'un homme aussi puissant guiderait son beau-fils indiscipliné, dit Mag. Je crois que le comte a décidé de rejeter le roi légitime en faveur d'un félon qui martyrise les sujets du royaume, sème la terreur et s'accapare de propriétés sur lesquelles il ne détient aucun droit.

Galbraith fit une mine dépitée.

— Tu fais porter à Murdoch la responsabilité des actes de ses fils, dit-il. Il est lui-même trop indolent pour commettre tout ce dont tu l'accuses. Par ailleurs, j'ai dit que j'aiderai Jamie dans la mesure de mes moyens. Je ne peux toutefois pas, en toute conscience, risquer tout ce que nous avons — tout le patrimoine du clan Galbraith — pour soutenir ce qui est vraisemblablement une cause perdue.

— Le fait est qu'il y a trop de chefs dans cette conspiration, dit Mag. Qui est à sa tête ? Lennox, qui aura bientôt quatre-vingts ans ? Ou Murdoch, qui est à la fois paresseux et sot ? Ils voudraient tous les deux que Walter Stewart s'empare du trône, qui est aussi impitoyable que son grand-père, le duc d'Albany. Mais Walter est en prison. Je ne compte pas Pharlain au nombre de ceux qui pourraient ourdir un tel coup, mais soutiendra-t-il le sot, le prisonnier, ou le vieillard ? Il manque une pièce à ce casse-tête. Il ne me reste que peu de temps pour la trouver. Entretemps, je dois répéter à Sa Majesté tout ce que vous m'avez dit, sire. Vous ne voudriez pas que je lui mente, n'est-ce pas ?

— Non, je ne veux pas cela, répondit Galbraith. Je me fie à toi pour que tu lui répètes mes paroles telles que je les ai dites.

— Comptez sur moi, père, promit Mag.

— Dans ce cas, il y a autre chose que tu dois savoir, dit Galbraith. Pharlain a laissé courir le bruit qu'il se rendra à Perth la fin de semaine prochaine, à la demande de Lennox. Il prendra la tête des autres partisans de Lennox, ainsi leurs forces seront prêtes quand le Parlement se réunira.

— Mais il y a des règles qui limitent l'escorte qui peut accompagner un noble, dit Mag. S'ils chevauchent tous avec Pharlain, ils auront l'air d'une armée en marche.

— En vérité, mon garçon, Pharlain s'attend bien à ce que nous ignorions ces règles, dit Galbraith. Il fait circuler la rumeur que c'est Sa Majesté qui désire que tous soient présents.

— Vous devriez le dire à Sa Majesté vous-même, sire, dit Mag.

— Je ne le puis, dit Galbraith. Tu penseras peut-être que je manque de ce courage que j'admire tant chez ta noble épouse ; mais je ne suis pas prêt à défier Murdoch ni Lennox. Pas plus que tu ne devrais oublier, pour rester dans cette ligne de pensée, que Murdoch et ses vils fils sont les premiers dans l'ordre de succession au trône, si quelque malheur devait arriver à Jamie.

— Je dois informer Sa Majesté de ce que vous m'avez dit et lui dire de qui je le tiens, répondit Mag.

— Voilà ce que j'espérais, ni plus ni moins, dit Galbraith. J'aimerais que tu ne partes pas à l'aube, cependant. Il y a d'autres sujets dont j'aimerais t'entretenir. De plus, ta dame doit être fatiguée après une si longue randonnée aujourd'hui. Tu ne peux vouloir la soumettre à un autre voyage dès demain.

— Andrena a l'habitude des grandes promenades, dit Mag. Mais je lui en parlerai avant de prendre une décision. Sa Majesté doit toujours être à Paisley ; ainsi, je pourrai lui porter un message rapidement si je prends un bateau jusqu'à Balloch et que je chevauche ensuite à partir de là.

Jugeant qu'elle en avait assez entendu, Andrena se leva, et les deux hommes l'imitèrent. Elle fit une révérence à Galbraith.

— Auriez-vous l'obligeance de demander à Hector ou à l'un de ses serviteurs de m'accompagner jusqu'à ma chambre, sire ? demanda-t-elle. Je vous laisserai parler aussi longtemps qu'il vous plaira. Et j'aimerais aussi prendre un bain…

Elle fit une pause en souriant au laird.

— Naturellement, dit-il. Hector !

— M'lord ? dit Hector, apparaissant de nouveau dans l'ouverture de la grande porte voûtée.

— Notre noble invitée désire prendre un bain, dit Galbraith.

— Une baignoire a déjà été montée à sa chambre, m'lord, dit Hector. Si m'lady est prête à m'suivre maintenant, j'dirai aux garçons de commencer à la remplir.

Ce plan parut tout à fait sensé à Andrena, qui se tourna pour suivre le vieil homme.

— Je vais avec vous, jeune femme, dit Mag doucement.

— Je crois que vous avez envie de continuer à parler encore un peu avec votre père, sire, répliqua-t-elle. Hector veillera sur moi, j'en suis sûre. Je ne m'endormirai pas avant que vous ne soyez venu me retrouver.

— Très bien, répondit Mag. Je ne tarderai pas.

—◦◦—

Mag la regarda partir. Il aurait préféré l'accompagner plutôt que de rester et de parler avec son père. Si Galbraith soulevait la question de la mort de Will ou de l'embuscade contre eux, s'il lui rappelait qu'il l'avait prévenu qu'il entraînait son frère à la mort, il devrait l'écouter jusqu'au bout.

Mais si Galbraith attendait de lui qu'il aborde ces sujets, ce serait en vain. Mag comprenait la tâche que Jamie Stewart lui avait confiée, et ressasser le passé avec son père n'en faisait pas partie. Non seulement cela risquait-il de faire exploser la colère de Galbraith, ou celle de Mag, mais cela ne ferait rien pour gagner le soutien du clan Galbraith à la cause de Jamie. Cela pourrait avoir plutôt l'effet contraire.

Pendant que Galbraith observait la porte voûtée par laquelle disparaissait la silhouette d'Andrena, Mag risqua une question inoffensive.

— Avez-vous eu des nouvelles de Mina et de Jonetta, sire ? demanda-t-il à son père. Et qu'en est-il de Lizzie ? Est-elle mariée à présent ?

— Non, mais j'ai bon espoir, dit Galbraith, qui paraissait soulagé du changement de sujet.

Ils ne parlèrent que d'affaires familiales, jusqu'à ce que Mag fût certain qu'Andrena avait terminé sa toilette et qu'elle était prête à se coucher. Profitant d'un moment où la conversation languissait, Mag dit :

— Vous m'excuserez, père. Mon épouse se demandera ce qu'il advient de moi.

— Oui, à n'en pas douter, dit Galbraith. C'est une beauté, ta jeune femme. Je n'avais pas prévu approuver une alliance entre notre famille et celle d'Andrew Dubh, mais je crois que tu as fait un bon choix.

Après une pause, il ajouta :

— Tu pourras dire à Andrew que s'il croit que nous pouvons arrêter Pharlain — c'est-à-dire le vaincre —, je ferai tout ce que je peux pour l'aider. Ce sera mon cadeau de mariage, en quelque sorte.

— Je le lui dirai, et c'est bien plus qu'un simple présent, sire, répondit Mag. Je vous remercie en son nom.

Autant il aurait voulu croire son père, autant il avait peu confiance dans sa promesse. En gravissant l'escalier, il pensa alors à un détail, d'une importance capitale, que ni lui ni Andrena n'avaient mentionné à Galbraith : le fait que Mag avait consenti à prendre le nom de MacFarlan.

≺◦≻

Seule dans la chambre, Andrena, ayant revêtu sa robe de chambre de soie verte, se brossait les cheveux. Elle avait maintenant chaud après son bain et se demandait si Mag tarderait encore longtemps. Soudain, la porte s'ouvrit, Mag entra et il lui dit sans préambule :

— J'aimerais que nous n'allions pas au lit tout de suite.

— Qu'avez-vous en tête, sire ? demanda-t-elle d'un ton sage.

Son regard fit lentement le tour de la pièce, comme s'il ne l'avait jamais vue avant. Puis, il se tourna vers elle et ses yeux rayonnaient d'un éclat espiègle.

— Vous avez déjà dit que vous vouliez mieux me connaître, dit-il. Alors, j'ai pensé que je pourrais vous montrer un endroit que j'affectionne particulièrement.

— Volontiers, répondit-elle. Dois-je me rhabiller ?

Il sourit.

— Vous pouvez venir dévêtue, dit-il, si vous vous couvrez d'une longue cape jusqu'à ce que nous soyons hors de vue du château. Mais je pense que vous seriez plus à l'aise dans des vêtements chauds.

— Les vêtements les plus chauds que j'ai apportés sont ma culotte en daim et mon manteau court, dit-elle avec un sourire moqueur. Est-ce que votre père et Hector seront offensés si je les porte ?

— Cela se pourrait, dit-il, car j'ai moi-même été étonné de vous voir ainsi vêtue sur la falaise l'autre jour. J'ai d'abord cru que vous étiez un garçon. Portez-vous souvent de tels vêtements ?

— Seulement pour mes promenades solitaires, dit-elle.

En parlant, elle se rendit compte que malgré son expérience avec lui, elle s'attendait encore à sentir ses réactions à ce qu'elle disait, comme si elle avait pu lire en lui. Cette fois-ci, elle ne sentit rien, mais quand elle le vit froncer légèrement les sourcils, elle devint méfiante.

— Sur des terrains tels que les nôtres, expliqua-t-elle, il est plus facile de marcher avec une culotte que d'avoir constamment à se soucier de ses jupes.

— Je devrais peut-être vous rappeler, dit-il, que je désapprouve les promenades solitaires, comme vous les appelez, en tout temps. Pluff m'assure que la vieille Bess est la seule compagnie dont vous avez besoin. Mais nous savons tous les deux que vous ne l'emmenez pas toujours.

Le ton de sa voix était calme, ne trahissant rien au-delà de la désapprobation qu'exprimaient ses mots. Elle ne pouvait juger de la sévérité de cette remontrance ni savoir s'il lui ordonnait de renoncer à ses excursions. Car si c'était le cas...

Elle rejeta la pensée de son esprit, et dit d'un ton léger :

— Voulez-vous discuter des habitudes que vous désapprouvez, sire, ou préférez-vous me montrer votre merveilleux domaine ?

Il serra légèrement les lèvres.

— Portez votre culotte en daim, jeune femme, dit-il. Mais nous rediscuterons de cela, soyez-en assurée.

Obéissant rapidement, elle mit sa ceinture et plaça son poignard dans son fourreau de cuir. Puis, alors qu'elle nouait en vitesse ses cheveux en deux longues nattes, elle demanda :

— Est-ce que vous et votre père avez eu le temps de discuter ?

Il haussa les épaules.

— Si vous faites allusion à nos désaccords passés, à la mort de Will ou au fait que j'ai accepté de prendre le nom de MacFarlan, non. Nous avons parlé d'affaires familiales plus anodines. Je l'ai laissé diriger la conversation, car je ne voulais pas contrarier un homme dont Jamie a besoin.

— Le laird n'a pas clarifié ses intentions au sujet de Jamie, n'est-ce pas ?

— Assez clairement pour moi, dit Mag. Il attendra de découvrir dans quelle direction le vent de la politique le portera.

— Mais n'a-t-il pas dit qu'il aiderait mon père s'il le pouvait ?

— Oui, c'est ce qu'il a dit, répondit Mag. Et il l'a redit après votre départ. Êtes-vous vous prête à partir, maintenant ? demanda-t-il alors qu'elle chaussait sa seconde botte.

— Je suis prête, dit-elle, à moins que vous ne teniez vraiment à me dissimuler sous une cape.

— Nous apporterons la vôtre, dit-il, mais vous n'avez pas à la porter si vous ne le voulez pas.

Il la mena par un escalier de service jusqu'à la cuisine, et ensuite à l'extérieur en franchissant une poterne. Ils traversèrent la cour, puis un boisé, avant de s'arrêter au loch. Une petite barque à deux rames était penchée sur la berge et attachée à un pieu, son mât dressé, sa voile relevée. La surface du loch était étale comme du verre et la lune qui s'y reflétait ressemblait à une perle prodigieuse sur du velours noir.

Mag déposa la cape d'Andrena dans l'embarcation, poussa la poupe à l'eau, et lui fit signe de monter à bord dès que l'embarcation fut à flot.

— Allez vous asseoir à l'arrière, jeune femme, dit-il.

L'air était froid, mais il n'avait que sa tunique et les mêmes culottes qu'il avait portées toute la journée. Il n'avait pas mis son plaid. Le bateau n'oscilla que légèrement quand il embarqua avec une grande sûreté de mouvement.

Mag s'assit sur le banc au centre et commença à ramer. L'embarcation s'éloigna de la rive, suivie par des tourbillons de vaguelettes, tandis que les éclaboussements de chaque coup de rames créaient, en retombant, de petites ondulations circulaires pailletées de reflets de clair de lune.

La nuit était si silencieuse et le loch si calme qu'Andrena sursauta quand elle entendit une voix. Quand elle comprit que celle-ci venait du hameau sur la berge, elle fut surprise de la distance qu'elle avait parcourue.

Mag ramait efficacement, avec puissance, d'un rythme régulier. Elle vit qu'il se dirigeait vers les îles au nord de l'îlot Galbraith, qui étaient toutes plus grandes que celle où la tour était construite.

La nuit et le paysage étaient trop parfaits pour être gâchés par des conversations. De plus, comme elle avait entendu des paroles prononcées sur la berge, elle soupçonna que tout ce qu'elle et Mag diraient se propagerait jusqu'à d'autres oreilles que les leurs.

Chapitre 17

Ils passèrent devant la petite île basse et plate, couverte de tourbe mousseuse, appelée Inchmoan. Deux grandes îles aux collines abruptes, densément boisées, les entouraient maintenant et, avec Inchmoan derrière eux, elles formaient un triangle. En approchant du Narrows — une étendue d'eau tortueuse et paisible bordée de roseaux, qui séparait les deux grandes îles —, Mag regardait Andrena. La lumière de la lune éclairait son visage et il pouvait voir ses expressions changeantes.

— N'est-ce pas Inchtavannach, à notre gauche? murmura-t-elle.

— Oui, l'île des moines, dit-il. Personne ne l'habite depuis deux décennies.

— Sans doute parce que, bien qu'elle soit sur le territoire de MacFarlan, elle est aussi trop près d'Inchconnachan, où les Colquhoun détiennent une autre place forte. Je parie que Parlan craint de provoquer leur colère. C'est Inchconnachan à notre droite, n'est-ce pas? demanda-t-elle.

— C'est exact, dit-il, avant de jeter un regard par-dessus son épaule en ramant. Vous pouvez voir, en avant, l'endroit où Inchconnachan et Inchtavannach sont si près l'une de l'autre que l'on croirait qu'elles se touchent.

Dix minutes plus tard, il déposa les rames et laissa la petite embarcation dériver mollement. La lune était au zénith. Quelques vaguelettes argentées s'agrandirent un moment, mais les réflexions du paysage à la surface de l'eau, polie comme un miroir, se reformèrent bientôt.

Au début, le silence semblait omniprésent. Puis, un engoulevent lança son cri dans la nuit et battit des ailes, comme s'il signalait aux autres créatures nocturnes qu'il était temps de se réveiller. Le sifflement monotone d'un hibou lui répliqua, suivi peu après par son hululement lent et mélancolique.

Les lèvres de Dree s'entrouvrirent. Ses yeux réfléchissaient la clarté lunaire.

— Que pensez-vous de cet endroit? murmura-t-il.

⤙◦⤚

Andrena eut le souffle coupé un moment et ne put dire un mot.

Interrompu un instant par l'échange entre les oiseaux, le calme profond de la nuit reprit ses droits. Aucun souffle de vent ne faisait bruisser les feuilles, aucune vague ne clapotait sur le rivage, et l'image de la lune dans le loch reproduisait exactement celle que la jeune femme voyait dans le ciel.

Plus tôt, elle avait pu voir le majestueux Ben Lomond dominant le loch de toute sa hauteur au loin, dans le nord-est. Maintenant, avec les deux îles aux flancs abrupts qui semblaient se toucher tout juste devant eux, le Ben Lomond avait disparu. C'était comme si elle et Mag étaient entrés dans un lieu magique, le royaume des fées et des êtres fantasmagoriques.

Rompre le silence aurait pu briser l'enchantement.

Mag sourit, et elle souriait aussi. Elle essaya de penser à un autre homme de sa connaissance qui aurait pu être aussi touché par un tel endroit. Elle avait l'impression que la plupart des hommes, même profondément bouleversés, n'oseraient pas le laisser paraître.

Non seulement Magnus acceptait-il cette émotion, mais il tenait à la partager… avec elle.

Cette pensée réchauffa son âme et, à ce moment-là, elle ne désirait rien d'autre que de se sentir complètement enveloppée par sa chaleur masculine.

Ses pieds étaient près des siens. Leurs genoux se frôlaient. Elle n'aurait eu qu'à tendre la main…

Sans penser, agissant simplement, elle le fit.

Ses mains couvrirent les siennes et elle eut l'impression qu'elles étaient plongées dans un foyer. Sans un mot, il la fit se lever pour qu'elle vînt le rejoindre. Elle éprouva de la peur quand elle se trouva debout dans l'embarcation, mais ce fut bref. Mag ne la laisserait pas tomber. Pas plus qu'il ne laisserait le bateau chavirer. Elle était en sécurité avec lui, peu importe ce qu'elle faisait.

Elle se déplaça d'un mouvement agile et fut bientôt blottie dans ses bras. D'abord, elle s'agrippa à lui, puis elle s'assit sur ses genoux, s'adossant confortablement contre sa poitrine, la tête appuyée sur son épaule, tandis que les bras de Mag l'enlaçaient doucement.

Le souffle chaud de Mag chatouilla le pavillon de son oreille.

— Nous pouvons parler si vous voulez, dit-il. Le château des Colquhoun est à l'extrémité sud-ouest d'Inchconnachan et il n'y a pas d'autres habitations dans les parages. Les forêts de l'île garderont le secret de notre conversation.

— J'ai l'impression d'être dans une cathédrale ici, ou dans la chapelle d'une abbaye, et que l'on briserait quelque chose de précieux en parlant.

— J'avais l'habitude de ramer jusqu'ici quand j'étais en colère ou bouleversé, et je passais la nuit dans cette barque.

— Cela devait être bien inconfortable, dit-elle.

— Pas du tout, dit-il. Si je n'étais pas sorti du château sous le coup de la colère, j'apportais une cape et un oreiller. Et je m'en portais assez bien. Si le temps était venteux et qu'il soufflait du sud, il rugissait en s'engouffrant dans cet endroit et noyait mes pensées. Normalement, le bruissement des feuilles agitées par la brise est le seul son que l'on entend ici.

— C'est un endroit magnifique.

— Oui, sans contredit, dit Mag. En hiver, la partie sud du loch gèle complètement. On peut le traverser à cheval. Mais personne ne peut se rappeler avoir vu ce minuscule détroit geler, et pourtant, il n'est pas profond. Il fait seulement plus chaud ici, même s'il ne le devrait pas. D'autres anses abritées gèlent, bien qu'elles soient beaucoup plus profondes.

— C'est un endroit magique, alors, dit-elle avec un soupir de plaisir.

La main droite de Magnus se déplaça sur le côté de son sein droit, le frôlant machinalement. Quand le souffle d'Andrena se mua en un petit gémissement, sa main caressa les deux seins un peu plus volontairement. Puis, elle descendit vers la hanche droite de la jeune femme et s'attarda sur la culotte en daim, s'arrêtant enfin à la garde de son poignard.

Elle entendit un petit hoquet de surprise.

— Je dois avouer, murmura-t-il, que cela me désoriente de sentir une culotte enveloppant une aussi jolie hanche, sans parler du poignard. Pourquoi l'avez-vous apporté?

— Je le porte toujours avec ma culotte, répondit-elle. Le fourreau est fixé à ma ceinture.

— Et l'avez-vous déjà utilisé?

— Pour m'exercer seulement, répondit-elle, et parfois pour couper quelque chose — les brindilles d'une branche, une corde ou une courroie, par exemple. Je n'ai jamais poignardé personne et ne voudrais jamais le faire, à moins d'y être forcée.

— Eh bien, j'ai d'autres idées plus gaies en tête, dit-il. Mais je me demande comment retirer cet obstacle sans que l'un d'entre nous — ou les deux — prenne un bain glacé.

— Je ne veux pas que vous vous arrêtiez.

— Ni moi non plus, dit-il. Mais si nous continuons, cela risque de se compliquer. Je suggère de rentrer, pendant que nous pouvons encore le faire avec un peu de dignité.

⊸◦⊷

Bien que le loch fût aussi calme que les eaux du Narrows, et que la distance jusqu'à l'îlot Galbraith était la même qu'à l'aller, le voyage de retour parut plus long à Mag. Andrena s'assit de nouveau à l'arrière de l'embarcation pendant qu'il ramait, et elle lui souriait, souvent pour l'aguicher. Le corps de Mag s'embrasait de désir chaque fois.

Les nattes fauves de sa jeune épouse tombaient doucement sur ses épaules, dorées par le clair de lune, l'invitant à venir les dénouer et à caresser les mèches soyeuses. Sa poitrine, qui s'élevait et s'abaissait sous sa veste en daim, le tentait aussi. Il aurait voulu lui arracher sa culotte ici et maintenant.

Ils accostèrent enfin à l'îlot Galbraith et il sauta dans l'eau sans perdre une seconde. Après avoir tiré le bateau plus loin sur la berge, Mag aida Andrena à débarquer et remisa les rames. Il passa ensuite un bras autour de ses épaules, la cape enroulée autour de son autre bras, et l'entraîna vivement à travers la forêt jusqu'à la tour.

Alors qu'ils approchaient de la poterne, il essaya d'imaginer le visage d'Hector s'il la voyait avec sa culotte et ses bottes. En vérité, toutefois, Mag aimait plutôt cet accoutrement. Le poignard et ses randonnées solitaires habituelles, c'était autre chose.

De telles habitudes pouvaient se révéler terriblement dangereuses.

Lorsqu'ils atteignirent leur chambre à coucher — heureusement sans croiser personne —, il ferma la porte doucement derrière eux et se débarrassa de la cape d'Andrena. Puis, il alla rallumer les chandelles à l'aide du briquet à amadou déposé sur la table. Après avoir enflammé la seconde bougie, il se tourna vers Andrena et vit qu'elle avait retiré sa veste pour la ranger dans un coffre avec ses autres vêtements.

Quand Galbraith avait mentionné qu'ils dormiraient dans la chambre autrefois occupée par Will, Mag avait craint d'être hanté par l'image de son frère. Mais Dree avait apparemment le pouvoir de chasser les fantômes. À cet instant, la seule pensée qui l'occupait était de la posséder.

Lorsqu'elle se redressa, il ouvrit les bras et elle vint tout de suite s'y réfugier.

Il l'aida à se déshabiller et à se mettre au lit. Il retira ensuite ses propres vêtements, souffla les deux bougies et ouvrit un volet pour laisser entrer la clarté de la lune, avant de venir la rejoindre.

⌒∘⌒

Comme toujours, la présence de Mag réchauffa Andrena immédiatement. Alors qu'il glissa un bras sous ses épaules et se tourna sur le côté, le clair de lune dans la chambre était suffisant pour qu'elle pût distinguer ses traits.

La main libre du jeune homme toucha la joue de son épouse, et il traça du bout du doigt le contour de sa mâchoire, avant d'effleurer ses lèvres.

Elle embrassa ses doigts et, comme si ce signal était suffisant pour lui, il déplaça sa main et captura vigoureusement sa bouche avec la sienne. En répondant à son baiser, elle revit en imagination les eaux du Narrows, aussi lisses qu'un miroir, et revécut la magie qu'elle avait ressentie d'être simplement avec lui. Ses mains et son corps étaient magiques aussi, faisant jaillir des sensations enivrantes partout où il la touchait, comme si l'envoûtement la gagnait entièrement. Ses lèvres et sa langue étaient aussi merveilleuses, pourtant…

Il s'arrêta, levant la tête pour la regarder dans les yeux.

— Qu'y a-t-il, jeune femme ?

— Rien, murmura-t-elle, à la fois parce qu'elle était sûre qu'il n'y attacherait pas d'importance et qu'elle ne voulait pas qu'il s'arrêtât.

— Vous sembliez brûlante de désir, puis vous êtes devenue distante, comme cela s'était produit à la tour de Colquhoun, dit-il. Vous ai-je offensé d'une manière que je devrais savoir ?

Elle hocha négativement la tête.

— Je sens bien que quelque chose ne va pas, dit-il. Qu'est-ce que c'est ?

— J'aimerais sentir ce que vous éprouvez quand nous nous aimons, dit-elle, essayant de s'expliquer le plus simplement possible. Vous pourriez au moins me le dire.

Il fit de son mieux, mais les mots la laissèrent sur sa faim. Même lorsqu'il lui dit à quel point il aimait caresser sa peau satinée ou que ses baisers l'enflammaient, elle ne sentait pas plus ce qu'il éprouvait qu'auparavant.

Incapable d'expliquer plus précisément pourquoi la perte de ses moyens habituels avec lui la déroutait, elle s'appliqua à l'empêcher de percevoir son manque. Il ne savait sans doute pas lui-même combien elle aimait le voir entrer dans une pièce, le sentiment de sécurité qu'elle éprouvait en sa présence, et à quel point sa vitalité la revigorait elle-même. Mais elle n'était pas prête à lui confier cela encore, bien qu'elle eût commencé à s'attacher profondément à lui. Si seulement elle arrivait à créer avec lui la même connexion qu'elle partageait avec les autres, elle serait d'accord avec son père pour dire que Magnus était parfait pour elle.

Elle se sentait coupable de l'inquiéter et savait qu'en le faisant, elle avait été injuste. Il pensait sans doute encore qu'il avait fait quelque chose qui lui avait déplu ; mais c'était en elle que se trouvait la source du malaise. Même cela commençait à changer. Elle savait quand il était content d'elle et quand il était amusé. Elle avait même senti, se rappelat-elle, des émotions intenses de peur et de colère en lui. Lorsqu'il avait jeté Ian dans le loch, elle soupçonna qu'elle avait aussi senti sa jalousie.

Après que Mag eut atteint la jouissance et qu'il se fut endormi, Andrena resta longtemps éveillée et réfléchissait. Elle savait qu'elle l'aimait bien plus qu'elle le lui avait laissé croire. Quand ses réflexions s'embrumèrent pour faire peu à peu place au sommeil, elle comprit que c'était plus que de la simple affection. Il avait été si prévenant, si gentil, si tendre avec elle qu'elle se sentait tomber amoureuse de lui. Malgré tout, le lien émotif qu'elle voulait sentir avec l'homme à qui elle s'était donnée pour la vie manquait toujours.

Mag se réveilla à l'aube en nage, émergeant d'un rêve troublant. Il s'était vu de retour à Arrochar, enfermé dans une cage, tandis qu'Andrena affrontait, avec son infâme poignard, Pharlain et son épée. Il combattit les derniers vestiges de la peur qu'il avait ressentie et s'efforça de penser à la journée qui commençait. Prenant conscience du souffle paisible à ses côtés, il changea prudemment de position afin de regarder Andrena dormir.

Il eut le souffle coupé en la regardant et il se demanda ce qui avait incité les capricieuses Parques à les mettre tous deux sur le même chemin, puis à les marier.

Elle était magnifique, même avec ses cheveux fauves en désordre et ses couvertures défaites. Il se demanda si c'est lui qui avait fait cela dans son sommeil. Il aimait dormir au grand air et se couvrait rarement avec plus d'une mince couverture. Il vit ensuite que l'une des mains d'Andrena agrippait toujours l'édredon et que c'est elle qui avait rejeté les couvertures.

Un mélange d'émotions l'envahit. D'abord un sentiment protecteur, qui le poussait à la recouvrir pour la protéger contre l'air froid entrant par le volet encore ouvert. Mais un désir grandissant lui soufflait plutôt de…

Les paupières de la jeune femme s'ouvrirent et elle le vit s'approcher. Ses lèvres s'entrouvrirent juste au moment où il y déposait un baiser qui ne lui laissait aucun doute sur ce qu'il ressentait pour elle. Un nouveau désir monta en lui, mais pas celui de la posséder, pas encore, pas comme elle s'y serait attendu. Il lui avait tant appris, tant enseigné.

Mais il y avait une chose qu'il devait encore lui révéler, à propos d'elle-même.

Alors que les doigts, les mains et la langue de Magnus passaient des lèvres d'Andrena à sa poitrine, puis à sa taille et à son ventre, et un peu plus bas encore, il vainquit ses brèves et douces résistances. La goûtant, il attrapa l'une des mains d'Andrena et sourit quand elle se détendit et n'émit plus aucune protestation. Ensuite, il s'anima avec précaution, stimulant ses zones les plus sensibles, ne pensant qu'à lui donner du plaisir, mais, ce faisant, s'excitant lui-même presque au-delà de ce qu'il pouvait tolérer.

Le plaisir de la jeune femme culmina en une explosion si puissante que son corps s'arqua et elle cria — non, hurla

de plaisir à tue-tête — avant d'appliquer une main trem-
blante sur sa bouche.

Il émit un petit rire et voulut la faire jouir encore. Son
corps consentant le désirait, mais elle empoigna ses cheveux à deux mains.

— Non, plus comme cela, je vous en prie, dit-elle. Venez
plutôt en moi.

Il obéit avec empressement. Et Andrena ne parla plus
des émotions de son époux.

———◦———

Lorsque le couple descendit l'escalier pour le petit-déjeuner
et se retrouva seul à la table d'honneur, Hector leur expliqua
que Galbraith avait déjà traversé le loch pour se rendre au
hameau.

— Il a dit d'vous avertir qu'il rentrerait en milieu d'matinée, maître Magnus. Il savait que vous aimeriez sans doute
dormir plus tard.

Andrena regarda son mari, se demandant comment il
réagirait, puisque c'était Galbraith qui avait insisté pour
qu'ils passent la nuit à la tour. Mais il ne sembla pas trouver
l'absence de son père insolite. Il remercia simplement Hector
de l'en avoir informé.

Mais quand ils eurent fini de manger, Mag fit signe à
son épouse.

— Remontons à notre chambre, jeune femme.

— Mais nous n'allons pas encore…

Elle s'interrompit et sentit la chaleur lui monter aux
joues.

Il sourit.

— Non, répondit-il, mais nous avons un peu de temps devant nous. J'aimerais vous parler. Nous serons seuls, et vous pourrez porter votre culotte.

Ils iraient donc dehors. Incertaine, elle demanda :

— Désirez-vous que je la porte ?

— Oui, confirma-t-il.

Quelques questions inquiétantes traversèrent l'esprit d'Andrena, mais aucune n'était sensée. Les chassant de son esprit, elle se rendit avec lui jusqu'à leur chambre et se changea rapidement.

Se rappelant qu'il s'était opposé à ce qu'elle porte un poignard la nuit précédente, elle s'apprêtait à faire glisser le fourreau hors de sa ceinture avant de l'attacher.

— Gardez-le, dit-il doucement.

Quelque chose dans le ton de sa voix l'avertit qu'elle n'aimerait peut-être pas ce qui suivrait, mais elle finit de s'habiller. Quand elle se dirigea vers la porte, il l'arrêta.

— Nous restons ici, dit-il. Je veux que vous preniez le poignard de son fourreau et que vous veniez vers moi, comme vous le feriez si vous deviez affronter l'un des bandits de Parlan.

— Mais je ne peux faire cela, dit-elle. Je vous ai dit que mon père m'avait appris à m'en servir. Je pourrais vous blesser sérieusement.

— J'en doute, dit-il. Mais j'aimerais que vous essayiez. Puisque vous aimez l'avoir sur vous, je dois savoir si vous pouvez vous en servir pour vous défendre. Je promets que je ne vous laisserai pas me tuer. Mais je vous invite à essayer.

◦◦◦

Mag vit son regard se durcir et sut qu'elle était mécontente de lui. Mais elle avait gardé son poignard la nuit précédente, alors qu'elle était en sécurité avec lui. Cela lui avait confirmé qu'elle le portait toujours avec sa culotte, car elle n'avait pas même songé à l'enlever. Son cauchemar n'avait fait que lui rappeler plus vivement le danger qu'une telle habitude comportait pour elle.

— Prenez votre poignard maintenant, dit-il d'un ton autoritaire, et montrez-moi comment vous le tenez.

Sans enthousiasme, elle défit la petite boucle de cuir qui retenait la garde et la retira. Andrew avait eu la bonne idée de lui donner un poignard assez court pour qu'elle puisse le manier facilement. Il lui avait aussi enseigné comment le retirer de sa gaine et le tenir correctement.

Malgré tout, elle paraissait douter de son habileté à s'en servir.

— C'est insensé, dit-elle en abaissant l'arme.

— Si vous vous sentez plus en sécurité avec ce poignard quand vous sortez seule, dit-il raisonnablement, vous savez sûrement comment l'utiliser. Vous n'avez qu'à me montrer que vous pouvez vous défendre, et je conviendrai avec Andrew que vous devriez le conserver.

— Mais je ne veux pas vous blesser, dit-elle.

— Et moi je dis que vous ne le pourrez pas, répondit Mag. Et je dis aussi qu'à moins de me prouver que vous êtes capable de vous en servir, vous n'y toucherez plus jamais. Maintenant, imaginez que je suis Pharlain.

Elle se passa la langue sur les lèvres et il put voir qu'elle jonglait avec cette idée. Mais elle secoua la tête.

Comprenant que l'épreuve serait sans valeur si elle s'inquiétait de le poignarder, il prit un oreiller du lit.

— Voyez si vous pouvez transpercer ceci, dit-il en le tenant devant lui. Vous ne pouvez me blesser, même si vous y mettez toute votre force, jeune femme. Allez, venez vers moi.

Les yeux de la jeune femme brillèrent. Il pouvait voir qu'elle commençait à s'échauffer. Si elle perdait son sang-froid, il pourrait en profiter pour ajouter un complément à la leçon.

Tenant l'oreiller à bout de bras devant lui à la hauteur de sa poitrine, légèrement penché vers l'avant, il lui dit :

— Visez en plein centre, si vous le pouvez.

Elle tenait le poignard du côté droit, correctement pointé vers le haut, de sorte qu'elle ne pouvait se blesser. Elle l'agrippait comme un marteau, le pouce au-dessus du poing. Elle endommagerait peu son bouclier improvisé si elle l'atteignait. Non pas qu'il se préoccupât des dommages qu'elle pourrait causer, mais Hector, certainement. Et il ne se gênerait pas pour lui dire ce qu'il pensait des passe-temps auxquels ils s'adonnaient dans leur chambre.

À cette pensée, les lèvres de Mag se crispèrent légèrement.

Au même moment, elle fondit sur lui, projetant sa lame en avant d'un mouvement ascendant.

En un clin d'œil, il libéra sa main gauche, ne tenant l'oreiller que de la droite, et saisit le poignet d'Andrena avant que la pointe de la lame n'eût atteint sa cible.

— C'est injuste, dit-elle, en colère, essayant de se libérer. Vos bras sont bien trop…

Elle se tut bien qu'il n'eût pas dit un mot. Pas plus d'ailleurs qu'il ne relâcha sa prise.

Il relança plutôt l'oreiller sur le lit, avant de lui retirer gentiment la lame de la main. Il la déposa sur la table de chevet la plus proche et l'attira dans ses bras.

— Je n'aurais pas dû dire que c'était injuste, marmonna-t-elle contre sa poitrine. Je sais bien que les bras de tout homme sont plus longs que les miens. Mais je sais aussi que vous pensez que…

— Vous ne savez pas ce que je pense maintenant, l'interrompit-il, ni ce que je ressens.

— Oh si, je le sais, répondit-elle. Vous allez m'interdire de me promener seule ou d'apporter mon poignard à l'avenir.

— Mais seulement jusqu'à ce que je vous aie montré à vous en servir, dit-il. Nous pourrons nous exercer aujourd'hui et pendant notre retour à Tùr Meiloach demain. Voyez-vous, *mo chridhe*, je comprends votre besoin de solitude — dans les bois, dans les montagnes ou près du loch. Je le ressens souvent moi-même. Je n'avais jamais emmené personne jusqu'aux Narrows avant hier soir, ajouta-t-il tendrement.

— Suis-je vraiment votre amour ?

— Oui, vous l'êtes. Mon unique amour, et dont la sécurité est ma toute première préoccupation.

— Vous m'avez désarmée si rapidement, si facilement, dit-elle. Et avec votre main gauche, qui plus est.

— Tout guerrier peut faire cela, dit-il, et bien des hommes qui ne le sont pas. Un homme en colère ou brutal aurait pu faire bien pire. Je me suis contenté de vous immobiliser quand j'ai saisi votre poignet. Mais je le tiens encore, et j'aurais pu aisément vous retourner pour vous égorger avec votre propre couteau.

La sentant trembler, il l'écarta légèrement de lui pour la regarder dans les yeux.

— Nous pouvons nous arrêter maintenant, dit-il. Je voulais uniquement vous montrer qu'être munie d'une telle arme n'accroît pas forcément votre sécurité. À présent, tout ce que je veux, c'est vous serrer dans mes bras.

Il le fit et commença à la caresser. La passion l'emporta, de sorte que le laird était rentré du hameau bien avant qu'ils ne soient sortis de la chambre à coucher.

Galbraith était déjà assis à la grande table sur l'estrade quand ils descendirent. Il les salua plaisamment, les taquina même au sujet de leur « réveil tardif ». Mais Andrena pensa qu'il semblait encore mal à l'aise en compagnie de Mag, et elle sentit bientôt que le laird était tenaillé par la culpabilité. Il ne fallait pas beaucoup d'imagination pour en deviner la cause.

Son regard passa de l'homme plus jeune à l'aîné. Elle était convaincue que si elle parvenait à les faire parler de leur ancienne dispute, et de tout ce que Galbraith avait dit à ce moment-là, ils aplaniraient rapidement leurs différends. Mais l'image de Lina surgit dans son esprit. Elle savait que sa sage sœur lui dirait, comme elle l'avait déjà fait plusieurs fois, de réfléchir à toutes les possibilités avant d'agir impulsivement. Andrena décida de tenir sa langue.

L'envie de les réconcilier lui revint plusieurs fois pendant la journée qu'ils passèrent avec Galbraith. Le maître de céans leur montra les améliorations qu'il avait apportées à l'îlot Galbraith et parla de celles qu'il se proposait de faire à Culcreuch. Andrena, tout comme les deux hommes, s'efforçait d'éviter d'aborder les sujets délicats.

Au moment d'aller au lit, elle céda presque à l'impulsion d'exhorter Mag à parler à son père. Mais il parvint à détourner ses pensées jusqu'à ce que tous deux tombent endormis d'épuisement.

Le matin suivant, lorsqu'il lui annonça qu'ils partiraient dès qu'ils auraient rompu leur jeûne, elle faillit protester, et pas seulement parce qu'elle espérait encore qu'il puisse s'entretenir avec son père. Elle se sentait épuisée par deux nuits de plaisirs sensuels et craignait de manquer d'énergie pour se rendre jusqu'à Luss, sans compter les rudes sentiers et les vallons à franchir au-delà. Mais elle savait que Mag était impatient de la ramener à la maison afin d'avertir son père des plans de Pharlain. Il voulait également informer le roi soit en portant son message lui-même, soit en confiant cette tâche à Ian Colquhoun.

Mag engouffra rapidement un copieux petit-déjeuner, but jusqu'à la dernière goutte de bière de sa chope et se leva. Il regarda Andrena, dont le bol de porridge d'orge était encore à moitié plein.

— Prenez tout votre temps, jeune femme, lui dit-il. Je veux m'assurer que les garçons ont bien pris toutes nos affaires et que le bateau est prêt pour nous faire traverser. Je prendrai votre cape au passage. Y a-t-il autre chose dont vous auriez besoin ?

— Non, j'ai tout emballé dans mon panier de voyage.

Mag se tourna ensuite vers son père.

— Je reviendrai ici avant notre départ, père, annonça-t-il.

Galbraith acquiesça d'un hochement de tête, mais ne répondit pas. Il n'engagea pas non plus la conversation avec Andrena quand Mag fut parti. Elle garda donc ses pensées pour elle-même jusqu'au moment où elle eut fini son petit-déjeuner. Puis, elle fit signe à un serviteur qu'elle avait terminé, attira à elle sa chope de bière et observa pensivement son contenu.

Ce fut Galbraith qui rompit finalement le silence.

— Cette bière n'est pas aussi bonne que le vin rouge que je vous ai offert à votre arrivée, milady, dit-il. Pourtant, elle est très buvable, je pense.

Elle leva les yeux et lui sourit.

— Mon nom est Andrena, milord, dit-elle. Mes amis et ma famille m'appellent Dree. J'espère que vous pourrez vous convaincre de le faire aussi.

— Je ne suis pas sûr que votre mari l'approuve, dit-il.

— Oh, j'en suis certaine, dit-elle. Et s'il n'était pas d'accord, je lui dirais qu'il a tort.

Une lueur amusée s'alluma dans les yeux noisette de Galbraith.

— Vous arrive-t-il souvent de dire à Magnus qu'il a tort ?

— Je ne le connais pas depuis très longtemps, répondit-elle. Et je ne l'ai pas vu souvent se tromper. Mais je ne le crains pas, ni sa colère, si c'est ce que vous voulez dire.

— Nous, les hommes de la famille Galbraith, avons un tempérament vif et passionné, Dree.

— Je sais que Magnus était prompt à s'enflammer, dit-elle sérieusement. Mais il m'a confié que sa captivité lui en avait appris les mauvais côtés. Et je n'ai vu aucun signe indiquant qu'il ait repris ses anciennes habitudes.

Avant qu'elle ait pu empêcher les paroles de franchir ses lèvres, elle ajouta :

— Il a beaucoup d'affection pour vous, milord, dit-elle. Je suis persuadée de cela. Et il sent…

Elle s'interrompit quand Galbraith leva une main pour l'avertir, puis elle entendit à son tour le pas rapide qu'il avait remarqué le premier. Elle lui sourit timidement et se leva quand Mag réapparut dans la grande salle.

Galbraith se leva à son tour. Andrena l'imita, se tourna vers lui et sourit de nouveau. Quand le laird ouvrit les bras pour l'accueillir, elle l'enlaça brièvement et lui souffla :

— Je suis fort aise que vous soyez mon beau-père.

— Je crois que vous serez un ajout de grande valeur à notre famille, jeune Andrena, répondit Galbraith.

Il la libéra, se tourna vers Mag, puis jeta sur elle un autre coup d'œil en fronçant légèrement les sourcils.

— Je me rappelle à présent qu'Andrew Dubh MacFarlan cherchait des maris pour ses filles depuis quelque temps déjà. Pour l'aînée… Vous êtes l'aînée de ses filles, n'est-ce pas Andrena ?

Comprenant où il voulait en venir, et se rappelant que Mag n'avait pas encore abordé ce sujet avec Galbraith, Andrena répondit prudemment :

— Oui, sire, c'est moi.

Il se tourna ensuite vers Mag et ajouta :

— Si ma mémoire est fidèle, de toutes les conditions de MacFarlan, la pierre d'achoppement pour la plupart était qu'il insistait pour que le mari de l'aînée…

— … accepte de prendre le nom de MacFarlan, en effet, sire, dit Mag.

— Et tu as consenti ? demanda-t-il.

— Oui, répondit Mag, car je n'avais pas beaucoup de raisons de refuser à ce moment-là.

Andrena reçut le choc de la douleur que le laird avait ressentie à cet aveu.

— Je suppose que je n'ai que moi à blâmer pour cela, mon garçon, dit-il. Je sais bien que tu dois partir sans délai si tu dois arriver à Tùr Meiloach avant la tombée de la nuit. Mais nous devrons reparler de cela, je pense.

— Je veux bien, père, et vous savez où me trouver.

Galbraith hocha la tête, mais ne dit rien. Cependant, sa déception était assez vive pour qu'Andrena eût envie de l'étreindre une autre fois.

Elle lança à Mag un regard qui aurait dû lui suggérer de rester quelques minutes au moins, pour arranger les choses avec Galbraith.

Il soutint son regard sans broncher, comme il l'avait fait avec son père un peu plus tôt.

— Sommes-nous prêts à partir, ma chérie ? dit-il simplement.

Ce terme affectueux réprima toute volonté de s'interposer plus qu'elle l'avait déjà fait. Elle hocha la tête, puis décida qu'elle devait faire au moins un dernier arrêt avant leur départ.

— Je vous rejoins à l'instant, sire, dit-elle. Je dois aller à la garde-robe[10] d'abord.

— Oui, bien sûr, dit-il. J'attendrai dehors.

Elle faillit suggérer qu'il ferait mieux de parler à son père, mais elle se retint à grand-peine. Elle se retira, laissant les deux hommes seuls.

---

10. N.d.T.: Par euphémisme, les cabinets.

Chapitre 18

Mag comprit ce qu'Andrena attendait de sa part. Toutefois, il ne pensait pas que c'était à lui d'évoquer la terrible dispute qu'il avait eue avec Galbraith, pas plus qu'il n'avait cru devoir lui jeter à la figure, dès leur arrivée, qu'il avait pris le nom de MacFarlan. Malgré tout, il savait qu'il ne devait pas quitter l'îlot Galbraith sans avoir fait à son père des adieux courtois et appropriés.

Alors que les pas d'Andrena s'évanouissaient dans l'escalier tout près, Mag se tourna pour affronter le regard de Galbraith. Il remarqua avec soulagement un léger sourire sur ses lèvres.

— Voilà une jeune femme qui parle sans détour, dit Galbraith.

— Je vous l'accorde, acquiesça Mag. Parfois, elle me rappelle Lizzie. Mais je crois qu'elle possède un meilleur jugement que ma sœur cadette.

— Elle a aussi quelques années de plus que notre Liz, dit Galbraith. J'étais en train de lui dire, lorsque tu es revenu, qu'elle sera un ajout de grande valeur à notre famille. Tu as bien fait de l'épouser. J'aurais aimé être présent à ton mariage, mais je comprends très bien pourquoi tu ne pensais pas ainsi à ce moment-là. En vérité, si je pouvais reprendre les mots que je t'ai lancés sous le coup de la colère, il y a déjà plusieurs mois, je le ferais.

Mag ne savait que dire. Après avoir souffert de ces paroles si longtemps, dire simplement qu'il pardonnait tout lui semblait impossible. De plus, il ne pouvait être sûr que Galbraith avait même gardé le souvenir de tout ce qu'il avait dit, et Mag n'avait pas l'intention de le lui rappeler.

— Je... nous devons partir, père, dit Mag. Voulez-vous venir jusqu'au quai avec nous ?

— Volontiers, répondit Galbraith. Et je pensais vraiment ce que je viens de dire, Magnus. J'avais tort. Je t'assure que Colquhoun n'a pas mâché ses mots quand il a appris ce que j'avais fait.

— Il m'en a parlé, admit Mag. Nous sommes restés à la tour de Craggan la nuit précédant notre visite à Paisley. Le laird a mis une galère à notre disposition et il a envoyé Ian avec nous.

Les détails du voyage à Dunglass et à l'abbaye ainsi que la manière dont ils avaient déjoué l'embuscade de Pharlain procuraient un sujet de conversation sans risque pendant qu'ils attendaient Andrena. L'atmosphère était parfaitement sereine quand tous trois marchèrent ensuite ensemble vers le quai. La barque les attendait sur l'eau, doucement bercée par les vagues.

Lorsqu'Andrena aperçut Mag et Galbraith qui l'attendaient dans le hall d'entrée de la tour, elle sentit que la paix régnait entre eux. Elle espérait que cela voulait dire qu'ils s'étaient enfin parlé. Le laird l'embrassa de nouveau avec émotion et insista pour l'aider à embarquer, ce qui ne la rendit que plus impatiente de savoir ce qu'ils s'étaient dit en son absence.

La traversée jusqu'à la rive ouest se fit rapidement. Les deux domestiques et Lippin Geordie les attendaient au hameau avec le poney de bât. Dès que les hommes eurent sanglé les paniers de voyage, ils firent leurs adieux et s'en allèrent.

Andrena retenait ses jupes afin de marcher plus facilement, mais elle aurait préféré porter sa culotte en cette occasion. Elle n'avait pas demandé la permission à Mag de le faire. Elle savait bien que, même s'il avait été d'accord, sa mère l'aurait appris d'une façon ou d'une autre, et qu'elle en aurait été mécontente. Non seulement Peter et Jonas étaient-ils bavards, mais la possibilité de rencontrer un autre membre du clan à Glen Luss ou sur le sentier était bien réelle. D'ailleurs, bien des gens de son clan auraient vu d'un fort mauvais œil qu'elle la portât devant son mari, et ils ne se seraient pas gênés pour le dire.

La présence des domestiques l'avait aussi dissuadée de demander à Mag de lui parler de son entretien avec Galbraith. Elle crut avoir une occasion de le faire quand ils s'arrêtèrent pour se reposer et se désaltérer près d'un ruisseau dont les clapotis couvraient leurs voix. Mais il l'entraîna vers un rocher plat, s'assit près d'elle et aborda un autre sujet.

— Parlons un moment de la manière dont vous pouvez vous défendre, dit-il.

— Père dit que la seule vue d'un poignard entre les mains d'une femme terrifie les hommes, répondit Andrena.

— Pas un guerrier, dit Mag. Andrew devrait savoir cela aussi bien que moi. Il est plus probable qu'il vous croit en sécurité sur la terre de Tùr Meiloach et que vous n'aurez jamais besoin de vous défendre là. Ou peut-être pense-t-il que vous pourriez en avoir besoin contre un loup ou un blaireau, quoique...

— Jamais je ne blesserai un animal, lança-t-elle. Comme je vous l'ai dit précédemment, j'ai tué des lapins, mais très rarement et seulement pour nous nourrir, et aussi parce que père avait insisté pour que je m'exerce à atteindre une cible en mouvement. Je déteste devoir les tuer, cependant, parce que ces pauvres bêtes se déplacent très peu et ne peuvent se défendre.

— Mais un blaireau, un chat sauvage, ou un loup... ?

— Ils ne m'attaquent pas, répondit-elle. Les loups, après tout, sont des prédateurs nocturnes, et les blaireaux ne sont dangereux que lorsqu'ils sont cernés. Il en est de même pour les chats sauvages. Je les vois souvent au cours de mes promenades, car ils hantent les ruisselets et les petites rivières à la recherche de proies. Mais dès qu'ils m'aperçoivent, ils s'évanouissent dans les buissons.

Les yeux de Mag pétillèrent.

— Vous êtes en train de me persuader que je devrais confisquer ce poignard, répondit-il. Non seulement vous affirmez que vous n'en avez pas besoin pour vous défendre contre les bêtes de la forêt, mais vous me dites aussi que vous ne voulez faire de mal à personne. Croyez-vous que vous l'utiliseriez contre un homme si vous le pouviez ?

Elle s'apprêtait à lui répliquer d'un ton indigné qu'elle le ferait sans hésiter si elle le devait, mais elle se ravisa. La vérité, c'est qu'elle n'y avait jamais pensé, parce qu'elle ne s'était jamais sentie menacée à Tùr Meiloach, pas même par les trois intrus qui traquaient Magnus. Certes, ils avaient attisé sa colère, mais sans l'effrayer. Elle avait son poignard sur elle à cette occasion, mais jamais l'idée de l'utiliser ne l'avait effleurée.

Devant son regard devenu sérieux, elle répondit honnêtement :

— Je ne sais pas si je le ferais.

— Bravo ! dit-il. Je n'aurais jamais cru une autre réponse. J'ai une autre question à présent. Quand vous avez senti la menace cachée derrière le promontoire sur le loch des Longs Bateaux, en quoi cela était-il différent de ce que vous avez éprouvé vis-à-vis des trois hommes de Parlan qui me pourchassaient ?

— Je n'avais pas peur de ces hommes, dit-elle. J'avais senti le désarroi des oiseaux plus tôt, alors je savais qu'au moins un étranger avait envahi leur territoire. Mais je n'ai pas senti qu'ils étaient une menace pour moi, ni à ce moment-là ni par la suite.

— Pas même quand ce gredin vous a saisi le bras ? demanda-t-il.

Elle repensa à l'épisode.

— J'étais furieuse qu'il ait osé me toucher, répondit-elle. Mais je ne le craignais pas.

— Mon Dieu ! s'exclama Mag. Mais vous auriez dû !

Puis, plus gentiment, il ajouta :

— Je veux bien admettre que c'est cette inconscience même du danger qui a fait que votre poignard est resté sagement à votre ceinture, reprit-il. Et je suis fort aise que cela se soit passé ainsi. Mais je n'ose imaginer ce qu'il aurait pu vous faire si vous aviez posé la main dessus…

— Mais, sire, les oiseaux auraient…

— Je ne veux plus entendre parler de ces oiseaux ! lança Mag. Tùr Meiloach n'est pas magique. Votre père a simplement convaincu ses ennemis, par ruse et tromperie, que sa terre l'était.

— Ma foi, je crois que je vous ai mis de nouveau en colère.

— Naturellement, que je suis en colère, répliqua-t-il. Pendant plusieurs mois, je ne me suis pas permis de m'inquiéter d'un autre sort que du mien. Mais je me soucie de vous plus que je ne l'ai jamais fait pour quiconque dans ma vie. Je possède peu de choses en ce monde, jeune femme, mais ce que j'ai, j'ai l'intention de le garder et de le protéger.

Elle le regarda, son cœur battant fortement dans sa poitrine, et elle se demanda si elle l'avait bien entendu.

⸻◦◦⸻

L'expression étonnée sur le visage d'Andrena rappela à Mag la présence des autres hommes, qui les regardaient maintenant.

— Ma chérie, il est heureux que ces rapaces aient pourchassé ces vauriens, dit-il, mais je ne comprends pas pourquoi ils l'ont fait. Et je m'inquiète du fait que ce comportement vous incite à croire que vous n'avez pas besoin de savoir vous défendre. Être une femme vous place d'emblée en position désavantageuse. Même un homme chétif serait sans doute plus fort que vous.

— Je sais cela, sire.

— Oui, mais vous ne savez peut-être pas comment vous pouvez l'utiliser à votre avantage, dit Mag. La plupart des hommes, voyez-vous, s'attendront à ce que vous leur obéissiez et que vous craigniez leur force. Si vous n'êtes pas en situation de vous défendre, avec une arme ou autrement, vous devriez rester calme mais vigilante. Si vous paraissez inoffensive et attendez votre chance, elle viendra. Autrement, vous pourriez exciter la colère de votre agresseur, le rendre si furieux en fait qu'il en oubliera qu'on récolte peu de gloire en tuant une jeune fille.

———◦◦———

Elle aurait aimé l'assurer que les oiseaux de Tùr Meiloach la protégeraient en toutes circonstances, mais elle ne pouvait expliquer leur comportement, car elle ne le comprenait pas mieux que lui.

— Vous avez dit que vous me montriez à utiliser mon poignard, lui rappela-t-elle.

— Nous pourrons en parler en chemin, dit-il en se levant, signalant aux porteurs qu'il était temps de partir.

Marchant à côté d'elle, il ajouta :

— Les garçons nous suivront, mais qu'ils entendent ou non n'a pas d'importance. Ce que vous devez savoir avant tout, c'est que votre petit couteau de poche est une arme plus efficace pour vous que ce poignard.

— Comment cela ? demanda-t-elle. Ce couteau est trop petit pour être une arme.

— Mais il est facile à dissimuler, dit-il. Voyez-vous, si un homme armé vous attaque, peu importe votre adresse, vous n'aurez jamais le temps de sortir votre poignard. Vous ne le verrez peut-être pas même venir, et il vous égorgera avant que vous n'ayez eu conscience du danger. Toutefois, s'il vous saisit — pour vous enlever ou vous brutaliser —, et s'il essaie de vous projeter au sol ou de vous enlever, un petit couteau bien affûté et caché à sa vue pourrait être votre planche de salut.

— Mais s'il voit que j'ai une arme avec laquelle je peux le pourfendre…

— Porter cette arme de sorte que tous la voient et en parlent est la pire des politiques, dit-il. Votre ennemi, qui vous saura armée, ne vous donnera jamais l'occasion de la sortir de sa gaine. Rappelez-vous que je vous ai laissé prendre votre poignard, et que je vous ai offert une cible immobile que je tenais à deux mains. Malgré tout, je vous ai aisément désarmée.

— C'est juste, acquiesça-t-elle en grinçant des dents pour éviter de lui rappeler la colère et l'impuissance qu'il lui avait fait ressentir dans cette lutte inégale.

Ce qui l'irritait par-dessus tout était de savoir qu'il avait raison.

— Pouvez-vous vraiment m'enseigner à me défendre ? lui demanda-t-elle.

— La première chose est d'apprendre à éviter les confrontations. Je peux aussi vous enseigner quelques techniques qui pourraient vous être utiles contre un assaillant. Mais la chose primordiale que je voudrais vous inculquer, *mo chridhe*, c'est que la meilleure défense est encore de ne pas s'exposer au danger. Quand je vous ai vue sortir du buisson l'autre jour, pour interpeller ces trois brutes…

Il s'arrêta un moment pour s'éclaircir la gorge.

— Vous étiez en sécurité l'instant d'avant et vous vous êtes placée vous-même dans une situation critique. Estimez-vous chanceuse que j'aie été dans l'impossibilité de vous saisir du haut de mon perchoir et de vous étendre sur mes genoux. Je l'aurais bien voulu, mais je n'étais pas votre mari à ce moment-là. Je le suis à présent, alors vous seriez sage de ne plus jamais rien faire d'aussi étourdi à l'avenir.

Le frisson qui lui parcourut l'échine apprit à Andrena qu'il était très sérieux.

— ∞ —

Mag vit qu'elle comprenait et espéra qu'elle se souviendrait de son avertissement. Si Andrew obtenait l'aide qu'il recherchait et affrontait Pharlain, le danger menacerait chaque parcelle du territoire de Tùr Meiloach. La pensée qu'en de telles circonstances elle puisse s'échapper pour aller faire l'une de ses promenades solitaires, s'exposant à des périls qu'elle n'avait jamais connus jusqu'à maintenant, lui tordait les entrailles.

Fidèle à sa promesse, il lui décrivit des moyens d'éviter les dangers en faisant preuve de prudence et en désarmant verbalement les fauteurs de troubles.

Une pause plus longue que d'habitude survint pendant leur discussion quand elle affirma qu'elle se sentait plus en sécurité avec son arme, que cela fût vrai ou non. Il décida qu'un silence bien appuyé serait une meilleure réponse qu'une litanie de mots.

Toutefois, son silence sembla ne pas avoir l'effet escompté, soit de lui faire reconsidérer ses paroles. Elle changea plutôt de sujet.

— Vous et le laird sembliez plus à l'aise en présence l'un de l'autre quand nous sommes partis, dit-elle.

— En effet, dit-il. Mais j'aimerais poursuivre notre discussion avant d'aborder ce sujet. Et nous parlions de vous et de votre satané poignard.

— Oui, bien sûr, répondit-elle. Mais vous devez savoir que vous comptez beaucoup pour lui, sans doute autant qu'il compte pour vous. Il est persuadé que vous ne lui pardonnerez jamais.

— Je sais très bien qu'il ne vous aurait jamais confié une chose pareille, Andrena.

— Il n'a pas eu à le faire, dit-elle. Je lui ai demandé de m'appeler Dree, comme le font la plupart des gens dans ma famille et mes amis proches. Il a dit qu'il craignait que cela ne vous déplaise. Si vous lui étiez indifférent, pourquoi se soucierait-il de ce que vous pensez ?

— Est-ce qu'il a employé le diminutif Dree ?

— Oui, une fois, dit-elle, mais ensuite vous êtes entré et il ne l'a plus fait.

L'ombre d'un sourire glissa sur ses lèvres, mais il le réprima.

— Pensez-vous vraiment, lui demanda-t-il, que je m'opposerais à ce qu'il vous appelle Dree ?

— Non, et je le lui ai dit, répondit-elle. Je lui ai aussi dit que si vous le faisiez, je ne me gênerais pas pour vous dire en face que vous avez tort.

Il sourit franchement cette fois.

— Et qu'a-t-il répondu ?

— Il m'a demandé s'il m'arrivait souvent de vous contredire, dit-elle. Il m'a aussi mise en garde contre le caractère vif des Galbraith.

— Je vois, répondit Mag. Et cela nous ramène à notre point de départ, n'est-ce pas ? Si vous ne voulez pas provoquer ma colère, Dree, vous ferez à la lettre ce que je vous ai dit aujourd'hui.

Elle soupira exagérément.

— Je sais bien que vous en savez beaucoup sur ces choses, dit-elle, mais je n'arrive pas à m'imaginer qu'un simple couteau de poche pourrait être d'une très grande utilité pour me défendre.

— Je vous montrerai comment quand nous serons de retour à la maison, promit-il. Entretemps, nous pouvons parler des façons d'éviter de vous placer dans des situations fâcheuses.

Elle soupira de nouveau, mais il remarqua, alors qu'ils gravissaient la piste raide menant au col, qu'elle semblait prendre un nouvel intérêt à leur discussion. Elle émit aussi quelques idées intéressantes sur la façon de désamorcer une escarmouche verbale.

— J'ai vu comment Lina procédait au fil des ans, expliqua-t-elle. Murie et moi sommes souvent en désaccord. Cependant, avant que cela puisse dégénérer en dispute, Lina intervient si adroitement que nous en oublions même notre différend.

— Créer une diversion est également utile dans la bataille, dit-il. Et c'est une tactique défensive efficace. Une bonne façon de décourager un agresseur est de lui faire croire que vous attendez de l'aide. Souvent, vous n'avez qu'à semer le doute dans son esprit.

Remarquant que sa suggestion semblait l'intriguer, il continua sur sa lancée.

— Mais il est encore préférable de fuir, expliqua-t-il, si l'ennemi est plus nombreux, plus fort, ou s'il peut vous soumettre autrement. Mon Dieu, jeune femme, cela n'est après tout que le bon sens. C'est d'autant plus vrai à Tùr Meiloach, où vous connaissez le terrain bien mieux que tout étranger hostile.

Ils parlèrent d'autodéfense et d'autres sujets de même nature, jusqu'à ce qu'ils atteignent le col, où ils durent se concentrer sur l'endroit où ils posaient les pieds. Alors qu'ils franchissaient le passage, Mag vit des silhouettes vagues qui les observaient des rochers escarpés, se montrant sans jamais s'approcher. Quand il pointa du doigt un des hommes, Andrena le salua.

— Ah oui! dit-elle. C'est Calum Beg. Il habite une hutte près d'ici, et, bien que ces pentes ne semblent être que des amas de cailloux et des rochers, il fait pousser de l'orge sur des surfaces dégagées ici et là. Calum élève aussi des moutons. Ses fils gardent le col, mais ils voient peu d'intrus. De nombreux hommes ont disparu ici, ce qui décourage les autres de s'aventurer au-delà de Glen Luss.

Le ton désinvolte d'Andrena donna à Mag la chair de poule. Il était clair qu'Andrew ne confiait pas entièrement la sécurité de Tùr Meiloach à ses légendes de fées, de marais meurtriers et de bêtes féroces.

⸺◦◦⸺

Andrena sentit vaguement qu'elle avait causé un choc à Mag. L'expression de son visage semblait s'être figée, mais quand elle vit ses yeux écarquillés, elle en fut certaine.

— Nous ne les avons pas assassinés, sire, l'assura-t-elle en souriant. C'était une façon pour les MacFarlan, qui voulaient rejoindre mon père, de disparaître d'Arrochar sans être poursuivis par Pharlain et ses hommes. Ils prétendaient vouloir s'infiltrer du côté de Glen Luss et...

Elle écarta les mains.

— Je comprends, répondit Mag.

Elle se demanda si c'était le cas, mais il revint aux situations où elle pourrait se trouver désavantagée à cause de sa stature délicate. Lorsqu'ils atteignirent les portes de la tour, il lui avait donné plusieurs bons conseils. Elle continuait toutefois de penser qu'il s'inquiétait trop.

Andrew vint à leur rencontre à la porte du mur d'enceinte. Sans perdre une seconde, il demanda à Mag si Galbraith l'aiderait contre Pharlain.

— Il le fera s'il le peut, répliqua simplement Mag.

Devant l'expression d'incrédulité qu'elle put lire sur le visage d'Andrew, Andrena ne put reprocher à son mari d'ajouter rapidement :

— Je vous rapporte ses paroles, sire.

Captant le regard de son père, elle ajouta à son tour :

— Il était sincère, père. Je ne puis être certaine, toutefois, qu'il soutiendra Sa Majesté. Il a admis qu'il craignait que les chefs rebelles soient trop puissants pour le roi. Mais sa promesse de nous aider était sincère. Il a seulement dit qu'il voulait une assurance de votre part que vous croyez en vos chances de victoire.

Sentant Mag mal à l'aise, elle leva le regard vers lui et vit ses yeux vides d'expression. Cela n'échappa pas à Andrew, qui demanda :

— Mais tu ne l'as pas cru, n'est-ce pas ?

— En vérité, milord, dit Mag avec effort, je voulais le croire. Mais j'ignore si je le peux.

Andrew hocha la tête et regarda Andrena.

— Mais toi, il t'a persuadée ?

— Oui, dit-elle fermement. Il a parlé avec sincérité, père. J'en suis convaincue. Mais je ne le connais pas assez pour savoir s'il change souvent d'avis…

— Non, cet homme est têtu comme une mule, dit Andrew. S'il l'a dit, nous pouvons nous y fier. Votre père est toujours un homme d'honneur, mon garçon.

Mag hocha la tête.

Toutefois, Andrena en apprenait un peu plus chaque jour à son sujet. Et elle doutait que les paroles d'Andrew, ou les siennes, l'aient rassuré.

— Viens avec moi, dit Andrew à Mag. Nous laisserons Dree rendre visite aux femmes et faire sa toilette pour le dîner.

— Si vous permettez, sire, dit Mag, j'ai rapporté d'autres vêtements de l'îlot Galbraith. Je préfèrerais d'abord prendre un bain et me changer.

— Oui, oui, dit rapidement Andrew. Je dirai aux garçons de monter notre plus grande cuve et de l'eau chaude. Mais nous pouvons parler entretemps. Nous n'aurons pas besoin de Dree, toutefois ; elle pourra donc aller voir sa mère et ses sœurs.

Andrena regarda Mag pour voir s'il allait contester le décret d'Andrew.

— Allez les rejoindre, jeune femme, dit-il plutôt. Nous n'en avons pas pour très longtemps.

— Je l'espère bien, répondit Andrena en souriant. Je suis en train de mourir de faim.

Pendant qu'il suivait Andrew vers sa pièce privée, Mag espéra que son aîné n'essaierait pas de le persuader qu'il connaissait mieux Galbraith que lui. Mais en pénétrant dans la pièce, Andrew se dirigea droit vers sa carafe de whisky et prit deux chopes. Après les avoir remplies, il en offrit une à Mag.

— Assieds-toi, jeune homme, dit-il. Délasse-toi, car tu as eu des journées harassantes. Puisque Galbraith et Colquhoun sont disposés à nous aider, le moment est venu d'élaborer une stratégie pour défaire Parlan.

Mag s'assit et réfléchit un moment avant de répondre.

— J'ai appris autre chose que vous devez savoir, dit-il à Andrew. Parlan a envoyé un message à mon père et à d'autres lairds du loch Lomond, leur ordonnant de rassembler leurs hommes. Le félon a l'intention de se rendre à Perth en force. Je pense que cet ordre, ajouté à ce que j'ai dit à mon père, l'a persuadé qu'un complot était effectivement en cours de préparation.

— Bien sûr, répondit Andrew. Le fait que Parlan a l'intention de voyager accompagné d'une armée illégale rend cela évident. Nous devons aussi réfléchir à un moyen de réduire la taille de cette armée. Si Galbraith refuse de lui fournir ses hommes…

— Il n'a pas dit qu'il refuserait, dit Mag. Toutefois, je suis presque sûr qu'il ignorait tout du complot avant que je le lui apprenne. Le dilemme pour lui réside dans le fait qu'il croit que l'ordre de se rendre tous à Perth pourrait émaner de Lennox.

— Cela ne me surprendrait pas, répondit Andrew, quoique cela ne ressemble pas à Lennox de prendre un tel risque, alors qu'il est aux arrêts. Mais chevaucher au sein d'une armée contre Sa Majesté ? Arthur ne se compromettrait pas à ce point-là, garçon. Mais dis-moi, comment t'es-tu entendu avec lui ?

— Comme vous l'aviez prédit, sire, répondit Mag. C'est-à-dire qu'il s'est excusé pour tout ce qu'il m'a dit il y a deux ans. Il m'est cependant difficile de le croire sur parole.

— Il a été injuste avec toi, dit Andrew. Malgré tout, si Dree affirme que tu peux lui faire confiance maintenant, tu le peux.

— Peut-être auriez-vous la bonté de m'expliquer, sire, pourquoi vous en êtes si certain, dit Mag. Vous semblez ajouter foi à tout ce qu'elle dit, comme elle semble persuadée que les animaux de la forêt la protégeront. Je ne suis sûr de ni l'un ni l'autre, et j'aimerais savoir pourquoi je devrais l'être.

Magnus s'adossa à son fauteuil et prit une gorgée de whisky sans quitter son hôte des yeux. Cette fois, il était déterminé à obtenir une réponse.

Pour la première fois depuis qu'ils se connaissaient, Andrew sembla à court de mots.

—◦◦◦—

Andrena s'attarda dans le solier avec ses sœurs et sa mère, le temps de leur expliquer qu'ils avaient parlé à Galbraith. Elle les informa aussi de la promesse de celui-ci de les aider s'il le pouvait. Elle ne fit toutefois aucune mention de Sa Majesté ni des conspirateurs.

Elle avait commencé à décrire leur voyage de retour quand Muriella l'interrompit.

— Mais je ne peux croire que ce soit tout, Dree! s'exclama-t-elle. Il est certainement arrivé autre chose, un événement extraordinaire, qui a excité tes émotions jusqu'à leur paroxysme.

Andrena fronça les sourcils.

— Je ne me souviens pas d'une telle chose, Murie. Notre voyage a duré une journée entière dans chaque direction, et nous n'avons passé que deux nuits à l'îlot Galbraith.

— Mais c'est d'hier matin que je te parle, précisa Murie. Quelque chose s'est passé, peu avant l'aube, car j'ai été réveillée par une sensation très étrange. C'était une conscience très forte, plus forte que toutes celles que j'ai connues auparavant, que tu vivais une sorte d'extase. Lina l'a sentie aussi. Et tu sais que pour elle, percevoir tes émotions n'est pas aussi facile que pour moi.

Sentant la chaleur lui monter aux joues, Andrena regarda Lady Aubrey et vit l'étincelle dans ses yeux. Elle jeta ensuite un rapide coup d'œil du côté de Lina, mais son visage était impénétrable.

— Je ne sais que dire, balbutia Andrena, si ce n'est que Mag et son père ne sont plus en colère l'un contre l'autre. Et je peux t'assurer que j'étais ravie de cette réconciliation.

— Alors, ce devait être cela, dit Lina en hochant la tête, reportant son attention sur son tambour de broderie.

— Peut-être bien, admit Muriella à contrecœur. J'aurais pourtant cru qu'il s'agissait d'une histoire bien plus intéressante. J'avais si hâte de l'entendre.

— Ce qui s'est passé entre Magnus et son père ne doit pas être répété à la ronde, dit Lady Aubrey. C'est une histoire trop personnelle et cela déplairait à Magnus que tu la racontes à d'autres.

— Je ne le ferai pas, dit Murie avec un soupir. De plus, ce n'est pas seulement trop personnel. Cette histoire comporte peu d'intérêt pour ceux qui cherchent une diversion à leur existence ennuyeuse, à leurs chagrins, ou même à leurs propres querelles familiales.

Andrena sourit.

— Je doute que rien de ce que Mag et moi faisons, dit-elle, ne distraie qui que ce soit des vicissitudes de sa propre existence.

— Qui sait, dit Murie avec un sourire taquin. Une bonne histoire peut avoir un effet puissant si elle est contée par la bonne personne.

— Tu veux dire lorsqu'elle est relatée par une conteuse qui exagère les détails jusqu'à des proportions surnaturelles, dit Lina en jetant à sa jeune sœur un regard sévère.

— Bien sûr, répondit Murie avec un petit haussement d'épaules, sans se laisser démonter. L'exagération augmente son pouvoir d'évocation et rend n'importe quel récit bien plus mémorable.

Andrena soupira. Elle était parvenue à empêcher Murie de lui poser d'autres questions sur ce qui avait bien pu la faire vibrer autant la nuit précédente. Elle ne tenait pas à partager les détails de ses expériences intimes avec ses sœurs — en aucun cas.

———— ⋘⋙ ————

Andrew respira profondément et expira, donnant à Mag, toujours silencieux, l'espoir que le laird de Tùr Meiloach lui dirait enfin ce qu'il voulait savoir.

— Tu as dû entendre beaucoup parler de nous lorsque tu étais à Arrochar, dit Andrew.

Mag acquiesça d'un signe de tête.

— Peut-être certaines choses concernant mes filles et mon épouse ?

Il se souvint des commentaires de Pluff. Il ne vit toutefois pas l'intérêt de dire à Andrew que ce qu'il avait appris de plus intéressant concernant Lady Aubrey provenait du garçon.

— J'ai seulement entendu dire que Lady MacFarlan voyait parfois des choses invisibles à tout autre.

— Oui, mais seulement en de rares occasions, précisa Andrew. Quand nous avons quitté Arrochar, j'avais accepté de partir uniquement parce qu'elle avait dit que nous devions mettre notre bébé, Andrena, en sécurité. Sinon, je n'aurais jamais aucun espoir de reconquérir ce que Parlan nous avait volé. Nos deux fils étaient déjà morts à ce moment-là, et nous le savions. Nous nous sommes évadés du château par une issue secrète et nous nous sommes dirigés vers le sud, vers Tùr Meiloach, qui est depuis toujours un sanctuaire pour les vrais MacFarlan.

— Est-ce une histoire authentique, demanda Mag, ou une autre légende ?

— Elle est bien réelle, dit Andrew. Ma femme m'a assuré que tout irait bien si nous parvenions à franchir la rivière, que Tùr Meiloach nous protégerait si nous pouvions l'atteindre. Ce fut suffisant pour moi.

— Vous dites qu'Andrena était un bébé, fit remarquer Mag. Quel âge avait-elle ?

— À peine deux jours, fit remarquer Andrew.

Lorsque Mag voulut protester, Andrew leva une main.

— Je raconterai l'histoire à ma façon ou pas du tout, dit-il. La nuit était sombre, mais un mince croissant de lune guidait nos pas. Ma femme a pu se rendre non loin de la rivière avant de tomber de fatigue. Elle venait à peine d'accoucher, elle avait puisé dans ses dernières forces pour se rendre jusque-là. J'étais désespéré, je n'ai pas honte de l'admettre. Mais elle a insisté pour que je continue, disant que nous perdrions tout si je ne franchissais pas la rivière. J'ai juré que je ne l'abandonnerais pas avec l'enfant.

Andrew se recueillit un moment avant de poursuivre.

— Ma femme m'a dit que je n'aurais pas à le faire. Elle m'a aussi dit d'amener l'enfant avec moi. Ses paroles faillirent me faire perdre la raison, mais elle m'a assuré qu'elle serait en sécurité, et je pouvais entendre les hommes de Parlan qui approchaient. Alors j'ai caché Lady Aubrey sous les buissons, enveloppée dans sa cape. Puis, je me suis emparé du bébé dans ses langes et j'ai couru jusqu'à la rivière.

La bouche de Mag était sèche. Il but une gorgée de bière.

— La rivière était démontée et en pleine crue, expliqua Andrew. Si tu ne l'as jamais vue de près, je peux te dire qu'elle est encore plus déchaînée que celle au sud. Mais puisque tu as vu ses grandes chutes du loch où tu ramais, tu sais comment elles plongent à partir de hautes falaises impossibles à escalader. Les hommes de Parlan me talonnaient. Je n'avais pas le temps de penser.

Se rappelant qu'Andrena et Lady Audrey avaient survécu à l'aventure, Mag réprima son désir d'intervenir. Il craignait que s'il le faisait, Andrew refuserait d'en dire plus.

Andrew lui jeta un regard scrutateur, puis il se détendit et continua.

— Je ne sais pas si tu croiras ce que je m'apprête à te dire. Vois-tu, j'avais entendu les sénachies raconter cette histoire de l'ancienne Rome, celle du père de Camilla et de sa lance. Est-ce que tu la connais ?

Mag hocha la tête et combattit le frisson qui menaçait de courir le long de ses vertèbres.

— Vous avez attaché votre bébé à une lance et vous l'avez projeté de l'autre côté de la rivière ?

— C'est ce que j'ai fait, oui, par-dessus la rivière vers une trouée dans les bois, dit-il, avant de faire une pause. Ce n'est qu'après que j'ai entendu les loups.

À ce moment-là, Mag ne put réprimer le frisson qui le parcourut de la tête au pied. Mais deux coups frappés à la porte l'empêchèrent de répondre.

— Oui, Malcolm, que veux-tu ? demanda Andrew d'un ton brusque.

La porte s'ouvrit, mais ce n'était pas Malcom. C'était le robuste Euan MacNur qui tenait Pluff par le collet, terrifié.

Chapitre 19

Andrena trouva Tibby et une cuve à moitié remplie d'eau chaude quand elle entra dans la chambre qu'elle partageait avec Mag. Celui-ci brillait par son absence. Elle attendit que les hommes apportent les derniers seaux, avec un pichet d'eau froide pour la tempérer si nécessaire, avant de les congédier. Elle se glissa ensuite avec délice dans son bain.

Avec l'aide de Tibby, elle se lava rapidement, car elle attendait l'arrivée de Mag à tout moment. Elle éprouvait un peu de gêne sachant qu'il pouvait les surprendre en entrant sans frapper. Puis, elle était sortie du bain et avait revêtu sa *kirtle*[11] favorite, dont la couleur ambre lui rappelait les feuilles d'automne. Tibby avait épinglé les nattes d'Andrena sur sa tête. Quelques mèches s'étaient échappées et avaient été mouillées alors qu'elle frottait à la hâte les parties de son corps qu'elle pouvait atteindre et que Tibby lui frictionnait vigoureusement le dos.

— J'vais enlever les épingles, m'lady, dit la servante, si v'voulez vous asseoir sur vot' chaise.

Andrena s'apprêtait à lui obéir lorsque la porte s'ouvrit et Mag entra rapidement.

---

11. N.d.T.: Robe en vieil anglais.

— Veuillez nous laisser, Tibby, dit-il en tenant la porte ouverte.

— Oui, m'sieur, dit timidement la servante, disparaissant sans jeter un dernier regard à sa maîtresse.

Andrena commença à retirer elle-même ses épingles à cheveux pendant qu'il refermait la porte.

— Vous l'avez effrayée, dit-elle. Est-ce sérieux ?

— Je l'ai renvoyée, dit Mag, afin de pouvoir prendre un bain avant le dîner. Je suis désolé de l'avoir effrayée. Le jeune Pluff s'est encore mis les pieds dans les plats, ajouta-t-il en affichant une mine dépitée. Vous vous rappelez, n'est-ce pas, qu'il n'était pas présent pour nous dire adieu quand nous sommes partis ni pour nous accueillir à notre retour ?

— Cela me revient, maintenant que vous me le dites, dit-elle. Qu'a-t-il fait ?

— Apparemment, il s'est échappé pour rendre visite à une amie, répondit Mag.

Après avoir retiré les épingles, elle défit ses tresses.

— Quelle amie ? demanda-t-elle.

— Elle s'appelle Annabel, dit-il. Si j'ai bien compris, c'est la fille de MacNur.

— Mais la fille de MacNur vit à Arrochar avec sa mère, Mae, dit Andrena en fronçant les sourcils. On dit que lorsque MacNur a décidé de partir, il y a dix ans, pour nous rejoindre à Tùr Meiloach, Mae a refusé de le suivre.

— Oui, c'est ce que le garçon nous a dit, répondit Magnus. Mais seulement après avoir finalement admis être allé à Arrochar, car Andrew lui a demandé ce qui l'avait poussé à faire cela.

Après s'être déshabillé, Mag s'assit à son tour dans la baignoire.

Elle fut un moment distraite et amusée par le jeu fascinant de ses muscles, mais elle reprit rapidement ses esprits.

— Je croyais que vous et mon père étiez en train d'élaborer une stratégie, dit-elle.

— C'est ce que nous faisions, dit-il en prenant le savon pour s'en frotter. Mais MacNur nous a emmené Pluff, parce qu'il croyait que le garçon mentait pour éviter une punition. À son retour d'Arrochar, il est allé voir MacNur directement et lui a dit que Pharlain et ses hommes étaient sur le pied de guerre. Pluff a dit à MacNur qu'il craignait que ce soit pour nous attaquer, ajouta-t-il en se savonnant les cheveux. Il a aussi dit à MacNur que Pharlain avait l'intention de quitter Arrochar d'ici la fin de la semaine. Quand MacNur a dit à Andrew qu'il était impossible que le garçon sache de telles choses, ton père a demandé à Pluff de s'expliquer ou de recevoir le fouet sur-le-champ de sa propre main.

— Et c'est alors que Pluff aurait admis être allé à Arrochar pour retrouver Annabel? l'interrogea Andrena, qui avait autant de difficultés à croire cette histoire que MacNur. Comment pourrait-il même la connaître? Annabel ne peut avoir plus de treize ans et elle n'a jamais vécu ici.

— Pluff affirme qu'ils sont du même âge, répondit Mag. Il a expliqué que MacNur semblait constamment ruminer quelque chose. À la suite de certaines paroles lancées çà et là, il avait fini par déduire que MacNur avait encore de la famille à Arrochar. Il a ensuite appris de l'un des hommes que la petite fille de MacNur y vivait avec sa mère. Le garçon s'est mis en tête que MacNur s'ennuyait d'elles, que c'était la raison de sa mauvaise humeur, et qu'il devait découvrir si c'était réciproque. Auquel cas, nous a-t-il dit, il allait les aider à s'échapper d'Arrochar afin de réunir la famille à Tùr Meiloach.

— Seigneur! dit Andrena. Il doit s'estimer chanceux que Parlan ne l'ait pas attrapé. Mais nous savions déjà que Parlan préparait ses hommes à partir pour Perth.

— En effet, répondit Mag, c'est pourquoi Andrew et moi devrons poursuivre notre discussion après le dîner. Ce fait nouveau ainsi que ce que nous avons appris de mon père sur le nombre d'hommes levés par Parlan, défiant ainsi ouvertement les ordres de Jamie, constitueront sûrement des preuves convaincantes aux yeux de Sa Majesté, qui pourra faire condamner les conjurés. Mais le témoignage de Pluff sera sans valeur pour les lords du Parlement. Pour être utile à Jamie, il devra être corroboré par des témoins adultes. De plus, nous devons imaginer un moyen d'arrêter ou de ralentir l'armée de Parlan.

— Nous devons également prévenir le roi au plus tôt, dit-elle.

— Oui, bien sûr, dit Mag, qui continuait de se savonner. Nous enverrons des messagers à Craggan et à l'îlot Galbraith, afin de demander de l'aide dès que nous aurons décidé de ce que nous allons faire. Toutefois, j'imagine que Colquhoun ne sera pas plus emballé que mon père à l'idée d'arrêter ou d'entraver la marche d'une telle armée. Andrew jongle avec quelques possibilités, mais nos émissaires ne partiront sans doute pas avant demain matin. Nous devons d'abord élaborer un plan.

— Assurément, acquiesça-t-elle. Murie m'a dit aujourd'hui qu'une bonne histoire peut distraire les hommes de leurs colères et de leurs disputes. Mais vous aurez besoin de plus que cela. Nous avons amplement d'armes et d'hommes prêts à se battre, mais Parlan compte bien plus de guerriers que nous.

— C'est juste, dit Mag, tout en s'arrosant avec l'eau du pichet. Et il sait aussi de combien d'hommes Andrew dispose.

Après avoir fini de se rincer, il déposa le pichet vide et se leva.

— Puis-je avoir une serviette, jeune femme ?

Alors qu'elle lui en présentait une, il l'attira dans ses bras dégoulinants. Plantant un baiser ferme sur sa joue et un autre sur ses lèvres, il murmura :

— Vous m'avez peut-être donné une petite idée avec cette histoire au sujet de Muriella. Je crois me souvenir qu'Andrew est aussi doué qu'elle pour fabriquer des contes de fées.

Andrena ne pouvait le nier. Mais quand elle lui demanda de s'expliquer, il se contenta de dire :

— Pas tout de suite, jeune femme. Je dois y réfléchir davantage. Nous en reparlerons peut-être plus tard.

— Comptez-y, sire, dit-elle.

⬥

— Nous devons saboter les efforts de Parlan dans le complot, affirma Andrew avec force. Même si nous n'arrivons qu'à le retarder, cela aidera Sa Majesté.

Les deux hommes s'étaient retrouvés dans la pièce privée d'Andrew après le repas du soir, reprenant leurs places habituelles. Ce dernier saisit la carafe de whisky.

— Une attaque contre Arrochar pourrait faire diversion, mais elle serait vouée à l'échec, fit observer Mag. De plus, nous ne pouvons être sûrs d'obtenir un soutien suffisant pour retarder Pharlain avant son départ. Je préfère que nous choisissions le moment et le lieu de la bataille.

— Moi aussi, acquiesça Andrew en le regardant avec curiosité. Que suggères-tu ?

— Que nous détournions l'attention de Pharlain vers une autre menace, afin de gagner du temps. Ou bien que nous l'attirions ici de manière à le retarder et à nous procurer l'avantage du terrain.

— L'attirer ici est chose aisée, dit Andrew d'un air grave. Il saisira n'importe quelle occasion de s'emparer de Tùr Meiloach. Mais il a déjà levé son armée, alors cela aussi ne nous vaudrait qu'une défaite.

— Pas si nous répandons une rumeur qui le portera à croire que nous sommes vulnérables, mais seulement s'il attaque un certain jour, et même à un endroit précis. Notre histoire devra être suffisamment crédible pour le persuader que l'heure de s'emparer de vos terres a enfin sonné.

— L'as-tu déjà imaginée ?

— Elle n'est pas encore au point, admit Mag. Andrena vient seulement d'en semer la graine dans mon esprit. Elle m'a dit que Muriella avait essayé de lui faire relater le récit de notre voyage. Quand Andrena lui a dit que c'était sans intérêt, Murie a répondu que cela dépendait du talent de la personne qui le racontait. Elle a affirmé qu'une histoire ennuyeuse, mais narrée par un bon conteur, agrémentée peut-être de quelques exagérations, pouvait être assez saisissante pour détourner les hommes de leurs disputes et de leurs colères du moment. Il m'est venu à l'esprit que vous aviez passé les deux dernières décennies à forger des mythes qui étaient parvenus à garder Parlan et sa racaille à distance. À nous deux, nous devrions être capables d'en tisser une pour l'attirer à nous, sans qu'il se doute que c'est exactement ce que nous attendons de lui.

— Mais qui ira lui raconter cette fable ?

— Il y a quelqu'un à Tùr Meiloach qui le renseigne déjà, dit Mag. Vous savez bien que vos mythes se propagent partout. Et nous entendions souvent parler, à Arrochar, d'événements qui avaient lieu ici, de célébrations ou d'autres faits divers. Je doute cependant que Parlan connaisse vos secrets, car les hommes qui me pourchassaient ignoraient l'existence de votre pont au sud de la rivière.

Soucieux, Andrew l'interrogea :

— Qu'est-ce que ce félon peut bien savoir d'autre à notre sujet ?

— Il sait quand vos gens partent ou rentrent de voyage, répondit Mag, et aussi le nombre de vos guerriers. Toutefois, ses informations sont incomplètes. Andrena m'a dit que les hommes qui désertent Arrochar passaient par le col de Glen Luss, ce dont j'entendais parler pour la première fois. En vérité, j'ai cru que Pluff pouvait être la source de Pharlain quand il a admis avoir secrètement visité Arrochar. Mais si tout ce qui l'intéressait était la fille de MacNur...

— Il pourrait lui avoir dit des choses qu'elle aura répétées à Pharlain, dit Andrew.

— Pluff ne peut être la source principale de Pharlain, répliqua Mag. Il glanait déjà de tels renseignements bien avant ma capture. De plus, j'ai parlé à MacNur après le dîner, et il m'a assuré que c'était la première fois que le garçon disparaissait de Tùr Meiloach plus de quelques heures.

— Mais Pluff pourrait connaître cette jeune fille depuis longtemps, répondit Andrew, qui n'était pas entièrement satisfait. Ou rencontrer un homme de Parlan non loin de la tour.

— Quoi qu'il en soit, dit Mag patiemment, je pense que notre histoire devrait paraître assez inoffensive pour être d'intérêt général. Elle suggèrerait que la garde serait relâchée à un certain endroit, que Pharlain croirait sans défense, pendant quelques heures ou une journée entière. Je parie que si je vous présente celle que j'ai en tête, vous n'aurez aucun mal à la rendre si tentante pour lui qu'il ne pourra y résister.

— Oui, bien sûr, je peux le faire, dit Andrew avec un sourire entendu. Et quand il aura franchi la porte de notre trappe, nous la refermerons sur lui, c'est cela?

— Tout juste, acquiesça Mag.

— J'aime cette idée, dit Andrew, qui se ralliait enfin à lui. Mais pour que ça marche, nous aurons besoin de plus d'hommes que j'en ai. Il serait bon que ton père et Colquhoun soient avec nous dans cette entreprise.

Mag hocha la tête. Il aurait simplement voulu être aussi sûr qu'Andrew et Dree que Galbraith tiendrait parole.

∞

Andrena avait passé la soirée avec ses sœurs après le dîner. Elle avait appris que les préparatifs de l'anniversaire de Lady Aubrey allaient bon train, mais qu'il restait beaucoup à faire. Néanmoins, elle leur avait souhaité bonne nuit à l'heure habituelle et avait gagné sa chambre, où elle avait attendu son mari avec impatience. Après une heure d'attente, elle se mit au lit et laissa des bougies allumées à son intention.

La pièce était plongée dans la pénombre quand un mouvement dans le lit l'éveilla. Elle marmonna quelque chose, contrariée par l'heure tardive, puis elle se tourna et ne distingua que sa silhouette.

— Qu'avez-vous décidé ? lui demanda-t-elle.

— Que j'ai un puissant désir de vous, murmura-t-il en l'embrassant et en la caressant d'une manière si excitante qu'il fit naître en elle d'autres sensations, qui se succédèrent en cascade. Lorsqu'ils retombèrent sur le lit, épuisés et rassasiés, elle répéta sa question.

— Il est tard, *mo chridhe*, et nous sommes tous les deux fatigués, répondit Mag. Nous en reparlerons demain.

Elle tomba bientôt endormie. Quand elle se réveilla, la lumière du soleil ruisselait déjà par la fenêtre ouverte et Mag était parti. Elle s'habilla à la hâte sans l'aide de Tibby et partit à sa recherche, pour apprendre qu'il avait quitté la tour avec plusieurs hommes. Leur destination et le moment de leur retour n'étaient pas connus.

Frustrée, mais résignée à ces tactiques masculines, elle alla faire sa promenade habituelle avec la vieille Bess, sans oublier son poignard et son couteau de poche. Elle trouva un endroit où elle savait qu'elle ne serait pas observée, puis pratiqua certains mouvements que Mag lui avait expliqués.

Elle découvrit bientôt que, peu importait la position du poignard à sa ceinture, elle se sentait toujours maladroite quand elle essayait de s'en emparer vivement. C'était la petite boucle de cuir, qui le retenait en place, qui la gênait le plus. Le couteau de poche, plus petit, se manipulait bien plus facilement.

Finalement, elle positionna la gaine du poignard près de l'os de sa hanche gauche, la garde légèrement inclinée vers la droite, un peu comme Mag portait le sien. De cette façon, elle pouvait faire glisser la boucle d'un doigt et sortir l'arme de sa main droite. Le petit couteau, quant à lui, pouvait facilement être dissimulé sous son châle ou la veste qu'elle portait avec sa culotte.

Elle revint à la tour, où elle passa le restant de la journée à s'acquitter d'une liste de tâches que Lina avait dressée pour les festivités à venir. Quand elle eut vent qu'Andrew avait envoyé des garçons porteurs d'invitations aux paysans et aux clans des environs, elle craignit que son père et Mag se fussent résignés à simplement prévenir le roi du danger qui le guettait.

— Si Mag est parti à Glasgow ou ailleurs sans me le dire, se dit-elle en s'habillant pour le dîner, il regrettera bientôt son erreur.

Mais Mag revint avec les autres hommes, peu après que les serviteurs eurent commencé à servir le repas. Gravissant l'estrade du côté des dames et passant derrière elles pour se rendre à sa place, il s'arrêta pour serrer affectueusement l'épaule d'Andrena.

Elle lui sourit, mais restait déterminée à savoir ce qui avait été décidé. Elle attendit patiemment la fin du repas avant de s'excuser, puis se rendit près de Mag.

— Je voudrais vous parler, sire, au moment de votre choix, lui dit-elle.

— À votre service, jeune femme, répondit Mag en hochant la tête, si votre père m'autorise à quitter la table.

Andrew acquiesça d'un petit mouvement de tête, et dit avec un sourire complice :

— Oui, naturellement, tu peux y aller, jeune homme. Mais reviens ensuite, car je veux savoir tout ce que tu as accompli aujourd'hui.

Alors qu'ils quittaient l'estrade, Andrena murmura :

— D'abord, j'aimerais savoir où vous avez été toute la journée.

Mag passa un bras autour de ses épaules et la serra brièvement contre lui. Puis, il la fit passer devant lui dans l'escalier avec une petite tape au bas du dos juste assez vigoureuse pour qu'elle se demandât s'il ne s'agissait pas d'un avertissement.

En tournant la tête, elle vit la lueur moqueuse dans ses yeux. Ce court moment d'incertitude lui avait rappelé qu'elle ne devinait pas encore grand-chose de ses états d'âme, que ce fût par sa voix, son attitude ou autrement.

Quand ils atteignirent leur chambre, il referma la porte derrière eux.

— Andrew et moi avons discuté longtemps la nuit dernière, et nous avons dressé des plans, ma chérie, dit-il. J'ai emmené quelques hommes aujourd'hui et je leur ai expliqué nos attentes.

— Et quelles sont-elles ? demanda Andrena.

— D'arriver à retarder Pharlain, sinon à le vaincre, dit-il. Puisqu'il sera à la tête de tous les lairds du loch Lomond qui le soutiennent, leur nombre représentera une grande partie de l'armée des conspirateurs. Si nous pouvons les empêcher de rejoindre le reste des conjurés à temps, nous porterons à leurs projets un grand coup, peut-être même fatal.

Elle hocha la tête.

— Entretemps, Sa Majesté doit rassembler ses hommes sous sa propre bannière, fit-elle observer.

— Sans aucun doute, dit-il. Nous avons envoyé des porteurs remettre des messages à Colquhoun et à mon père. Et un compte rendu de la situation parviendra aussi au roi, naturellement.

— Vous avez envoyé un messager porter un message à Sa Majesté?

— Non, non, je veux qu'Ian Colquhoun y aille si son père est d'accord. Le garçon que j'ai envoyé à Colquhoun leur apporte les deux requêtes, ajouta-t-il. Les messagers de votre père sont rapides, mais ils ne peuvent se rendre à Paisley — encore moins à Stirling ou à Perth — aussi rapidement que la galère qui amènera Ian à Dunglass. De là, il pourra chevaucher pour rejoindre Jamie, si nécessaire. Je resterai ici pour seconder votre père et ses hommes.

— Quand tout cela aura-t-il lieu? demanda Andrena.

— Cela reste à voir, dit-il. On ne peut savoir exactement ni le lieu ni le moment. Seulement que tout doit précéder, mais de peu, le jour prévu du départ de Pharlain pour Perth. Nous voulons le retarder assez longtemps pour permettre à Jamie de rassembler ses partisans dans cette ville. Mais nous ne devons pas oublier l'anniversaire de votre mère, ajouta-t-il. Nous voulons nous assurer de la sécurité de ses invités pendant leur séjour ici — ainsi que de la vôtre et celle de vos sœurs.

— Quel danger pourrait-il y avoir pour nous dans la tour? demanda-t-elle. Ses murs sont imprenables. De plus, les vieilles légendes concernant Tùr Meiloach découragent toute personne sensée de passer sur notre territoire sans la permission de père.

— Malgré tout, quand l'heure arrivera, nous voulons que tous les occupants de cette tour soient en sécurité, dit-il fermement. Ce qui signifie qu'ils seront tous à l'intérieur quand nous mettrons notre plan, quel qu'il soit, à exécution.

Le ton insistant de sa voix et le regard qu'il lui décocha rendaient ses intentions claires, à défaut du reste. Mais elle ne parvint pas à lui en soutirer davantage sur ses projets. Elle aurait bien voulu l'interroger pendant les quelques jours suivants, mais il était le plus souvent à l'extérieur de l'enceinte du *barmkin*. Elle le vit fort peu et n'apprit pas grand-chose de lui quand cela arrivait.

Chaque homme ne semblait penser qu'à ce qui se préparait, même si aucun ne voulait lui dire ce qu'il savait. Elle comprenait leur silence, car les hommes confiaient rarement leurs desseins aux autres, les guerriers encore moins. Toutefois, comprendre leur réserve ne la consolait pas d'être dans l'ignorance de ce qu'ils planifiaient.

Elle traînait son couteau de poche partout maintenant, même quand elle portait sa culotte en daim. Et à deux reprises, Mag trouva le temps de lui montrer à l'employer efficacement pour se défendre.

À son grand soulagement, il ne lui avait pas interdit sa promenade matinale avec Bess. Elle interpréta son silence comme une permission tacite, en dépit de ses objections précédentes. Toutefois, elle avait la forte impression qu'il s'y opposerait si elle essayait de le suivre, lui ou l'un de ses hommes, quand ils quittaient la tour.

S'il avait eu des nouvelles de Colquhoun ou de Galbraith, elle n'en sut rien non plus. Mais elle croyait qu'il l'en informerait s'il apprenait quoi que soit à leur sujet.

À la veille de l'anniversaire de Lady Aubrey, le laird de Colquhoun arriva avec sa dame et une escorte de six hommes à temps pour le dîner. Ian n'était pas avec eux. Lorsqu'Andrena le questionna à son sujet, Colquhoun lui dit avec un charmant sourire qu'ils apprendraient tous le retour de son fils quand ils le verraient.

Ensuite, Andrew et Mag entraînèrent Colquhoun à l'écart. Et Andrena revit avec plaisir Lady Colquhoun, qui était aussi une amie proche de Lady Aubrey.

La compagnie supplémentaire était un agréable prélude pour les jours de festivités qui allaient suivre. Tous apprécièrent les mets excellents et le vin de qualité, les conversations divertissantes sur l'estrade et les musiciens qui jouaient assez fort pour être entendus, sans nuire aux conversations. Plus tard, Lady Muriella divertit l'assemblée avec deux histoires qu'elle avait apprises et des anecdotes amusantes de son enfance.

Murie avait choisi ses épisodes, pensa Andrena, avec l'intention de faire rire sa mère et leurs invités — et d'embarrasser ses sœurs aînées.

Lorsque tous se retirèrent pour la nuit, Andrena se sentait tout à fait détendue, sans doute sous l'effet du vin qu'elle avait bu pendant le repas. Elle ne pensait qu'à la soirée plaisante qu'elle venait de passer quand Mag lui suggéra de monter à leur chambre et de se préparer à aller au lit.

— Oui, sire, dit-elle avec un sourire, un hochement de tête et l'enivrante expectative de moments sensuels avec lui.

Une demi-heure plus tard, elle se demanda, somnolente, ce qui pouvait bien le retenir.

Elle s'abandonna au sommeil avant qu'il vînt la rejoindre et dormit profondément toute la nuit. Le lendemain matin, elle se réveilla et découvrit Tibby qui s'activait dans la chambre déjà inondée de soleil.

Mag n'était pas là, et elle se demanda s'il était même venu se coucher.

— Avez-vous vu Magnus Mòr? demanda-t-elle à la servante.

— Oui, m'lady, l'informa Tibby. Il était debout avant l'aube pour rompre le jeûne avec que'qu'z'-uns des aut' hommes. Puis, y sont tous partis en forêt. Le laird a dit qu'ça faisait bien longtemps qu'y avaient pas eu des invités pour faire une partie de chasse. Il a dit qu'il ne voulait pas perdre une si belle occasion, même si c'était l'anniversaire d'Lady Aubrey.

Contrariée à la pensée du groupe de chasseurs terrorisant les créatures de la forêt, Andrena ne posa pas plus de questions. Elle essaya plutôt de se convaincre que les hommes ne seraient pas partis longtemps un jour aussi important.

Les hommes ne chassaient pas.

Mag et Andrew menaient une grande troupe d'hommes d'armes dans les montagnes au nord-est de la tour. Ils traversèrent une dense forêt en direction de ce qui était jadis, comme le décrivit Andrew, un passage entre les sommets granitiques au-dessus d'eux.

— Ce passage a souffert d'importants éboulements, expliqua Andrew en avançant.

— Souffert? demanda Mag.

— Enfin, ils ne sont pas produits tout seuls.

— C'est l'œuvre des farfadets, je suppose, dit Mag.

— Forcément, aidés des lutins, des démons et des fées, pour n'en nommer que quelques-uns, compléta Andrew avec un sourire. Ne dit-on pas que les Parques volent au secours de ceux qui s'aident eux-mêmes ?

Mag secoua la tête tout en admirant l'ingéniosité du laird. Il était parvenu à faire croire à ses ennemis que Tùr Meiloach bénéficiait d'une protection surnaturelle et il entretenait cette illusion depuis deux décennies. C'était un fait d'armes en soi.

— Vous avez envoyé des hommes guetter la rivière, n'est-ce pas ? demanda Mag quelques minutes plus tard.

— Oui, bien sûr, dit Andrew. Mais Parlan choisira la gorge. La rivière est trop déchaînée. De plus, comme tu l'as dit, rien ne nous permet de croire que tes poursuivants connaissaient le pont au sud de la rivière.

— J'ai escaladé la falaise à cet endroit, lui rappela Mag. Par une nuit d'encre et en plein orage.

— Oui, mais tu luttais pour ta vie, lui dit Andrew. Et les Parques t'accompagnaient aussi.

—◦—

Affairée à régler des détails de dernière minute dans le solier des dames, où elle était avec ses sœurs depuis qu'elles avaient pris leur petit-déjeuner, Andrena fit d'abord peu attention aux premiers signes d'un malaise naissant. Son père et ses hommes étant à la chasse, elle pensa qu'elle partageait l'inquiétude des créatures des bois devant cette invasion de leur territoire.

Son malaise s'accrut jusqu'à l'appréhension et continua de s'amplifier. Elle observa ses sœurs et vit qu'elles étaient toutes les deux occupées et sereines. Alors, ce n'était ni Andrew ni leur mère qui étaient la cause de cette sensation. De plus, Lady Aubrey et Lady Colquhoun profitaient d'une rare occasion de faire la grasse matinée.

Elle se rendit à la fenêtre orientée au sud et vit plusieurs oiseaux de proie qui volaient très haut dans un ciel couvert. Bien qu'elle fût persuadée qu'ils contribuaient à ce qu'elle éprouvait, leur comportement différait de tout ce qu'elle avait déjà vu. De même, ce qu'elle ressentait était différent : la quasi-certitude d'une menace qui approchait, la conscience nette d'un danger, plus grand encore que ce qu'elle avait senti à propos des galères de Dougal MacPharlain.

Elle n'arrivait pas à expliquer ses émotions. Les oiseaux, plutôt que de se rassembler comme ils l'avaient déjà fait quand elle avait perçu leur détresse avec tant d'acuité, s'éparpillaient dans le ciel, comme s'ils réagissaient aux déplacements du groupe de chasseurs. Si c'était le cas, ils n'étaient pas non plus la cause de l'alarme qu'elle ressentait. Cela semblait provenir de toutes les directions, d'en haut et d'en bas aussi.

Se déplaçant à la fenêtre faisant face à l'ouest, elle ne put voir qu'une portion du loch au-delà des falaises. Elle ne vit aucun navire. Tout ce qu'elle voyait paraissait calme.

— Qu'y a-t-il, Dree ? demanda Lina. Quelque chose ne va pas ?

— Un danger approche, dit Andrena. Mais je n'en connais ni l'origine ni la direction.

— Cela n'a pas d'importance, dit Murie en haussant les épaules. Père nous a interdit de quitter la tour, Dree. Lui et Magnus ont ordonné à Malcolm de ne pas nous laisser sortir pendant qu'ils chassaient. Pas seulement du mur d'enceinte, mais de la tour aussi. Cette fois, tu ne pourras pas aller te rendre compte des événements.

Andrena l'entendait à peine. La sensation était devenue si forte qu'elle ne pouvait plus la combattre. Elle se tourna et marcha vers la porte.

La voix de Lina semblait lui parvenir de très loin.

— Dree ?

Andrena secoua la tête.

— Pas maintenant, Lina. J'ai besoin de silence pour trouver ce qui cause ces sensations et comprendre pourquoi elles surviennent. Ne t'inquiète pas. Rien ne va m'arriver.

— Peut-être pas maintenant, dit Lina. Mais si Magnus a dit que nous devions rester ici…

— Magnus n'est pas là, répliqua Andrena. Lui, père et les autres sont sortis dans les bois, à la chasse. S'il y a vraiment un danger et qu'ils ne le voient pas venir…

Elle ouvrit la porte en parlant et sortit sur le palier. Elle s'y arrêta le temps de comprendre qu'il serait inutile d'aller observer les environs depuis le haut des remparts. Le dense feuillage de la forêt dissimulerait à la fois les chasseurs et les menaces. Elle ferait mieux de sortir discrètement, si c'était possible, pour localiser le péril qui planait sur eux. Le sentiment d'urgence qui l'habitait la persuadait qu'elle n'avait pas de temps à perdre à en discuter. Même Lady Aubrey pourrait tenter de la dissuader de sortir si Andrew avait ordonné que tous restent à l'intérieur.

Cherchant à tâtons son couteau de poche alors qu'elle dévalait l'escalier, elle fut tentée de prendre aussi son poignard. Mais elle se rappela que Magnus, après tout, en savait plus long qu'elle sur l'art de se défendre. Elle ne mettrait pas sa culotte non plus. La dernière chose qu'elle voulait, si Parlan avait vraiment osé envahir leur terre, était de ressembler à un garçon ou à un homme. Même Parlan hésiterait à maltraiter une dame — la fille de son cousin, qui plus est.

Elle entendit dans son esprit un faible écho de la voix de Murie, disant qu'Andrew et Mag avaient tous les deux ordonné de rester à l'intérieur de la tour. Elle se rappela alors que Mag l'avait avertie que cette consigne serait donnée quand leur plan serait mis en application. Malgré tout...

Se hâtant vers la poterne à l'arrière, elle prit son châle et son bonnet en tricot qui étaient suspendus à un crochet. La lourde barre de fer était dans sa position habituelle pour la nuit en travers de la porte. Quand elle s'apprêta à la soulever, la voix de Murie dans l'escalier la fit sursauter.

— Que fais-tu, Dree ?

— Je sors voir ce qu'il y a, dit-elle. Andrew et les autres sont à la chasse et même si j'arrive à persuader Malcolm de prêter attention à mes avertissements, il n'enverra personne si père lui a ordonné de ne laisser sortir personne. Je serai prudente, Murie, mais je dois y aller. Si c'est Parlan qui arrive avec une armée, les chasseurs pourraient ne pas le voir arriver. Je dois voir quelle est cette menace et trouver un moyen de les prévenir, ou en voir assez pour convaincre Malcolm d'agir.

Murie hésitait, mais Andrena la regardait sans broncher.

— Replace la barre de fer derrière moi, dit-elle. Ne dis à personne où je suis allée, à l'exception de mère si elle se réveille, à moins que quelque chose d'autre ne survienne. S'il devait m'arriver malheur, tu le sauras, Murie. Mais même alors, continua Andrena, reste à l'intérieur de la tour. Je resterai sous le couvert des bois et des buissons.

Murie secoua la tête.

— Père va être furieux, Dree. Et Magnus…

— C'est justement à père et à Magnus que je pense. Maintenant ça suffit, je dois y aller.

Elle ouvrit la porte, sortit et la referma derrière elle. Elle attendit le son mat et rassurant de la barre retombant en place, puis elle descendit dans la cour.

Pluff montait la garde près de la poterne du mur d'enceinte extérieur comme à son habitude. Les deux seuls gardes qu'elle vit sur les remparts regardaient vers l'extérieur.

Quand Pluff la vit, il en resta bouche bée.

Elle marcha rapidement vers lui en plaçant un doigt sur ses lèvres.

— Je dois sortir, Pluff, dit Andrena. Un danger approche et il faut que j'aille voir de quoi il s'agit.

— Oh! fit le garçon. Est-ce que Lady Aubrey l'a vu? On dit que…

— Peu importe ce qu'on raconte, répliqua Andrena. Les hommes sont presque tous à la chasse, et nos sentinelles doivent rester ici pour monter la garde, protéger les portes et la tour. Quelqu'un doit aller prévenir les chasseurs. Tu dois m'ouvrir, Pluff. Et quand je serai dehors, tu tâcheras de détourner l'attention des gardes le temps que je coure jusqu'à la forêt. Peux-tu faire cela pour moi ?

— Oui, bien sûr, fit Pluff perplexe. Mais j'serai sûrement fouetté quand ils apprendront c'que j'ai fait.

— Je ferai tout ce que je peux pour te l'épargner, promit-elle, bien consciente qu'un châtiment comparable l'attendait quand Mag et son père sauraient ce qu'elle-même avait fait.

Mais cela n'importait guère maintenant, si Mag était en danger.

— Alors, ça va, dit Pluff en ouvrant silencieusement la poterne.

Chapitre 20

Mag et Andrew s'étaient cachés, étendus sur une pente raide et boisée près de l'endroit où un grand et profond lac de montagne déversait son trop-plein. Ce réservoir naturel recueillait les eaux résultant de la fonte des neiges des sommets abrupts qui l'entouraient. Les pentes jonchées de débris rocheux et les escarpements granitiques vertigineux formaient une sorte de vase au centre duquel le lac reposait. Alimenté par des myriades de ruisseaux et de ruisselets, il était la source principale de la rivière qui formait la frontière nord de Tùr Meiloach. Les hautes parois à pic, s'incurvant autour de la bordure nord du lac, contribuaient à la défense du territoire contre les intrus.

De l'endroit où ils se trouvaient, les deux hommes avaient une vue directe sur la gorge — maintenant obstruée par de grosses pierres et encombrée de rochers traîtreusement instables —, qui avait autrefois servi de passage entre les sommets à l'ouest du loch Lomond et la partie nord-est de Tùr Meiloach.

La plupart de leurs hommes s'étaient dissimulés non loin. D'autres faisaient le guet des issues moins susceptibles d'être envahies. Trois autres étaient cachés sur la crête surplombant la gorge. Ils venaient à tour de rôle rapporter les

lents progrès des hommes de Pharlain alors qu'ils escala-
daient péniblement le versant éloigné en suivant l'ancienne
route.

Andrew avait envoyé des messagers afin d'informer ses
capitaines qu'ils devaient commencer à converger vers le
nord-est en prenant soin de laisser un homme ou deux pour
surveiller les autres approches. Aucun navire n'ayant été
repéré sur le loch, lui et Mag restaient persuadés que
Pharlain agissait comme ils l'avaient espéré.

⚬◦⚬

En sécurité sous le couvert de la forêt, Andrena bifurqua
vers l'ouest, en direction du loch. Elle comprit alors que si
elle se rendait au sommet de la falaise pour observer le
rivage en bas, les hommes sur les remparts la verraient
aussi. Puisqu'elle ne voulait pas attirer sur elle l'attention de
la tour ni des hommes sur ses murs, elle se dirigea plutôt
vers les pentes boisées au nord-est, où elle sentait les plus
forts signes précurseurs du danger. Sur le terrain plus élevé,
elle pourrait rester cachée et voir davantage en essayant de
comprendre ce qui se passait.

S'efforçant de ne pas faire bruisser les arbustes, elle progressa néanmoins rapidement tout en restant sur ses gardes.
Le sentiment d'un péril imminent augmentait de seconde
en seconde. Un sombre pressentiment que des intrus aux
intentions hostiles arrivaient par le sud-ouest, où Mag avait
escaladé la falaise, la gagnait et s'intensifiait rapidement. En
même temps, elle sentait du danger provenant des sommets
au sud-est, où des hommes tout aussi belliqueux approchaient du col à cet endroit.

Elle n'avait pas encore eu le temps de faire le tri dans ce tourbillon d'émotions quand d'autres impressions venant du nord-ouest l'interpellèrent. Et où donc était le groupe de chasseurs, s'il y en avait un ?

Le danger provenant de la présence d'armées d'hommes semblait régner partout autour d'elle.

Luttant pour conserver son calme, elle se rappela que plusieurs membres du clan viendraient à la tour pour célébrer l'anniversaire d'Aubrey. Cela ne la rassura pas pour autant. Elle comprenait à présent que ce fait aurait pu, à lui seul, persuader Parlan qu'Andrew avait laissé les passages sans surveillance adéquate.

Au-dessus d'elle, le long de la rivière au nord, on ne trouvait rien d'autre que des falaises de granit, des rochers et des pentes ouvertes semées de galets. La gorge ne présentait aucune piste discernable encore moins praticable. Les chasseurs y voyaient parfois quelques rares cerfs errants. Autrement, il n'y avait que des chats sauvages, quelques moutons agiles ou des chèvres en liberté, des corbeaux, des lagopèdes d'Écosse et des aigles qui habitaient dans ces parages. À l'exception des cerfs, aucun n'était très bon à manger.

Elle se demanda si Andrew, Mag et les autres cherchaient un bon endroit pour mettre leur plan à exécution, ou peut-être même pour attirer Parlan dans un piège.

Le jour de l'anniversaire de Lady Aubrey ?

S'il s'agissait d'un piège, les hommes d'Andrew et de Colquhoun auraient sûrement posté des guetteurs ailleurs, à l'affût de toute intrusion. Pourtant, personne n'avait donné l'alerte.

La chose raisonnable à faire, elle le savait, était de retrouver la sécurité de la tour. Mais elle avait son pipeau dans la poche de son châle. Elle éprouvait aussi une crainte croissante d'être la seule à avoir conscience du danger qui les entourait — et elle ressentait le besoin impérieux d'en prévenir Mag et Andrew.

Une fois sa décision prise, elle attacha ses jupes plus solidement avec sa mince ceinture de cuir, s'assura que son couteau de poche était à sa place sous son châle, et accéléra le pas. En arrivant devant une vaste clairière jonchée de rochers, elle hésita, sentant toujours le danger partout, mais particulièrement au nord de la tour, venant d'en haut et d'en bas, de l'est et de l'ouest, s'approchant de plus en plus.

Comprenant que ses sens étaient submergés d'impressions, elle demeura où elle était, au bord de la clairière, pour essayer de se concentrer et de mettre de l'ordre dans ces sensations.

Y avait-il des hommes dans la forêt alentour? Il y en avait, oui, mais elle avait l'impression qu'elle était justement celle qu'ils entouraient tous. Mais certains d'entre eux étaient probablement des hommes de son père.

Le chemin le plus sûr semblait être droit devant elle. Elle marcha donc rapidement dans la clairière, en jetant des regards furtifs à droite et à gauche. Tous ses instincts lui disaient de courir aussi vite qu'elle le pouvait. Mais sur ce terrain accidenté, cela pouvait mener au désastre.

Parvenue à mi-chemin, alors que cette pensée lui venait à l'esprit, une cacophonie de cris d'hommes et d'épées qui s'entrechoquaient s'éleva derrière elle et à sa droite. S'élançant en avant, maintenant terrifiée et ne s'inquiétant plus du bruit ni des risques de chute, elle se précipita dans les bois de l'autre côté de la clairière. Elle dut s'arrêter net lorsqu'un gros homme en cotte de mailles, l'épée brandie, fit un pas devant elle.

— Laissez-moi passer, dit Andrena fermement. Ou oseriez-vous vous attaquer à une noble dame ?

— Non, jeune femme, répliqua-t-il, avançant d'un autre pas vers elle tout en jetant un regard autour, l'arme toujours levée. J'fais pas la guerre aux femmes. Mais quand c't'affaire-là s'ra terminée, tu f'ras un joli butin de guerre, à mon avis. J'vais t'attacher et t'cacher sous un buisson où tu s'ras en sécurité. J'suis sûr qu'tu me remercieras plus tard d'm'être bien occupé d'toi.

Reculant d'un pas dès que l'homme en faisait un vers elle, Andrena s'efforçait d'avoir l'air sans défense. Simuler la peur fut facile, parce qu'elle savait qu'elle s'était trompée gravement en ne rentrant pas à la tour dès qu'elle avait perçu la présence d'autant d'envahisseurs. Si ce gredin ou un autre ne la tuait pas, Magnus s'en chargerait certainement.

Son cœur martelait sa poitrine. Toute pensée cohérente s'arrêta devant le déferlement de colère affluant des hommes engagés dans la bataille qui faisait rage dans les bois au nord et à l'est de sa position. Gardant son regard fixé sur le guerrier en face d'elle, elle essaya de faire abstraction du reste. La majeure partie du vacarme au nord semblait descendre vers la tour. Si seulement elle pouvait échapper à cet homme…

Il s'inclina vers elle en écartant son épée, comme s'il avait voulu s'assurer de ne pas la blesser, tandis qu'il tendait son autre main pour la saisir. Elle était de nouveau dans la clairière, à défaut d'un meilleur mot pour nommer une telle étendue désolée. Au moment où la main libre de l'homme agrippa fermement son bras droit, elle dut faire de grands efforts pour ne pas céder à la panique. Mais elle savait qu'elle devait garder la tête froide et manœuvrer avec habileté si elle voulait avoir la moindre chance de survivre.

∞∞∞

Quelques minutes auparavant

Le pas anormalement lent de la troupe de Pharlain dans leur ascension vers le passage éveilla les soupçons de Mag.

— Et si ce n'était qu'une ruse ? murmura-t-il à Andrew.

Le fait que les guetteurs disposés ailleurs n'eurent pas donné l'alarme pouvait vouloir dire que Pharlain, anticipant un piège, avait créé sa propre diversion pour garder le gros de son armée à un seul endroit, jusqu'à ce que tous ses hommes soient en position d'attaquer.

Andrew fit une contorsion pour regarder en bas vers la rivière.

— Que le diable emporte cet homme ! s'exclama-t-il. Il a introduit ses guerriers de notre côté de la rivière par le loch. Mais comment diable les a-t-il fait passer ?

— Durant la nuit, peut-être, dit Mag. S'ils ne craignent plus les démons…

Mais Andrew n'écoutait pas. Il grommela à l'un de ses hommes tout près :

— Prends tes garçons et va à leur rencontre. Et ne sonne l'alerte qu'après l'avoir fait. Les hommes que nous avons laissés pour surveiller sont trop peu nombreux pour affronter cette armée — si les salauds ne les ont pas déjà tués.

Priant pour que tous — Andrena en particulier — soient restés dans la tour et ne se soient pas même aventurés dans la cour, Mag se leva. Andrew avait commencé à communiquer ses ordres par signes à ses hommes et il en aurait sans doute pour lui aussi.

Un mouvement perçu dans une trouée à flanc de colline en contrebas détourna l'attention de Mag.

La silhouette qui se déplaçait était féminine : Andrena.

Ses pensées s'arrêtèrent, et ses émotions, alors qu'il s'emparait de son épée, ne laissaient pas de place pour quelque chose d'aussi futile que l'étonnement. Ce fut plutôt la fureur qui explosa en lui, si puissante qu'il arriva à peine à se maîtriser le temps de jeter un regard sur Andrew, et se demander si le laird lui avait crié des ordres.

Les clameurs d'une bataille s'élevèrent au-dessous d'eux.

— Andrew ! hurla Mag en pointant du doigt, regardez là-bas !

— Oui, je la vois, dit Andrew. Vas-y, alors. Descends avec tes hommes. Elle aura senti un danger, mais ne crains rien, garçon. Elle est en sécurité !

— Pas si je mets la main dessus, répondit Mag en criant.

Alors qu'Andrew — qui semblait ne pas comprendre — sourit en guise de réponse, Mag fit signe à ses hommes de le suivre. Brandissant son épée et son poignard, il descendit à travers les bois à toute allure, bondissant par-dessus les arbustes et contournant les rochers sur son passage.

Une image surgit dans son esprit. Il revit Will, essayant de se défendre contre les hommes de Pharlain, qui leur avaient tendu un guet-apens, et tombant sous leurs coups, alors que lui-même, occupé à se battre, était trop loin pour l'aider.

Un rapide coup d'œil vers le nord lui fit voir Andrew indiquant à certains de ses hommes de rester où ils étaient pour attendre Pharlain. Après avoir crié à Mag de rester au sud de sa position, le laird de Tùr Meiloach s'élança à la tête de ses guerriers vers la rivière pour affronter l'ennemi à cet endroit.

Quand Mag reporta son regard en bas vers la clairière, Andrena avait disparu.

Pour ajouter à la précarité de la situation, alors qu'il continuait de dévaler la pente à un rythme périlleux, il vit des hommes qui se battaient plus bas atteindre la clairière, par le sud et par l'ouest. D'autres combattants, brandissant épées et haches, gravissaient la pente pour venir à la rencontre du groupe qu'il menait.

Il était en train de jauger rapidement les forces en présence quand Andrena refit apparition dans la clairière en reculant, lui coupant presque le souffle.

Un guerrier avec son épée la saisit pour l'attirer de nouveau entre les arbres.

Exhortant par ses cris ses hommes à courir plus vite, Mag se lança tête baissée vers Andrena et son ravisseur, déterminé à tailler en pièces quiconque se mettrait en travers de son chemin.

Submergée par la colère et la fureur qu'elle sentait autour d'elle, Andrena remarquait à peine la bataille qui l'encerclait. Quand le brigand l'attira de nouveau dans les bois, elle s'efforça d'observer ses moindres mouvements, décidée à garder la tête froide.

— T'es une sotte ! lui cracha-t-il.

En dépit du fracas et des rugissements de la mêlée, elle l'entendit distinctement.

— Ils descendront par ici, pour sûr, ajouta-t-il avec un sourire bestial. Mais on s'cachera jusqu'à c'qui y ait plus d'danger. J'vais m'occuper d'toi.

— Vous n'êtes qu'un lâche, dit-elle, arrachant d'une secousse son bras gauche à son emprise, tandis que sa main droite cherchait la garde de son couteau.

Elle délogea la boucle de cuir avec son index, puis l'agrippa fermement et leva la main gauche, comme si elle voulait repousser son assaillant. Comme Mag l'avait prévu, les yeux de l'homme suivirent cette main-là.

— Qu'est-ce que c'est ? cria une voix à sa droite.

Sans quitter son agresseur du regard, elle aperçut du coin de l'œil deux hommes accourant vers eux entre les arbres.

Au moment où son ravisseur tendit la main pour l'attraper, Andrena, ignorant les deux autres, le taillada au vol, faisant jaillir du sang. La douleur arracha un cri à l'homme et, pendant qu'il fixait sa blessure avec stupéfaction, elle en profita pour courir se réfugier derrière l'arbre le plus proche. Il lui hurla de revenir. Ses deux camarades, la considérant comme une proie plus facile que les guerriers dans la clairière ou ailleurs, vinrent à son aide.

Elle les regardait tous les trois maintenant en reculant, se faufilant entre les arbres et s'abritant derrière ceux-ci. Ses sens étaient exacerbés et elle était parfaitement consciente des obstacles qui l'entouraient, comme si elle pouvait voir tout autour d'elle. Puis, elle entendit un sourd grognement derrière elle. Elle pensa d'abord qu'il s'agissait de la vielle Bess, qui aurait pu l'avoir suivie à son insu, et elle ne quitta pas les hommes des yeux. Un deuxième grognement capta son attention, à sa gauche cette fois, où un grand loup tapi dans une ouverture entre les arbustes montrait ses crocs menaçants.

Un deuxième loup passa silencieusement près d'elle, à sa droite, puis s'arrêta.

Elle ne ressentit aucune peur, mais perçut la panique qui gagnait les trois rustres.

L'un des hommes agita furieusement son épée et hurla en direction des loups. Au même moment, un troisième loup, caché dans un buisson, bondit sur lui.

Poussant un cri perçant quand la bête s'élança et le renversa au sol, l'homme essaya en vain de s'en défaire. Le troisième assaillant leva son épée pour attaquer le loup. Lorsqu'il fit un pas en avant, les bois environnants s'animèrent de jappements, de hurlements stridents et de grondements menaçants.

Il tourna sur ses talons pour s'enfuir, les yeux écarquillés par la terreur. Il vit alors trois hommes, l'épée brandie, qui se précipitaient sur lui. Leur chef était un véritable géant aux yeux dorés qui lançaient des éclairs furibonds et que les loups ne semblaient pas effrayer le moins du monde.

Andrena, voyant un guerrier se mettre en travers de sa course pour engager un combat à l'épée avec Mag, sentit sa gorge serrée par la peur.

La meute de loups l'entourait. Lorsqu'elle esquissa un pas vers les deux combattants, le chef de la meute grogna... dans sa direction.

⸺◦◦◦⸺

Mag avait vu les loups et les hommes qui étaient avec Andrena avant que l'épée de son assaillant n'entrât en contact avec la sienne. Un autre rapide regard, alors qu'il parait le coup, lui apprit que les loups, bien qu'entourant la jeune femme, semblaient tous regarder dans la direction opposée, menaçant quiconque les approchait.

Il put se concentrer entièrement sur son adversaire, et le tumulte furieux de la bataille parut s'évanouir dans le lointain. Malgré tout, il savait d'expérience qu'il remarquerait toute circonstance inhabituelle ou dangereuse dans son environnement. Toutefois, il n'était pas sitôt venu à bout du premier assaillant qu'un autre vint prendre sa place.

Il se rendit compte que les hommes de MacFarlan combattaient un ennemi qui semblait grossir en nombre chaque minute. Des images d'Andrena et des loups l'assaillirent, mais il les réprima. S'il tombait dans la bataille, il ne pourrait plus rien faire pour elle.

Un cor retentit. Un coup d'œil furtif lui révéla une bannière qui flottait à travers les bois et son porteur qui accourait vers lui. Les trois têtes d'ours de cette bannière le rassurèrent immédiatement. Le cor sonna encore une fois et de nouveaux hommes d'armes entrèrent dans la mêlée ; tous portaient l'écusson de Galbraith. Au milieu de ses troupes accourrait le laird en personne.

La bataille se termina alors rapidement.

Quand Mag vit que l'homme qu'il avait projeté au sol était l'une des brutes qu'il avait vu menacer Andrena, il eut un nouvel accès de rage. Tenant fermement l'homme de la main gauche, il s'apprêtait à lui infliger de la droite la correction qu'il méritait.

— Non, garçon, dit Andrew.

Tournant vivement la tête, il vit le laird la main levée, la paume tournée vers lui et les yeux brillant de détermination. Mag retint son poing à mi-course et laissa choir le misérable.

— Ce rustre a menacé ma femme, votre fille, milord.

— Oui, eh bien, ma fille est là-bas, saine et sauve, en sécurité comme une souris dans un moulin, dit Andrew en faisant un geste vers les bois.

Mag la vit alors qui se tenait calmement debout, seule. Les loups s'étaient évanouis.

— Je doute que ce garçon sache que c'est ma fille, dit Andrew. De plus, si c'est un MacFarlan, il m'appartient, et il mérite la chance de se soumettre à son laird. Est-ce là ton désir, garçon? demanda-t-il au guerrier un peu ébranlé.

Ce dernier posa un genou par terre et inclina profondément la tête devant Andrew.

— Oui, laird, dit-il d'un ton bourru, j'm'rends et j'vous jure entière fidélité.

Andrew jeta un coup d'œil sur Andrena, qui hocha la tête de haut en bas. Il embrassa ensuite du regard les guerriers défaits et les hommes de Galbraith qui les entouraient.

— Qu'en est-il de vous, les autres MacFarlan? leur cria-t-il. Jurez-vous d'abandonner cet infâme usurpateur, Parlan, quoiqu'il ait adopté le nom de Pharlain, notre illustre ancêtre ? M'aiderez-vous à lui reprendre mes propres terres et la tête du clan ?

Un par un, ils prêtèrent serment. Dès qu'un homme s'exécutait, Andrew regardait Andrena et attendait qu'elle hochât la tête. Elle n'exprima son désaccord qu'une fois, sur quoi il dit à l'homme :

— Je t'ai donné une chance d'être du côté de ton véritable chef. Mais tu m'as menti. Vois-tu, garçon, le vrai chef des MacFarlan, quand il est ici, sur la terre de Tùr Meiloach, connaît le cœur et l'esprit de tous les MacFarlan. Que dis-tu maintenant ?

Tremblant, l'homme fit acte d'allégeance, avec franchise cette fois-ci.

— Es-tu convaincu à présent ? demanda Andrew.

— Oui, laird, devant Dieu et l'véritable fils de Pharlain l'ancêtre, je l'jure.

Andrew regarda Andrena qui approuva d'un petit hochement de tête.

— Très bien, j'accepte ton serment, dit Andrew. Assure-toi, toutefois, de t'en souvenir. Si tu devais l'oublier, j'ai un arbre qui sert à prendre les traîtres et qui pourrait être utilisé pour toi. Nous passerons devant, alors tu pourras l'examiner de près — et cela vaut pour vous tous, lança-t-il en parcourant le groupe du regard.

Puis, il se tourna vers Mag et dit :

— Nous rassemblerons ce groupe et nous l'emmènerons à la tour. Je pense que tu voudras parler à ton père, alors…

— Sauf votre respect, sire, dit Mag, dont le regard passa d'Andrew à Andrena, je préférerais d'abord emmener ma femme à l'intérieur de la tour, où elle sera en sécurité.

— Oui, bien sûr, dit Andrew. Nous ne t'attendrons pas, alors. Mais ne t'avais-je pas dit qu'il n'y avait rien à craindre pour elle ?

— Peut-être était-elle en sécurité alors, dit Mag en la regardant, mais elle l'est moins maintenant.

Sans dire un mot de plus à Andrew ni jeter un coup d'œil sur son propre père, Mag alla vers son épouse, la souleva dans ses bras et la ramena dans les bois.

———⊙———

Pour la première fois, Andrena n'avait plus aucun doute sur les émotions de Mag. Sa fureur coulait en lui sans retenue et irradiait vers l'extérieur jusqu'à déferler sur elle comme une vague auprès de laquelle les sensations qu'elle avait perçues dans la bataille lui semblaient bien faibles.

Elle n'avait pas à le regarder pour sentir sa colère, ce qui était aussi bien. Elle s'en désolait et en avait même un peu peur. Mais tout cela se mêlait étrangement avec la joie, empreinte de gratitude, causée par le fait qu'il lui avait enfin ouvert la porte de ses émotions.

— Je vous en prie, sire, déposez-moi par terre, dit-elle en posant sa joue contre sa poitrine pour lui cacher son regard, de crainte qu'il ne vît son soulagement. Je suis parfaitement capable de marcher.

— Je sais que vous pouvez marcher, l'interrompit-il brusquement, sa colère contre elle se muant en un orage qui engourdissait ses sens. Vous seriez maintenant en sécurité, si vous en aviez été incapable, à l'intérieur de la tour, comme je l'avais ordonné.

Si elle avait senti un tel emportement auparavant, elle aurait sans doute tremblé de tout son corps, un peu comme la colère impitoyable de son père avait assujetti l'homme de Parlan. Mais elle ne trembla pas.

— Vous êtes fort, sire, et vous pouvez me porter facilement. Mais si nous croisons des retardataires ennemis ici ?

— C'est impossible, dit-il. Les hommes de mon père et ceux de Colquhoun les auront cueillis en chemin en arrivant de l'est ou du sud. Je suis la seule personne dont vous devriez vous inquiéter.

— Je désire que vous me reposiez par terre.

— Si je vous dépose, dit-il d'un ton maussade, ce sera sur mes genoux. Jamais auparavant personne ne m'avait fait une telle peur, ni n'avait si justement mérité une correction.

Elle déplaça son visage plus près du cou de son époux de sorte qu'il ne vit pas l'ébauche d'un sourire sur ses lèvres. Elle garda ensuite le silence, laissant la colère déchaînée de son époux l'envelopper, jusqu'à ce qu'elle puisse de nouveau faire confiance à sa propre voix et à son comportement. Maintenant que la digue retenant les émotions de Mag s'était rompue, elle savait qu'elle ne se colmaterait pas facilement.

Respirant profondément, elle se détendit dans ses bras et leva les yeux vers lui.

— Vous êtes bien véhément, sire, pour quelqu'un qui sort d'une bataille, dit-elle. Peut-être pourriez-vous faire un meilleur usage d'une telle ardeur avec une femme repentante qu'en la corrigeant ? Je suppose que vous voulez plusieurs fils.

Le pas du jeune homme ralentit légèrement, mais son silence se prolongeait. Elle commença à se demander si elle serait capable d'apaiser sa colère, avant qu'il ne l'exprime comme il avait menacé de le faire.

Apparemment, sa mauvaise humeur persistait.

Il parla enfin.

— Êtes-vous vraiment repentante ? demanda-t-il.

Consciente qu'il devinait facilement autrui par sa voix ou les expressions de son visage, elle parla franchement.

— J'ai eu tort de m'aventurer aussi loin, Magnus, admit-elle. Mais j'ai senti un danger qui approchait, et j'étais terrifiée pour vous et pour mon père. Tibby m'a dit que vous étiez partis à la chasse avec Colquhoun et quelques hommes. De plus, c'est l'anniversaire de mère, le jour où nous le célébrons. Alors, j'ai cru que Tibby disait vrai.

La fureur de Mag tomba rapidement, car il expira bruyamment et son regard plongea dans celui de sa jeune épouse. Elle fut surprise d'y voir de la culpabilité.

Alors qu'il était sur le point d'enjamber un ruisselet qui coulait paisiblement, Mag s'arrêta et la déposa par terre. Le sol de la forêt était plat sous son épais tapis d'aiguilles de pin.

À l'exception du murmure du ruisseau, le seul bruit qu'elle entendit fut trois coups de cor qui retentissaient au loin.

— C'est un signal de Colquhoun, murmura-t-elle en le regardant avec inquiétude.

— Oui, répondit Mag. C'est le signal convenu pour aviser les hommes sur les remparts que tout va bien et que ceux qui approchent ramènent des prisonniers.

— Alors, nos hommes savaient qu'une bataille faisait rage, dit-elle.

« Même si Pluff n'en savait rien », pensa-t-elle ensuite.

— Malcolm et le capitaine des gardes d'Andrew étaient au fait. Personne d'autre, précisa Mag.

Les pensées d'Andrena se bousculaient dans sa tête.

— Puisque nous avons fait plusieurs prisonniers, fit-elle observer, ceux qui ont juré fidélité à mon père accepteront peut-être de témoigner devant Sa Majesté contre Parlan et les autres conspirateurs.

— C'est possible, certes, dit Mag d'un ton neutre.

Tout en parlant, il retira le baudrier de cuir qui retenait son épée et le plaça avec précaution sur un rocher plat. Se tournant pour lui faire face, il dénoua sa ceinture.

Un frisson parcourut l'échine d'Andrena.

Mais il déposa sa ceinture sur son épée, défit son plaid et l'enroula sur l'un de ses bras. Puis, il dégrafa la cotte de mailles qu'il portait par-dessus sa tunique et s'en débarrassa aussi.

— Venez vers moi, dit-il, et elle lui obéit sans hésiter.

Elle soupira profondément alors que ses bras l'enveloppaient et l'attiraient contre lui. Elle sentit tout son corps se presser contre le sien. Sa chaleur corporelle la rassura, mais pas autant que celle qui émanait de lui et semblait passer directement en elle. Elle sentait son soulagement, des vestiges de peur et des remords aussi.

— Andrew ne m'avait rien dit de cette histoire de chasse, admit Mag. Je ne me suis pas arrêté à me demander ce qu'il allait dire aux siens. Sachant qu'il aime bien fabriquer des histoires, j'aurais dû le faire. Je suis donc aussi à blâmer. Comme j'aurais dû me rappeler votre capacité à pressentir le danger et ses suites. Je pensais que l'ordre de rester à l'intérieur serait suffisant pour vous protéger de tout péril.

— Il est vrai que vous n'avez pas soupesé toutes les possibilités avant d'agir, dit-elle. Mais pourrais-je vous le reprocher, sire? C'est un travers dont bien des gens m'accusent.

— Une accusation méritée dans les circonstances, dit-il d'un ton sérieux. Mais vous faire des remontrances pour quelque chose qu'Andrew et moi faisons également me semblerait injuste.

Elle dissimula un sourire ironique en se blottissant contre sa poitrine.

— Et fort malavisé, dit-elle.

Il la reposa sur ses pieds tout en lui lançant un regard d'avertissement pour toute réponse. Puis, abruptement, il changea de sujet.

— Comment avez-vous appelé les loups à votre rescousse? lui demanda-t-il.

— Je ne les ai pas appelés, dit-elle. Le premier était derrière moi quand il a grogné. Le deuxième a surgi d'entre les buissons. Puis, un troisième a bondi sur l'un des hommes, le renversant au sol avec son épée. Quand la forêt s'est transformée en champ de bataille, d'autres membres de la meute se sont groupés autour de moi. Je n'ai senti aucune peur, cependant, parce que les guerriers se maintenaient à une distance prudente de nous. Une fois, j'ai essayé de m'éloigner de l'endroit où je me trouvais, et les loups m'ont arrêtée. Pourtant, je n'avais pas peur d'eux. Ne trouvez-vous pas cela très étrange?

— Cela fait partie de la magie du territoire sacré de Tùr Meiloach, j'imagine, dit-il en la regardant dans les yeux. La nouvelle de leur comportement se répandra rapidement, jeune femme. Avec raison.

— Oui, dit-elle en le regardant, tout en se passant la langue sur les lèvres, subitement devenue sèches. Père claironnera cette histoire, surtout si Parlan ne fait pas partie des prisonniers.

— Nous l'aurions su tout de suite si c'était le cas, répondit-il.

Il plaça une main sous son menton, le relevant un peu plus. Son index traça une ligne le long de mâchoire, puis se déplaça pour effleurer ses lèvres.

— Cela m'a terrifié de vous voir courir un si grand danger, dit-il, en particulier quand cette brute vous a agrippé par le bras pour vous entraîner hors de ma vue.

— Et cela vous a également mis très en colère contre moi, dit-elle. Je le sais très bien.

— Qui vous a laissé sortir des murs ? demanda-t-il.

Elle serra les lèvres, déterminée à protéger Pluff.

— La plupart de nos hommes ont l'habitude de m'obéir, dit-elle finalement.

— Les hommes que je commande aussi, dit-il. La seule personne qui ose me désobéir est ma noble épouse.

— Alors, c'est à moi d'être châtiée, s'il vous faut punir quelqu'un, dit-elle. Je n'ai pas oublié ce que vous m'avez dit, toutefois, ajouta-t-elle. J'avais mon couteau de poche, et il m'a bien servi. Quand l'homme qui m'avait saisie a essayé de le refaire, je lui ai entaillé la main et je me suis échappée en me faufilant entre les arbres. Il a essayé de me rattraper, mais les loups sont intervenus. En vérité, sire, je ne me suis jamais sentie en danger, sauf quand j'ai perçu à quel point vous étiez en colère contre moi. J'avais pressenti qu'un danger vous menaçait, vous et mon père. Mais quand la bataille a éclaté, j'étais certaine que notre clan l'emporterait.

— Mais il aurait sans doute été défait, si mon père et Colquhoun n'avaient pas accouru à notre aide.

— Ne vous avais-je pas dit que votre père viendrait ? lui rappela-t-elle.

Il s'inclina vers elle, leurs lèvres se touchant presque.

— Voulez-vous vous disputer avec moi, ma jeune femme ? demanda-t-il. Ou voulez-vous faire honneur à la délicieuse invitation que vous m'avez lancée tout à l'heure ?

Ses yeux magnifiques s'écarquillèrent.

— Ici ?

— Oui, ici, et pourquoi pas ? demanda Mag, lui lançant un autre regard sévère pour voir comment elle réagirait.

— Mais si on venait ?

— Je le saurais, dit-il. Et à moins que vous ne m'ayez trompé à propos de vos dons, vous le sentiriez avant moi.

Les lèvres d'Andrena s'entrouvrirent, et il posséda sa bouche avec fermeté. Il y inséra sa langue comme en territoire conquis et lui caressa le dos et les seins avant de dénouer les cordons de sa robe. En un clin d'œil, obéissant à ses ordres, elle était nue debout devant lui tandis qu'il étendait son plaid sur le sol.

Se redressant lentement, il admira chacune de ses courbes gracieuses et enivrantes. Puis, quand il le jugea à propos, il alla vers elle, la reprit dans ses bras avant de la déposer doucement sur le moelleux tapis d'aiguilles de pin recouvert du plaid.

— Maintenant, *mo chridhe*, murmura-t-il en s'étendant près d'elle tout en faisant passer sa tunique au-dessus de sa tête, je brûle de t'enseigner tant d'autres choses.

⸺◦◦◦⸺

Andrena fut stupéfaite par la réponse de son corps au ton autoritaire de sa voix, comme si chacune de ses fibres s'offrait sans retenue pour être possédée.

Lorsqu'elle voulut lui rendre ses caresses, il saisit ses mains et les plaqua au-dessus de sa tête, les retenant toutes les deux d'une poigne ferme. La lueur vaguement menaçante fut de retour dans ses yeux un instant, mais la lueur mutine des Galbraith la remplaça avant que ses lèvres ne s'emparent des siennes de nouveau. Doucement, il plaça l'un de ses genoux, puis l'autre, entre ses jambes, employant sa main libre pour voir si elle était prête à le recevoir, avant d'entrer profondément en elle.

Pour la première fois, elle put sentir chacune de ses émotions. Sa passion pour elle le comblait, mais elle sentait aussi son désir de la protéger. Tout comme il avait procédé avec précaution avant de la prendre, il semblait maintenant se contenir. Et même s'il avait commencé à la prendre plus rapidement et plus énergiquement, elle savait qu'il se retenait.

Utilisant son don pour découvrir quels mouvements de sa part l'excitaient particulièrement, elle s'appliquait à le stimuler plus, toujours un peu plus. Elle était si attentive à découvrir ce qui pouvait le mener aux portes de l'extase que, lorsqu'il gémit de plaisir, la réponse de son propre corps la prit elle-même par surprise.

Une vague de chaleur monta en elle, brûlante, du plus profond de son corps, jusqu'à ce même orgasme palpitant où il l'avait déjà menée à l'îlot Galbraith. Elle cria comme elle l'avait fait alors. Les réactions de Mag n'étaient pas moins bruyantes, mais elle n'en avait cure. Ce qui arrivait était trop intense, trop incroyable, d'une sensualité trop explosive pour qu'elle se préoccupât du bruit qu'ils faisaient ou de quoi que ce soit d'autre.

Épilogue

Deux mois plus tard

Il aurait voulu courir, mais il était simplement trop épuisé. Sa tête le faisait souffrir, et la blessure d'un coup d'épée à l'avant-bras, entre sa manche en cotte de mailles et son gant, n'était pas guérie. Et cela ne ressemblait-il pas à sa jeune femme d'être absente quand il avait besoin d'elle, plutôt que de l'attendre à la maison, là où une épouse devait être ?

Le fait qu'il avait dû demander à Muriella où se trouvait Andrena l'avait retardé aussi. Murie avait voulu tout savoir sur son séjour hors de Tùr Meiloach et avait été déçue quand il avait insisté pour trouver Andrena d'abord.

Il n'était pas resté sur le sentier qu'ils avaient suivi la première fois pour se rendre sur la pierre plate où ils avaient pêché. Il avait plutôt escaladé la colline avant d'atteindre le ruisseau afin de se poster au-dessus de la plaque de granite qui faisaient saillie et ses rochers environnants. De cette manière, il l'observerait du côté opposé à la pente qu'il avait gravie ce jour-là pour regarder au sud.

Puis, il la vit, et son cœur se mit à battre plus rapidement, chassant sa fatigue.

Elle était assise au bout de la pierre plate, bien à sa droite en contrebas, et lui tournait le dos. Elle avait remonté ses jupes sur ses cuisses, lui offrant une jolie perspective de ses jambes fines et bien galbées, tandis qu'elle balançait ses pieds dans l'eau. Elle ne portait ni voile ni coiffe, ses nattes fauves, dont l'une semblait sur le point de glisser sur une épaule, tombaient le long de son dos jusqu'à sa taille. Elle n'avait pas de lance à la main ce jour-là. Si elle avait apporté son poignard, comme Murie le lui avait rapporté, elle l'avait déjà remisé dans sa cache.

Elle avait certainement senti son approche. Même complètement absorbée dans ses pensées comme elle semblait l'être, elle devait sentir sa présence maintenant. La seule chose inhabituelle qu'elle avait faite avait été de révéler à Muriella où elle avait l'intention de se rendre. D'une manière détournée, certes, mais…

Andrena tourna la tête et le regarda directement. Elle lui sourit.

— Me rejoindras-tu ici, ou resteras-tu là-haut à me contempler jusqu'à l'heure du dîner ? lui demanda-t-elle.

— J'adore te contempler, jeune femme, répondit-il. Depuis combien de temps es-tu ici ?

— Je savais que tu rentrais à la maison et que tu étais tout près, ce matin. Mais je voulais te voir seul, sans tes hommes ni les autres. C'est Murie qui t'a dit que j'étais ici ?

— Elle a dit que tu étais allée remiser ton poignard dans la cache, dit-il en descendant rapidement la pente.

— Je savais que tu te rappellerais où elle était, dit-elle. Viens et assieds-toi. Tu as l'air bien fatigué.

— Peut-être en ai-je l'air, mais je ne le suis plus, dit-il. Il est bon de te revoir, *mo chridhe*. Ne vas-tu pas m'accueillir comme une épouse doit recevoir son mari ?

— Non, dit-elle, car je veux savoir tout ce qui s'est passé. Je sais bien que si je t'embrasse et que je sens tes bras m'enlacer, je n'apprendrai rien. Tu es resté bien longtemps loin de la maison, mon cher époux. Explique-toi. Nous avons entendu parler d'une bataille près de Perth et avons appris que les rebelles avaient pris Stirling, mais rien de plus. Pourtant, je suis certaine que tu es arrivé à temps pour prévenir Jamie.

— Oui, nous sommes arrivés à temps, dit-il en s'assoyant près d'elle et en s'adossant à l'un des rochers.

Il voulait la prendre dans ses bras. Par les Parques, il aurait voulu faire bien plus que cela ! Il lui parlerait de son voyage au cours des prochains jours, mais il savait qu'il était juste de lui en révéler l'essentiel tout de suite. Elle avait joué un rôle important dans ce qui l'avait précédé et elle méritait d'en connaître l'issue avant les autres.

— Le Parlement s'est réuni le douze mars, comme tu le sais, dit-il. Nous avons failli ne pas rejoindre Jamie à temps, car, bien que nous ayons retardé Pharlain et réduit considérablement ses forces, lui et les autres lairds rebelles avaient de l'avance sur nous. Nous avons aussi dû contourner le château de Murdoch à Doune, où les rebelles s'étaient rassemblés.

— L'un des hommes de Parlan vous avait dit qu'ils iraient là-bas, en effet, dit-elle, mais vous êtes bien arrivé à Perth à temps.

— À temps, oui, mais tout juste, confirma Mag. Cette réunion du Parlement a duré des jours. Avant que Jamie ceigne la couronne, ces rencontres ne duraient qu'un après-midi, une journée tout au plus. Mais il avait beaucoup de sujets à traiter, dont une idée très controversée. Pour favoriser l'instauration de la primauté de la loi, il voulait que les pauvres puissent avoir accès à des légistes gratuitement, afin qu'ils plaident pour eux dans ses cours de justice. Il y eut de longues discussions et moult objections, parce qu'aucun des lords présents n'avait jamais entendu parler d'une telle idée. Mais à la fin, Jamie a eu le dernier mot.

— Quand es-tu arrivé là-bas avec Ian et les autres ?

— Le huitième jour, tard dans la soirée. Les rebelles, qui avaient attendu près de Doune l'arrivée des autres conjurés à l'exception de Pharlain, sont arrivés le lendemain. Grâce aux hommes d'Arrochar qui se sont soumis à votre père, nous avions assez de preuves et de témoignages pour satisfaire aux exigences de Jamie. Mais les rebelles avaient une très grande armée, qui comptait des Highlanders, des hommes des îles, la plupart des lairds du loch Lomond fidèles à Lennox, ainsi que l'évêque Finlay d'Argyll et un grand nombre de Campbell-MacGregor, de Graham et d'autres aussi.

— Mais Sa Majesté pouvait compter sur ses propres alliés.

— Oui, bien sûr, les Douglas, les Scott, les Angus, l'évêque de Saint Andrews, Lauder, et d'autres également. Tous avaient suivi ses directives, comme nous l'avions fait nous-mêmes, et n'avaient que de modestes escortes à leur suite. Seul son cousin Alex Stewart, qui est lord du Nord et comte de Mar, a ignoré les restrictions royales à ce sujet. Alex se considère comme l'égal de Jamie, mais, en l'occurrence, sa désobéissance fut une bonne chose, car c'est l'un des rares Stewart qui est loyal à Sa Majesté. C'est donc Alex qui a repris le château et le pont de Stirling aux rebelles. Il y est parvenu par ruse, ce qui a fort impressionné notre ami Ian Colquhoun. Alex a aussi arrêté Murdoch et son fils,

Lord Alexander Stewart. Une grande bataille a quand même dû avoir lieu pour consommer la défaite des rebelles.

— Est-ce que Murdoch était à la tête des conjurés ?

— Non, c'était Lord Alexander qui les menait, répondit Mag. Vois-tu, leur plan consistait à isoler Jamie de ses alliés au sud, à l'assassiner, puis à occuper Stirling — le château et le pont — et à s'emparer de Dumbarton. À la mort de Jamie, Murdoch devait se proclamer roi d'Écosse, et Lord Walter Stewart aurait été nommé gouverneur du royaume.

— Même alors, je doute que le règne de Murdoch eût duré très longtemps, remarqua Andrena.

— Je suis d'accord, et Jamie partageait aussi cette opinion, répondit Mag. Walter aurait probablement éliminé Murdoch à la première occasion pour s'emparer du trône. Mais la possibilité que Murdoch ou Walter devienne un jour souverain d'Écosse n'existe plus.

— Ils sont tous les deux morts, alors.

— Oui, répondit Mag, mais Jamie a ajourné le Parlement en raison du soulèvement.

— Ajourné ? s'étonna Andrena.

— Les lords du Parlement ont eu la même réaction, puisqu'aucun roi d'Écosse n'avait fait une telle chose auparavant. Mais Jamie a dit qu'il y avait encore beaucoup de travail à accomplir pour ce Parlement, et qu'il était impossible de discuter des affaires avec une rébellion en cours, expliqua Mag. Ils se sont assemblés de nouveau, il y a quelques jours à peine, dans le grand hall du château de Stirling. Jamie et d'autres personnes ont présenté leurs preuves contre Murdoch, Lennox, Lord Walter Stewart et son frère, Lord Alexander. Après que les lords du Parlement eurent déclaré ces hommes coupables de haute trahison,

Jamie ordonna que Walter fût décapité séance tenante. Les autres ont subi leur châtiment le lendemain matin.

— Mais pas James Mòr Stewart, dit Andrena pensivement. On se demande comment il se fait qu'il soit si différent des autres Stewart d'Albany.

— Apparemment pas si différent, après tout, dit Mag sombrement.

~~~

Andrena le regarda et s'inquiéta de la mélancolie qu'elle sentit en lui.

— Qu'y a-t-il, mon ami? Rien n'est arrivé à Ian ni à Colquhoun, j'espère? Que s'est-il passé?

— Environ sept jours avant que les rebelles se rassemblent près de Doune, Murdoch et Lennox sont arrivés à Perth, espérant paraître exempts de tout reproche, dit-il. Mais quand nous avons affronté les rebelles dans la bataille, Lord Alexander Stewart était à leur tête avec James Mòr à ses côtés. La vérité, Andrena, c'est que James Mòr a chevauché droit sur Jamie et a tenté de l'assassiner.

— Jamie menait sa propre armée, alors.

— Bien sûr, répondit Mag. Le roi est un cavalier remarquable et un vrai démon avec une épée à la main. Il a démonté trois adversaires lui-même. Il s'élançait vers James Mòr quand le cheval de combat royal glissa et l'entraîna dans sa chute.

Andrena eut le souffle coupé.

— L'as-tu vu de tes yeux? demanda-t-elle.

— Oui, répondit Mag, car je chevauchais derrière lui. Je me dirigeais vers James Mòr, mais quand j'ai vu le roi

tomber, je me suis plutôt rendu auprès de lui afin de le protéger pendant qu'il remontait en selle. Je croyais qu'il allait
me reprocher d'avoir laissé échapper James Mòr…

— Sûrement pas ! s'exclama-t-elle, ignorant l'étrange
incertitude, et même la tristesse qui semblaient habiter Mag
à cet instant.

— Non, dit Mag, avec un sourire étonnamment timide.
Il m'a fait chevalier pour ce geste, jeune femme. À compter
de maintenant, tu seras Lady Galbraith-MacFarlan, j'en ai
peur.

— Tu portes les deux noms ?

— Par la volonté royale, car c'est ainsi qu'il m'a adoubé.

— Est-ce que mon père le sait déjà ?

— Non, dit-il, ce sera notre petite surprise pour
Andrew. Mais je doute qu'il retienne cela contre moi. Je suis
venu te retrouver avant d'en parler à quiconque, *mo chridhe*.
Ne recevrai-je pas de récompense pour une telle marque
d'attention ?

— Il doit y avoir bien autre chose que tu ne me dis pas.
Et qu'en est-il de ton frère Patrick ? Si tu as vu James Mòr,
as-tu aperçu Patrick avec lui ?

Il hésita, sa tristesse et sa déception répondant pour
lui.

— Il était bel et bien là, répondit Mag après un moment
de silence, et Pharlain s'est échappé pendant la bataille.
Mais je pourrai te raconter le reste plus tard. Il n'y a plus
rien à craindre pour toi et ta famille. Qui plus est, mon père,
Colquhoun, Ian et moi avons tous survécu sans blessures
graves.

— Mais il y a quelque chose de plus et tu crains que
cela ne me trouble, dit-elle.

— Je me rends compte que ce fameux don nous causera quelques problèmes, marmonna-t-il.

Elle ne dit mot et attendit.

— Très bien, reprit Mag. Je t'ai dit que James Mòr, Patrick et Pharlain se sont échappés. Ce que je ne t'ai pas dit, c'est que leurs hommes se sont emparés de Dumbarton. Le cousin d'Ian, Gregor Colquhoun, est mort, et Ian est retourné à Stirling pour apporter la nouvelle à Jamie.

Elle sentit qu'il y avait plus que cela et qu'il serait mêlé aux événements à venir. Mais si le bourg royal et le château de Dumbarton étaient entre les mains des rebelles, elle savait aussi que ce dont il avait le plus besoin maintenant, c'était d'un baiser de bienvenue et de l'attention aimante d'une femme infiniment reconnaissante qu'il fut rentré sain et sauf.

Elle s'approcha donc de lui, s'assécha les pieds avec l'ourlet de sa jupe, et le laissa l'attirer dans ses bras.

— Oh, jeune femme, dit-il, s'inclinant vers elle pour prendre possession de ses lèvres.

Bientôt son plaid fut retiré et étendu sous eux. Il se délectait de son corps accueillant, caressant toutes les parties qu'il pouvait atteindre, dénouant sa robe, dénudant sa poitrine pour les livrer à ses mains et à ses lèvres impatientes.

— Comme tu m'as manqué, mon amour, murmura-t-elle quand l'une de ses mains se déplaça plus bas.

— Il est bien qu'une femme s'ennuie de son mari, dit-il avec un sourire dans la voix. Montre-moi à quel point tu t'es languie de moi, *mo chridhe*.

Comme elle était maintenant capable de détecter chez lui les moindres changements d'émotions, elle se plaisait à l'amener à un certain niveau du plaisir, pour ensuite tenter autre chose. Les infimes frustrations que ces jeux causaient à son époux semblaient enflammer ses sens.

Se rappelant ensuite comment ses lèvres et sa langue l'avaient presque rendue folle de bonheur à certaines occasions, elle essaya de lui rendre la pareille, avec des résultats exceptionnellement satisfaisants.

— Jeune femme, jeune femme, dit-il hors d'haleine. J'admets que ce don comporte aussi des avantages, mais trouvons d'abord un endroit plus confortable.

— Mais je ne veux pas m'arrêter, dit-elle. Viens en moi tout de suite, mon amour.

Mag n'eut pas besoin d'une autre invitation à ce moment-là... ni par la suite.

Cher lecteur, chère lectrice,

J'espère que vous avez apprécié *Le choix du laird*, le premier tome de ma nouvelle trilogie Les lairds du loch. Les idées pour ce livre ont commencé à jaillir en admirant une certaine région de l'ouest des Highlands, entre le loch Lomond et le loch Long, où j'étais venue pour étudier les clans locaux. Je désirais écrire quelque chose d'original, qui capturerait les qualités mystiques des Highlands, mais aussi explorer aussi certains « dons » que plusieurs d'entre nous possèdent encore aujourd'hui, et que j'ai peut-être exagérés dans les capacités ou talents de mes personnages.

Je savais que mes héroïnes feraient partie d'un clan en conflit. Le choix des anciens MacFarlan fut aisé, non seulement parce que l'histoire les décrit comme étant un groupe turbulent et indiscipliné (et l'un de mes clans favoris et les plus partisans dans les jeux écossais), mais aussi parce qu'ils contrôlaient une voie d'accès particulièrement importante dans cette partie des Highlands.

J'ai aussi compris que mes personnages du clan MacFarlan devraient vivre dans un lieu qui leur procurerait une certaine protection contre les félons qui avaient usurpé le fief d'Andrew MacFarlan et son domaine principal. Le paysage offrait des rivières et des montagnes, mais les MacFarlan avaient besoin d'un peu plus que cela.

À la recherche de sources d'inspiration créatrices, j'ai relu mes mythes anciens favoris. Dès que je suis tombée sur l'histoire de Camilla, la scène d'ouverture du premier tome était née, de même que la relation spéciale d'Andrena avec les loups. Le reste est le fruit de l'imagination toujours fertile de l'auteure.

En ce qui concerne les éléments qui sont historiquement vrais et typiquement écossais, le clan MacFarlan(e) fut appelé le clan Farlan jusqu'au XIX⁹ siècle. L'histoire de la femme à qui l'on a mis des fers à cheval est véridique.

Un mot au sujet du clan Galbraith : George Eyre-Todd, une autorité en la matière, ne les a pas traités comme un clan dans son ouvrage *Highland Clans of Scotland: Their History and Traditions* (New York, 1923), sinon comme une branche du clan Farlan (vol. 1) ou du clan Donald (vol. 2). Toutefois, Sir Iain Moncrieffe of that Ilk, ancien héraut écossais d'Albany, les désigne comme un clan indépendant dans *The Highland Clans* (New York, Bramhill House, 1977).

Aussi, pour ceux qui douteraient que les têtes d'ours aient constitué la marque du clan Galbraith (plusieurs sources parlent de têtes de sanglier), Moncrieffe a inséré dans son ouvrage des illustrations de leur écusson, où l'on voit clairement un museau d'ours et non un groin de sanglier. Celui des Campbell arbore une tête de sanglier.

D'après les sources disponibles en ligne, et plus particulièrement *The History of the Rosary by Fr. William Saunders* (http://www.ewtn.com/library/answers/rosaryths.htm), l'origine du chapelet de perles de Lady Aubrey est ancienne, mais mal connue. L'usage de chapelets et de la répétition de courtes prières pour favoriser la méditation datent des premiers temps de l'Église, et plonge ses racines dans l'époque préchrétienne. Au Moyen Âge, les fidèles employaient de telles cordelettes enfilées de perles — connues sous le nom de *paternosters* en latin, signifiant « nos pères » — pour compter les « Notre Père » et les « Je vous salue Marie ». La structure du rosaire lui-même a évolué peu à peu entre le XIIe et le XVe siècle.

Selon la majorité des sources, Jamie a été prisonnier des Anglais pendant dix-neuf ans, bien que les dates données par ses divers biographes varient considérablement. S'il a été capturé en 1403, la date la plus ancienne que j'aie vue (et l'année où j'ai situé mon roman *L'amant des Highlands*), sa libération, à Pâques 1424, donne vingt et une années d'exil. Jamie lui-même écrit qu'il fut capturé en 1405, ce qui donnerait dix-neuf ans. Le jour de Pâques de 1424 est la date sur laquelle presque tous les témoignages et toutes les archives s'accordent pour sa libération. Comme je l'ai indiqué dans *L'amant des Highlands*, l'article concernant Jacques 1er d'Écosse dans l'*English Dictionary of National Biography* fournit une explication logique pour sa capture en 1406. Mais il suscite lui-même le doute en affirmant qu'elle n'aurait pu se produire plus tôt en raison d'une trêve alors en vigueur entre l'Angleterre et l'Écosse (une trêve fréquemment brisée par Henry IV d'Angleterre).

Une telle imprécision est d'une grande valeur pour l'auteure de romans historiques. En effet, les écarts entre les dates, les données douteuses et les mystères historiques offrent un aliment inépuisable à l'inspiration et à l'énergie dont la matière grise a besoin pour ses éclairs créatifs.

J'aimerais offrir des remerciements spéciaux à Donal MacRae, qui m'a aidée à trouver le nom de Tùr Meiloach et qui m'a tout expliqué à propos de ses géants. Merci aussi à Michael MacFarlane, Matthew Miller (délégué californien pour la International Clan MacFarlane Society, Inc.) et à tous ceux qui contribuent au site www.clanmacfarlane.org

pour leur aide précieuse, leurs commentaires utiles et leurs excellentes références.

Comme toujours, j'aimerais également remercier Lucy Childs et Aaron Priest, mes formidables agents ; Selina McLemore, éditrice principale ; Bob Castillo, éditeur en chef principal, Sean Devlin, spécialiste de la correction d'épreuves ; Jennifer Reese, mon agente de publicité ; Diane Luger, directrice artistique ; Larry Rostant, artiste de la couverture ; Amy Pierpont, directrice éditoriale ; Beth de Guzman, vice-présidente et directrice de la rédaction ; et tous les autres membres du personnel de Hachette Book Group's Grand Central Publishing/Forever qui ont contribué à ce livre.

Si vous avez aimé *Le choix du laird*, ne manquez la sortie du deuxième tome de la série Les lairds du loch. Entretemps, *suas Alba* !

Sincèrement,

Amanda Scott
www.amandascottauthor.com

La tentatrice du chevalier

Lorsque Lady Lina MacFarlan
est capturée par l'ennemi juré de son père, c'est au
désinvolte guerrier royal, Sir Ian Colquhoun, de voler à son
secours. Mais quelqu'un pourra-t-il sauver Ian de son désir
brûlant de posséder la ravissante Lina ?

Tournez la page
pour avoir un avant-goût de *La tentatrice du chevalier*.

Chapitre 1

Glen Fruin, près du lac Lomond, 1ᵉʳ août

Non, Lizzie! Reviens!

Lachina observa avec consternation sa jeune compagne éperonner le hongre bai qu'elle chevauchait. Un galop effréné l'emporta dans un tournant de la route, peu avant que le chemin descendant en pente raide de Glen Fruin ne rejoigne le sentier qui longeait la rive sud-ouest du loch Lomond. Lachina MacFarlan, âgée de dix-huit ans, grinça des dents, s'efforça de garder son calme et exhorta son cheval louvet à aller plus vite.

Une voix masculine cria du sommet du vallon sur le chemin derrière elle.

— Lady Lina, attendez!

Jetant un coup d'œil au serviteur qui la suivait, Lina ne répondit pas et ne modéra pas son allure. Elle n'accorda pas plus d'une seconde de réflexion à la réaction probable de son beau-frère, Sir Magnus Galbraith-MacFarlan, quand il apprendrait que sa sœur cadette avait encore une fois manqué à sa parole.

Bien que Magnus fût l'homme le plus imposant que Lina connaissait — ou qu'elle ait jamais vu, au demeurant —, elle ne craignait pas sa colère. D'abord, lui et son épouse — sa sœur aînée, Andrena — rendaient présentement visite à la sœur aînée de Mag et à son mari dans l'Ayrshire. De plus, Lina savait que Magnus déduirait aisément que la responsabilité de cette incartade incombait entièrement à l'exubérante Lizzie.

Atteignant le chemin de la rive, Lina remarqua à peine le loch aux eaux bleutées qui miroitait devant elle. D'un geste adroit, elle fit prendre au hongre louvet la direction du sud. Elle ressentit un mélange de soulagement et d'exaspération quand elle aperçut Lizzie de nouveau.

La gracile coquine de quatorze ans galopait comme si elle faisait corps avec sa monture.

Lina était bonne cavalière, mais Lizzie était spectaculaire, particulièrement quand elle chevauchait en amazone dans sa robe vert mousse, sa masse rousse de longs cheveux bouclés, retenus seulement par un étroit ruban blanc à la nuque, flottant derrière elle comme un grand nuage de lumière rouge, jetant des reflets ensoleillés.

Les cheveux blond doré de Lina étaient délicatement enroulés derrière sa tête sous un voile blanc, tenu en place par un étroit bandeau brodé de roses rouges. Sa cape grise surmontée d'un capuchon était faite de laine de qualité provenant de leurs propres moutons, que sa sœur Muriella avait filée et que Lina avait ensuite tissée.

C'était une belle matinée d'été. Des nuages dérivaient dans le ciel et l'air était frais, grâce à la brise provenant du Ben Lomond. La montagne s'élevait à peu de distance au nord-est et son sommet était toujours enneigé. Le vent vif ridait les eaux du loch.

Plus tôt, dans le vallon, si Lizzie n'était pas partie devant elle dans sa hâte d'atteindre le loch, Lachina se serait arrêtée un moment pour ôter sa cape. Maintenant, avec cette brise piquante, elle était heureuse de ne pas l'avoir fait.

Lizzie et elle avaient convenu de se rendre à la tour de Bannachra, une ancienne possession des Galbraith à un peu moins d'un kilomètre derrière elles, et s'arrêter à la rive du loch. Le fait qu'elle avait bifurqué vers le sud prouvait à Lina que cela avait été son intention depuis le début.

La voix critique toujours présente dans la tête de Lina lui soufflait qu'elle aurait dû deviner que Lizzie tramait quelque chose, et qu'elle l'avait assez côtoyée ces derniers jours pour savoir que la jeune fille était aussi capricieuse qu'entêtée. Lina était certaine que Lizzie l'avait entendue crier, pourtant elle avait fait la sourde oreille, sans même jeter un regard en arrière.

Espérant que personne d'autre ne l'entendrait, Lina cria de nouveau.

— Lizzie, arrête tout de suite!

Mais Lizzie continuait au même train d'enfer, et Lina souhaita un moment que Sir Magnus fût avec elles. Il aurait sans doute…

Il était inutile de se demander ce qu'aurait pu faire quelqu'un qui se trouvait à des kilomètres de distance. De plus, si Mag ou le laird de Galbraith avait été avec elles, Lizzie n'aurait jamais osé rompre son engagement.

Lina pinça les lèvres. Il était inutile de regretter cela aussi, car cela ne ferait pas s'arrêter Lizzie. S'il s'était agi de sa sœur cadette, Muriella, Lina serait restée sur place, attendant patiemment qu'elle eût retrouvé son bon sens.

Mais les seuls traits que Lizzie partageait avec Murie étaient leurs occasionnels écarts de jugement et un désir souvent exprimé, commun à bien des jeunes filles de leur âge, de prendre des libertés qu'elles n'avaient pas et de n'en faire qu'à leur tête.

Il arrivait parfois à Murie d'être déraisonnable, mais elle ne serait jamais partie au galop en territoire inconnu, comme Lizzie le faisait maintenant — un territoire inconnu de Lina, en tout cas. Lizzie demeurait également un mystère pour elle à d'autres égards. Même si Magnus et Andrena étaient mariés depuis presque six mois, Lina ne connaissait Lizzie que depuis six jours.

— Lady Lina, n'allez pas plus loin ! Vous d'vez rebrousser chemin !

C'était leur serviteur qui s'était approché pendant qu'elle était plongée dans ses pensées. Lina regarda par-dessus son épaule.

— Je crois que Lady Elizabeth est curieuse de voir si la duchesse Isabella était de retour à Inchmurrin, Peter, dit-elle. Galbraith nous a dit que le roi lui avait donné la permission de rentrer chez elle.

— On en aurait déjà entendu parler si la duchesse était d'retour, m'lady.

— Oui, c'est possible, répondit Lina pensivement, mais nous ne pouvons retourner sur nos pas et l'abandonner ici.